한국 현대시의 방법과 이론

이 도서의 국립중앙도서관 출판시도서목록(CIP)은 e-CIP 홈페이지(http://www.nl.go.kr/cip.php)에서
이용하실 수 있습니다. (CIP제어번호 : CIP2009000894)

The Method and Theory of Korean Modern Poetry

한국 현대시의 방법과 이론

류 순 태

푸른사상

'한국 현대시의 방법과 이론'이라는 거창한 제목으로 한 권의 책을 세상에 내놓는다. 2002년도에도 저자로 책을 발간한 적이 있었으니, 이번 책이 내게는 두 번째 저서가 되는 셈이다. 첫 번째 책을 세상에 내놓을 때에도 쑥스러움과 부끄러움에 어찌할 줄 몰랐는데, 이번에도 그런 쑥스러움과 부끄러움을 피할 길이 없다.

이 책은 크게 3부로 구성되어 있다. 제1부 '시 정신의 형상화 방법'에서는 한국 현대 시인들의 시에서 드러나는 상상력을 방법적 차원에서 해명하려고 하였다. 여기에서는 백석, 김광균, 김종삼, 오세영의 시들을 대상으로 하여 시인의 상상력이 각각 아이러니, 이미지와 서정, 현대미술, 반구성주의 등과 깊이 관련되어 있음을 살펴보았다. 제2부 '시대정신의 구현 방법'에서는 신체시, 1960년대 모더니즘 시, 산업화 시대의 민중시를 대상으로 하여 한국 현대시가 시대정신을 어떻게 구현하고 있는가를 해명하려고 하였다. 끝으로 제3부 '이론 탐구의 몇 가지 경향'에서는 '단편서사시' 논쟁, 신비평, 선적 초월과 관련하여 1930년대 리얼리즘 시론, 전후 모더니즘 시론, 김춘수의 시론이 지닌 특징을 해명하려고 하였다.

한국 현대시의 방법과 이론에 대한 연구는 일관된 관점과 지속적인 노력을 요하는 지난한 작업이다. 그런 면에서 보자면, 이 책에서의 논의들은 여러 가지 한계를 지니고 있다고 할 수 있다. 이 책이 개별적으로 이루어진 학문적 성과들을 모아낸 것이기에 이런 한계는 불가피한 것이라고도 하겠다. 앞으로는 한국 현대시의 방법과 이론을 일관되면서도 지속적인 방식으로 연구해 나가 이런 한계를 극복해내어야 하리라. 참고로, 이 책에는 2002년 이후의 학문적 성과들이 담겨 있는 바, 전체 구성을 고려하여 기존 연구물들의 제목이나 일부 내용을 부분적으로만 수정하였음을 밝혀 둔다.

이 책이 나오기까지에는 많은 분들의 도움이 있었다. 서울대학교 국어국문학과의 은사님들과 선·후배님들, 서울시립대학교 국어국문학과의 여러 교수님들의 가르침과 격려와 충고가 없었더라면 이 책은 세상에 나오기 힘들었을 것이다. 이 자리를 빌려 이 분들께 깊은 감사를 드린다. 그리고 여러 가지로 부족한 사람을 항상 아껴주면서 말없이 지원을 해주는 가족들에게도 고마움을 표한다. 이와 함께 앞으로의 정진도 약속한다. 끝으로, 여의치 않은 사정에도 불구하고 책을 발간해준 푸른사상사 한봉숙 사장님과 좋은 책을 만드느라고 수고를 아끼지 않으신 편집부의 여러분들에게도 깊이 감사드린다.

2008년 여름에
지은이

■ 머리말 • 5

제1부 시 정신의 형상화 방법

제1부

시 정신의 형상화 방법

제1장 백석 시에 나타난 '고향 의식'의 아이러니

1. 서론

한국 현대시문학사에서 白石(본명은 白夔行 ; 1912~?)은 대체로 '고향의 시인'으로 주목받아 왔다. 1987년에 '창작과비평사'에서 『백석시전집』이 간행된 이후로 백석의 시에 대한 연구자들의 관심이 점차적으로 다양해졌지만, 그래도 그 관심 영역의 중심에는 '고향 의식'이 놓여 있었다. 그렇다고 해서 백석 시의 '고향 의식'이 완전히 해명된 상태라고 말하기는 어렵다. 많은 연구자들이 '민족공동체 의식'과 관련지어 '고향 의식'을 해명하여 왔지만, 여전히 그의 '고향 의식'은 또 다른 연구자의 해명을 필요로 하고 있다.

기존 연구들[1])의 성과들을 통해서 우리는 백석 시의 전반적인 특성들과

---

1) 그 대표적인 연구들로는 다음과 같은 것이 있다. 이동순, 「민족시인 백석의 주체적 시정신」, 이동순 편, 『백석시전집』(재판), 창작과비평사, 1989 ; 신범순, 『한국현대시사의 매듭과 혼』, 민지사, 1992 ; 박윤우, 「백석 시에 나타난 고향 의식과 근대성의 관계 양상 연구」, 『국제어문』 제20집, 국제어문학회, 1999 ; 이명찬, 『1930년대 한국시의 근대성』, 소명출판, 2000 ; 김영익, 『백석 시문학 연구』, 충남대출판부, 2000 ; 최두석, 「백석의 시세계와 창작방법」, 정효구 편저, 『백석』, 문학세계사, 1996 ; 임재서, 「백석 시

미의식을 쉽게 인식할 수 있었고, 그의 시에서 '고향 의식'이 어느 정도로 중요한 것인가를 알아차릴 수 있었다. 하지만 기존의 연구들은 백석의 시에서 드러나는 '고향 의식'이 '민족공동체 의식'과 맺고 있는 관계를 지나치게 확대해서 바라봄으로써 도리어 '고향 의식'을 단순화시키는 잘못을 드러내기도 하였다. 이러한 잘못은 기존의 연구들이 백석 시의 '고향 의식'을 1930년대 중반 이후의 시대 상황과 관련지어 해명하면서도 시대 상황 속에서 '고향 의식'이 무엇인가를 은폐할 가능성을 적극적으로 고려하지 못했기 때문에 생겨난 것이라고 할 수 있다.

백석 시에서의 '고향 의식'이 무엇인가를 은폐할 수도 있음을 염두에 두면서 '고향 의식'을 살펴 볼 경우, 다른 어떤 것보다도 시인이 '고향 의식'을 통해서 지향했던 바를 여러 가지 가능성 속에서 조명하려는 태도가 필요하다. 왜냐하면 시인이 지향하는 바가 아무리 분명하다고 하더라도 그것은 여러 가지 사정으로 인해 부지불식간에 다른 것으로 전이될 수도 있고, 또 내부적으로 서로 충돌하는 가운데 적지 않은 변화를 보여줄 수도 있기 때문이다. 특히 1930년대 중반 이후로 日帝가 '創氏改名'이나 '心田開發政策' 등을 통해서 조선인을 일본인과 동화시키려는 정책을 교묘하게 펼쳤다는 역사적 사실을 고려할 경우에는 그러한 가능성은 더욱 커질 수밖에 없다. 즉 조선인의 고유한 문화를 어느 정도 인정하는 가운데 펼쳐졌던 일제의 동화정책과 관련될 경우에, '고향 의식'은 그 동안 많은 연구자들이 그 실체로 지적해왔던 '민족공동체 의식'과 상치되는 것이거나, 적어도 그와는 다른 성질의 것이 될 수도 있다.

의 감각 표현에 나타난 정신사적 의미 고찰―『사슴』을 중심으로」, 『국어교육』 108집, 한국국어교육연구학회, 2002.6 ; 김혜영, 「백석 시 연구」, 『국어국문학』 131집, 국어국문학회, 2002.9 ; 진순애, 「백석 시의 심미적 모더니티」, 『비교문학』 제30집, 한국비교문학회, 2003.2 ; 강외석, 「백석 시의 음식 담론고」, 『배달말』 30집, 배달말학회, 2002. 6 ; 고형진, 『현대시의 서사 지향성과 미적 구조』, 시와시학사, 2003.

이와 관련하여, 이 글에서 필자는 백석의 시에서 나타나는 '고향 의식'의 실체를 아이러니(Irony)와 관련하여 고찰하려고 한다. 아이러니를 '언표적 아이러니'와 '상황적 아이러니'로 크게 구분할 경우에, 시에서의 아이러니는 주로 '언표적 아이러니'와 연관되는 것으로 말해지곤 하였다.[2] 그렇지만 백석 시에서 드러나는 '고향 의식'의 아이러니는 양자 모두를 바탕으로 하고 있다. 즉 그의 시에서 '고향 의식'과 관련된 언표들은 그 언표들을 둘러싼 시대 상황이나, 시인이 처해 있는 상황 속에서 새로운 의미들을 표출해 내면서 그 자체로 하나의 아이러니가 된다. 마치 한 문학 작품 내의 '다양한 상황'[3]에서 창출되는 아이러니가 '분리·단절의 원리'와 '종합의 원리'를 통해서 대상의 실체를 새롭게 조명해 내듯이,[4] '고향 의식'의 아이러니 또한 당대 현실 및 시인과 관련된 상황에서 새로운 의미들을 창출해 낸다. 그러므로 백석의 시에서 드러나는 '고향 의식'은 다른 무엇보다도 아이러니의 관점에서 해명될 필요가 있는 것이다.

아이러니가 '분리·단절의 원리'와 '종합의 원리'를 바탕으로 대상의 실체를 파악하는 태도라고 한다면, 아이러니의 대상은 어떤 영역의 중심

---

2) 문학에서 '아이러니'는 크게 겉으로 말하는 것과 속으로 뜻하는 바가 전혀 반대인 어법과 관련된 '언표에 의한 아이러니(verbal irony)'와, 현상과 본질이 모순적 동일성을 보여주고 있는 상황과 관련된 '상황의 아이러니(situational irony)'로 구분된다. 이 중에서 '언표에 의한 아이러니'는 대개 시에서 잘 발견되며, '상황의 아이러니'는 주로 소설에서 잘 나타난다고 한다. 조남현, 「아이러니」, 오세영 외, 『시론』, 현대문학, 1989, p.162 참고.

3) '아이러니'는 흔히 단순한 부조화(simple incongruity), 사건들(events), 극적 상황(dramatic situation), 자기 반역(self-betrayal), 딜레마(dilemma) 등 여러 가지 상황에서 창출된다. D. C. Muecke, *The Compass of Irony*, London : Methuen & Co Ltd, 1969, pp.99~115 참고.

4) '아이러니'가 창출되는 상황들로 미루어 볼 때 '아이러니'는 우선적으로는 대상을 그 상황에서 분리하거나 단절시킴으로써, 다음으로는 그 분리와 단절의 결과들을 종합함으로써 대상의 실체를 새롭게 조명하려는 태도라고 할 수 있다. 김준오, 『시론』(재판), 이우출판사, 1989, p.181 참고.

이 아니라 경계에 자리한다. 그리고 우리는 아이러니의 대상이 '경계'에 있을 때에라야 비로소 '말해진 것'과 '말해지지 않은 것'을 단순히 대조적인 차원에서 바라보는 데에만 그치지 않고, 거기에서 더 나아가 그들 사이에서 새롭게 탄생되는 새로운 의미들까지 포착할 수 있게 된다.[5] 백석 시에서의 '고향 의식' 또한 마찬가지이다. 그것은 당시의 현실 상황이나 그런 상황에 처한 시인과 연관되면서 자꾸 또 다른 영역으로 나아가려고 하면서 '경계'에서 새로운 의미들을 표출하고 있다. 그러므로 백석 시에서의 '고향 의식'을 아이러니와 관련하여 해명할 경우에는 그것이 어떤 '경계'에 서 있는가를 당시의 시대 상황이나 시인이 처한 상황 등과 관련하여 살펴보고, 그 결과를 바탕으로 그것이 궁극적으로 지향하는 바를 밝히는 것이 중요하다. 따라서 이 글에서 필자는 '고향 의식'이 당시의 시대 상황 속에서 '정주/이주'의 경계와 '전근대/근대'의 경계들을 지니고 있음에 주목하여 그 경계들에서 발현되는 여러 가지 기미들이 지닌 의미를 따져보고, 그것을 바탕으로 하여 '고향 의식'이 궁극적으로 지향하는 바를 명확히 밝혀보려고 한다.

2. '정주/이주'의 경계와 식민지인의 운명

백석은 시집 『사슴』에서 그가 유년시절을 보냈던 고향을 다양한 방식으로 형상화한 바 있다. 구체적으로 그는 「定州城」, 「三防」, 「고방」, 「酒幕」, 「初冬日」 등에서 그가 유년시절에 보았던 고향의 풍경과 그것에서의 생활을 매우 객관적으로 그려내기도 하였으며, 「나와 지렝이」, 「山 비」, 「彰

---

5) Linda Hutcheon, *irony's edge; The theory and politics of irony*, London and New York : Routledge, 1995, pp.16~19 참고.

『義□外』에서는 '유년화자'가 사물을 대하는 동심어린 태도를 통해 고향에 서의 삶이 훼손되지 않은 것이었음을 보여주기도 하였다. 그런데 한 가지 주목할 점은 백석이 남긴 고향에 대한 작품들에는 고향을 그리워하는 시 인의 심정뿐만 아니라 그곳에 정주하고픈 시인의 욕망 또한 강하게 담겨 있다는 사실이다. 백석의 시들 중에 '유년화자'의 목소리로 고향을 노래 하는 작품들이 적지 않은 것도 바로 그런 관점에서 이해될 수 있다. 그것 은 고향에 정주하려는 시인의 욕망이 그만큼 강했음을 보여주는 좋은 증 거라고 할 수 있다.

한편, 백석의 시에서 고향에서의 '정주' 욕망은 또한 새로운 곳으로의 '이주' 욕망을 동반한 것이기도 했다. 달리 말해, '고향'은 정주하고 싶은 곳이자 동시에 벗어나고 싶은 곳이기도 했다. 백석의 시에서 '고향'에 대 한 이런 태도는 주로 『사슴』 이후의 시들에서 자주 나타나는데, 이는 1930 년대 중반 이후에 더 심해졌던 일제의 조선 통치와 관련이 깊은 것으로 보인다. 이 시기에 일제는 대동아공영권을 표방하면서 수많은 사람들을 이주의 길에 오르게 하였던 바, 그 당시에 일제가 세웠던 '만주국'은 조선 인들이 고향을 떠날 수 있도록 한 가장 큰 자극이었다. 실제로 백석 또한 1939년에 만주로 건너간 것으로 알려져 있는데,6) 「安東」, 「北關」, 「北新」, 「月林장」 등은 당시에 백석이 '정주'와 '이주' 사이에서 갈등하였음을 잘

---

6) 백석이 당시에 만주로 건너간 이유로 '봉건적인 결혼 제도에 대한 저항'을 내세우는 경우도 있다. 그러한 경우는 "당신이 만주로 혼자 떠나시려는 결심을 굳히게 된 것은 순전히 뛰어 넘을 수 없는 복잡한 가정사와 봉건적인 관심 때문이었다. 당신은 그것 들로부터 아주 떠나고 싶었던 것이다. 당신은 부모님의 강권으로 억지 장가를 몇 번 이나 들고, 또 그 때문에 집을 뛰쳐나와서 정신적 번민도 무수히 겪었다."라는 김자야 의 회고에서 찾아볼 수 있다. 부모의 강권에 의한 결혼 제도에 대한 저항이 백석의 만주행을 설명하는 한 방식이 될 수 있음은 물론이다. 그렇지만 백석의 만주행은 한 개인의 내면뿐만이 아니라 당시의 시대 상황과 관련지어서도 해명될 필요가 있다. 인 용문은 김자야, 『내사랑 백석』, 문학동네, 1995, p.162.

보여준다.

異邦 거리는
비오듯 안개가 나리는 속에
안개 같은 비가 나리는 속에

異邦 거리는
콩기름 쫄이는 내음새 속에
섶누에 번디 삶는 내음새 속에

異邦 거리는
도끼날 벼르는 돌물레 소리 속에
되광대 켜는 되양금 소리 속에

손톱을 시펄하니 길우고 기나간 창짜쯔를 즐즐 끌고 싶었다
饅頭꼬깔을 눌러쓰고 곰방대를 물고 가고 싶었다
이왕이면 좁내 높은 취향梨 돌배 움퍽움퍽 씹으며 머리채 츠렁츠렁
발굽을 차는 꾸냥과 가즈런히 쌍마차 몰아가고 싶었다

— 「安東」 전문[7]

인용된 시는 백석이 신의주와 만주와의 국경도시인 '안동' 지방을 여행
하면서 써서 1939년 9월 13일에 ≪조선일보≫에 발표한 것이다. 이 시에
서 주목되는 사항은 '이방 거리'를 대하는 시적 주체의 태도이다. 그는 지
금 '이방 거리'에서 그 지방의 사람들과 같은 모습을 하고서 '이방 거리'
를 걷고 싶어 한다. 어쩌면 그는 그곳에서 정주하고 싶어 하는지도 모른
다. 그가 '이방 거리'를 시각, 후각, 청각 등 다양한 감각을 동원하여 온몸
으로 체득하고 있는 것으로 보아서 그러한 추측은 실로 가능한 일이다.

---

7) 이동순 편, 『백석시전집』(재판), 창작과비평사, 1989, p.90. 이하로는 '『백석시전집』'으
로 표기함.

그리고 마지막 연에서 이방의 거리를 걷고 있는 사람들의 모습을 바라보는 시적 주체가 세 번이나 "~고 싶었다"를 반복하고 있음은 그러한 시적 주체의 욕망이 순간적으로 일어난 충동이 아닐 수 있음을 말해준다. 그러니까 한 마디로 말해서 이 시에서의 시적 주체는 온몸으로 이방의 거리를 체득하면서 그곳에서 살고 싶은 욕망의 소유자인 것이다.

백석의 시에서 이처럼 고향이 아닌 곳에서 정주하고 싶은 시인의 욕망이 드러나고 있다는 점은 그가 '타향'을 '고향' 못지않게 가치 있는 공간으로 인식하였음을 의미한다고 할 수 있다. 그리고 시인의 그러한 인식 변화에는 1930년대 중반 이후에 열풍처럼 불었던 '이주'에의 욕망이 자리하고 있다고 할 수 있다. 앞에서 살펴보았던 것과 같이, 실제로 1930년대 중반 이후로 일제는 '만주'라는 허울 좋은, 그야말로 말뿐인 '이상향'을 내세웠고, 당시에 수많은 조선인들은 그 이상향을 쫓아서 이주의 길에 올랐다. 그리고 그런 '이주'의 욕망은 '타향도 고향이나 마찬가지이다'라는 식의 생각에 의해 더욱 더 강화되었다.[8] 이런 맥락에서 보자면, 당시에 백석의 시에서 드러나는 '이주' 욕망은 새로운 곳에서 '정주'하려는 욕망 또한 담고 있었던 것이라고 할 수 있다.

이처럼, 백석의 시에서 '고향'으로부터 이주하려는 욕망이 '새로운 곳'에서 정주하려는 욕망 또한 담고 있었음은 시대 상황과 관련되면서 '고향 의식'이 '정주'와 '이주' 사이에서 형성되는 아이러니의 속성을 지니게 되었음을 의미한다. 달리 말하자면, 시집 『사슴』을 비롯한 백석의 시들에서 지속적으로 드러나는 '고향 의식'에 한 곳에 정착하여 살아가려는 욕망과

---

8) 일반적으로 '디아스포라'에서 볼 수 있듯이, '고향'과 '타향'을 동일시하려는 태도는 식민주의가 그들의 식민주의의 명분 이상으로 중시했던 것이다. 그러한 태도는 본국의 사람들을 식민지에 이주시키려는 경우에서 드러나는 것이었지만, 피식민지의 사람들을 또 다른 지역으로 이주시킬 경우에도 적용되는 것이었다.

새로운 곳을 찾아 나서려는 시적 주체의 욕망이 동시에 드러나고 있음은 바로 아이러니의 관점에서만 제대로 해명될 수 있는 것이다.

물론, 백석의 시에서 '정주'와 '이주' 사이의 경계에서 발현되는 기미들이 '이주'에의 열망만을 보여주었던 것은 아니었다. 그의 시에서 백석은 '어딜 가더라도 살 수 있다'는 의식과 함께 새로운 정주처에 대한 실망이나 좌절 또한 보여줄 수밖에 없었다. 왜냐하면 비록 백석이 새로운 곳에서의 정주를 꿈꾼다고 하더라도 그를 둘러싼 현실 상황의 냉정함은 그에게 그것을 쉽게 허용하지 않았기 때문이다. 「故鄕」, 「八院」, 「北方에서」, 「澡塘에서」 등에는 시인이 처한 그러한 상황과 그에 따른 시인의 실망과 좌절이 잘 나타나 있다.

> 새하얗게 얼은 自動車 유리창 밖에
> 內地人 駐在所長 같은 어른과 어린아이 둘이 내임을 낸다
> 계집아이는 운다 느끼며 운다
> 텅 비인 車안 한구석에서 어느 한 사람도 눈을 씻는다
> 계집아이는 몇해고 내지인 주재소장 집에서
> 밥을 짓고 걸레를 치고 아이보개를 하면서
> 이렇게 추운 아침에도 손이 꽁꽁 얼어서
> 찬물에 걸레를 쳤을 것이다
> — 「팔원」의 일부분[9]

> 이리하여 또 한 아득한 새 넷날이 비롯하는 때
> 이제는 참으로 이기지 못할 슬픔과 시름에 쫓겨
> 나는 나의 넷 한울로 땅으로—나의 胎盤으로 돌아왔으나
>
> 이미 해는 늙고 달은 파리하고 바람은 미치고 보래구름만 혼자 넋없이 떠도는데

---

9) 『백석시전집』, p.94.

아, 나의 조상은 형제는 일가친척은 정다운 이웃은 그리운 것은 사랑
하는 것은 우러르는 것은 나의 자랑은 나의 힘은 없다 바람과 물과 세월
과 같이 지나가고 없다

— 「북방에서」의 일부분[10]

인용된 시들 중에서 첫 번째 것은 「八院」의 일부이다. 이 시에서 시적
주체는 '묘향산행 승합자동차'에 오른 '한 계집아이', 특히 '자동차 유리
창 밖'에 있는 '내지인 주재소장'과 '어린 아이 둘'과 이별하고 있는 '한
계집아이'의 행동을 주목한다. "계집아이는 운다 느끼며 운다"에서 볼 수
있듯이, '계집아이'의 행동은 표면적으로는 그들의 이별을 매우 슬퍼하는
것처럼 보인다. 그렇지만 그 다음에 그는 그러한 행위가 실제로는 '계집
아이'의 희생과 고통에서 비롯된 것이라고 추측한다. 구체적으로 "손이
꽁꽁 얼어서 찬물에 걸레를 쳤을 것이다"라는 추측을 통해서 그는 '계집
아이'의 '울음'이 이별의 슬픔에서만 연유된 것이 아니라 그의 희생에서
연유된 것임을 확실히 말해준다. 시적 주체의 그러한 추측이 실제로는
'새로운 곳'에서의 정주를 꿈꾼 시인의 좌절을 암시하는 것임은 물론이다.
'새로운 곳'에서의 정주에 대한 기대와 그 좌절은 「북방에서」에서는 좀
더 큰 규모로 나타난다. 여기에서 시적 주체는 '북방'을 '나의 태반'이라
고 칭하고 있는데, 하지만 그가 '태반'이라고 여겼던 곳은 이미 '태반'이
아니었다. "나의 조상은 형제는 일가친척은 정다운 이웃은 그리운 것은
사랑하는 것은 우러르는 것은 나의 자랑은 나의 힘은 없다 바람과 물과
세월과 같이 지나가고 없다"에서 드러나듯이, 그가 자신의 '태반'이라고
생각해 왔던 '새로운 정주처', 즉 '북방'은 이미 정주할 곳이 못되었다. 이
러한 점에서 보자면, 「북방에서」에서의 시적 주체의 좌절은 곧 우리 민족

---

10) 『백석시전집』, p.102.

의 좌절, 특히 식민지 조선인의 좌절 그것이라고 할 수 있다.

그렇다면, 백석은 그러한 좌절을 어떻게 극복하려고 했을까? 이러한 물음은 '이주'와 '정주' 사이에서 발생되는 아이러니로서의 '고향 의식'의 실체가 무엇인가를 묻는 것이기도 하다. 이러한 물음에 대한 대답의 실마리는 바로 '새로운 정주처'에 대한 시인의 '실망'과 '좌절'에 담겨 있다. '아이러니'는 자신에 반하는 방식들을 조롱함으로써 반향된 의견에 반해서가 아니라 자신이 정당하게 기대하고 있는 것들을 실망시키고 오히려 그런 의견이 가능케 한 '세상', '운명', '방식' 등에 대한 화자의 좌절을 방출하기 위해서도 사용될 수도 있다. 그러한 맥락에서 보자면, '새로운 정주처'에 대한 실망과 좌절은 역으로 '고향'과 '타향'의 차이를 부각시켜내면서 시인으로 하여금 그러한 실망과 좌절을 안겨준 '세상'을 좀 더 명확히 인식할 수 있도록 해준다. 뿐만 아니라 그것은 시인에게 그의 실망과 좌절이 단지 한 개인의 '의지'의 문제가 아니라 '운명'의 문제일 수 있음을 자각하게 해준다. 그 결과, 시인은 '고향 의식'의 아이러니가 실제로는 '현실 그 자체'의 문제이며, 그와 함께 살아가는 식민지 조선인의 문제임을 절감함으로써 자신의 실망과 좌절을 극복할 가능성을 새로운 관점에서 찾을 수 있게 된다.

> 그러면 아무개氏ㄹ 아느냐 한즉
> 醫員은 빙긋이 웃음을 띠고
> 莫逆之間이라며 수염을 쓸ㄴ다
> 나는 아버지로 섬기는 이라 한즉
> 醫員은 또 다시 넌지시 웃고
> 말없이 팔을 잡어 맥을 보는데
> 손길은 따스하고 부드러워
> 故鄕도 아버지도 아버지의 친구도 다 있었다
> ― 「고향」의 일부분[11]

이 흰 바람벽에
내 가난한 늙은 어머니가 있다
내 가난한 늙은 어머니가
이렇게 시퍼러둥둥하니 추운 날인데 차디찬 물에 손은 담그고 무이
며 배추를 씻고 있다
또 내 사랑하는 사람이 있다.

—「흰 바람벽이 있어」의 일부분[12]

위에 인용된 시들은 그러한 새로운 관점이 무엇인가를 매우 구체적으
로 보여준다. 우선적으로 그것은 시인이 현재의 상황에서 예전에 자신이
살았던 '고향'을 떠올리는 것과 관련되어 있다. 구체적으로 「고향」에서
시인은 '새로운 정주처'에서의 고달픔을 '북관'의 '의원'을 통해서 회복해
내면서 '고향 의식'을 '예전의 고향'과 '새로운 정주처' 사이에서 새롭게
바라볼 계기를 마련한다. 이에 비해서 시인은 「흰 바람벽이 있어」에서는
'가난한 늙은 어머니'와 '사랑하는 사람'이 있는 '고향'을 떠올리면서 새
로운 정주처에서의 고달픔과 좌절을 위로받기도 한다. 하지만 그러한 '위
로'는 결코 완전한 해결책이 될 수는 없다. 왜냐하면 비록 '고향'은 그의
좌절을 위로해주지만 결코 그의 안온한 삶을 보장해주지는 못하기 때문
이다. 「흰 바람벽이 있어」에서 시적 주체가 '어머니'를 '내 가난한 늙은
어머니'로 표현하고 있는 데서 알 수 있듯이, 현실 상황에서 '고향'이란
매우 피폐한 곳일 수밖에 없기 때문이다. 그러므로 '고향 의식'에서 드러
나는 '정주'와 '이주' 사이에서의 시인의 갈등은 여전히 그를 괴롭힐 수밖
에 없으며, 바로 그 점에서 '고향 의식'의 아이러니의 의미는 '정주'와 '이
주' 사이에서 계속해서 갈등할 수밖에 없는 '식민지인의 운명'으로 모아

---

11) 『백석시전집』, p.75.
12) 『백석시전집』, p.109.

질 수밖에 없다.[13)

　이처럼, 백석의 시에서 나타나는 '고향 의식'의 아이러니는 우선적으로 '정주'와 '이주' 사이의 경계에서 시작된다. 백석은 한편으로는 그가 유년 시절을 보냈던 고향에서의 삶을 한 곳에 정착하여 살아가는 삶의 모습으로 형상화하면서 그러한 삶에 대한 기대를 드러내기도 하고, 다른 한편으로는 '고향'을 떠나서 자꾸 새로운 곳으로 나아가려는 열망을 드러내기도 한다. 물론, 백석의 시에서 '정주'와 '이주'가 확연히 분리되어 나타나는 것은 아니다. 그의 시에서 양자는 '정주→이주1→정주1→이주2→정주2→(……)'와 같은 방식으로 매우 복합적으로 드러난다. 그리고 '정주'와 '이주' 사이의 그러한 복합적인 관계를 바탕으로 '고향 의식'은 '정주'와 '이주' 사이에서 고민하는 시인의 내면적 갈등을 보여주었을 뿐만 아니라 식민지 시대를 살아가던 사람들의 운명까지도 보여주었다. 이로 미루어 볼 때, 당시에 문인들은 실제로는 자신의 지향하는 바를 항상 반성해보지 않으면 안 되는 시대에 살았다고 할 수 있다. 그만큼 식민지 시대에 '고향 의식'의 아이러니는 매우 현실적인 토대 위에서 형성된 것이다.

────────────

13) 일찍이 최두석은 백석 시의 '고향 상실'을 '운명적인 것'으로 설명한 바 있다. 구체적으로 그는 "작가 자신이 이민족들이 사는 땅으로 유랑을 하게 되고 이러한 현상이 민족 대다수의 생계 문제와 결부되었을 때 자기 충족적인 세계인 고향에 계속 머물 수는 없는 일이다. 시 쓰는 행위가 작위가 아니고 진실인 이상 이것은 어쩔 수 없다."(p.304)라는 점을 전제로 "백석은 미래에 도래할 유토피아를 믿을 수 없었고 역사의 수레바퀴에 뛰어들 용기도 없었다. 따라서 그에게 있어 고향 상실은 운명적인 것이다."(p.304)라는 주장을 펼친 바 있다.그렇지만 이러한 주장은 '고향 상실'과 '새로운 정주처의 발견', '고향의 재발견'과 '새로운 정주처에 대한 좌절' 사이의 길항 관계에서 다시 재정립될 필요가 있다. 최두석의 견해는 최두석, 「백석의 시세계와 창작방법」, 정효구 편저, 『백석』, 문학세계사, p.304 참고.

3. '전근대/근대'의 경계와 공동체의 모색

백석이 그의 시에서 '토속어', 즉 '방언'을 적극적으로 활용하였다는 점은 널리 알려져 있는 사실이다. 그리고 백석의 시에서 드러나는 그러한 특징은 전반적으로 '민족공동체 의식'의 함양과 밀접히 관련된 것으로 여겨져 왔다. '방언'의 사용이 '지방'의 특성을 살리는 것이고, 그래서 우리 민족의 독특한 면을 언어적 차원에서 드러내는 것이라고 한다면, 그러한 '방언'의 사용은 그 자체로 '민족공동체 의식'의 함양과 연관된 행위임에는 틀림없다. 특히 백석이 '토속어'를 집중적으로 활용하여 시를 쓰던 당시가 日帝가 일본어 사용을 강요하면서 언어의 차원에서 조선인을 동화시키려는 '조선어말살정책'을 펼쳤던 시기였다는 점을 고려하면, 백석의 시가 '토속어'를 사용하였다는 사실은 일제에 의해 강요된 언어적 동질성에 대한 일종의 저항으로도 볼 수 있을 것이다.

그러한 가능성은 백석의 글에서도 찾아진다. 일찍이 백석은 산문 「죠이쓰와 애란문학」(≪조선일보≫, 1934.8.10~9.12)에서 식민지 지식인의 한계와 슬픔을 언어를 통해서 극복하려는 의도를 보여준 바 있다. "나기는 애란인으로 낫스나, 교양은 파리아로 교양바든 「씬즈」는 그와는 아모 문화적 결연이 업는 일국의 언어로 그의 작품을 쓰지 안어서는 안되엇다."[14]에서 구체적으로 지적되어 있듯이, 백석은 자신의 문화적 언어인 '영어'가 아니라 '애란어'를 통해 작품을 썼던 '제임스 조이스'와 '신즈'를 통해서 식민지 지식인의 한계와 책임을 동시에 표출하였다. 그러한 점에서 보자면, 『사슴』에 실려 있는 시들과 그 밖의 시들에서 백석이 '토속어'를 사용하여 토속적인 풍물의 세계를 형상화하였다는 점은 그가 식민지 지식

---

14) 백석, 「죠이쓰와 愛蘭文學」, ≪조선일보≫, 1934.8.12.

인의 한계와 책임을 '언어'를 통해 표출하려고 했음을 구체적으로 보여주는 것이라고 말하지 않을 수 없다.[15] 「여우난골족」, 「古夜」, 「가즈랑집」, 「고방」, 「모닥불」, 「오금덩이라는 곳」 등은 그러한 면을 잘 보여주는 작품들이다.

> 명절날 나는 엄매아배 따라 우리집개는 나를 따라 진할머니 진할아버니가 있는 큰집으로 가면
>
> 얼굴에 별자국이 솜솜난 말수와 같이 눈도 껌벅이는 하로에 베 한필을 짠다는 벌하나 건너집엔 복숭아 나무가 많은 신리고무 고무의 딸 李女 작은 李女
> 열여섯에 四十이 넘은 홀아비의 후처가 된 포족족하니 성이 잘나는 살빛이 매감탕 같은 입술과 젓꼭지는 더 깜안 예수쟁이 아믈 가까이 사는 土山고무 고무의 딸 承女 아들 承동이
> 六十里라고 해서 파랗게 뵈이는 山을 넘어 있다는 해변에서 과부가 된 코끝이 빨간 언제나 옷이 정하든 말끝에 설게 눈물을 짤 때가 많은 큰골 고무 고무의 딸 洪女 아들 洪동이 작은 洪동이
> 배나무 접을 잘하는 주정을 하면 토방돌을 뽑는 오리치를 잘 놓는 먼섬에 반디젓 담그려가기를 좋아하는 삼촌 삼촌엄매 사춘누이 사춘동생들
>
> 이 그득히들 할머니 할아버지가 있는 안간에들 모여서 방안에는 새 옷의 내음새가 나고
> 또 인절미 송구떡 콩가루차떡의 내음새도 나고 끼때의 두부와 콩나물

---

15) 그러한 점에서 보자면, "방언의 특징적인 사용, 자기 자신만의 고유한 사투리로 자신의 황량한 세계를 드러낸다는 것, 이것이 의미하는 바는 바로 '변경성 언어'의 주제에 대응되는 것이며 이 언어권에 속한 한 개인의 실존적 글쓰기의 현실을 의미한다. 그것은 30년대 고향을 주제로 한 숱한 시편들과 고향 의식이라는 집단 환상의 밑자리에 있는 무의식이다."라고 하면서 백석 시에서의 방언의 활용을 '변경성 언어'로 보면서 '고향 의식의 무의식'과 관련지어 살피고 있는 견해는 매우 주목할 만한 것이라고 할 수 있다. 인용 부분은 조영복, 「백석 시의 언어와 정치적 담론의 소통성」, 『한국 현대시와 언어의 풍경』, 태학사, 1999, p.84.

과 볶은 잔디와 고사리와 도야지비계는 모두 선득선득하니 찬 것들이다.

저녁술을 놓은 아이들은 외양간섶 밭마당에 달린 배나무 동산에서
쥐잡이를 하고 숨굴막질을 하고 꼬리잡이를 하고 가마타고 시집가는 놀
음 말타고 장가가는 놀음을 하고 이렇게 밤이 어둡도록 북적하니 논다
— 「여우난골족」 일부16)

이 시는 백석의 시들 중에서도 방언이 가장 효과적으로 사용된 작품으
로 평가되는 「여우난골족」의 일부이다. 이 시에는 '배나무섶, 토방골, 오
리치' 등의 생활풍물, '반디젓, 송구떡, 콩가루차떡, 볶은 잔디, 무이징게
국' 같은 음식풍물, '쥐잡이, 숨굴막질, 꼬리잡이, 조아질, 바리깨돌림, 제
비손이구손이, 호박떼기' 같은 놀이풍물들 등 갖가지 향토풍물이 다채롭
게 제시되어 있는데, 그 제시의 방식에서 드러나는 '낯설게 하기'와 그로
인한 '이향 체험'은 '향토적 서정' 뿐만 아니라 '민족공동체 의식'을 구현
코자 했던 것으로 평가되기도 한다.17) 특히 '반디젓, 송구떡, 콩가루차떡,
볶은 잔디, 무이징게국' 같은 음식풍물과 관련된 어휘들이 백석의 시에서
자주 등장하는 것은 일제하에서 "비록 거친 음식이나마 음식 속에 내장된
생의 활기와 에너지로 충일했던 총체적 삶의 원형을 탐색"18)하는 것으로
받아들여지기도 했다. 그러한 견해들처럼, 실제로 이 작품에서는 '토속어'
와 '토속적 풍물들'을 통해서 '민족공동체 의식'을 구현하려는 면모가 다
분히 들어 있다.

그렇다고 해서 백석의 시에서 드러나는 그러한 경향이 시인의 의도대
로 식민지 조선에 대한 지식인의 책무로만 받아들여질 수 있는 것은 아니

---

16) 『백석시전집』, pp.16~17.
17) 김영철, 「현대시에 나타난 지방어의 시적 기능 연구」, 『우리말글』 25집, 우리말글학회,
2002.8, pp.11~12 참고.
18) 강외석, 「백석 시의 음식 담론고」, 『배달말』 30, 배달말학회, 2002.6, p.151.

다. 왜냐하면 당시의 시대 현실에서 '토속어'에 의한 '토속적 풍물 세계'의 형상화는 '민족공동체 의식'의 함양이 아닌 또 다른 것으로 읽혀질 수도 있기 때문이다. 그러한 위험성은 당시에 일제가 의식적으로 조선과 조선인의 고유성이나 삶의 방식을 인정하는 가운데 조선인에 대한 동화정책을 펼치기도 했다는 점에서 결코 소홀히 다룰 성질의 것이 아니다. 실제로 1930년대 중반 이후로 일제는 그 나름대로 조선인이나 조선의 자율성과 고유성을 인정하는 방식에서 교묘히 그들의 동화정책을 펼친 바 있다. 이러한 사실은 '心田開發政策'의 속사정에서 분명하게 드러난다. '심전개발정책'이란 한 마디로 말해서 일제가 피상적으로는 조선과 조선인의 고유성이나 삶의 방식을 인정하면서 실제로는 조선인의 삶의 태도를 빙자하여 그들의 삶의 태도를 은근히 강요하는 것이었다.[19] 그러므로 백석의 시가 '토속어'를 통해서 '토속적 풍물 세계'를 형상화하였다는 점은 특별한 주의를 요하는 것이라고 하지 않을 수 없다.

『사슴』 이후로 백석의 시에서는 '토속어'에 의한 '토속적 풍물 세계'의 형상화가 눈에 띄게 줄어든다. 「湯藥」, 「膳友辭」, 「외가집」, 「개」, 「넘언집 범 같은 노큰마니」, 「童尿賦」, 「北新」, 「월림장」, 「木具」, 「마을은 맨천 구신이 돼서」 등에서 여전히 토속적인 풍물의 세계가 보이는데, 그

---

19) '心田開發政策'이란 말 그대로 '心田', 즉 마음의 터전을 개발하려는 정책이다. 일제는 조선인의 마음의 터전을 개발함으로써 조선인을 근본적인 차원에서 그들과 동화시키려고 하였다. 그들이 내세운 목표는 ① 國體觀念을 明徵하는 것, ② 敬神崇祖의 사상 및 신앙심을 함양하는 것, ③ 보은·감사·자립의 정신을 양성하는 것 등 3가지였다. 그렇다고 해서 '심전개발정책'에서 일제가 그들의 목적을 직접적으로 드러내었던 것은 아니다. 그들은 피상적으로는 조선의 고유한 삶의 방식, 즉 조선의 무속 신앙이나 여러 가지 생활 태도 등을 어느 정도 인정하면서 궁극적으로는 그들이 원하는 목표를 달성하려고 하였다. '심전개발정책'의 목표들 중에서도 백석의 시와 관련하여 특히 주목되는 정책은 '② 경신숭조 사상 및 신앙심을 함양하는 것'이다. '심전개발정책'에 대해서는 한긍희, 「1935~37년 일제의 '심전개발' 정책과 성격」, 서울대 석사학위논문, 1995, pp.48~51 참고.

양상은 이전과는 사뭇 다르다. 「넘언집 범 같은 노큰마니」, 「동뇨부」, 「목구」 등에서는 여전히 방언에 의한 토속적인 풍물의 세계가 『사슴』에서의 그것과 어느 정도 그 양상이 같다. 하지만, 다른 작품들에서는 토속적인 풍물의 세계가 방언에 의한 토속적 세계의 형상화라기보다는 현재적 관점에서 풍물을 대하면서 예전의 토속적 풍물을 회상하는 정도에 그친다. 이러한 사실은 아무래도 시인이 당시의 시대 상황 속에서 '토속어'에 의한 '토속적 세계'의 형상화가 지닌 위험성을 어느 정도 감지하기 시작했음을 의미하는 것이라고 할 수 있다. 왜냐하면 비록 시인이 '풍물 세계'를 형상화함으로써 전근대적 세계를 통해 '민족공동체 의식'을 고취하려고 하였더라도 시대 상황의 변화 속에서 그가 그려낸 풍물 세계는 본의 아니게 일제의 '심전개발정책'에 동조하는 행위로 여겨질 수도 있었을 것이기 때문이다.

> 그리고 다 달인 약을 하이얀 약사발에 밭어놓은 것은
> 아득하니 깜하야 萬年넷적이 들은 듯한데
> 나는 두 손으로 고히 약그릇을 들고 이 약을 내인 넷사람들을 생각하노라면
> 내 마음은 끝없이 고요하고 또 맑어진다
> ― 「탕약」의 후반부[20]

> 우리들은 가난해도 서럽지 않다
> 우리들을 외로워할 까닭도 없다
> 그리고 누구 하나 부럽지도 않다
>
> 흰밥과 가재미와 나는
> 우리들이 같이 있으면

---

20) 『백석시전집』, p.57.

세상 같은 건 밖에 나도 좋을 것 같다

— 「선우사」의 뒷부분[21]

  인용된 시들에서는 '풍물'을 대하는 시적 주체의 태도가 이전과는 달라졌다는 점이 잘 나타난다. 전반적으로 여기에서 성인으로서의 시적 주체는 그가 대하는 풍물을 통해서 과거를 회상하고, 그리하여 자신의 현재 상황에 대해 스스로 위안한다. 구체적으로, 「탕약」에서 그는 '하얀 약사발'에 들어 있는 '검은 약'을 보면서 '만년 넷적'과 '약을 내인 넷사람들'을 떠올리는데, 이러한 방식은 처음부터 토속적인 풍물 세계를 그려내었던 것과는 상당한 차이가 있는 것이다. 특히 여기에서 시적 주체는 사물과 그로 인한 회상을 통해서 자신의 '마음'을 스스로 다스리고 있는데, 이러한 점은 예전의 시들에서는 보기 힘든 면이라고 할 수 있다. 이러한 면은 「선우사」에서도 마찬가지로 찾아볼 수 있다. 여기에서도 시적 주체는 '흰밥', '가재미'를 먹으면서 "우리들은 가난해도 서럽지 않다/ 우리들을 외로워할 까닭도 없다/ 그리고 누구 하나 부럽지도 않다"라고 말한다. 즉 그는 '가난'과 '외로움'에 시달리고 있으면서도 '흰밥'과 '가재미'를 통해서[22] 자신의 유년시절을 떠올리면서 스스로 위안을 얻는다.

  그렇다면, 무엇 때문에 백석은 자신의 '마음'을 다스리려고 하는 것일까? 달리 말해서 이 시기의 시들에서 시인은 왜 '마음'에 주목하고, 그 '마음'을 '풍물'과 관련된 지난날의 '회상'을 통해서 달래려고 하는 것일까? 이러한 물음은 백석의 시에서 드러나는 '고향 의식'이 또 다른 차원에서

---

21) 『백석시전집』, p.66.

22) 이 시의 다른 부분에는 다음과 같은 구절들이 있다. "우리들은 맑은 물밑 해정한 모래톱에서 하구 긴 날을 모래알만 헤이며 잔뼈가 굵은 탓이다/ 바람 좋은 한 벌판에서 묽닭이 소리를 들으며 단이슬 먹고 나이 들은 탓이다/ 외따른 산골에서 소리개소리 배우며 다람쥐 동무하고 자라난 탓이다// 우리들은 모두 욕심이 없어 희여졌다/ 착하디 착해서 세관은 가시 하나 손아귀 하나 없다/ 너무나 정갈해서 이렇게 파리했다."

펼쳐내는 '아이러니'와 연관된 것이라는 점에서 매우 중요한 것이라고 하지 않을 수 없다. 왜냐하면 그것은 일찍이 '토속적 풍물 세계'의 형상화를 통해서 '민족공동체 의식'을 함양하려고 했던 시인이 전근대적 차원에서 공동체 의식을 모색하는 것을 지양하고, 새로운 방식으로 공동체를 모색하는 일과 관련되어 있는 것으로 보이기 때문이다. 1930년대 중반 이후로 백석의 시에서 '사색'과 관련된 어휘들과 '현재의 상황'에 대한 수긍이 자주 드러나는 것은 그 좋은 예라고 할 수 있다. 이러한 사실은 '토속어'에 의해 '토속적 풍물 세계'를 담아내었던 시들과, 『사슴』에서의 「흰밤」, 「寂境」, 「曠原」, 「山 비」 등 대상에 이미지를 간명하게 펼쳐 보이고 있는 시들을 비교할 때, 특히 『사슴』 이후의 시들 중에서 '사색'이나 '마음'과 관련된 시들과 비교할 때 분명하게 드러난다.

어느 사이에 나는 아내도 없고, 또,
아내와 같이 살던 집도 없어지고,
그리고 살뜰한 부모며 동생들과도 멀리 떨어져서,
그 어느 바람새인 쓸쓸한 거리 끝에 헤매이었다.
바로 날도 저물어서,
바람은 더욱 세게 불고, 추위는 점점 더해오는데,
나는 어느 木手네 집 헌 삿을 깐
한방에 들어서 쥔을 붙이었다.
이리하여 나는 이 습내 나는 춥고, 누굿한 방에서
낮이나 밤이나 나는 나 혼자도 너무 많은 것 같이 생각하며,
딜옹배기에 북덕불이라도 담겨오면
이것을 안고 손을 쬐며 재우에 뜻 없이 글자를 쓰기도 하며,
또 문밖에 나가디두 않구 자리에 누어서,
머리에 손깍지 벼개를 하고굴기도 하면서,
나는 내 슬픔이며 어리석음이며를 소처럼 연하여 쌔김질을 하는 것
이었다.
— 「남신의주유동박시봉방」의 앞부분[23]

백석이 1948년 10월 《學風》에 발표한 「南新義州柳洞朴時逢方」은 다른 어떤 시들보다도 그러한 특징을 잘 보여준다. 여기에서 우선적으로 주목할 사항은 여기에 사용된 시어들이 철저히 '思索語'의 성향을 강하게 보여주는 것들이라는 점이다. "어느 사이에 나는 아내도 없고, 또/ 아내와 같이 살던 집도 없어지고,/ 그리고 살뜰한 부모며 동생들과도 멀리 떨어져서,/ 그 어느 바람새인 쓸쓸한 거리 끝에 헤매이었다."라는 첫 부분에서 알 수 있듯이, 시적 주체에게 '아내'와 '집'과 '부모'와 '동생들'은 그가 자신의 현재 상황을 성찰하기 위해 동원한 것들이다. "낮이나 밤이나 나는 나 혼자도 너무 많은 것 같이 생각하며"와 "나는 내 슬픔이며 어리석음이며를 소처럼 연하여 쌔김질을 하는 것이었다."에서도 보이듯이, 시적 주체는 '사색'을 통해서 자신의 현재 상황과 예전에 자신이 중요하게 생각했던 '공동체'와의 관계를 반성한다. 왜냐하면 그는 지금 자신의 몸조차도 버거워 하며, '슬픔' 속에서 자신의 '어리석음'을 탓할 수밖에 없기 때문이다. 그러므로 이러한 상황에서 예전과 같은 '민족공동체 의식'을 환기하는 일은 무용한 일이 되지 않을 수 없다.

시인이 이처럼 예전과는 다르게 '사색어'와 '마음의 발견'을 통해서 자신의 현재 상황을 극복하려고 하였다는 점은 엄밀히 따져보면 '근대'의 차원에서 '공동체'를 새롭게 모색하는 일과 관련된 것일 수도 있다. 왜냐하면 시인이 '전근대적'인 공동체와의 관계를 반성하고 있다는 사실은 '근대적'인 '국가공동체'를 본격적으로 주창하는 것은 아니라고 하더라도, 적어도 그 가능성만큼은 염두에 두고 있다고 말할 수 있기 때문이다. 앞에서 살펴보았던 '고향 의식'의 아이러니에서 시인이 '새로운 곳'에로의 '이주'의 욕망과 '그곳'에서의 '정주'의 욕망을 보여주었던 것도 실제로는

---

23) 『백석시전집』, p.123.

이러한 점과 깊은 관련이 있다. '고향'에서의 '이주'가 그랬던 것처럼, 시인은 이제 '전근대적'인 공동체에 대한 지향에서 '근대적'인 공동체에 대한 지향으로 나아가고 있는 것이다. 「木具」에서 백석이 "水原白氏 定州白村의 힘세고 꿋꿋하나 어질고 정많은 호랑이 같은 곰 같은 소 같은 피의 비 같은 밤 같은 달 같은 슬픔을 담는 것 아 슬픔을 담는 것"24)에서 '목구'를 '전근대적인 공동체'로 바라보고, 그러한 공동체를 '슬픔'과 연관지어 부정적으로 바라보는 것은 그 구체적인 보기에 해당된다.

'언어'와 '공동체'를 대하는 시인의 태도에서 보이는 이러한 '거리'는 곧 '전근대'와 '근대'의 경계에서 '고향 의식'의 아이러니가 보여주는 거리이기도 하다. 즉 '고향 의식'의 아이러니는 그 경계에서 '공동체적 삶'이 지니는 '위험성'과 관련된 기미들을 보여주면서 새로운 공동체에 대한 시인의 기대를 보여준다. 그렇지만 '마음의 발견'에서 볼 수 있듯이, '근대적 공동체'에 대한 시인의 기대는 일제의 동화정책에서 완전히 자유로울 수는 없는 일이다. 왜냐하면 심전개발정책과 같은 일제의 교묘한 동화정책의 위험을 인식하였다고 하더라도 그 앞에는 일제의 대동아공영권과 같은 근대의 논리가 또한 매우 가시적인 형태로 버티고 서 있었기 때문이다. 그러한 점에서 1930년대 중반 이후의 시에서 자주 드러나는 '사색어'와 '마음의 발견'은 『사슴』의 시가 부딪혔던 장애물과는 또 다른 성격의 장애물을 만나지 않을 수 없다. 즉 『사슴』에서의 토속적 언어에 의한 풍물의 세계가 전근대적 세계의 공동체 의식을 강조하면서 심전개발정책의 논리에 부딪혔다면, 『사슴』 이후의 시들에서 볼 수 있는 사색어를 통한 마음의 발견은 상대적으로 그것이 전근대적인 것으로부터의 탈피를 내세우는 것이라는 점에서 일제의 근대 논리에 부딪힐 수밖에 없었던 것이다.

---

24) 『백석시전집』, p.96.

그러한 점에서 보자면, 백석의 시에서 '고향 의식'의 아이러니는 또한 '전근대적 공동체'와 '근대적 공동체' 사이에서 좌절할 수밖에 없는 식민지 지식인의 한계를 보여주는 것이기도 하다.[25]

　이처럼, 백석의 시에서 '고향 의식'의 아이러니는 '전근대'와 '근대' 사이의 경계에서 시작되는 것이기도 한다. 그의 시에서 '전근대'와 '근대' 사이의 경계는 한편으로는 '향토어'와 '사색어' 사이에서 드러나며, 다른 한편으로는 '민속적 신앙이나 풍물'과 '마음의 발견' 사이에서 드러난다. 그리하여 백석은 그러한 경계들에 위치해 있는 '고향 의식'의 아이러니를 통해서 '전근대적 공동체'와 '근대적 공동체'의 위험성에 대한 자각과 그로 인한 고통을 보여준다. 물론, 그의 시에서 양자는 확연히 구분되는 것은 아니다. 구체적으로 그의 시에서 '향토어'는 '민속적 신앙이나 풍물'을, 그에 비해서 '사색어'는 '마음의 발견'을 드러내는 데 치중하면서 현실 상황 아래에서 공동체의 위험성과 관련된 기미들을 드러낸다.

---

25) 이런 점에서 볼 때, 백석의 시에서 드러나는 고향 의식을 근대성 인식과 연관지어 고찰한 박윤우의 논문은 주목할 만하다. 그는 1930년대 시에서 근대성을 확보한다는 것은 대상에 대한 객관적인 언어적 형상화를 통한 세계의 이성적 인식을 이루어내는 것이고, 이 시기에 근대적인 것에 대한 시적 인식의 토대가 근대화를 지향하는 것이 곧 식민 상태를 공고히 하는 것이며 전통적인 삶의 원형을 상실케 하는 것이라는 역설적 상황에 있다는 점을 전제로 하여 "백석의 시가 보여주는 고향의 세계는 식민지적 근대의 부정성을 드러내는 동시에, 객관적 화자를 통해 지적 통제를 수반한 대상의 현실적 인식을 가능케 한 것"이라고 주장한다. 박윤우, 「백석 시에 나타난 고향 의식과 근대성의 관계양상 연구」, 『국제어문』 제20집, 국제어문학회, 1999, p.135.

4. 주체 정립의 계기로서의 '고향 의식'

백석의 시에서 '고향 의식'의 아이러니는 우선적으로는 '정주'와 '이주'의 경계에서 한편으로는 정주에의 욕망을, 다른 한편으로는 이주에로의 욕망을 지닐 수밖에 없었던 식민지인의 운명을 보여주었다. 또한 그것은 '전근대'와 '근대' 사이의 경계에서 한편으로는 전근대적 공동체에 대한 욕망을, 다른 한편으로는 근대적 공동체에 대한 욕망을 지닐 수밖에 없었던 식민지 지식인이 시대 현실 앞에서 좌절할 수밖에 없음을 보여주었다. 전자가 식민지인의 운명을 보여주는 것이고, 후자가 식민지 상황에서의 공동체의 위험성을 자각한 식민지 지식인의 운명을 보여주는 것이라는 점에서 보자면, '고향 의식'의 아이러니에서 백석은 스스로 모순을 느끼지 않을 수 없었을 것이다. 그렇다면, 백석의 시에서 '고향 의식'의 아이러니는 어떻게 귀결될 수 있을 것인가? 이러한 물음은 백석 시에서의 '고향 의식' 아이러니의 실체와 향방을 모두 묻는 것이며, 동시에 그 의의와 한계를 묻는 것이기도 하다.

백석의 시에서 '고향 의식'의 아이러니는 식민지 시대를 진지하게 살아가려고 했던 한 시인이 일제의 식민지 정책에 의해 왜곡될 수밖에 없었던 현실과 마주하여 주체를 정립해가려는 노력을 보여준 것이라는 점에서 그 의미를 찾을 수 있다. 즉 '고향 의식'의 아이러니를 계기로 하여 백석은 그가 이전부터 지향해오던 가치관에 일방적으로 함몰되지 않으면서 새롭게 자신을 '주체'로 정립해내려는 모습을 보여준다. 물론, 그러한 주체 정립의 과정이 일제 식민지로서의 조선의 현실과 일제의 교묘한 식민 정책에 의해 강요된 것이었기에 시인의 주체 정립은 상당한 한계를 지닌 것일 수밖에 없었다. 그럼에도 불구하고, 백석이 「寂寞江山」과 「남신의주 유동박시봉방」에서 보여준 주체 정립에의 의지는 한국 현대시문학사에서는 매우 귀중한 것임에 틀림없다.

　　산으로 오면 산이 들썩 산 소리 속에 나 홀로
　　벌로 오면 벌이 들썩 벌 소리 속에 나 홀로

　　정주 동림 구십여 리 긴긴 하로 길에
　　산에 오면 산 소리 벌에 오면 벌 소리
　　寂寞江山에 나는 있노라
　　　　　　　　　　　　　　　　　　— 「적막강산」의 일부분[26]

　　외로운 생각만이 드는 때쯤 해서는,
　　더러 나줏손에 쌀랑쌀랑 싸락눈이 와서 문창을 치기도 하는 때도 있
　는데,
　　나는 이런 저녁에는 화로를 더욱 다가 끼며, 무릎을 꿇어 보며,
　　어니 먼 산 뒷옆에 바우섶에 따로 외로이 서서,
　　어두어 오는데 하이야니 눈을 맞을, 그 마른 잎새에는,
　　쌀랑쌀랑 소리도 나며 눈을 맞을,
　　그 드물다는 굳고 정한 갈매나무라는 나무를 생각하는 것이었다.
　　　　　　　　　　　　　　　　　— 「남신의주유동박시봉방」의 뒷부분[27]

　　여기에서 볼 수 있는 것과 같이, 백석의 시에서 '고향 의식'의 아이러니
는 '적막강산'에 있는 '나'의 발견과, 그로 인한 '외로움'을 '굳고 정한 갈
매나무'로 이겨내려는 시인의 새로운 '주체 정립'으로 이어진다. 구체적
으로 시인은 '적막강산'에서도 모든 것들이 그와 함께 하고 있다는 인식
에 이르지만, 그러한 인식은 철저히 '홀로 있'는 상황에서 이루어진다. 그
렇다고 해서 시인이 그러한 상황에 좌절하는 것은 아니다. 그는 그러한
상황에서도 '굳고 정한 갈매나무'라는 새로운 지향점을 찾아내고 그것에

---

26) 『백석시전집』, p.118.
27) 위의 책, p.123.

기대어서 자신을 또 다시 정립한다. 그러한 점에서 보자면, 시인의 그러한 자기 인식과 세계관은 '문장파'의 그것과 상당할 정도로 유사하다. 이제 그의 세계에서는 예전에 그가 '고향 의식'의 아이러니를 통해서 보여주었던 진지한 고민들은 더 이상 별다른 의미를 얻지 못한다. 이제 그에게 중요한 것은 식민지 현실과 관련된 고민들이 아니라 해방된 새로운 세계와 관련된 태도이기 때문이다.

'고향 의식' 아이러니의 귀결은 단순히 백석 개인의 차원에서만 살펴볼 성질의 문제가 아니다. 그것은 한 시인의 문제이기도 하지만 식민지 상황에서 일제에 대한 '저항'과 '동조'의 경계에서 무수한 고민에 사로잡히거나, 그 경계를 명확히 하지 못해 혼란스러워 할 수밖에 없었던 사람들 모두의 문제이기도 하다. 그러므로 백석 시에서 드러나는 '고향 의식'의 아이러니의 진정한 실체와 그 의의를 말하는 것은 매우 어렵고도 조심스러운 일이다. 왜냐하면 그것은 시대 현실과의 관계 속에서 조명되어야만 하는 문제이기 때문이다. 그러한 점에서 보자면, 백석 시에서의 '고향 의식' 아이러니에 대한 평가는 당시 시대의 여러 가지 상황들을 고려하는 가운데 좀 더 신중하게 내려질 필요가 있다.

5. 결론

고향 의식을 아이러니의 풍경으로 바라본다는 것은 '고향 의식'을 고향에 대한 긍정적 태도와 부정적 태도 모두와 관련하여 바라보려는 것을 말한다. 이러한 방식은 아이러니가 대상의 이중성을 동시에 인식하는 데서 오는 분열과 괴리의 효과라는 점을 중시한 것이다. 백석의 시에서 고향을 바라보는 시적 주체의 태도는 이중적이다. 즉 그는 삶의 원형이 보존되어 있는 공동체로서의 고향을 갈망하면서 동시에 그러한 원형적 모습이 보존되어 있는 고향으로부터 벗어나려고 한다. 이러한 시적 주체의 고향에 대한 이중적 태도는 다른 무엇보다도 그가 고향의 풍속을 대하는 데에서 잘 드러난다. 백석의 시에서 시적 주체는 한편으로는 고향의 풍속에 침잠하려고 하고, 다른 한편으로는 그러한 고향의 풍속에서 벗어나려고 한다. 그런 점에서 고향의 풍속을 대하는 시적 주체의 태도에는 '근대'에 대한 시인의 태도가 담겨 있기도 하다.

백석의 시에서 나타나는 '고향 의식'의 아이러니는 우선적으로 '정주'와 '이주' 사이의 경계에서 시작된다. 백석은 한편으로는 그가 유년 시절을 보냈던 고향에서의 삶을 한 곳에 정착하여 살아가는 삶의 모습으로 형상화하면서 그러한 삶에 대한 기대를 드러내기도 하고, 다른 한편으로는 '고향'을 떠나서 자꾸 새로운 곳으로 나아가려는 열망을 드러내기도 한다. 그리고 그의 시에서 양자는 '정주→이주1→정주1→이주2→정주2→(……)'와 같이 매우 복합적으로 드러나면서 '정주'와 '이주' 사이에서 고민하는 시인의 내면적 갈등을 보여주었을 뿐만 아니라 식민지 시대를 살아가던 사람들의 운명까지도 보여주었다. 또한 백석의 시에서 '고향 의식'의 아이러니는 '전근대'와 '근대' 사이의 경계에서 시작되는 것이기도 하다. 그의 시에서 '전근대'와 '근대' 사이의 경계는 한편으로는 '향토어'와 '사색어' 사이에서 드러나며, 다른 한편으로는 '민속적 신앙이나 풍물'과 '마음의 발견' 사이에서 드러난다. 그리하여 백석은 그러한 경계들에 위치해 있는 '고향 의식'의 아이러니를 통해서 '전근대적 공동체'와 '근대적 공동체'의 위험성에 대한 자각과 그로 인한 고통을 보여준다.

이런 점에서 볼 때, 백석의 시에서 드러나는 '고향 의식'의 아이러니는 식민지 시대를 진지하게 살아가려고 했던 시인이 왜곡된 식민지 현실과 마주하여 주체를 정립해가려는 노력을 보여준 것이라고 할 수 있다. 백석은 '고향 의식'의 아이러니를 계기로 하여 새롭게 자신을 '주체'로 정립해 내려는 모습을 보여준다. 물론, 그러한 주체 정립의 과정은 당시의 시대 상황으로 인해 상당한 한계를 지닌 것일 수밖에 없었다. 그럼에도 불구하고, 백석이 보여준 주체 정립에의 의지는 한국 현대시문학사에서는 매우 귀중한 것이라고 할 수 있다.

　백석의 시에서 드러나는 '고향 의식'의 아이러니는 한국 현대시문학에서 1930년대 중반 이후에 집중적으로 나타났던 '고향 의식'과 관련될 때 좀 더 명확하게 이해될 수 있다. 그리고 '고향 의식'의 아이러니가 지닌 한계 또한 그것이 당시의 시대 상황이나 문단 상황과 맺고 있는 관계 양상을 주도면밀하게 고찰할 때라야 비로소 분명해질 수 있다. 하지만 이러한 일은 차후의 과제로 남겨두기로 한다.

제2장 김광균 시에서의 이미지와 서정의 상관성

1. 서론

한국 현대시문학사에서 '모더니즘 시'란 일반적으로 1920년대 중반 이후에 등장하여 이후로 현대시문학사의 중요한 줄기를 이루어 온 이미지즘·주지주의적 경향의 시와 초현실주의적 경향의 시를 총칭하는 용어이다.[1] 그 동안 '모더니즘 시'에 속하는 시들은 시를 대하는 태도나 시를 창작하는 방법 등에서 그 이전의 시에서는 볼 수 없었던 여러 가지 '새로움들'을 보여준 바 있다. 그 새로움들 중에서도 모더니즘 시가 주체와 세계 사이의 대면을 시에서 본격적으로 문제 삼았다는 사실은 한국 현대시문학사에서 모더니즘 시가 보여준 가장 새로운 점이라고 할 수 있다. 실제로 한국의 현대시가 주체와 세계 사이의 관계를 다각적으로 바라볼 수 있

---

1) '모더니즘 시'라는 용어는 이미지즘·주지적 경향의 시와 초현실주의적 경향의 시가 기반하고 있는 미학적 특성이 여러 가지 면에서 상당한 차이를 보여주는 것이라는 점에서 그 타당성이 문제시되기도 한다. 그렇지만 '모더니즘 시'에 속하는 시적 경향들이 공통적으로 주체와 세계 사이의 관계 자체를 주목하여 왔다는 점 또한 부정할 수 없는 사실이다. 그러므로 주체와 세계 사이의 관계 자체를 중시할 경우에는 한국 현대시문학에서 '모더니즘 시'라는 용어는 여전히 유효하다고 말할 수 있다.

게 된 데에는 모더니즘 시의 덕이 매우 크다고 하지 않을 수 없다.

모더니즘 시가 보여준 주체와 세계 사이의 대면 방식은 그 동안 주로 '의식'과 '탈의식'의 차원에서 해명되어 왔다. 구체적으로 그것은 주로 사물을 객관화하거나 대상을 비판하려는 주체의 의식적인 노력이나, 의식으로부터의 구속을 탈피하려는 주체의 탈의식적인 노력과 관련되어 해명되어 왔다.[2] 그리고 그 결과, 모더니즘 시가 보여준 주체와 세계 사이의 대면 방식은 한국 현대시문학사에서는 일찍이 볼 수 없었던 새로운 면모에 해당되는 것으로 인정될 수 있었다. 하지만, 이러한 인정이 모더니즘 시와 '정서'와의 관계를 적극적으로 고려하지 않은 가운데 이루어진 것이라는 점에서 그런 인정에는 적지 않은 문제점이 내재되어 있을 수밖에 없었다.

모더니즘 시에서 주체가 정서적 차원에서 세계와 대면할 수 있다는 것은 지금까지는 크게 주목받지 못하였던 점이다. 그렇지만 모더니즘 시에서 볼 수 있는 주체의 정서적 반응은 주체가 세계와 대면하는 방식들 중의 하나이다. 구체적으로 모더니즘 시에서 주체의 정서적 반응은 이미지와 긴밀한 관계를 이루면서 이미지와는 다른 방식으로 주체가 세계를 어떻게 대하고 있는가를 보여준다. 물론, 이미지와 서정이 독자적으로 드러나는 경우도 있다. 특히 근대라는 시대가 시각성에 근거하여 대상을 바라보는 시대이자, 감정의 표출보다는 이성의 표출을 선호했던 시대라는 점

---

2) 그 대표적인 연구 성과로는 다음과 같은 것들을 들 수 있다. 원명수, 「한국 모더니즘 시에 나타난 소외 의식과 불안 의식 연구」, 중앙대 박사학위논문, 1985 ; 김재홍, 「김광균: 방법적 진실과 서정적 진실」, 『한국 현대 시인 연구』, 일지사, 1986 ; 김용직, 「식물성 도시 감각의 세계 : 김광균론」, ≪현대시≫, 1992.5 ; 이숭원, 「모더니즘과 김광균 시의 위상」, ≪현대시학≫, 1994.1 ; 조영복, 「김광균 시의 '현실'과 그 기호적 맥락」, 『한국 현대시와 언어의 풍경』, 태학사, 1999 ; 유성호, 「이미지즘시학의 방법적 수용과 굴절」, 조정래 외, 『1930년대 한국 모더니즘 작가 연구』, 평민사, 1999 ; 김유중, 『김광균』, 건국대학교출판부, 2000.

에서 이미지는 서정에 비해서 그 독립성이 훨씬 강하다. 그렇지만 '즉물시'와 같은 특별한 경우를 제외하고는 모더니즘 시에서 이미지와 주체의 정서적 반응은 매우 긴밀하게 연관되어 있다. 따라서 모더니즘 시에서 주체가 세계와 대면하는 방식을 이미지와 서정이 맺고 있는 관계 속에서 명확히 하는 일은 모더니즘 시의 이해에서는 매우 중요한 일이라고 하지 않을 수 없다.

이와 관련하여, 이 글에서 필자는 모더니즘 시에서 주체가 다양한 방식으로 세계와 대면하였음을 김광균 시에서의 이미지와 서정 사이의 상관성을 중심으로 살펴보려고 한다. 모더니즘 시인들 중에서도 특히 김광균의 시에는 시각적 이미지를 위시로 한 감각적 이미지들과 세계에 대한 주체의 정서적 반응이 잘 담겨져 있어, 모더니즘 시가 이미지와 서정을 통해 세계와 대면하고 있는 양상을 매우 구체적으로 살펴볼 수 있기 때문이다.

2. 이미지에 의한 주체의 세계 대면

일상적인 생활 속에서 우리의 시각적 경험은 비록 그것이 직접적이고 보편적인 것으로 보인다고 할지라도 일정한 '보는 방식(way of seeing)'을 전제로 하여 이루어진다. 즉 '두 눈'을 전제로 할 경우에 우리는 일상적인 생활 속에서 원을 원으로 다면체를 다면체로 지각할 수 있지만, '고정된 하나의 눈'을 전제로 할 경우에는 일상적인 경험과는 다르게 사물을 바라보게 된다. 구체적으로 우리가 '고정된 하나의 눈'으로 사물들을 대할 경우, 우리의 시야의 가장자리는 왜곡되고, 그리하여 사물들 또한 일상적인 모습과는 다르게 나타나게 된다. 그러므로 우리가 '시각성'을 어떻게 대

하느냐에 따라서 그 시각성이 지닌 의미 또한 달라질 수밖에 없다. 이미
지즘적 경향의 시들에서 주체가 대상이나 세계를 바라보는 방식 또한 일
상적인 생활 속에서 우리의 눈이 전제로 하고 있는 그것과는 사뭇 다르다.
이미지즘적 경향의 시에서 주체는 '원근법(perspective)'3)을 전제로 대상이
나 세계를 바라본다.

　　김광균의 시에 나타나는 주체 또한 전반적으로 원근법에 의존해서 대
상을 바라본다. 『瓦斯燈』(1939)과 『寄港地』(1947)에 실려 있는 작품들에서
시인은 도시의 이곳저곳을 배회하거나 도시가 아닌 또 다른 공간을 여행
하면서 자신의 눈에 비친 사물들이 서로 어울려 있는 하나의 풍경을 제시
하곤 하는데, 그러한 풍경에는 '원근법'이라는 근대 세계의 '보는 방식'이
내재되어 있다. 구체적으로 『와사등』에 실려 있는 「오후의 구도」, 「창백
한 산보」, 「외인촌」, 「풍경」, 「광장」 등과, 『기항지』에 실려 있는 「야차」,
「뎃상」, 「추일서정」, 「도심지대」 등에서 시적 주체는 '원근법'에 의거하여
대상을 바라보면서 세계와 대면한다. 그리하여 이러한 시들에서는 다른
어떤 것보다도 이미지가 매우 선명하게 나타나면서 시의 의미를 이끌어
나간다. 앞에 언급된 작품들 중에서도 「오후의 구도」는 원근법에 바탕 한
이미지의 창출을 다른 어떤 작품보다도 잘 보여준다.

　　　바다 가까운 露臺 위에
　　　아네모네의 고요한 꽃망울이 바람에 졸고
　　　흰 거품을 몰고 밀려드는 파도의 발자취가
　　　눈보라에 얼어붙은 계절의 창 밖에

---

3) 일반적으로 '보는 방식'으로서의 '원근법'은 '보는 사람'의 '視點'을 '소실점(the
　vanishing point)'과 일치시킴으로써 '보는 사람'의 '눈'이 자신의 시각장을 완전히 다스
　릴 수 있도록 해준다. 그래서 '원근법'은 근대의 또 다른 표상이다. 이에 대해서는 주
　은우, 「현대성의 시각 체제에 대한 연구」, 서울대 박사학위논문, 1998, pp.3~4 참고.

나직이 조각난 노래를 웅얼거린다

천정에 걸린 시계는 새로 두시
하ー얀 기적 소리를 남기고
고독한 나의 오후의 응시 속에 잠기어 가는
북양항로의 깃발이
지금 눈부신 호선을 긋고 먼 해안 위에 아물거린다.

기인 뱃길에 한배 가득히 장미를 싣고
황혼에 돌아온 작은 기선이 부두에 닻을 내리고
창백한 감상에 녹슬은 돛대 위에
떠도는 갈매기의 날개가 그리는
한줄기 보표는 적막하려니

바람이 올 적마다
어두운 카ー텐을 새어 오는 햇빛에 가슴이 메어
여윈 두 손을 들어 창을 내리면
하이얀 추억의 벽 위엔 별빛이 하나
눈을 감으면 내 가슴엔 처량한 파도 소리뿐.
— 「오후의 구도」 전문[4]

‘오후의 구도’라는 제목에서 알 수 있듯이, 이 작품에서 시적 주체가 대
상을 바라보는 태도는 철저히 원근법과 관련되어 있다. 구체적으로 그는
‘바다’, ‘바다 가까이에 있는 노대’, ‘멀리 사라지고 있는 기선’, ‘항구로 돌
아와 닻을 내리고 있는 작은 기선’, ‘그 기선 위를 날고 있는 갈매기’ 등을
차례로 투시하면서 자신의 ‘눈’에 비친 대상들에 일정한 질서를 부여한다.
구체적으로 “어두운 카ー텐을 새어 오는 햇빛에 가슴에 메어/ 여윈 두 손

4) 김학동·이민호 편, 『김광균전집』, 국학자료원, 2002, pp.17~18. 이하로는 ‘『김광균전
집』’으로 표기함.

을 들어 창을 내리면"에서 볼 수 있듯이 시적 주체는 '방 안'에 머물러 있으면서도 '창문'을 통해서 바깥 대상들과 대면하고, 그의 '눈'이 바라보는 대상들을 정좌시킨다. 그런 점에서 보자면 이 작품에서 시적 주체가 한 곳에 고정되어 있으면서 '창문'으로 밖을 내다보는 것은 결코 단순한 것이 아니다. "원근법은 고전적으로 창문으로부터 보인 하나의 전망(view)을 담은 그림으로 정의되어 왔다. 이러한 틀(framing)은 보일 수 있는 것과 시야에서 벗어나는 것을 형성하고 결정한다"[5]라는 지적에서도 나와 있듯이, 그것은 원근법에 바탕한 그림에서 흔히 볼 수 있는 일종의 '틀'로 시적 주체가 세계와 대면하는 방식 자체를 제한한다.

물론, 이 시에서 사물을 대하는 주체의 시선은 그것이 종종 사물을 클로즈업하는 카메라의 시선과도 같이 대상들의 세밀한 면모까지 포착해내고 있기는 하다. 그가 바다 가까운 노대를 바라보면서 동시에 그 위에 피어 있는 아네모네 꽃을 보고 있으며, 더 나아가서는 그 고요한 꽃망울이 바람에 스치는 것을 포착해내는 것은 그 구체적인 예이다. 그렇지만 그러한 면모는 시적 주체가 '원근법'에 의거해서 대상을 대하고 있다는 사실을 부정할 만한 것은 아니다. 오히려 그것은 '원근법'에 의거해서 대상을 대하는 주체가 그의 의식에 기반 하여 대상의 속성을 상상해낸 경우에 가깝다. "원근법은, 그것이 우리가 '확실하게(really)' 바라보는 방법을 보여주기 때문이 아니라 우리로 하여금 우리가 바라보는 것을 질서 지우고 통제할 수 있게 해주기 때문에 중요하다."[6]라는 관점에서 볼 경우에 그러한 상상은 궁극적으로는 대상에 대한 시적 주체의 통제력과 연관된다고 할 수 있다.

'원근법'과 관련된 시각장에서 주체는 대상을 그저 바라보는 주체가 아

---

5) Nicholas Mirzoeff, *An Introduction to Visual Culture*, New York : Routledge, 1999, p.39.
6) *Ibid.*, p.40.

니라 대상의 모든 것을 의식으로 제어하려는 '의식 주체'이다. 이 점은 그가 인간이 지닌 의식의 힘, 달리 말하자면 이성의 힘을 절대적인 것으로 여기면서 자신의 고유한 존재 방식 또한 절대화 하려는 '절대적 주체'[7]임을 뜻하기도 한다. 이러한 '절대적 주체'의 특징은 대상을 대하면서도 그 대상으로부터 어떤 영향도 받지 않으려고 한다. 그래서 '절대적 주체'에게 대상이란 그가 자신의 의식으로 파악해내야 하는 것이지 그의 의식이나 그의 존재에 영향을 미치는 것은 아니다. 그리하여 '원근법'에 기반을 두고 창출된 이미지에는 사물이나 세계와의 대면에서 사물이나 세계를 자신의 의식으로 파악하고 나아가서 그것을 자기의 영역으로 만들어내려는 주체의 열망이 내재되어 있기 마련이다. 김광균의 시에서 나타나고 있는 이미지들 또한 주체의 그러한 열망을 잘 담아내고 있다.

> 하이얀 暮色속에 피어 있는
> 山峽村의 고독한 그림 속으로
> 파―란 驛燈을 달은 馬車가 한대 잠기어 가고
> 바다를 향한 산마룻길에
> 우두커니 서 있는 電信柱 위엔
> 지나가던 구름이 하나 새빨간 노을에 젖어 있었다.
>
> 바람에 불리우는 작은 집들이 창을 내리고
> 갈대밭에 묻히인 돌다리 아래선
> 작은 시내가 물방울을 굴리고
>
> 안개 자욱―한 花園地의 벤치 위엔
> 한낮에 少女들이 남기고 간

---

7) 여기에서 '절대적 주체'란 사유의 근본적 확실성을 바탕으로 하여 '대상적인 것'들을 장악하는 이성적이면서 동시에 초월적인 주체를 가리킨다. 이에 대해서는 M. Heidegger, 최상욱 옮김, 『세계상의 시대』, 서광사, 1995, pp.37~39 참고.

가벼운 웃음과 시들은 꽃다발이 흩어져 있다.

— 「外人村」 중에서[8]

　여기에서 주체는 전반적으로 대상들을 선명한 이미지로 제시하면서 그
러한 대상들이 어우러져 있는 '산협촌'의 풍경을 그려내고 있다. 주체가
바라보고 있는 '산협촌'의 모습은 매우 사실적이다. 비록 '산협촌'을 '고
독한 그림'이라고 칭하고는 있지만, 시적 주체는 '하이얀 暮色속에 피어
있는 山峽村', '파ー란 驛燈을 달은 馬車', '바다를 향한 산마룻길에 우두
커니 서 있는 電信柱', '새빨간 노을에 젖어 있는 구름' 등 '산협촌'의 풍경
을 매우 여실하게 보여준다. 그는 또한 창을 내리고 있는 작은 집들 위로
'바람'이 불고 있고, '갈대밭'에 묻힌 '돌다리' 아래에 있는 '작은 시내'에
'물방울'이 구르고 있음을 주목하는데, 여기에는 물론 대상을 자신의 의
식으로 통어하려는 주체의 의식이 내재되어 있다.

　그런데 여기에서 주목할 것은 시적 주체가 대상을 대하는 태도가 매우
복합적이라는 점이다. 그의 '눈'은 대상을 여실하게 대할 뿐만 아니라 실
제로는 그의 눈이 파악할 수 없는 것들까지도 이미지화 하려고 애를 쓴다.
그가 '안개 자욱ー한' '화원지'를 바라보면서 동시에 거기에 남겨진 '소녀
들'의 '가벼운 웃음'을 바라보려고 하고, 나아가서는 그것을 '시들은 꽃다
발'로 이미지화 하는 것은 그 구체적인 예이다. 서구의 이미지스트들의
시에서 나타나는 이미지들이 실재(reality)는 전망의 복합성(plurality)에서
출현한다는 점을 제시하는 것[9]이라고 한다면, 여기에서 시적 주체가 그
가 보지 못하는 것까지 이미지화 하려고 한다는 점은 바로 그 '전망의 복

---

8) 『김광균전집』, p.33.

9) Rainer Emig, *Modernism in Poetry; Motivations, Structures and Limits*, New York : Longman
　Publishing, 1995, p.108.

합성'이라는 관점에서 이해될 수도 있다.[10] 그렇지만 '거기에 남겨진 소녀들의 웃음'을 단지 '전망의 복합성'으로만 말하는 것은 왠지 석연찮은 일이다. 왜냐하면 거기에는 '가시적인 것'만을 바라보는 '눈'의 한계에서 벗어나 '비가시적인 것' 또한 바라보려는 시적 주체의 열망이 작용하고 있기 때문이다.

일반적으로 사물을 직접적으로 다루려 한 서구의 이미지즘 시에서 '사물'은 하나의 실제 대상이 아니라 하나의 지각 상태이다. 그러므로 이미지즘 시에서 이미지는 근본적으로 주체와 객체, 외적 실재(external reality)와 내적 감각(internal sensation) 사이의 경계를 명확히 할 수 없다. 그리하여 이미지즘 시에서 지각적(perceptual) 이미지와 개념적(conceptual) 이미지 사이에는 어떤 차이도 존재하지 않는다든지, 이미지즘 시를 두고서 비유(metaphor)나 상징(symbol)과는 거리가 먼 것이며 '자기 해체적(self-destructive)이며 반시적(anti-poetic)인 시학'이라고 말하는 것도 그러한 맥락에서 이해될 수 있다.[11] 그렇지만 서구의 이미지즘 시가 지닌 특징은 김광균의 시에 그대로 적용되지는 않는다. 왜냐하면 김광균의 시에서 이미지들은 어떤 관점에서 보자면 서구의 이미지즘 시에서 이미지들이 지닌 특징을 그대로 지니면서도, 다른 관점에서 보자면 그와는 다른 특징을 지니고 있기 때문이다. 「추일서정」은 김광균의 시에서 이미지가 지닌 그러한 이중성을 잘 보여준다.

---

10) '전망의 복합성'과 관련지어 김광균의 시를 고찰한 경우로는 전봉관의 연구를 들 수 있다. 그는 "서정시가 선형화된 코드인 언어로 복잡한 풍경을 묘사하자면 회화와는 달리 복수의 원근법이 필요한 것이다."라고 하면서 「추일서정」에서의 원근법을 해명한 바 있다. 그렇지만 이 시에서는 시적 주체가 '비가시적인 것'에 대해 눈길을 보내는 것은 '보이지 않는 것'까지도 자신의 의식으로 파악하려는 시적 주체의 열망으로 해명되는 것이 타당해 보인다. 「추일서정」에 대한 논의는 전봉관, 「1930년대 한국 도시적 서정시 연구」, 서울대 박사학위논문, 2003, p.125 참고.

11) 서구의 이미지즘 시에서의 이미지가 지닌 특성에 대해서는 Rainer Emig, op. cit., pp.106~107 참고.

낙엽은 폴―란드 망명정부의 지폐
포화에 이지러진
도룬시의 가을 하늘을 생각게 한다.
길은 한줄기 구겨진 넥타이처럼 풀어져
일광의 폭포 속으로 사라지고
조그만 담배 연기를 내어 뿜으며
새로 두시의 급행차가 들을 달린다.
포플라나무의 筋骨 사이로
工場의 지붕은 흰 이빨을 드러내인채
한가닥 꾸부러진 鐵柵이 바람에 나부끼고
그 우에 세로팡紙로 만든 구름이 하나.

— 「추일서정」 중에서[12]

　　여기에서 주체가 직접적으로 바라보고 있는 대상은 '낙엽', '가을 하늘', '길', '일광', '급행차', '포플라나무', '공장의 지붕', '꾸부러진 철책', '구름' 등이다. 즉 시적 주체는 지금 그러한 사물들로 이루어진 '가을날의 풍경'을 그려내고 있다. 그런 점에서 보자면 이 시에서 드러나고 있는 이미지들은 사물을 직접적으로 다루려고 한 이미지즘 시의 한 전형을 보여준다. 그렇지만 이 시에서 제시되고 있는 사물의 이미지들은 또한 '폴―란드 망명정부의 지폐', '한줄기 구겨진 넥타이', '조그만 담배 연기', '근골', '흰 이빨', '세로팡지로 만든 구름' 등으로 다양하게 비유되고 있다. 이 점은 이 시에서 드러나고 있는 이미지들이 비유나 상징과는 무관한 것으로 여겨졌던 이미지즘 시의 이미지들과는 그 속성을 달리하는 것임을 시사한다.

　　그런 점에서 보자면, 김광균의 시에서 이미지들이 비유와 연관되어 있

---

12) 『김광균전집』, p.71.

다는 사실은 특별한 주목을 요하는 것이라고 할 수 있다. 왜냐하면 거기에는 세계를 대하는 주체의 또 다른 태도가 반영되어 있기 때문이다. 구체적으로, 거기에는 '가을날의 풍경'을 바라보면서 동시에 그가 속해 있는 시대의 풍경을 읽어내려는 시적 주체의 태도가 내재되어 있다. 즉 이 작품에서 비유의 대상으로 제시되고 있는 '폴−란드 망명정부의 지폐', '구겨진 넥타이', '급행차' 등과, 시적 주체가 처한 공간을 알려주는 '공장의 지붕', '꾸부러진 철책', '세로팡지로 만든 구름' 등은 모두 근대의 풍경, 또는 그러한 풍모를 지닌 시대의 풍경을 이루는 구성요소들인 것이다. 그리하여 이 시에서 시적 주체가 바라보고 있는 사물들은 시적 주체의 의식 속에서 새롭게 탄생할 수밖에 없다. 김광균의 시에서 특히 도시적 풍경과 관련된 이미지들이 많이 등장하는 것도 바로 그러한 맥락에서 이해될 수 있다.

이처럼, 김광균의 시에서 보이는 이미지들은 전반적으로 원근법에 의거해서 창출된 것들이다. 그리고 그러한 이미지들은 전반적으로는 세계를 제어하려는 욕망을 가지고 세계와 대면하고 있는 주체의 의식의 산물이다. 원근법이 사물들의 질서를 따르는 듯하면서도 실제로는 사물이 처해 있는 구체적인 공간보다는 주체의 관점에서 사물을 다스리는 것이라는 점을 고려할 경우에 김광균의 시가 보여주고 있는 이미지들의 특징은 충분히 이해될 수 있다. 그렇지만 김광균의 시에서 이미지는 결코 이미지즘 시에서의 그것과 동일한 것은 아니다. 그의 시에서 이미지는 사물의 실재가 아니라 시대의 풍경을 읽어내려는 시적 주체의 열망의 사물이다. 결국, 김광균의 시에서 드러나듯이 모더니즘 시에서 이미지의 활용은 전반적으로 '의식의 눈'으로 세계를 대면하고, 그 세계를 자기의 관점에서 통어하려는 시적 주체의 열망과 관련되어 있다.

3. 서정에 의한 주체의 세계 대면

근대에 이르러서 시각성의 의미화 방식은 근본적으로 주체와 객체 사이의 상호 분리를 바탕으로 이루어진다. 그리하여 근대 예술에서 시각성은 객체를 자신의 의지대로 다스리려는 주체의 열망의 장이 되기도 했고, 주체와 객체 사이의 무한한 간격을 확인하는 장이 되기도 했으며, 자신과 분리되어 존재하는 객체의 힘에 대한 숭배의 장이 되기도 했다. 현대 미술이 원근법을 바탕으로 사물들을 질서 있게 배열하여 하나의 풍경을 산출하였던 것이나, 대상의 속성을 있는 그대로 활용하여 객체가 아닌 오브제들을 주목하였던 것이나, 그리고 객체를 자신의 욕망을 담고 있는 총화로 제시하면서 무한한 페티시즘으로 나아갔던 것은 그 좋은 예들이다. 이것은 모더니즘 시에서 주체의 세계 대면이 전적으로 이미지에 의해서만 가능했던 것이 아님을 말해준다.

비록 원근법에서 주체는 '의식의 눈'으로 자신이 바라보는 대상들을 통어하려고 하지만, 원근법에 의거한 세계와의 대면에서는 또한 주체의 의식으로는 다스릴 수 없는 대상의 속성이 존재할 수밖에 없다. 달리 말하자면, 의식의 속성을 지닌 주체의 '눈'이 대상을 완전히 포착하고 있는 것처럼 보인다고 할지라도 그 '눈'은 결코 대상을 완전히 포착할 수는 없는 것이다.[13] 왜냐하면 '눈'과 관련하여 볼 때, 대상 또는 세계는 주체의 '의식의 눈'에 가시적인 것으로 다가오기도 하지만 그와 동시에 불가시적인 것으로도 다가오기 때문이다. 그러므로 모더니즘 시에서 원근법에 바탕

---

13) J. Lacan에 따르자면, 주체는 자신의 시각장을 통어하는 듯하지만 거기에는 언제나 주체의 시각이 포착하지 못하는 '한계'가 존재한다. Lacan은 이러한 시각의 한계를 가리켜서 '응시(Gaze)'라고 불렀다. '응시'란 주체의 응시가 아니라 '큰타자'의 응시이다. 그러므로 '응시'는 주체가 볼 수 없는 지점에 있다. 이에 대해서는 J. Lacan, 권택영 옮김, 『욕망 이론』, 문예출판사, 1994, pp.310~313 참고.

하여 창출되는 이미지 또한 대상을 완전히 담아낼 수는 없다.

이것은 모더니즘 시에서 주체가 '의식의 눈'으로 대상들을 보면서 그와 관련된 이미지들을 창출해내면서도 세계 대면에서 불가피하게 자신의 감정을 표출하지 않을 수 없는 근본적인 이유에 해당한다. 실제로 모더니즘 시에서 주체는 대상의 이미지들을 형상화하면서 그에 대한 자신의 감정을 표출하기도 하며, 또는 자신의 감정을 의도적으로 절제하면서 그것을 대상들 속에 은근히 투영하기도 한다. 그렇지만 어떤 경우이든지 간에 모더니즘 시에서 주체가 대상이나 세계와의 대면에서 자신의 감정을 완전히 숨길 수 없다는 점만은 분명한 사실이다. 김광균의 시 또한 그 예외가 아니다. 그의 시에서 주체는 정서를 통해서 세계와 대면함으로써 '이미지'를 통해서 세계와 대면하던 것과는 또 다른 방식의 가능성을 보여준다.

전반적으로 모더니즘 시에서 정서의 표출은 주체가 대상 또는 세계가 이미지로 포착하기에 곤란한 면모를 지니고 있음을 인식하기 때문에 생기는 현상이다. 그럼에도 불구하고, 김광균의 시에서 표출되는 서정은 그동안 '感傷'으로 치부되거나 낭만적인 시정신의 구현 방법으로 평가되는 등 주로 부정적인 것으로 여겨져 왔다. "그의 시에서 비유적 기교와 감각적 이미지는 그의 낭만적인 시 정신을 구상화하고 휴머니즘적 에스프리를 서정적으로 표상화하기 위한 방법에 지나지 않는 것"[14]이라는 지적은 그 대표적인 견해이다. 그렇지만 "정지용, 김기림의 시가 표준이 아닌 다음에야 새로운 기법에 감상적 정조가 담겼다고 해서 그것이 곧 전근대적 감상이라고 단정할 수는 없는 것이다."[15]에서도 나타나듯이, 김광균 시에서의 서정은 정지용이나 김기림의 시가 보여준 주체와 세계 사이의 대면

---

14) 김재홍, 『한국현대시인연구』, 일지사, 1986, p.257.
15) 이숭원, 「김광균 시와 모더니즘의 위상」, 『20세기 한국시인론』, 국학자료원, 1997, p.149.

과는 또 다른 관점에서 평가될 필요가 있다.

> ①
> 피부의 바깥에 스미는 어둠
> 낯설은 거리의 아우성 소리
> 까닭도 없이 눈물겹고나
>
> 공허한 군중의 행렬에 섞이어
> 내 어디서 그리 무거운 비애를 지니고 왔기에
> 길―게 늘인 그림자 이다지 어두워
>
> 내 어디로 어떻게 가라는 슬픈 신호기
> 차단―한 등불이 하나 비인 하늘에 걸리어 있다.
>
> ―「와사등」 중에서16)

> ②
> 내 廢家와 같은 밤차에 고단한 육신을 싣고
> 몽롱한 램프 우에
> 감상은 자욱―한 안개가 되어 내리나니
> 어데를 가도 뇌수를 파고드는 한줄기 고독.
>
> ―「夜車」 중에서17)

 인용된 시들에서 나타나는 것과 같이 김광균의 시에서는 특히 도시와
관련된 서정이 자주 나타난다. 즉 시적 주체는 '도시'의 여기저기를 돌아
다니면서 도시와 관련된 이모저모를 경험하게 되는데, 그러한 경험 속에
서 '도시'는 대체로 그에게 '서러움'을 갖게 한다. 구체적으로 ①에서 주
체가 대면하는 세계는 '낯설은 거리의 아우성 소리'와 '공허한 군중의 행

---

16) 『김광균전집』, p.45.
17) 위의 책, p.59.

렬'로 특징지어지는 '도시'이다. 그런데 그 공간에서 그는 '눈물'에 겨워하거나 '무거운 비애'에 방황한다. 그의 방황에는 어떤 특별한 이유가 있는 것은 아니다. 그는 '까닭도 없이' 그러한 정황에 빠져든다. 시적 주체가 '와사등'조차 '슬픈 신호기'처럼 바라보는 것은 바로 그 '까닭도 없이' 이루어지는 정황 때문이다. 이러한 면은 ②에서 더욱 극단적으로 드러난다. 여기에서 시적 주체는 '어데를 가도' '고독'을 느끼지 않을 수 없다. 그가 느끼는 '고독' 또한 특별한 이유 없이 생겨난다. 그런 점에서 보자면, ①과 ②에서 보이는 '까닭도 없이'와 '어데를 가도'는 김광균의 시에서 주체가 정서적 반응을 통해서 세계와 대면하는 방식이라고 할 수 있다.

김광균의 시에서 시적 주체가 특별한 이유 없이 도시적 공간에서 '서러움'이나 '비애'를 느끼는 것을 두고서 일찍이 한 연구자는 '로맨티시즘의 발현'이라는 관점에서 해명한 바 있다. "초기시에서 유년 회상의 애상적 정조가 그러하며, 그의 시를 관류하는 과거적 상상력이 그러하고, 또한 후기시에 인생고가 짙게 드러나는 것도 다 그러한 로맨티시즘의 발현인 것이다."[18]라는 지적에서 알 수 있듯이, 그는 김광균의 시에서 드러나는 정조가 '로맨티시즘의 발현'과 밀접한 관련을 맺고 있다고 주장한다. 물론, 김광균의 시에서 서정이 어떤 특별한 이유 없이 드러난다고 하는 점에서 보자면 그의 주장은 설득력이 매우 강하다. 그렇지만 중요한 것은 그의 시에서 '불안 의식'이나 '비애의 정감'이 드러나며, 그래서 김광균의 시가 '낭만주의'와 연관되어야 한다는 점을 밝히는 데 있지 않다. 오히려 중요한 것은 그의 시에서 드러나는 정감이 주체가 세계를 대면하는 데 있어서 어떤 역할을 하고 있느냐이다. 따라서 김광균의 시에서 드러나는 '도시적 서정' 또한 주체의 세계 대면과 관련하여 그 의미가 구체적으로 살펴지지

---

18) 김재홍, 앞의 책, 1986, p.251.

않으면 안 된다.

> 찻집 미모사의 지붕 우에
> 호텔의 風速計 우에
> 기울어진 포스트 우에
> 눈이 내린다.
> 물결 치는 지붕지붕의 한 끝에 들리던
> 먼―騷音의 潮水 잠들은 뒤
>
> 물기 낀 汽笛만 이따금 들려 오고
> 그 우에
> 낡은 필림 같은 눈이 내린다.
> 이 길을 자꾸 가면 옛날로나 돌아갈 듯이
> 등불이 정다웁다.
> 내리는 눈발이 속삭어린다.
> 옛날로 가자 옛날로 가자.
>
> ─「장곡천정에 오는 눈」 전문[19]

　김광균의 시에서 '서정'에 의한 주체의 세계 대면이 무엇을 의미하는가
는 우선적으로 「장곡천정에 오는 눈」에서 그 실마리를 찾아볼 수 있다.
이 시에서 시적 주체가 바라보고 있는 대상들은 '찻집 미모사', '호텔의
풍속계', '물결치는 지붕지붕', '먼―소음의 조수' 등 도시와 연관된 것들
이다. 그렇지만 그러한 도시와 연관된 것들은 어느 새 내리는 '눈'으로 덮
이고 만다. 여기에서 '눈'이 '도시'를 덮는다는 점, 달리 말하자면 내리는
'눈'으로 '도시'가 덮인다는 점은 이 시에서의 '도시'와 '눈'이 하나의 풍
경을 이루는 구성 요소로서 그것들이 지니는 의미보다는 더 많은 의미들
을 지닌 것임을 시사해준다. "낡은 필림 같은 눈이 내린다./ 이 길을 자꾸

---

19) 『김광균전집』, pp.73~74.

가면 옛날로나 돌아갈 듯이/ 등불이 정다웁다./ 내리는 눈발이 속삭어린다./ 옛날로 가자 옛날로 가자."에서 볼 수 있듯이, 시적 주체는 '눈'을 보면서 '옛날'을 떠올리고, "등불이 정다웁다"라고 하면서 '옛날로 돌아가는 눈길'이 '정겨운 길'이라고 말한다. 그런 점에서 보자면, 이 시에서 시적 주체는 '도시'로 표상되는 근대적 세계보다는 '옛날'로 표상되는 전근대적 세계에서 '정다움'을 느끼고 있다고 할 수 있다.

김광균의 시에 나타나는 시적 주체에게 '도시'는 '낯선 세계'이고, '옛날'은 '친숙한 세계'이다. 이러한 관점에서 보자면, 김광균의 시에서 시적 주체가 도시의 여기저기를 돌아다니거나 그와는 다른 공간을 여행하면서 '고독'과 '비애'를 자주 내보였던 것은 그가 다름 아닌 '낯선 세계'에 있었기 때문이라고 할 수 있다. 비록 그가 원근법에 의거하여 그의 눈에 비친 대상들을 의식적으로 통어하려는 욕망을 지니고 있었지만, 그는 그가 대하는 대상에 대한 낯설음을 쉽게 떨쳐내지 못했던 것이다. 여기에서 시적 주체가 느끼는 그러한 '낯설음'이 주체가 의식의 차원에서 대상을 적극적으로 대하지 못했기 때문에 생긴 것인가, 아니면 대상을 의식적으로 인지한 후에 그 대상이 지닌 면모를 새롭게 발견한 결과 생긴 것인가라는 문제는 여기에서는 그렇게 중요하지 않다. 그보다도 우선적으로 중요한 것은 김광균의 시에서 시적 주체가 '정서적 차원'에서도 대상을 대하고 있다는 사실이다.

그렇다면 모더니즘 시에서 주체가 세계를 '정서적' 차원에서도 대한다는 점은 어떻게 이해되어야 하는 것일까? 일찍이 金奎東이 "「瓦斯燈」에 있어서의 정서는 세계와 자아에 대해서 가냘프고도 섬세한 顯示的 지향성을 보이고 있다."[20]라고 지적한 바 있듯이, 그것은 근본적으로는 주체

---

20) 김규동, 『어두운 時代의 마지막 言語』, 白眉社, 1979, p.143.

와 세계 사이의 대면이라는 차원에서 이해되어야 한다. 특히 그것은 도시로 표상되는 근대적 세계가 지니지 못한 것, 더 정확히 말하자면, 도시로 표상되는 근대적 세계를 대하면서 시적 주체가 근대적 세계가 지니지 못한 것이라고 느끼는 것과 관련지어 이해되어야만 한다. 물론, 이때 시적 주체가 느끼는 도시의 '결여'는 그것을 바라보고 있는 시적 주체의 '결여'이기도 하다. 왜냐하면 원근법에 의거해서 근대적 세계를 통어하려고 했던 시적 주체는 자신의 눈으로 포착하지 못하는 '결여'를 지닐 수밖에 없기 때문이다. 마치 어린 아이가 상상적 세계에서 상징적 세계로 나아가면서 주체로 형성되기 위해서는 자신의 상상적 세계의 한계를 인식하지 않을 수 없는 것과도 같다. 도시로 표상되는 근대적 세계는 시적 주체가 자신의 상상력으로 포착하기 어려운 면을 분명히 지니고 있었던 것이다. 그러므로 김광균의 시에서 시적 주체가 세계를 대면하면서 보여주고 있는 '정서적 반응', 즉 '서정'의 의미는 그 자체로만 이해되어서는 곤란하고, 이미지와의 상호 관계 속에서 이해되어야만 한다.

이처럼, 김광균의 시에서 주체는 세계와 대면하는 시공간에서 '슬픔', '비애', '고독', '방황' 등을 느끼면서 '옛날'을 생각한다. 이것은 그가 자신이 대면하는 세계, 달리 말하자면 그가 바라보고 있는 대상들을 그의 의식으로 통어하지 못했음을 시사하는 것이기도 하다. 그렇다고 해서 그러한 현상이 반드시 부정적인 것만은 아니다. 오히려 그것은 시적 주체가 세계와의 대면에서 그 실재를 파악하기 위한 하나의 절차일 수도 있다. 왜냐하면 시적 주체가 자신의 눈과 그 눈의 한계 모두를 통해서 대상의 실재를 인식하려면 그는 자신의 눈의 한계가 무엇인지를 인지하지 않으면 안 되기 때문이다.

흔히들 모더니즘 시는 주체의 정서적 반응, 즉 '서정'과는 무관한 것이라고 말을 한다. 그래서 지금까지 모더니즘 시에 대한 논의에서는 그 정서적 차원에 대한 해명이 충분히 이루어지지 못했다. 그러한 사정은 모더니즘 시에 대한 논의에서 모더니즘 시가 '서정성'과는 무관하다거나, 아니면 '서정성'이 모더니즘 시의 시적 성취에 장애가 된다는 식의 주장이 끊이지 않고 제기되어 왔다는 점만으로도 쉽게 알아차릴 수 있다. 그렇지만 모더니즘 시에서 주체는 정서적 차원에서도 세계와 대면할 수 있으며, 더 나아가서는 지적인 태도와 정서적 태도가 통합된 차원에서도 세계와 대면할 수도 있다. 실제로 지적인 태도와 정서적 태도가 통합된 차원에서 펼쳐지는 주체의 세계 대면은 모더니즘 시가 지속적으로 추구해왔던 것이기도 하다. 이미지가 일순간에 지적이고 정적인 복합물을 제시하는 것'이라는 파운드(E. Pound)의 견해와, 마음속에서 생겨나는 것이지만 시인의 직접적인 의식 아래에 있는 무의식과 어떤 관계를 가진, 비개성적·보편적·원형적인 것이라고 여기는 엘리어트(T. S. Eliot)의 견해만 보더라도[21] 그 점은 분명해진다.

4. 이미지와 서정의 통합에 의한 세계 대면

모더니즘 시에서 이미지와 서정 사이의 상호작용은 전반적으로 시적 주체와 대상 사이의 간극을 전제로 하여 펼쳐진다.[22] 그래서 모더니즘 시

---

21) E. Pound와 T. S. Eliot의 견해에 대해서는 전홍실, 『영미 모더니스트 시학』, 한신문화사, 1990, pp.73~90 참고.

22) 시문학에서 이미지와 서정 사이의 긴밀한 관계는 단지 모더니즘 시에서만 문제되었던 것은 아니다. 漢詩에서도 그것은 매우 중요한 문제였다. 한시의 주요한 창작 원리로 인정되고 있는 '先景後情'은 이미지와 서정 사이의 관계를 다룬 전통적인 방식들 중의 하나였던 것이다. 그리고 그러한 한시의 전통은 이후로 수많은 시인들이 사물을 대하는 주요한 방식이 되어왔던 것도 사실이다. 그렇지만 이른바 '전통파 시'라고 불리어지는 시들을 주창하는 경우에서 이미지와 서정을 다루는 방식은 서정의 차원에

에서 이미지와 서정은 시적 주체가 세계와의 대면에서 자신과 세계 사이의 간극을 인식하고, 그것을 이미지와 정서를 통해서 형상화 할 경우에 비로소 긴밀한 관계를 형성한다. 이와는 다르게 주체가 세계와의 대면에서 자신의 의식이나 전의식으로만 세계와 대면할 경우에는 이미지와 서정은 긴밀한 관계를 이루기 어렵다. 왜냐하면 앞에서 살펴본 바와 같이 이미지와 서정은 근본적으로 세계와 대면하는 주체의 상이한 태도들이기 때문이다. 하지만 만일 주체가 세계에 대한 지속적인 관심을 가지고 있다면 사정은 달라진다. 그 경우에 이미지와 서정은 세계를 자신의 의식으로 다스리려는 주체의 열망, 의식의 한계에 대한 인식, 그리고 그것을 새로운 방식으로 넘어서려는 주체의 또 다른 열망 등이 서로 긴밀하게 상호작용하면서 탄생하게 된다. 그러므로 주체와 대상 사이의 상호 관계 자체를 시 창작의 근간으로 하고 있는 모더니즘 시에서 이미지와 서정이 긴밀하게 연관될 수 있으려면 다른 무엇보다도 현실에 대한 시인의 지속적인 관심이 전제되지 않으면 안 된다.

김광균은 현실에 대한 지속적인 관심을 보여주었던 시인이다. 이 점은 먼저 그의 시에서 확인된다. 그는 도시의 여기저기를 돌아다니거나 어떤 지역을 여행하면서 근대적인 것에 대한 관심을 지속적으로 보여주었다. 그가 한 곳에 고정되어 다른 곳을 바라보는 것이 아니라 끊임없이 대상들 사이를 옮겨 다녔다는 사실은 그의 시에서 드러나는 주체의 시선이 근대적 시각성의 한 특성인 '유동적인 시선'[23]에 해당하는 것임을 잘 말해준

서 대상의 이미지를 포용하면서 대상과 하나가 되려는 시적 주체의 열망을 담아낸 것이다. 즉 전통적인 시에서의 이미지와 서정의 상호관계는 세계와의 조화를 전제로 한 것이라고 할 수 있다.

23) 일찍이 벤야민이 '산책자' 모티브를 통해서 언급했고, 우리 학계에서도 적지 않은 연구자들에 의해서 인정되어 왔던 것처럼, 그러한 '유동적 시선'은 근대성을 표상하면서 예술에서 근대성을 창출하는 주된 방식들 중의 하나였다.

다. 또한 현실에 대한 관심은 그의 시론에서도 발견된다. 일찍이 김광균은
「서정시의 문제」(1940.2)에서 시가 현대의 정신과 생활에 밀착되어야 함
을 강조한 바 있다. 그러한 그의 주장은 전반적으로는 현실에 대한 '비평
정신'을 강조하는 것으로 모아지는데, 이러한 사실은 그가 시인이란 모름
지기 주체와 세계 사이의 관계에 대해서 지속적으로 관심을 가져야 한다
는 견해를 지니고 있었음을 알려준다.

> 毛筆에 먹을 묻혀 쓰던 시와 타이프라이터로 찍은 시의 호흡이나 시각
> 효과의 거리, 역전 마차를 타는 것과 특급열차를 타는 시대의 속도감각의
> 변화, 물소리나 닭의 울음소리에 깨는 사람과 비행기나 전차의 폭음에 깨
> 는 사람의 생활 정서나 자연에 대한 質感의 대조, 이런 것으로 미루어 보
> 아 주위현상의 색채, 속력, 시간, 정서의 질적 차이가 앞으로의 형태에 결
> 정적인 요인이 될 것을 상상할 수 있다. 운문표현의 음악성, 산문표현의
> 조형 내지 시각성이 시대적으로 거부되고 있는 것으로 미루어 조형적인
> 산문표현에 치중되고, 우리의 노력도 주로 이곳으로 지향되어야 할 것이
> 다. 이런 각도로 전위회화와 시나리오, 현대음악의 조형성에서 시는 좋은
> 표현의 방법론을 체득할 줄 믿고 이 문제가 널리 논의되기를 아울러 시인
> 과 평론가에게 바란다.[24]

이 글에서 그는 "현대의 정신과 생활 속에서 시는 새로 세탁 받고 그것
을 몸소 대변하는 중요한 發聲管이어야 할 것이다."[25]라고 하면서 현대시
가 현대의 정신과 생활 속에서 새로 태어나야 하는 것이며 동시에 현대의
정신과 생활을 대변하는 것이어야 함을 강조하고 있다. 그러한 그의 생각
은 비록 그것이 '형태의 사상성'을 강조하는 과정에서 산출된 것이라고
하더라도 그가 현대시에서의 주체와 세계 사이의 대면을 어떻게 생각하

---

24) 김광균, 「서정시의 문제」(≪인문평론≫, 1940.2), 『김광균전집』, p.313.
25) 위의 책, pp.314~315.

고 있었던가를 잘 보여준다. 여기에서 특히 주목되는 것은 '속도감각의 변화'와 '정서의 변화'에 대한 김광균의 인식이다. 왜냐하면 '속도감각의 변화'는 그의 시에 나타나는 이미지가 근본적으로 일상적인 우리의 '눈'에 의한 것이 아니라 근대 사회의 '속도'가 가미되어 있는 '눈'에 의한 것임을 알려주는 것이고, '정서의 변화'는 그의 시에서의 서정이 근본적으로 '변화'를 드러내는 표지임을 알려주는 것이라고 할 수 있기 때문이다.

이처럼, 김광균은 시에서 이미지와 서정이 매우 긴밀한 관계를 형성하면서 나타났다는 점을 대체로 자각하고 있었다. 비록 그것이 '형태화'와 '조형성'의 관점에서 언급된 것이라고 하더라도 그는 주체와 세계 사이의 대면에서 모더니즘 시가 무엇을 중시해야 할 것인가를 자각하였던 것이다. 그리고 이는 일찍이 김기림이 「시의 모더니티」(1933)에서 강조한 바 있는 '정의와 지성의 종합'을 훨씬 더 구체화한 것이라고 할 수 있다. 즉 그것은 "지난날의 시는 '나'의 정신세계의 일부분이었다. 새로운 시는 '나'를 여과하여 구성된 세계의 일부분이다. 그것은 새로운 세계이다. 낡은 '눈'은 현실의 어떤 일점에서만 직선적으로 단선적으로 집중한다. 새로운 '눈'은 작은 주관을 중축으로 하고 세계·역사·우주전체로 향하여 복사적으로 부단히 이동 확대할 것이다."[26]에서 김기림이 강조한 시적 주체를 뛰어 넘는 '구성된 세계'와 그러한 세계를 가능하게 하는 '새로운 눈'이 의미하는 바를 매우 구체적으로 펼쳐 보여준다.

> 마스트에는 기ㅅ발이 떠나온 港口를 向하여 나부끼고
> 침울한 航路우엔 밤마다 月光이 甲板을 두드린다.
>
> 멀-리 海洋의 軌道 우로

---

26) 김기림, 「시의 '모더니티'」(≪신동아≫, 1933.7), 『김기림전집2』, 심설당, 1988, p.83.

船體는 孤寂한 視野를 실고 가고
희미하게 느껴우는 蒼白한 水平線 우엔
허물어진 埠頭의 幻影이 스쳐간다

지금 哀傷의 안개 속에 헤매는 우리들의 마음 속에―
허무러진 時代와 떠나가는 感情의 한숨 섞인 回憶속에―

恐慌의 哀史를 지켜오던 沒落된 生活의 餘音을 실고―
지나간 現實의 어두운 遺産과
追放받은 歎息의 華麗했던 그림자를 실고―

가엾이 밤을 새워가며
悲劇의 巨船은 異國의 地圖를 찾아간다.

汽笛은 긴―凋落의 音響을 이끌고 물결 우를 스쳐가고
갈매기의 날개만 멀―리 외로운 波紋을 그린다.
　　　　　　　　　　　　　　―「창백한 구도」 전문[27]

　　김광균이 1933년에 발표한 「蒼白한 構圖」는 김광균 시에서의 이미지와
서정 사이의 상관성을 살펴보는 데 있어서 매우 중요한 작품이다. 이 작
품은 김광균의 시에서 주체가 이미지와 서정이 상호 작용하는 가운데 세
계를 대면하는 모습을 구체적으로 담아내고 있다. 이 작품에서 시적 주체
는 '巨船'이 항구를 떠나 멀리 떠나가고 있는 모습을 바라보고 있다. 그런
데 그러한 '거선'의 모습을 바라보면서 시적 주체가 펼쳐 보여주고 있는
풍경은 단순한 풍경이 아니다. 그것은 '거선'이 떠나가고 있는 바다의 풍
경이자 동시에 시적 주체를 비롯하여 당시의 사람들이 살아가고 있는 시
대의 풍경이기도 하다. 구체적으로 '거선'이 떠나가고 있는 '침울한 항로'

27) 『김광균전집』, p.247.

는 곧 '哀傷의 안개' 속을 헤매는 '우리들의 마음'이자 '허무러진 시대'이
며 '恐慌의 哀史를 지켜오던 沒落된 生活'이다.

　그런 점에서 이 시에서 시적 주체가 바라보고 있는 풍경은 그가 바라보
고 있는 대상의 이미지이자 동시에 시적 주체의 내면에서 창출된 환영이
다. 그리고 그러한 이미지와 환영에는 '거선'을 바라보는 시적 주체의 감
정이 결합되어 있다. 구체적으로 '침울한 항로', '희미하게 느껴우는 창백
한 수평선', '애상의 안개', '한숨 섞인 회억', '추방받은 탄식의 화려했던
그림자', '비극의 거선', '외로운 파문' 등에서는 이미지(환영)와 시적 주체
의 감정이 매우 자연스럽게 결합되어 있다. 그리하여 시적 주체는 '거선'
으로 표상되는 근대적 세계를 한편으로는 '이국의 지도'에서 드러나는 또
다른 세계로, 다른 한편으로는 '허물어진 부두'로 나타나는 상실된 세계
를 매우 복합적인 차원에서 대면하게 된다.

　이처럼, 김광균의 시에서 이미지는 환영과 겹쳐 있는 것으로 대상의 실
재를 보여주는 이미지의 역할을 하면서 동시에 대상의 실재를 가리는 스
크린으로서의 역할도 한다. 라깡에 따르자면, 주체의 시각장에서 '이미지'
와 '스크린(환상)'은 서로 결합되어 '이미지/스크린'으로 등장한다. 즉 주
체가 대상의 실재라고 여기는 '이미지'는 동시에 대상의 실재를 가리는
'스크린'이기도 하다. 그렇기 때문에 주체는 대상을 인식하는 과정에서
자신의 '오인'을 인정하지 않을 수 없으며, 그 결과 의식의 한계 너머로
나아가지 않을 수 없게 된다. 모더니즘 시에서 서정이 주체가 세계와 대
면하는 하나의 방식일 수 있는 가능성은 바로 여기에 있다. 즉 자신이 실
재라고 여기던 것이 하나의 스크린일 수 있다는 사실 앞에서, 달리 말해
서 자신의 오인을 인정하는 과정에서 주체는 정서적 반응을 하지 않을 수
없는 것이다. 따라서　그러한 '이미지/스크린'을 대하는 시적 주체의 감정
은 매우 복합적일 수밖에 없다.

이렇게 보자면, 김광균의 시가 이미지를 구사하는 기교는 뛰어나지만 그 감상의 노출에서는 약점을 지닌다는 그의 시에 대한 평가는 신중하게 내려질 필요가 있다. 그의 시에서 우리가 이미지라고 불러 왔던 것들은 실제로는 '이미지/스크린'이며, 서정은 그 이미지/스크린에 대한 시적 주체의 정서적 반응일 가능성을 염두에 둔다면 이미지와 서정을 분리하여 그의 시를 평가하려는 태도는 적절하지 못한 것으로 판단되기 때문이다. 그의 시가 '도시'로 표상되는 근대적 세계와 대면하는 경우에도 사정은 마찬가지이다. 비록 이미지와 서정이 분리되어 있는 양상을 완전히 떨쳐 내지는 못했다고 할지라도 그의 시에서 드러나는 도시적 서정에는 도시의 이모저모를 상상적인 차원에서 바라보려는 시적 주체의 '마음의 눈(의식의 눈)'과 '도시'라는 새로운 상징적 질서 속에 편입하려는 시적 주체의 욕망이 복합적으로 작용하고 있다고 볼 수 있다. 따라서 김광균의 시는 주체와 세계 사이의 대면을 토대로 하는 모더니즘 시에서 이미지와 서정 사이의 상관성을 보여준 것으로 새롭게 조명되어야 한다.

결국, 모더니즘 시에서 주체와 세계 사이의 대면은 의식이나 지성의 차원이나 의식과 지성 너머에 존재하는 무의식적인 차원만으로는 결코 이루어지지 않는다. 실제로 그것은 의식과 무의식, 지성과 감성 차원 모두에서 이루어진다. 그러므로 모더니즘 시에서의 이미지와 서정 사이의 관계 또한 그 두 가지 차원이 모두 고려될 때라야 비로소 그 양상이 제대로 이해될 수 있다고 할 수 있다.

5. 결론

지금까지 필자는 김광균의 시를 중심으로 하여 한국 모더니즘 시에서의 이미지와 서정의 상관성을 살펴보았다. 김광균의 시에서 주체가 세계를 대면하는 방식은 크게 세 가지이다. 시적 주체는 이미지, 서정, 그리고 이미지와 서정 모두를 활용하여 세계와 대면한다. 그리고 김광균의 시에서 드러나는 이런 세계 대면 방식들은 모더니즘 시에서 시적 주체가 세계와 대면하는 방식들에 대한 좋은 본보기라고 할 수 있다. 지금까지의 논의를 시적 주체가 세계를 대면하는 방식들과 관련하여 정리하자면 다음과 같다.

먼저 모더니즘 시에서 시적 주체는 이미지를 활용하여 세계와 대면한다. 이때 시적 주체는 대체로 원근법에 의거하여 그가 바라보는 대상들을 정좌시키면서 세계와 대면한다. 그러므로 이미지를 활용한 세계와의 대면에는 자신의 눈에 보이는 대상들을 다스리려는 주체의 의식이 내재되어 있다. 김광균의 시에서 보이는 이미지들 또한 전반적으로 원근법에 의거해서 창출된 것들이다. 그래서 거기에는 세계를 제어하려는 욕망을 가지고 세계와 대면하고 있는 주체의 의식이 투영되어 있다. 그렇지만 그의 시에서 이미지는 사물의 실재가 아니라 시대의 풍경을 읽어내려는 시적 주체의 열망의 산물로서의 성격이 강하게 드러난다.

다음으로, 모더니즘 시에서 시적 주체는 서정을 활용하여 세계와 대면하기도 한다. 모더니즘 시에서 주체는 대상이나 세계와의 대면에서 자신의 감정을 완전히 숨길 수 없다. 김광균의 시 또한 그 예외가 아니다. 그의 시에서 주체는 정서를 통해서 세계와 대면함으로써 '이미지'를 통해서 세계와 대면하던 것과는 또 다른 방식의 가능성을 보여준다. 김광균의 시에서 주체는 세계와 대면하는 시공간에서 '슬픔', '비애', '고독', '방황' 등을 느끼면서 '옛날'을 생각한다. 이것은 그가 자신이 대면하는 세계, 달리 말하자면 그가 바라보고 있는 대상들을 그의 의식으로 통어하지 못했음을 시사하는 것이다. 그렇다고 해서 그러한 현상이 반드시 부정적인 것만은 아니다. 오히려 그것은 시적 주체가 세계와의 대면에서 그 실재를 파악하기 위한 하나의 절차일 수도 있다.

마지막으로, 모더니즘 시에서 시적 주체는 이미지와 서정 모두를 활용하여 세계와 대면하기도 한다. 모더니즘 시에서 이미지와 서정은 시인이 현실에 대하여 지속적인 관심을 보일 경우에 긴밀하게 연관되면서 시적 주체가 세계와 대면하는 방식으로 등장한다. 이 경우에 이미지는 단순히 이미지에만 그치지 않고 '이미지/스크린'으로 나타나면서 시적 주체가 세계와 진정으로 대면할 수 있는 바탕이 된다. 즉 주체가 대상의 실재라고 여기는 '이미지'는 동시에 대상의 실재를 가리는 '스크린'이기도 하다. 그렇기 때문에 주체는 대상을 인식하는 과정에서 자신의 '오인'을 인정하지 않을 수 없으며, 그 결과 의식의 한계 너머로 나아가지 않을 수 없게 된다. 모더니즘 시에서 서정이 주체가 세계와 대면하는 하나의 방식일 수 있는 가능성은 바로 여기에 있다.

모더니즘 시에서 주체가 이미지와 서정을 활용하여 세계와 대면하는 방식은 단지 김광균의 경우에서만 볼 수 있는 것은 아니다. 그것은 한국 현대시문학사에서 '모더니즘 시'라고 불리어 온 시들, 즉 이미지즘·주지주의적 경향의 시와 초현실주의적 경향의 시들에서 쉽게 볼 수 있는 현상이다. 그러므로 모더니즘 시에서 주체가 이미지와 서정을 활용하여 세계와 대면하는 방식을 충분히 고찰하기 위해서는 김광균의 시 뿐만 아니라 김기림, 정지용, 이상, 그리고 이후의 모더니즘 시인들의 시들을 전반적으로 살펴보지 않으면 안 된다. 이는 차후의 과제로 남겨둔다.

제3장 김종삼 시에 나타난 현대미술의 영향

1. 서론

김종삼은 1953년 ≪신세계≫에 「園丁」을 발표하면서 문단에 등단한 이후로 개성이 넘치면서도 난해한 작품들을 많이 발표했던 시인이다. 그가 문단에 데뷔할 때의 사정에 대한 언급[1]으로 보아, 이러한 개성과 난해함은 김종삼의 시 세계가 출발하는 지점에서부터 어느 정도 내재되어 있었던 것으로 보인다. 그러므로 '개성'과 '난해함'은 김종삼의 시를 제대로 이해하려고 할 경우에는 반드시 통과해야 할 일종의 관문과도 같다고 할 수 있다.

그런데 이와 관련하여 한 가지 특기할 만한 사항은 그러한 관문을 통과하는 일이 결코 쉽지만은 않다는 것이다. 왜냐하면 김종삼의 시에서 드러

---

1) 이 점은 다음과 같은 김종삼에 대한 언급으로 미루어 짐작할 수 있다. "그가 시를 쓰는 것을 알고 시인 金潤成씨가 ≪문예≫에 추천해 주겠다고 했다. 세 편을 가져갔는데 심사에서 밀려 났다. 「꽃과 이슬을 쓰지 않았다고」 난해하다는 것이다." 인용은 강석경, 「문명의 배에서 침몰하는 토끼」, 장석주 편, 『김종삼전집』, 청하, 1988, p.282. 이하로 장석주가 편한 『김종삼전집』을 '『김종삼전집(장)』'으로 표기함.

나는 '개성'과 '난해함'은 시어의 독특함, 통사적 이탈과 구문의 불완전함, 생략과 비약 등 다양한 차원에서 펼쳐지는 특징들을 위시로 하여 이루어지는 시의 의미 형성과 관련된 것이어서, 그만큼 그 실체를 파악하기가 쉽지 않기 때문이다. 따라서 김종삼의 시를 정확하게 이해하려면 다른 무엇보다도 그 '개성'과 '난해함'이 창출되는 기제에 우선적으로 주목할 필요가 있다.

김종삼의 시에서 드러나는 이러한 '개성'과 '난해함'이 어떤 기제에 의해서 창출되었던가 하는 문제는 김종삼의 시에 대한 기존의 연구들에서도 자주 고찰되어 왔던 것이다. 기존의 연구들 중에서도 황동규, 권명옥, 남진우, 고형진, 박현수, 김용희 등에 의한 연구들은 김종삼 시의 개성과 난해함이 창출되는 기제를 독특한 방식으로 조명하여 그 나름대로 두드러진 성과를 올렸던 것들이라고 할 수 있다. 이들에 의해서 김종삼 시의 개성과 난해함이 '잔상 효과에 바탕 한 미학주의'[2], '聾啞적 언술의 추상에 의한 세계 상실'[3], '실어증을 바탕으로 한 도시의 영원한 유랑민 의식'[4], '대비, 생략, 독백에 의한 불우하고 쓸쓸한 운명적 삶의 드러냄'[5], '난유(catachresis)의 의도적 사용에 의한 형이상학의 부재 드러내기'[6], '이중 언어적 글쓰기와 관련된, 언어기표의 전면적 제시에 의한 세계의 극단화'[7] 등과 관련되어 있다는 점이 밝혀지게 되었다. 김종삼의 시에 대한 이

---

2) 황동규, 「잔상의 미학」, 『김종삼전집(장)』, pp.246~251 참고.

3) 권명옥, 「추상성 시학−김종삼론」, 『한양어문』 제17집, 한양어문학회, 1999, pp.127~133 참고.

4) 남진우, 「미적 근대성과 순간의 시학 연구−김수영·김종삼 시의 시간의식」, 중앙대 박사학위논문, 2000, p.183 참고.

5) 고형진, 「김종삼의 시 연구」, 『상허학보』 제12집, 상허학회, 2004.2, p.397 참고.

6) 박현수, 「김종삼 시와 포스트모더니즘의 수사학」, 『우리말글』 제31집, 우리말글학회, 2004.8, p.269 참고.

7) 김용희, 「이중어 글쓰기 세대의 한국어 시쓰기 문제−1950, 60년대 김종삼의 경우」,

해의 수준이 지금에 이를 수 있었던 것도 바로 이러한 연구 성과들의 덕택이라고 할 수 있다.

그럼에도 불구하고, 이 글에서 필자가 이 문제를 또 다시 거론하려고 하는 것은 여기에 기존의 해명들이 미치지 못한, 그래서 또 다른 해명을 필요로 하는 영역이 여전히 남아 있다고 생각되기 때문이다. 앞에서 살펴보았던 것과 같이, 기존의 연구들은 대체로 김종삼의 시가 지닌 '개성'과 '난해함'이 창출되는 기제를 작품에 나타난 상태, 특히 작품에 주도적으로 드러나는 특징을 특정한 관점에서 해명해내는 방식으로 고찰하였다. 그 결과, 기존의 연구들에서는 김종삼 시의 '개성'과 '난해함'에 대한 해명이 대체로 지나치게 특정한 몇 가지 표상들에 한정되어 이루어질 수밖에 없었다. 그렇지만 그러한 주도적인 표상성에만 주목하다 보면 자칫 김종삼의 시가 지닐 수 있는 또 다른 가능성을 미리 차단해버릴 위험을 피하기 어렵다. 따라서 김종삼의 시에서 드러나는 주도적인 상태뿐만 아니라 부분적인 상태에도 주목하고, 그 특성을 '개성'과 '난해함'과 관련지어 바라봄으로써 '표현'[8]의 진정한 의미를 충분히 살리려는 노력이 절실히 요구된다.

현대미술은 김종삼 시의 '개성'과 '난해함'이 창출되는 기제를 해명할 수 있는 중요한 요인들 중의 하나이다. 그것은 그의 시가 어떤 방식으로 의미를 생성해 나가려고 했던가를 '표현'의 차원에서 풀 수 있는 하나의

『한국시학연구』 제18호, 한국시학회, 2007.4, p.144.

8) 이러한 관점은 들뢰즈의 '표현' 개념을 차용한 것이다. 들뢰즈의 '표현' 개념은 "작품에 나타난 상태가 아니라, 그것이 인식의 대상으로 조직화되기 이전 단계, 즉 무한한 가능성이 내포된 '잠재적인 장'의 차원에 주목하여 그로부터 어떤 변화가 생성되는 과정인 '의미의 생성자체'를 나타내는 것"이라고 할 수 있다. 인용 부분은 권태일, 「들뢰즈의 '재현'과 '표현' 개념으로 본 현대예술의 다양성 문제」, 『동서철학연구』 제40호, 한국동서철학회, 2006.6, p.297.

매듭과도 같다. 따라서 여기에서 필자는 김종삼이 관심을 두었던 현대미술, 구체적으로는 '후기인상파'와 '추상미술'과 관련지어 그의 시를 살펴봄으로써 그의 시에서 드러나는 '개성'과 '난해함'에 대한 또 다른 이해를 이끌어내려고 한다.

2. 김종삼의 시와 현대미술

김종삼은 예술에 심취했던 전후 문인들 중에서도 대표적인 존재였던 것으로 보인다.[9] 특히 그는 서구의 예술들, 그것들 중에서도 프랑스 예술에 심취했었다. 그가 이처럼 프랑스 예술에 심취할 수 있었던 것은 외국 문화에 대한 지대한 관심을 기울였던 당시의 문화적 분위기 이외에도 전봉래의 영향 때문이었던 것으로 보인다. 이 점은 전봉래에 대한 그의 언급에서 잘 드러난다. 잘 알려진 바와 같이, 전봉래는 "1 · 4후퇴에 부산으로 내려가서 가장 1950년대적인 예술 분위기를 만들었던 시인이며, 상징시 이론 프랑스어 음악 미술들과 우울한 다미아 샹송에 젖어 있다가 다방에서 음독자살한 청년"[10]으로, 프랑스의 예술에 심취했었던 시인이었다. 그런 전봉래에 대해서 김종삼은 "정직한 자연의 침묵에 귀를 기울일 줄 알았고, 악의 극치에서 열리는 새로운 미학의 풍경을 그릴 줄 아는 데생을 그는 그의 시에 있어서의 하나의 體格으로 마련해 이미 소유하고 있었

---

9) 그 편향이 어느 정도였던가는 "특히 새로운 세대는 다른 예술이 그들의 신만큼이나 우월한 것이었다. 전봉건, 김종삼, 황운헌들도 문학인인지 음악인인지 모를 예술의 혼혈아들이었다. 그들의 행각은 사변 전의 서울에서부터 시작했다."라는 고은의 지적을 통해서도 능히 짐작할 수 있다. 인용 부분은 고은, 『1950년대─그 폐허의 문학과 인간』, 향연, 2005, p.377.
10) 위의 책, p.256.

던 것"[11]이라고 평한 바 있다. 이러한 평이 어떤 면에서는 그에게도 해당 될 수 있는 것이라는 점에서 김종삼이 전봉래에게서 받았을 영향은 예상 보다 컸던 것으로 보인다.[12]

김종삼의 시와 현대미술과 사이의 관계는 우선적으로 그의 시작품들에서 찾아 볼 수 있다. 먼저, 그의 시들 중에서 「다리 밑―방 고호의 경지」, 「미사에 참석한 이중섭씨」, 「피카소의 낙서」, 「미켈란젤로의 한낮」 등에서는 그 제목에 미술가들의 이름이 직접적으로 등장하고 있는데, 이들 중에서 '미켈란젤로'를 제외한 '방 고흐', '이중섭', '피카소' 등은 모두 현대 미술가들이다. 다음으로, 「샹빼」, 「앙 포르 멜」, 「시인학교」, 「샹펭」, 「외출」, 「최후의 음악」 등에서는 작품 속에 '로트레크', '고흐', '세잔느' 등 '후기인상파'와 관련된 현대 미술가들이 등장하고 있으며, 「원색」, 「아뜨리에 환상」, 「地」 등에서는 현대미술과 관련된 분위기나 용어가 작품 속에 등장하고 있다. 이로 미루어 보자면, 김종삼은 그가 시를 창작했던 전 기간에 걸쳐서[13] 간헐적이나마 현대 미술가들, 특히 '후기인상파' 이후의 현대 미술가들에 대한 관심을 지속적으로 표명했었던 것으로 보인다.

현대 미술가들의 이름이나 현대미술과 관련된 시어들을 담고 있는 경

---

11) 김종삼, 「피란 때 연도 전봉래」, 《현대문학》, 1963.2 ; 권명옥 엮음, 『김종삼 전집』, 나남출판, 2005, p.293. 이하로는 권명옥이 엮은 『김종삼전집』을 '『김종삼전집』(권)'으로 표기하기로 함.

12) 김종삼은 전봉래의 죽음을 두고서 "우리 시단에 아직도 깊이 뿌리박고 있는 非詩的인 시인들의 비인간적인 생리 일반과는 절대 무관한 곳에 위치하는 峻壁의 붕괴"라고 말한 바 있는데, 이러한 언급 또한 그가 전봉래를 어떻게 생각하고 있었던가를 잘 보여주는 것이라고 할 수 있다. 인용 부분은 『김종삼전집』(권), p.294.

13) 『김종삼전집』(권)에 제시되어 있는 작품 연보에 따르자면, 여기에서 언급한 작품들이 발표되거나 시집에 실린 구체적인 연도는 다음과 같다. 「다리 밑-방 고호의 경지」 (1959.1), 「미사에 참석한 이중섭씨」(1969), 「피카소의 낙서」(1977), 「미켈란젤로의 한낮」(1977), 「샹빼」(1969), 「앙 포르 멜」(1969), 「시인학교」(1977), 「샹펭」(1982), 「외출」 (1982), 「최후의 음악」(1982), 「원색」(1959.12), 「아뜨리에 환상」(1969), 「地」(1982).

우로 볼 때, 김종삼의 시와 현대미술 사이의 관련 정도는 그렇게 높아 보이지 않을 수도 있다. 김종삼의 시에서 '음악'과 관련된 작품들의 수효를 고려할 경우에는 그 관련 정도가 더욱 낮아 보이기도 한다. 특히 김종삼이 시 「그럭저럭」에 이어 쓴 단문에서 "나는 소싯적부터 음악광이었다."[14]라고 말한 바 있고, 다수의 작품들과 대담 등을 통해 음악에 대한 깊은 관심을 드러내었던 것에 비해 현대미술에 대한 관심을 거의 드러내지 않았다는 점에서는 더욱 그러하다. 김종삼의 시에 대한 연구들에서 그의 시를 음악과 관련해서 고찰하는 경우에 비해서 현대미술과 관련해서 고찰하는 경우가 거의 보이지 않는 것도 어쩌면 이러한 이유 때문인지도 모른다.

그렇지만, 김종삼의 시에서 현대미술이 어느 정도의 비중을 차지하고 있는가는 좀 더 신중하게 다루어야 할 문제이다. 왜냐하면 현대미술에 대한 시인의 관심이 그렇게 강해 보이지 않는 것은 표면적인 현상에 불과할 뿐, 그 내실은 그렇지 않을 수도 있기 때문이다. 1973년에 김종삼이 발표했던 산문 「먼 '시인의 영역'」에는 그러한 가능성을 뒷받침할 만한 대목이 잘 나타나 있다.

> 내가 詩作에 임할 때 뮤즈 구실을 해주는 네 요소가 있다.
> 명곡 「목신의 오후」의 작사자인 스테판 말라르메의 준엄한 채찍질, 화가 반 고흐의 광란 어린 열정, 불란서의 건달 장 폴 사르트르의 풍자와 아이러니컬한 饒舌, 프랑스 악단의 세자르 프랑크의 고전적 체취—이들이 곧 나를 도취시키고, 고무하고, 채찍질하고, 시를 사랑하게 하고, 쓰게 하는 힘이다.[15]

---

14) 『김종삼전집』(권), p.195.
15) 김종삼, 「먼 '시인의 영역'」(《문학사상》, 1973.3), 『김종삼전집』(권), p.303.

인용 부분은 김종삼이 詩作과 관련하여 그에게 '뮤즈'와도 같은 구실을 하는 요소들에 대해서 언급한 대목이다. 여기에서 김종삼은 '스테판 말라르메의 준엄한 채찍질', '화가 반 고흐의 광란 어린 열정', '장 폴 사르트르의 풍자와 아이러니컬한 요설', '세자르 프랑크의 고전적 체취' 등을 자신의 시작에서 중요한 역할을 하는 '뮤즈'와도 같다고 말하고 있다. 그런데 여기에서 특히 주목할 만한 점은 그가 그러한 중요한 요소들 중의 하나로 '반 고흐의 광란 어린 열정'을 내세우고 있다는 사실이다. 이러한 사실이 단순히 김종삼이 '고흐'에 깊은 관심을 지니고 있었다는 점만을 알려주는 데 그치는 것이 아님은 물론이다. 김종삼이 현대미술과 관련된 언급을 거의 하지 않았다는 점을 고려할 경우, 그러한 사실은 김종삼의 시에서 현대미술의 영향이 표면적으로 드러나는 것 이상일 수 있음을 보여주는 좋은 증거라고도 할 수 있다.

이러한 점에서 보자면, 현대미술은 그의 시에서 드러나는 여러 가지 개성들 중 '난해함'과 관련된 면모가 창출되는 기제를 이해할 수 있는 내밀한 영역이라고 할 수 있다. 따라서 다음 장에서는 '후기인상파'와 '추상예술'을 위시로 한 현대미술이 김종삼의 시에 어떤 영향을 주었던가를 면밀하게 살펴보기로 한다.

3. 현대미술 영향의 주요 양상들

1) 후기인상파의 수용과 잔상 효과의 의도적 실현

김종삼의 시가 '후기인상파'에게서 어떤 영향을 받았던가와 관련된 문제를 제대로 다루기 위해서는 넓게는 '인상파' 전반과의 관련성을 염두에 두면서 그 문제에 접근할 필요가 있다.[16] 서양미술사에 등장한 '인상파'들 중 '전기인상파'에게서 찾아볼 수 있는 우선적인 특징은 '빛'과 '대기'의 강조라고 할 수 있다. "인상주의자들은 자연을 충실하게 재현하기 위해 노력과 열정을 기울이기보다는 시각적 경험을 드러내고자 하였다. 그들은 빛과 대기에 의해서 시시각각으로 변하는 자연을 화폭에 담았다."[17]에서 볼 수 있듯이, '전기인상파'에 속하는 화가들은 '빛'과 '대기'를 강조하면서 그로 인해 변화하는 자연을 담아내려고 많은 애를 썼다. 1950년대에 발표된 김종삼의 시들 중에는 이러한 '전기인상파'의 특징을 부분적이나마 보여주고 있는 작품들이 더러 있다. 「해가 머물러 있다」는 그러한 양상을 구체적으로 살펴볼 수 있는 좋은 예이다.

> 뜰악과 苔瓦마루에 긴 풀이 자랐다.
> 한 모통이에 자근 발자욱이 나 있었다.
>
> 풀밭이 내다 보였다. 풀밭이 가끔 눕히어지는 쪽이 많았다.
> 옮아 간다는 눈치였다.
>
> 아직
> 해가 머물러 있다.
>
> ─「해가 머물러 있다」 전문[18]

위에 인용된 작품에서 '빛'은 '해'라는 시어를 통해서 드러나고 있다. "아직 / 해가 머물러 있다"에서의 '아직'이 지닌 의미로 보아, 이 작품에서

---

16) 김종삼의 시에서 후기인상파의 영향만이 나타난다고 단정적으로 말할 수는 없다. 그의 시에서는 후기인상파를 전후로 한 이른바 '인상파'와 '신인상파'의 영향 또한 드러나기도 한다.

17) 김현화, 『20세기 미술사─추상미술의 창조와 발전』, 한길아트, 1999, p.17.

18) ≪문학예술≫(1956.11), 『김종삼전집』(권), p.36.

'빛'은 직접적으로 나타나 있지 않으면서도 '보는 자'로서 엄연하게 등장하고 있는 시적 화자가 그의 눈에 비친 정경을 묘사할 수 있는 근본적인 힘이라고 할 수 있다. 즉 '긴 풀이 자랐다', '발자욱이 나 있었다', '눕히어지는 쪽이 많았다' 등 시적 화자가 눈앞에 펼쳐져 있는 정경을 포착할 수 있는 것은 다름이 아니라 '아직'은 '해'가 '머물러 있'기 때문이다. 그렇지만 그러한 '빛'은 또한 '어둠'이 다가오면 사라질지도 모르는 유한한 것이기도 하다. 그러므로 이 작품에서 '빛'은 어떤 현상의 본질 혹은 실체를 포착해내는 데 없어서는 안 될 필수불가결한 조건이자 동시에 소멸될 수밖에 없는 존재라는 이중적인 의미를 지닌다고 할 수 있다.

'빛'이 지닌 이러한 이중적인 의미는 이 시기에 발표되었던 다른 작품들에서도 찾아볼 수 있다. 「받기 어려운 선물처럼」은 그 좋은 예이다. 이 작품의 "영원이 빛이 있다는 아름다움이란 / 누구의 것도 될 수 없는 날이랍니다.// 그럼으로 모—두들 머믈러 있는 날이랍니다."[19]에서 '영원한 빛이 있다는 아름다움'의 존재 가능성이 부정되고, '머무름'이 강조되고 있는 것도 바로 그러한 맥락에서 이해될 수 있다. 김종삼이 「종 달린 자전거」에서 "버릴 것은 버리고 나면/ 아무런 것도 남음이/ 없는 인간들의 마음이/ 暫定 됨에 不過/ 하였다."[20]에서 강조하고 있는 '잠정'도 의미상으로는 이러한 '빛'의 '머무름'과 상통하는 것이라고 할 수 있다.

이런 점에서 보자면, 「해가 머물러 있다」를 비롯한 여러 작품에서 등장하는 '빛'은, 완전히 동일한 것은 아니지만, '전기인상파' 이후로 '인상파'에서 중시되었던 '빛'과 매우 흡사한 것이라고 할 수 있다.

한편, 인상주의 화가들은 자연이나 현상을 충실하게 재현하려는 태도에서 벗어나서 그것을 제한하거나 단순화함으로써 새로운 리얼리티를 얻

---

19) 『전쟁과 음악과 희망과』(자유세계사, 1957), 『김종삼전집』(권), p.46.
20) ≪문학예술≫(1957.5), 『김종삼전집』(권), p.50.

으려고도 하였다. "인상주의 회화의 제일 큰 특징은 그것이 어떤 일정한 거리에서 감상되어야 하고 얼마간의 생략이 불가피한 원경으로서 사물이 그려져 있다는 사실이다."[21]에서도 단적으로 지적되어 있듯이, 인상주의 화가들은 '생략'과 '원경'이 잘 드러나는 작품들을 보여주었다. 특히 그들은 형태와 구성뿐만 아니라 주제나 내용에서도 이전의 그림들에 비해 매우 모호한 방식을 취하였다.[22] 인상주의 미술에서 볼 수 있는 이러한 특징은 김종삼의 경우에서도 어느 정도 잘 찾아볼 수 있다. 「문짝」, 「어둠 속에서 온 소리」, 「둔주곡」, 「오학년 일반」, 「원두막」, 「소리」 등은 그 좋은 예이다.

> 작은 데 비해
> 청초하여서 손댈 데라고는 없이 가꾸어진 초가집 한 채는
> 「미숀」계, 사절단이었던 한 분이 아직 남아 있다는 반쯤 열린 대문짝이 보인 것이다.
> 그 옆으론 토실한 매 한가지로 가꾸어 놓은 나직한 앵두나무 같은 나무들이 줄지어 들어가도 좋다는 맑았던 햇볕이 흐려졌다.
> — 「문짝」[23] 중에서

인용된 부분은 「문짝」의 일부이다. 이 부분만을 놓고 보더라도, 이 시는 얼른 보아서는 그것이 담아내려고 하는 것이 무엇인지가 매우 막연한

---

21) A. Hauser, 백낙청 · 염무웅 공역, 『문학과 예술의 사회사 — 현대편』, 창작과비평사, 1974, p.173.

22) 인상주의 회화에서 볼 수 있는 이러한 면모는 인상주의 회화에 대한 감상 체험에서의 특징에 대한 다음과 같은 언급에서도 잘 드러난다. "선묘적인 형태도 구성도 없었으며, 무엇을 생각해야 할지는 말할 것도 없고 무엇을 칭찬하여야 할 것인지도 알 수 없었다. 그 그림들에는 주제나 내용이 없는 것처럼 보였다. 그림의 제목을 염두에 두고 주의 깊게 살펴보면 그 중 몇몇은 사실상 풍경화라는 것을 알게 된다." 인용 부분은, Notbert Lynton, 윤난지 옮김, 『20세기의 미술』, 예경, 1993, p.15.

23) 『한국전후문제시집』(1961), 『김종삼전집』(권), p.78.

것처럼 보인다. 그만큼 행들과 행들 사이에 생략과 비약이 보이며, 내용이나 주제 또한 막연하다. 그렇지만 이 작품을 찬찬히 들여다보면 그것이 무엇을 담아내려고 하는가가 처음보다는 좀 더 명확하게 다가온다. 이를 좀 더 풀어보자면 다음과 같다. ① 작지만 청초한 초가집 한 채가 있다, ② 그 초가집에는 미손계 사절단이었던 한 분이 아직 살고 있다, ③ 그 초가집의 반쯤 열려 있는 대문짝을 본다, ④ 그 대문짝 옆으론 토실하면서도 나직한 앵두나무 같아 보이는 나무들이 줄지어 있다, ⑤ 그 나무들은 내게 그 문 안으로 들어가도 좋다고 말하는 듯하다, ⑥ 그런데 맑았던 햇볕이 흐려진다 등이 그것들이다. 이런 점에서 이 시는 미선계 선교사가 살고 있었던 어떤 집과 그 '반쯤 열린 문짝'에 대한 인상을, 원경으로 포착된 여러 가지 단편들을 의도적으로 생략과 비약을 통해 엮어내는 방식으로 형상화 한 것이라고 할 수 있다.

김종삼의 시에서 드러나는 이러한 생략과 비약의 독특한 활용은 그것이 '인상파'에서 중시하였던 '잔상 효과'와 관련된 것이라는 점에서 특별한 주목을 요한다. 일반적으로 '잔상 효과'는 마네, 모네, 세잔느, 고흐, 시냐크 등 '인상파'에서 '후기인상파'를 거쳐 '신인상파'에 이르는 화가들이 공통적으로 사용했던 화법, 구체적으로는 눈의 '망막현상'에 의거하여 '원색'의 '병치혼합'을 통해 원하는 색깔을 얻어내는 것과 깊이 관련된 기법을 말한다.24) 앞에서 살펴보았던 「문짝」을 비롯하여 적지 않은 작품들에서 이러한 '잔상 효과'가 나타나고 있는 바, 특히 「다리 밑—방 고흐의

---

24) 인상파에서 '잔상 효과'가 '병치혼합'을 바탕으로 한 것이라는 점은 전창림의 다음과 같은 지적에서도 잘 드러난다. "화폭에 나타난 최종색을 분광분석한 뒤 각각의 원색을 팔레트에 섞는 대신 화폭에 나란히 칭한다. 그러면 우리 눈의 망막은 이들이 혼합된 중간색이 나타나 원하는 최종색을 칠한 것처럼 느낀다. 눈의 잔상 효과 때문이다. 이를 병치혼합이라고 한다." 인용 부분은, 전창림, 「미술관에 간 화학자—인상과 화풍의 비밀은 병치혼합」, 《과학동아》 제259호, 2007.7, p.47.

境地」에서의 '잔상 효과'는 다른 어떤 작품에서의 그것보다도 강화된 것이기에 세심한 주의를 필요로 한다.

> 길바닥과 함께 아지 못했던 날 빛은 허뜨러지었던 터전이고, 가라타기 어려운 運命的인 氣候의 停留場의 素材인 中斷된 期間에서 벗어나지 못할 날 빛은 神보다는 고마웠다. 다리 밑, 자갈밭은 말끔하게 꼽히어졌고 흘러가는 물 언저리 몇 그루의 나무들이 사괴이는 간격은 한 시름 놓이게 되는 微風의 사이엔 靈魂의 未納者들의 곁을 가는 날이 다시 저물어 가기 시작한.
>
> — 「다리 밑—방 고호의 境地」[25] 전문

이 작품에서의 '잔상 효과'는 시어, 구절, 시행 등 매우 다양한 층위에서 이루어지고 있다. 시인은 우선적으로는 '아지 못했던 날'과 '벗어나지 못할 날'을 대비시키면서 '빛'에 대해 '허뜨러지었던 터전이고'와 '신보다는 고마웠다'라는 어느 정도 다른 의미를 부여하고 있다. 그런 다음 그는 "가라타기 어려운 運命的인 氣候의 停留場의 素材인 中斷된 期間"에서와 같이 '갈아타다', '어렵다', '운명적이다', '기후', '정류장', '소재', '중단', '기간' 등 다양한 시어들을 독특한 방식으로 조합해내거나, '꼽히어졌고'와 '정신의 미납자'와 같은 생경한 시어를 사용하여 새로운 의미들을 창출해낸다. 마치 '고흐'가 풍경, 인물, 실내 등을 주제로 하면서도 "색채를 보다 강화하고 형태의 특징을 강조하여 거기에 대한 자신의 해석을 표현하고 또한 종교적인 광휘를 부여하였"[26]던 것과 같이, 김종삼 또한 '다리 밑'이라는 특정한 공간을 다루면서도 거기에 독특한 인상과 의미를 부여하고 있다. 그 결과 이 작품에서는 일상적인 차원에서의 소통뿐만 아니

---

25) 《자유문학》(1959.1), 『김종삼전집』(권), p.64.
26) Notbert Lynton, 앞의 책, p.20.

라 기존의 시적 소통까지도 매우 어렵게 될 수밖에 없다.

김종삼은 이처럼 그의 시에서 '잔상 효과'를 적절히 활용하여 이전의 다른 시인들에게서는 쉽게 볼 수 없었던 독특한 개성의 시를 창작하였다. "그가 노리는 것이 殘像效果이기 때문이다. 언어습관이나 일상생활면으로 보면 꼭 있어야 할 것을 꼭 있을 자리에서 빼버리고 그 빈자리에 앞서 나온 시행들의 울림을 있게 하는 것이기 때문이다."[27]에서도 지적되어 있는 것과 같이, 그것은 의도적으로 시어들, 구절들, 시행들의 '울림'을 활용하여 이루어진 것이었다.

이런 점에서 볼 때, 그 동안 김종삼 시의 한 특징으로 지적되어 왔던 '난해함'의 창출은 '잔상 효과'를 통해서 대상의 리얼리티를 적극적으로 담아내려고 했던 '후기인상파'를 비롯한 '인상파'의 영향과 상당한 관련을 맺고 있다고 할 수 있다. 인상파 화가들이 "형태의 모방보다는 형태의 창조를 추구하며, 현실을 모방하기보다는 현실에 상응하는 다른 차원을 지향"[28]하면서 리얼리티를 창조하려고 했었던 것과 마찬가지로 그는 '잔상 효과'를 효과적으로 활용하면서 시적 리얼리티를 새롭게 창조하려고 했던 것이다.

2) 추상미술의 수용과 정체성의 다면적 탐색

현대미술이 김종삼의 시에 어떤 영향을 주었던가는 '추상미술'과의 관련에서도 찾아볼 수 있다. 김종삼이 주로 활동하였던 1950년대 중반에서 1960년대에 이르는 시기 동안 한국의 미술계에서는 프랑스를 위주로 한 유럽의 추상미술인 '앵포르멜'과, 미국의 추상미술인 '액션페인팅'이 성

---

27) 황동규, 「잔상의 미학」, 『김종삼전집』(장), p.251.
28) Roger Fry, 「프랑스 후기인상주의」, Francis Frascina & Charles Harrison ed., 최기득 편역, 『현대회화의 원리』(중판), 미진사, 1995, p.182.

행했었다고 한다.[29] 김종삼은 이들 중에서도 '앵포르멜'에 깊은 관심을
보였다.[30] 그가 '앵포르멜'에 관심을 보였다는 점은 "지금까지 쓴 일백여
개 가운데서 이 「돌각담」, 「앙포르멜」, 「드빗시 산장부근」 등 서너 개 정
도가 고작 내 마음에 찼다고 할 수 있을까?"[31]에서도 확인해 볼 수 있는
바, 그가 「앙포르멜」을 그의 마음에 찼던 작품들 중의 하나로 꼽았다는
이러한 사실은 '앵포르멜'에 대한 그의 관심이 상당했다는 점을 뒷받침해
줄 수 있는 좋은 증거라고 할 수 있다.

'앵포르멜'은 제2차 세계 대전 이후 서구에 새롭게 등장한 미술경향들
중에서 "정신의 풍요로운 자유와 본능의 자발성에 의한 무정형의 형태를
통해 인간의 존엄성을 되찾고자 하였"[32]던 경향을 포괄적으로 지시하는
용어이다. 그런 만큼, "앵포르멜 미술 안에는 '타시즘', '서정적 추상', 그
리고 모래, 점토 등 재료를 강조하는 '마티에르 회화' 등이 전부 포함된
다."[33]라는 언급에서도 드러나 있듯이, '앵포르멜'에는 다양한 경향들이
들어 있다. 이러한 다양한 표현 기법들을 활용하여 '앵포르멜'은 전후의
서구 사회가 봉착했었던 여러 가지 위기들을 극복해 내려고 하였다. 그러
므로 김종삼의 시가 이러한 다양한 기법들과 어떻게 관련되고 있는가를
살펴보는 일은 그의 시에서 개성과 난해함이 창출되는 기제를 이해하는
또 다른 중요한 단계라고 할 수 있다.

김종삼이 '앵포르멜'에 관심을 지니고 있었음은 앞에서 구체적으로 확
인한 바와 같다. 그가 1960년대에 발표하였던 작품들 중에는 '물질'의 속

---

29) 이일, 『현대미술에서의 환원과 확산』, 열화당, 1991, pp.92~94 참고.
30) 그가 '앵포르멜'에 관심을 보였던 것은 전봉래를 위시한 당시의 문인들에게서 볼 수
   있었던 프랑스에 대한 선호 경향과도 깊은 관련이 있는 것으로 보인다.
31) 김종삼, 「먼 '시인'의 영역」(『문학사상』, 1973.3), 『김종삼전집』(권), p.303.
32) 김현화, 앞의 책, p.285.
33) 위의 책, p.286.

성에 주목하면서 자신의 정체성을 다양하게 탐색하려는 시적 주체의 노력과, 시행의 '반복'에 바탕한 독특한 시 형태를 담은 것들이 적지 않게 보인다. 이런 특징들은 '앙포르멜'을 위시로 한 추상미술에 대한 시인의 관심의 소산일 가능성이 매우 크다고 할 수 있는 바, 이 점은 1960년대에 발표되었던 작품들 중에서도 특히 「앙포르멜」과 「나의 본적」에서 잘 확인해 볼 수 있다.

나의 무지는 어제 속에 잠든 망해 쎄자아르 프랑크가 살던 사원 주변에 머물렀다.

나의 무지는 스떼판 말라르메가 살던 본가에 머물렀다.

그가 태던 곰방댈 훔쳐 내었다
훔쳐 낸 곰방댈 물고서
나의 하잘것이 없는 무지는
방 고호가 다니던 가을의 근교 길바닥에 머물렀다.
그의 발바닥만한 낙엽이 흩어졌다.
어느 곳은 쌓이었다.

나의 하잘것이 없는 무지는
쟝 뽈 싸르트르가 경영하는 연탄공장의 직공이 되었다.
파면되었다.

— 「앙포르멜」 전문[34]

나의 본적은 늦가을 햇볕 쪼이는 마른 잎이다. 밟으면 깨어지는 소리가 난다.
나의 본적은 거대한 계곡이다.
나무 잎새다.

---

34) 『김종삼전집』(권), p.124.

나의 본적은 푸른 눈을 가진 한 여인의 영원히 맑은 거울이다.
나의 본적은 차원을 넘어다니지 못하는 독수리다.
나의 본적은
몇 사람밖에 안 되는 고장
겨울이 온 교회당 한 모퉁이다.
나의 본적은 인류의 짚신이고 맨발이다.

— 「나의 본적」[35] 전문

위에 인용된 시들에서 우선적으로 주목되는 점은 '나'가 자주 등장하고 있으며, 대상의 물질성이 강조되고 있다는 사실이다. 구체적으로 「앙포르멜」에서는 '無知'의 존재로서의 '나'가 '쎄자아르 프랑크'를 그가 잠들어 있는 '사원 주변'과, '스떼판 말라르메'를 그의 '본가' 및 '곰방대'와, '방고호'를 그가 다니던 '가을의 근교 길바닥' 및 '발바닥만한 낙엽'과, 그리고 '쟝 뽈 싸르트르'를 그가 경영하는 '연탄공장'과 관련해서 제시하고 있다.[36] 그리고 「나의 본적」에서도 '나'가 그의 '본적'을 '늦가을 햇볕 쪼이는 마른 잎', '거대한 계곡', '나무 잎새', '영원히 맑은 거울', '차원을 넘어다니지 못하는 독수리', '겨울이 온 교회당 한 모퉁이', '인류의 짚신이고 맨발' 등 물질성을 강하게 띠거나 아니면 그러한 속성을 강하게 지니고 있는 공간과 관련되어 제시되고 있다.[37]

이런 특징이 무엇을 의미하는지는 다양한 관점에서 해명될 수 있을 것

---

35) 『김종삼전집』(권), p.98.

36) 여기에 제시된 '쎄자아르 프랑크', '스떼판 말라르메', '방 고호', '쟝 뽈 싸르트르'는 김종삼에게 강한 영향을 주었던 사람들이다. 김종삼은 이러한 사정을 산문 「먼 '시인의 영역'」에서 밝힌 바 있다. 이에 대해서는 제2장에서 언급한 바 있다.

37) 「나의 본적」에서 '나의 본적'에 대한 비유항들 중에서 물질적인 것과의 관련성이 비교적 적어 보이는 '차원을 넘어다니지 못하는 독수리'와 '맨발' 또한 일련의 비유항들 속에서 어느 정도의 물질성을 지닌다. 적어도 그것들은 '물질성'과 유사한 속성을 지닌 '신체성'을 지닌다.

인 바, '앵포르멜'과의 관련성은 가장 우선적으로 고려해야 하는 가능성 들 중의 하나라고 할 수 있다. 왜냐하면 이러한 특징은 '앵포르멜'이 '반 이성' 또는 '탈이성'의 측면에서 '이성' 또는 '지성'에서 초래된 전후 사회 의 위기를 극복하려고 했고, '물질성'을 통해서 대상이나 시적 주체의 정 체성을 다면적으로 탐색하려고 했던 것과도 대동소이하다고 할 수 있기 때문이다. "앵포르멜은 그것이 남긴 '물질적 흔적'을 강조한다"[38]나 "앵 포르멜 미술에서 마티에르는 정신성으로 되돌려진다"[39]는 점을 고려하 면, 이러한 현상은 '앵포르멜'이 강조하고 있는 '물질적 흔적'과 그 '정신 성'을 시 속에 담아냄으로써 스스로의 정체성을 다면적으로 탐색하려고 했던 시인의 의도가 빚어낸 것이라고 할 수 있다. 특히 「나의 본적」에서 시적 주체가 자신의 정체성을 물질성을 바탕으로 추구하고 있음은 그만 큼 시인이 자신과 직접적으로 대면하고, 나아가서는 세계와도 직접적으 로 대면하려는 욕망을 갖고 있기 때문이라고 할 수 있다.[40]

한편, 「앵포르멜」과 「나의 본적」은 '반복'에 바탕한 독특한 시 형태가 드러나고 있다는 점에서도 주목된다. 구체적으로 「앵포르멜」에서는 '나' 가 '쎄자아르 프랑크', '스떼판 말라르메', '방 고호', '쟝 뽈 싸르트르'와 관련된 공간을 마치 여행자처럼 주유하고 있으며, 「나의 본적」에서는 '나' 의 속성과 관련된 비유항들이 은유의 일반적인 제시 방식이라고 할 수 있 는 'A는 B이다'에서의 'B'가 반복적으로 병치되는 방식으로 제시되고 있

---

38) 진중권, 『현대미학강의─숭고와 시뮬라크르의 이중주』, 아트북스, 2004, p.142.

39) 김현화, 앞의 책, p.287.

40) "회화에서는 신체와 신체가 대면한다. 곧, 회화는 세계의 살과 화가의 접촉이자 눈 을 포함한 우리의 모든 감각기관과 캔버스의 접촉인 것이다."에서 볼 수 있듯이, 시 인은 '앵포르멜'과의 만남으로 인해 '신체'를 통해서 세계와 직접적으로 대면하고픈 욕망을 지니게 되었다고도 할 수 있다. 인용 부분은 Mireille Buydens, 안구 · 조현진 옮김, 『사하라, 들뢰즈의 미학』, 산해, 2006, p.170.

다. 이러한 시 형태의 등장은 자신의 정체성을 다면적으로 탐색해내려는 시인의 노력과 밀접하게 결부된 것이라고 할 수 있는 바, 이는 1950년대에 발표되었던 작품들보다는 1960년대에 발표되었던 작품들에서 보다 더 구체적으로 드러난다. 「묵화」에서는 '지났다고', '부었다고', '적막하다고' 등에서 '~고'가, 「북치는 소년」에서는 '아름다움처럼', '카드처럼', '진눈깨비처럼' 등에서 '~처럼'이, 그리고 「비옷을 빌어 입고」에서는 '버림받았을 때', '기숙사에 있을 때', '트럼펫이 울릴 때' 등에서 '때'가 반복적으로 제시되고 있는데, 이 또한 근본적으로는 「앙포르멜」과 「나의 본적」에서의 '반복'과 유사한 면모를 지닌다.

이러한 반복이 발생하게 된 연유를 단정적으로 말하기는 어렵다. 왜냐하면 어떤 측면에서 보자면, 시 자체가 곧 반복의 산물이기 때문이다. 하지만, 앞에서 살펴보았던 '정체성의 탐색'과 관련시킬 경우에는 그것이 의미하는 바가 어느 정도 분명하게 드러날 수 있다. 위에서 언급한 모든 작품에 전적으로 적용된다고 말하기는 어렵다고 하더라도, 적어도 그러한 '반복'이 대상이나 주체의 정체성을 '다면적'으로, 게다가 '유려하게' 탐색하려는 시인의 의도의 산물임은 말할 수 있을 것이다. 그리고 이러한 시인의 의도의 저변에는 '덧칠'이나 '흔적'을 통해서 물질의 정신적 속성을 포착해내고, 기하학적 선보다는 '서정적이고 자유로운 선의 흐름'[41]을 강조하려고 했던 '앙포르멜'의 영향이 자리하고 있다고 할 수 있다. 즉,

---

41) 이와 관련하여 김현화의 다음과 같은 지적은 참고할 만하다. "그들은(앙포르멜 미술가들은—필자) 미국 회화들보다 더 섬세하고 부드러운 線的 흐름을 추구하였다. 자연을 연상케 하는 어떤 형상이 화면 위에 드러난다 하더라도 이것은 자연 형태를 재현한 것이 아니라 화가가 선택한 회화의 기호이다. 앙포르멜 회화에 표현된 형태들은 이미 해체와 변형과정을 거친 형상으로서 특정한 대상을 지시하는 기호가 아니라 기호 자체로서의 의미를 지닌 형상들이다. 서정적이고 자유로운 선의 흐름은 프랑스 회화의 장식적 경향으로부터 나왔다고 할 수도 있다." 인용 부분은 김현화, 앞의 책, pp.296~297.

'앵포르멜' 경향들 중의 하나인 '마티에르 회화'가 모래, 점토 등 재료를 강조하면서 사물이나 현상의 새로운 면모를 포착해내려고 했던 것과도 같이 김종삼은 '물질'을 통해서 그가 바라보는 대상의 새로운 면모를 제시하고, 그러한 대상들을 주유함으로써 자신을 돌아볼 수 있는 새로운 계기를 이끌어내고 있다고 할 수 있다.

김종삼은 이처럼 추상미술들의 하나인 '앵포르멜'의 영향 아래 '물질'의 가능성을 새롭게 발견하면서 자신의 정체성 탐구를 행하고, 그러한 과정에서 자신의 태도를 잘 구현할 수 있는 시 형태를 적극적으로 활용하려고 애를 썼다. 그리고 이러한 일련의 노력들을 통해서 그는 기존의 관념이나 태도가 지닌 고정성에서 벗어나서 사물이나 인간에 대한 새로운 이해를 추구할 수 있었다. 이러한 점은 그것이 김종삼 시에서의 '개성'과 '난해함'이 창출되는 또 다른 기제라는 점에서 특기할 만한 것이라고 하지 않을 수 없다. 이런 점에서 보자면, 김종삼은 추상미술들의 하나인 '앵포르멜'의 영향 아래 정체성을 다면적으로 탐색하는 과정에서 시적 소통의 또 다른 방식을 어느 정도 보여주었다고 할 수 있다.

4. 현대미술 영향의 의의와 한계

김종삼의 시에는 '자아와 세계와의 불화'와 관련된 작품들이 유달리 많이 있다. 그래서 일찍이 김현은 김종삼의 시 세계가 지닌 특징을 '비극적 세계인식'[42]이라고 규정한 바 있다. 그렇지만 이와 관련하여 한 가지 주의할 점은 그러한 세계와의 불화가 시인에게 단지 좌절만을 안겨준 것은

---

42) 김현, 「김종삼을 찾아서」, 『김종삼전집』(장), p.238.

아니라는 사실이다. 왜냐하면 시인의 새로운 세계에 대한 열망과 좌절은 폐쇄적인 시·공간이 아닌 일종의 개방적인 시·공간에서 이루어지고 있기 때문이다. 그러므로 김종삼의 시에서 드러나는 '비극적 세계인식'은 주체의 파멸이나 소멸이 아닌 주체의 형성 과정이라는 관점에서 이해될 필요가 있다. 이러할 때, 김종삼 시에서의 주체는, "김종삼에게 세계는 안주를 허락하지 않으며 항상 유동적인 흐름의 상태를 유지하고 있다. 그는 無宿者, 즉 집 없이 떠도는 존재이다."[43]에서 남진우가 말한 '떠도는 존재'에 가까워진다.

김종삼 시에서의 주체성을 '떠도는 존재'와 관련시켜 볼 때, 김종삼이 '시'를 위시로 한 '예술'의 세계에서 삶의 진정성을 찾으려고 했었다는 점은 매우 세심하게 따져볼 필요가 있는 것이다. 왜냐하면 '떠도는 존재'로서의 주체성은 '시'를 위시로 한 '예술'의 세계에서 삶의 진정성을 찾으려고 했었던 시인의 태도에서 비롯된 것일 수도 있기 때문이다. 실제로 김종삼은 '휴식'과 '시'에서 삶의 진정성을 찾은 적이 있었다고 스스로 밝힌 바 있다. 구체적으로 그는 "한동안 일과 빚에 쫓기다가 단 하루라도 휴식이 얻어진다면 죽음에서 소생하는 찰나와 같은 맑은 공기가 주위를 감돌았다."[44]와 "'생활의 윤택'과 '시의 광채'는 서로 양립될 수 없는 상극의 존재이기 때문에, 두 가지 중에서 한 가지만 취해야 한다고 믿고 있다."[45]라고 언급한 적이 있다. 이로 볼 때, 김종삼의 시에서 자주 볼 수 있는 '떠도는 존재'는 '노동과 휴식', '생활과 시'라는 이분법적 대립항들 사이에서의 부유라고도 할 수 있다. 결국, 김종삼의 시에서 '휴식'과 '시', 또 그와 관련된 '예술'은 시적 주체의 갈등의 원인이자 동시에 탈출구이기도

---

43) 남진우, 앞의 논문, p.146.
44) 김종삼, 「이 공백을」(『52인 시집』, 1967), 『김종삼전집』(권), p.300.
45) 김종삼 관련 기사(≪한국일보≫, 1981.1.23), 『김종삼전집』(권), p.314.

한 것이다.

　김종삼이 신성시할 정도로 예술에 강한 집착을 보였고, 그의 시에서 '떠도는 존재'로서의 주체성을 형상화 하였으며, '휴식'이나 '시의 영역'에서 삶의 진정성을 찾으려 했다는 점은 김종삼의 시 세계가 형성되어 가는 과정에서 현대미술의 영향이 어떤 작용을 했던가를 엿볼 수 있게 해준다. 그에게 '시'가 '생활'로부터의 '탈주'를 가능케 하는 것이었다면, '예술'은 그러한 탈주를 가능케 해주는 든든한 버팀목이었던 것이다. 그리고 이러한 맥락에서 현대미술, 특히 '후기인상파'를 중심으로 한 '인상파'와 '앵포르멜'을 중심으로 한 '추상미술'은 김종삼의 시 세계가 형성되어 가는 과정에서 매우 내밀한 시적 탈주의 계기로 작용했다고 할 수 있다.

　한편, 김종삼이 '현대미술'의 수용과 관련된 난해한 시를 쓰던 시기는 '난해성'에 대한 논쟁이 강하게 일어났던 시기이기도 하다. 구체적으로, 당시에 많은 문학인들은 '난해성'을 거부하거나 진정한 난해성을 촉구하는 등 '난해성'을 둘러싼 여러 가지 논의들을 적극적으로 펼쳐낸 바 있다. "「그것은 난해하다」 이 한마디로 모든 시인들의 생명을 박탈하려 한다. 독자는 우매한 비평가는 그들을 학살할 것이다."[46]나 "한국시의 산문시적 성격은 이러한 내포적 다양성을 불허하기 때문에 시인들로 하여금 사이비 난해성의 날조라는 눈물겨운 허영을 저지르는 사태를 낳게 했다고도 볼 수가 있다."[47] 등은 '난해성'을 둘러싼 그러한 논의가 실질적으로는 '현대시'의 성격을 문제시 했던 것이었음을 잘 보여준다. 이 시기를 지나면서 "'난해성'이 '미적 범주'로 작용할 가능성을 보여주었던 것"[48]도,

---

46) 이어령, 「나르시스의 학살」, ≪신세계≫, 1956.10, p.239.
47) 유종호, 「현대시의 50년」(≪사상계≫, 1962.5), 『비순수의 선언』, 민음사, 1995, p.28.
48) 졸고, 「전후 모더니즘 시론에 미친 신비평의 영향 연구」, 『한국문화』 33집, 서울대학교 한국문화연구소, 2004.6, p.131.

1960년대에 들어서면서 김춘수가 '사회'와 '역사'를 배제하면서 개인적 진실성을 추구했던 이른바 '무의미시'를 보여주었던 것도, 그리고 김수영이 '모험'과 '진정한 난해성'을 강조하면서 주체와 현실 사이에 존재하는 리얼리티를 '온몸'으로 추구하려고 했던 것도 실은 이러한 '난해성'을 둘러싼 논쟁과 깊이 관련되어 있다.

이러한 점에서 보자면, 김종삼이 현대미술의 영향과 관련하여 '잔상 효과'를 강조하고, 독특한 방식으로 정체성을 다면적으로 탐색함으로써 보여주었던 '난해함'은 '난해성'이 리얼리티의 추구와 깊이 관련된 것임을 실천적으로 보여주었던 것이라고 할 수 있다. 그러니까 한 마디로 말해서, 김종삼이 1950~60년대의 시들을 통해서 보여주었던 '개성', 특히 '난해함'을 위시로 한 개성은 전후의 현실을 이겨내면서 동시에 현대성을 진정으로 추구하려고 한 미학적 실천으로서의 성격이 강했던 것이었다. 다만, 그러한 개성이 지나치게 서구 예술 안에서만 이루어짐으로써 동양 정신과의 만남의 가능성을 적극적으로 포착하지 못했음은 그것이 지닌 한계였다고 할 수 있다. "하지만 그 기법이 지향하는 예술의 세계, 영원의 세계와의 결합은 불가능하다."[49]에서도 지적되어 있는 것과 같이, 예술의 세계 자체가 영원의 세계가 된다는 것, 특히 서구의 예술 세계가 전후 한국 사회가 나아갈 영원의 세계가 된다는 것은 매우 어려운 일일 수밖에 없었을 것이기 때문이다.

---

49) 김현자, 「전쟁기와 전후의 시(1950~61년)」, 오세영 외, 『한국 현대시사』, 민음사, 2007, p.330.

5. 결론

지금까지 이 글에서 필자는 김종삼의 시가 현대미술, 특히 '후기인상파'와 '추상미술'로 받았던 영향에 대해서 고찰하여 왔다. 누구보다도 강하게 예술에 심취했었던 김종삼은 '후기인상파'와, '앵포르멜'을 위시로 한 '추상미술'을 수용함으로써 매우 개성적이면서도 난해한 시 세계를 펼쳐 보여주었다. 지금까지 이루어진 논의를 정리하면 아래와 같다.

김종삼의 시에서 드러나는 '개성'과 '난해함'이 창출된 데에는 '후기인상파'와, '앵포르멜'을 중심으로 한 추상미술의 영향이 있었다. 먼저, 김종삼은 '후기인상파' 이후로 '인상파'에서 중시되었던 '잔상 효과'를 적극적으로 활용하여 매우 독특하면서도 난해한 작품들을 창작하였다. 즉, 시어들, 구절들, 시행들 사이의 '생략'과 '비약'에 의한 '울림'을 활용함으로써 그는 시적 리얼리티를 새롭게 창조하려고 했으며, 그 결과 일반적인 시적 소통과는 다른 독특하면서도 난해한 새로운 시적 소통을 열어 보여주었다. 다음으로, 김종삼은 '앵포르멜'이 강조하였던 '탈이성', '물질의 정신성'을 적극적으로 활용하여 자신의 정체성을 다면적으로 탐색하였다. 그의 시에서 물질적인 시어들을 비유항으로 하는 은유가 반복되어 등장하면서 자아내는 개성과 난해함은 정체성에 대한 그러한 다면적 탐색의 결과라고 할 수 있다. 이러한 탐색으로 인해 또 다른 방식의 시적 소통의 길이 열렸음은 물론이다.

현대미술의 영향으로 인해 김종삼의 시에서 드러나게 된 '개성'과 '난해함'은 그것이 사물이나 주변 현상이나 자신을 새롭게 바라봄으로써 거기에서 새로운 리얼리티를 포착해내려고 했던 시인의 노력과 관련된 것이었다. 그러므로 시인의 그러한 노력은 전후의 현실을 이겨내면서 동시에 현대성을 진정으로 추구하려고 했던 미학적 실천으로 주목되어야 마땅하다. 다만, 동양 정신과의 만남의 가능성이 적극적으로 탐색되지 못했던 것은 그 한계라고 할 수 있다. 이러한 점에서 보자면, 김종삼은 서양미술의 영향 아래 독특한 '개성'과 '난해함'이 드러나는 시를 통해 전후의 현실을 뛰어넘고자 하였던 시인이자, 동시에 스스로 서양의 현대 미술의 강한 영향력으로 인해 '떠도는 존재'가 될 수밖에 없었던 시인이었다고 할 수 있다.

현대미술과의 관계 문제를 중심으로 김종삼의 시에서 드러나는 '개성'과 '난해함'을 고찰하는 일은 김종삼이 깊은 관심을 가졌던 음악이나, 그의 전기적 삶과 연관될 때 보다 더 깊이 있게 이루어질 수 있다. 그럼에도 불구하고 이 글은 그러한 논의에까지는 나아가지 못했다. 이 점은 이 글이 안고 있는 한계이자, 필자가 앞으로 해결해야 할 과제라고 하겠다.

제4장 오세영 시에서의 존재와 반구성주의

1. 시작하는 말

어떤 시인의 시를 읽노라면 거기에는 언제나 그 시인의 시를 떠받치고 있는 중심 세계가 드러나기 마련이다. 오세영 시인의 경우에는 '존재'에 대한 진지한 고민과 깨달음이 그의 시적 중심을 이룬다. 그의 초기의 시에서부터 최근의 시에 이르기까지 '존재'는 직·간접적으로 시인의 시 세계를 다양하게 채색하여 왔다. 특히 첫 시집『반란하는 빛』(1970) 이후로『가장 어두운 날 저녁에』(1982),『무명연시』(1986),『불타는 물』(1988), 그리고 1985년 이후로 발표되었다가『사랑의 저쪽』(1990)으로 간행되었던 연작시「그릇」에 이르는 일련의 시적 여정을 통해서 시인은 사물과 인간 존재에 대한 깊은 관심을 보여준 바 있다.

사물과 존재에 대한 물음은 비단 이 시인에게서만 볼 수 있는 것은 아니다. 굳이 이름을 들지 않더라도 다른 많은 시인들 또한 시를 통해서 사물과 인간 존재와 관련된 무수한 고민과 몸부림을 보여주었다. 1950년대에 주로 나타났던 실존주의적 경향의 시들과 1960년대 이후에 집중적으로 등장하였던 시들, 특히 대상과 의미에 초점을 맞추었던 일련의 실험적 경향의 시들의 근저에는 존재에 대한 시인들의 고민이 깔려 있다. 오세영 시인의 시가 보여주고 있는 존재론적인 여정 또한 그러한 1960년대 이후의 시적 경향들과 어느 정도 보조를 같이 한다. 그럼에도 불구하고 그의 존재에 대한 시적 여정은 현대시의 지반 위에서 서정적·전통적 정서를 수용하면서 존재에 대한 깊이 있는 통찰을 보여준다는 점에서 독특한 면모를 보여준다.

오세영 시인의 시가 지닌 존재론적인 면모는 그 동안 많은 논자들에 의해서 '실존주의적 경향', '여성적 내면성', '부정의 논리', '불교적 존재론' 등 여러 가지 관점에서 해명되어 왔다.1) 그 다양한 관점에도 불구하고 기존의 논의들은 전반적으로 오세영 시인의 시가 현실과 영원 사이에 존재하는 모순을 끌어안으면서 사물과 인간 존재의 '영원성'을 추구하고 있다는 점을 공통점으로 내세운다. 그러니까 기존의 연구들은 오세영 시인의 시가 지닌 존재론적인 면모를 주로 인식론적 차원과 존재론적인 차원을 병행하는 가운데 해명하고 있는 것이다. 이러한 기존의 연구들로 인해서 한국 현대시사에서 오세영 시인의 시가 지닌 독특한 개성과 의의가 어느 정도 뚜렷한 윤곽을 지니게 되었음은 물론이다.

하지만 기존의 논의에도 불구하고 오세영 시인의 시에서 드러나는 존

---

1) 그 대표적인 연구로는 다음과 같은 것들이 있다. 김재홍, 「사랑과 존재의 형이상－『무명연시』작품론」, ≪현대문학≫, 1985.10 ; 최동호, 「욕망을 다스리는 영혼의 형식」, ≪소설문학≫, 1986.2 ; 이동하, 「실존적 사상의 세계－오세영 시집 『가장 어두운 날 저녁에』」, ≪심상≫, 1983.7 ; 정효구, 「모순구조의 다양한 의미－오세영 시집 『무명연시』」, ≪문학정신≫, 1986.12 ; 김준오, 「명상시와 존재론적 상상력－오세영 시집 『사랑의 저쪽』」, ≪현대시학≫, 1990.11 ; 조창환, 「존재의 모순, 그 영원한 질문－오세영 시집 『불타는 물』, ≪현대시학≫, 1989. 3 ; 이숭원, 「모순의 인식과 존재의 탐색」, ≪현대시학≫, 1992. 6 ; 류철균, 「존재의 무명과 사랑의 지평」, 오세영, 『무명연시』, 현대문학, 1995.

재론적 면모가 구체적으로 어떤 미의식을 바탕으로 하고 있으며, 그리하여 시사적으로 어떤 의의를 지니고 있는가는 충분히 해명되지 못하고 있는 실정이다. 따라서 이 글에서는 오세영 시인의 시에서 드러나는 존재론적인 면모를 미의식의 차원에서 해명하고, 이를 바탕으로 하여 그의 시가 지닌 시사적 의의를 가늠해 보려고 한다.

2. 존재, 그 모순의 시화

오세영 시인의 시에서 사물과 인간 존재는 모순의 존재이다. 『반란하는 빛』에서 「그릇」 연작에 이르는 일련의 시를 통해서 시인은 끊임없이 그 '모순'에 초점을 맞추어서 사물과 인간 존재를 바라다본다. 구체적으로 시인은 그의 시에서 현대인이 느낄 수밖에 없는 허무와 고독과 절망을 드러내기도 하며, 근원적인 차원에서 인간이 지닐 수밖에 없는 허무와 고독과 절망을 드러내기도 한다. 그러니까 그의 시에서는 시대적 차원에서이든지 아니면 근원적 차원에서이든지 간에 허무, 고독, 절망이 사물과 인간 존재가 지닌 모순의 표지로 등장하고 있다. 따라서 인간 존재나 인간의 삶을 시인이 어떻게 대하고 있는가를 분명히 하기 위해서는 우선적으로 시인이 주목하고 있는 허무, 고독, 절망의 실체를 따져보지 않을 수 없다.

> 타버린 정신들은 어디 갔는가.
> 가령 雪原에 버려진 장미꽃 하나,
> 혹은 알타이에 떨어지는 햇살,
> 바람과 소나기, 그리고 유월은
> 불탄다.

내 살 속에서 희미한 불빛들이
뛰어가고, 알콜이 출렁이는 바닷가에서
이십세기는 불을 지핀다. 물질이 흘린
피, 싸늘한,
實用의 새는 날 수 있을까?
어두운 내 얼굴을 날아서, 찬서리 내린 굴뚝과
기계들이 죽은 무덤을 넘어서
어제의 어제를 넘어서
달에 도달할 수 있을 것인가.

— 「불」2)의 일부

모든 것은 닫히고 나는 서 있고
아득한 곳에서 기계가 울고 있다.
나는 꿈꾼다.
떨리는 귀에 들려오는 복음을,
깨어진 공간 위에 식어내린 햇살을,
엷은 꿈들 위에 눈은 내리고
나는 소리치면서
어리석은 신앙으로 얼고 있다.

— 「반란」3)의 일부

『반란하는 빛』에서는 주로 현대를 살아가는 현대인의 허무와 고독과 절망이 그려지고 있다. 여기에서의 허무와 고독과 절망은 근원적인 성질의 것이라기보다는 시인이 현대 문명에 대해서 느끼는 매우 현실적인 것이다. 「불1」에서 시인은 현대가 '장미꽃', '햇살', '바람', '소나기', '유월'과 같은 '정신적인 것들'을 모두 불태워버리는 시대라고 말한다. 즉 현대에서는 이러한 '정신적인 것들'이 더 이상 의미를 지니지 못하고, 오히려

2) 『반란하는 빛』, 문학동네, 1997, p.13.
3) 위의 책, pp.25~26.

'물질', '실용', '기계' 등과 같은 '비정신적인 것들'이 의미를 지닌 것으로 등장한다.

하지만 시인은 결코 '비정신적인 것들'과 화합할 수 없다. 시인은 그러한 '비정신적인 것들' 앞에서 '물질의 피'를 바라보고 있으며, '실용의 새'가 날 수 없음을 예견하고 있으며, '기계들이 죽은 무덤'을 목격하고 있기 때문이다. 「반란」에서의 "모든 것은 닫히고 나는 서 있고/ 아득한 곳에서 기계가 울고 있다"는 이러한 시인의 절망을 단적으로 드러낸 것이라고 하지 않을 수 없다. 비록 시인이 '떨리는 귀에 들려오는 복음'을 꿈꾸어본다고 하지만, 그러한 꿈은 오히려 시인의 허무와 절망을 한층 더 강화시킬 뿐이다. "나는 소리치면서/ 어리석은 신앙으로 얼고 있다"에서의 '얼고 있다'는 이러한 시인의 절망과 허무 의식을 예리하게 드러낸다.[4]

그렇다고 해서 인간 존재의 허무와 고독과 절망이 비단 현대 문명과만 관련되는 것은 아니다. 인간은 언제나 허무, 고독, 그리고 절망에 휩싸여 살아갈 수밖에 없기 때문이다. 많은 사람들과 어울리면서 무엇인가를 기획하고, 앞날에 대한 희망을 가져보려 하지만 인간에게 돌아오는 것은 매번 허무와 고독과 절망뿐이다. 이러한 근원적인 허무와 고독과 절망을 시인은 『가장 어두운 날 저녁에』이후의 시들에서 시화하려고 애를 쓴다. 구체적으로 시인은 근원적인 허무와 고독과 절망을 안고 있는 인간 존재를 대단히 모순적인 존재로 바라보고, 그 근본적 모순에 대한 형상화를 통해서 삶의 의미들을 새롭게 포착해내려고 한다. 이 점은 시인이 '고독'과 '허무'와 '절망'을 바라보는 태도에서 잘 드러난다.

실존주의적인 견지에서 보자면, '고독'이란 인간의 숙명과도 같다. '홀

---

4) 『반란하는 빛』에서는 현대 문명에 대한 허무와 고독과 절망이 수사에 치중한 언어적 실험을 통해서 드러나고 있다. 이는 오세영 시인이 1960년대 동인지 ≪현대시≫의 동인으로 활동한 바 있다는 점과 무관하지 않을 것이다.

로 던져짐'이라는 표현에 내포되어 있듯이 인간은 '고독한 존재'이며, 그를 통해서 다른 사람들과 어울리면서 살아갈 생각을 하게 된다. 그러므로 '고독'이란 어쩌면 인간이 자신의 삶의 의미들을 반추해보는 철학적 명상의 공간이며, 시적 상상력의 무한한 원천이라고 할 수 있다. 오세영 시인의 시에서도 사정은 마찬가지이다. 그의 시에서도 '고독'은 인간 존재의 근원적 조건들 중의 하나로서 시적 상상력의 원천이 된다. 구체적으로 시인은 인간이 근원적으로 지니고 있는 '고독'을 전제로 하여 사물과 인간 존재의 실체에 대한 무한한 상상력을 펼쳐 보이면서 일상적인 삶의 방식과 결코 화합할 수 없는 자신을 자각하기도 한다.

    밤에
    홀로 듣는 빗소리.

    비는 깨어 있는 자에게만
    비가 된다.
    잠든 흙 속에서
    라일락이 깨어나듯
    한 사내의 두 뺨이 비에 적실 때
    비로소 눈뜨는 영혼.
                    — 「밤비」5)의 일부

    흰 물새를 타고
    너의 바다로 떠난 어린 딸아,
    물새가 날지 않는 어느 날
    너는 알게 되리라.
    젊은 아빠의 번민을,
    안개 낀 밤의 불면을,

---

5) 『반란하는 빛』, p.82.

밤 10시
안정제를 권유하는
아내의 피곤한 목소리를 들으며
시를 쓴다.
먼 파도 소리를 듣는다.

— 「밤 10시-딸에게」의 일부6)

「밤비」에서 '빗소리'는 대상으로서의 사물이 지닌 실체를 나타낸다. 그
리고 "비는 깨어 있는 자에게만/ 비가 된다."에서 드러나듯이 '깨어 있는
자'만이 이러한 사물의 실체를 인식할 수 있다. 그렇다면 시인은 무엇 때
문에 '깨어 있는 자'로 존재하는가? 그것은 바로 그가 '고독'하기 때문이
다. 그 '고독'을 통해서만 시인은 '눈뜨는 영혼'을 지닐 수 있다. 하지만
'고독의 순간', 즉 '깨어 있는 순간'은 또한 시인이 일상적인 삶과 모순된
관계에 있음을 자각하는 순간이기도 하다. 「밤 10시-딸에게」에서 '번민'
과 '불면', '시'로 표현되어 있는 '고독' 속에 잠겨 있는 시인이 잠이 든
'어린 딸'의 '꿈'과도, '안정제'를 권유하는 '아내'와도 결코 동화될 수 없
음은 바로 그 때문이다. 그리하여 결국 시인에게 있어서 '고독'은 일상적
인 삶 속에서 자신이 존재하는 방식이자 그의 시적 상상력의 원천이 된다.
    자신의 삶 속에서 인간이 고독한 존재인 것은 그가 자신의 꿈을 통해서
보다 더 완전한 존재로 나아가려고 하기 때문이다. 하지만 그러한 '완전
한 존재'에의 열망만큼 인간은 '허무'와 맞설 수밖에 없다. 그리고 그러한
'허무'와의 대면에서 인간은 때로는 절망하기도 하며, 그와는 다르게 새
로운 희망을 발견하기도 한다. 오세영 시인의 시에서 '허무'는 완전한 존
재로 나아가고자 하는 인간 존재의 모든 일상적인 기획 행위가 수렴되는
일종의 '텅빈 지점'과도 같다. 그 '텅빈 지점'은 시인이 자신의 존재를 완

---

6) 『가장 어두운 날 저녁에』, 문학사상사, 1982, p.33.

성할 수 있는 지점이자 동시에 그의 시 쓰기의 의의가 놓여 있는 지점이
다. 하지만 그 '텅빈 지점'으로서의 '허무'라는 커다란 모순 앞에서 시인
을 비롯한 인간은 고뇌할 수밖에 없다.

> 결국은 한 알의
> 모래가 된다.
>
> 破滅이, 저 存在의 中心에서
> 깨어진 접시가
> 이루는 完成
>
> 결국은 한 알의
> 結晶이 된다
>
> 깨어지고 깨어져서
> 이겨내는 외로움,
> 그는 시방
> 바닷가에 서 있다.
>
> 들려오는 건
> 虛無의 바람 소리와
> 愛憎의 기슭에서 부서지는 파도 소리.
>
> 가장 밝은 地上에서 딩구는
> 결국은 한 알의
> 모래가 된다.
>
> 海潮音이 된다.

— 「모래」[7] 전문

---

7) 『가장 어두운 날 저녁에』, p.20.

觀念과 事物의 틈 사이를
메꾸는 잉크는 없을까,
빈 가지를 울리는 바람 소리와
귓가에서 속삭이는 虛無의 소리를
지우는 잉크.

채워도 채워도 남는
튜브 속의 空間,
사람은 누구나
빈 空間위에 산다.

— 「빈 空間—K兄에게」[8]의 일부

「모래」에서 시인은 인간 존재의 근원적 조건으로서의 '허무', 구체적으로는 '죽음'을 '파멸'과 '완성' 사이에 존재하는 모순으로 바라본다. "결국은 한알의/ 모래가 된다"에서의 '결국'은 바로 그러한 '텅빈 지점'으로서의 '허무'를 단적으로 드러내는 수식어이다. 즉 '접시'라는 존재가 '결국'에는 '한 알의 모래'가 되듯이 인간 존재의 삶 또한 '죽음'이라는 필연적인 '파멸'의 과정을 거칠 수밖에 없다. 그렇다고 해서 인간 존재가 지닌 '허무'가 '죽음'과만 결부되는 것은 아니다. 그의 시에서 '허무'는 일상생활과 관련된 인간의 삶 속에서도 나타난다. 「빈 공간—K형에게」에서 시인은 자신의 시 쓰기 행위와 연관지어 '허무'를 바라보는데, 이때 그 '허무'는 '관념'과 '사물' 사이에서 드러나는 '틈'이자 '채워도 채워도' 남는 '튜브 속의 공간'으로 형상화된다.

한편, 삶 속에서 마주치게 되는 고독과 허무 앞에서 인간은 절망과 희망이라는 새로운 모순과 만나게 된다. 오세영 시인의 시에서도 '절망'은 한편으로는 근원적인 고독으로부터, 다른 한편으로는 '허무'와의 몸부림

---

8) 『가장 어두운 날 저녁에』, pp.24~25.

으로부터 연유한다. 즉 그의 시에서 '절망'이란 완전한 존재로 나아가고 자 하는 인간 존재가 현실에서 겪게 되는 모순의 하나이자 동시에 삶의 의미이기도 하다. 구체적으로 시인은 이러한 '절망'을 통해서 존재론적 차원에서의 자기 인식을 내면적 감정과 결합시켜 낸다. 그리하여 그의 시 에서 '절망'은 '또 다른 희망'이 되고, '희망'은 '또 다른 절망'이 되기도 한다. 그 결과, 그의 시에서 '절망'은 삶의 의미와 존재의 의의를 찾으려는 모든 인간이 거기에 몸부림치지 않으면 안 되는 하나의 전제 조건이 된다.

내 이름을 찾으려고
끝없이 방황하였다.
알타이에서 잃어버린 신발 하나.
곰의 발자국을 찾아서,
시든 풀을 헤치고,
빈 콜라병에 채이면서
맨발로 빗속을 걸어다녔다.
잃어버린 나를 돌려다오, 나는 올해 서른 한 살,
踏査를 떠나, 失踪된 젊은 考古學 敎授
내게 이름을 돌려다오,
— 「방황 2」9)의 일부

그림자를 잃었습니다.
책을 읽다가 꼬박 10년 歷史冊을 읽다가
어느 날 그림자를 잃었습니다.
그림자를 찾으려고 官廳엘 갔읍니다만
죽은 이름밖에 없었습니다.
學校엘 가도 敎會엘 가도 그림자는 없었습니다.
— 「잃어버린 그림자」10)의 일부

---

9) 『가장 어두운 날 저녁에』, p.64.
10) 위의 책, 1982, p.69.

우리가 원한 것은
꿈이 아니라 病이다
맥주 거품 위에 부서지는 시간과
좌절이다.

누군가 나를 절망시켜다오.
나의 유일한 욕망은 절망이다.
휴일, 텅 빈 도시에 精神들은
밀회를 위해 떠나고
남은 것은 다만
정치가들이 버린 꽃다발과 엽서와
한 구절의 유행가뿐이다.

— 「밀회」[11]의 일부

　위의 시들에서 시인이 느끼는 절망은, 자기의 정체성을 확립하려고 하는 그의 끊임없는 시도가 번번이 실패할 수밖에 없다는 자각과 관련되어 있다. 「방황 2」에서의 "내 이름을 찾으려고/ 끝없이 방황하였다."와 "내게 이름을 돌려다오"는 '이름'으로 표상되고 있는 '자아의 정체성'을 시인이 얼마나 애타게 찾으려고 하는가를 단적으로 보여주는 구절들이다. 하지만 「잃어버린 그림자」의 "그림자를 잃었읍니다"에서 볼 수 있듯이, 시인은 자신의 정체성 찾기가 헛된 시도이거나 실체를 결코 움켜잡을 수 없는 시도임을 인식하지 않을 수 없다. 그의 정체성 찾기는 '역사책'으로 표상된 인간의 역사에 의해서도, '관청'으로 표상된 사회적 테두리 내에서도, '학교'로 표상된 지적인 노력을 통해서도, 그리고 '교회'로 표상된 신에 대한 믿음을 통해서도 결코 달성될 수 없는 노릇이다. 따라서 시인에게 남는 것은 '절망'과 '좌절' 뿐이다. 그런 점에서 본다면, 「밀회」에서의 "우

---

11) 『반란하는 빛』, pp.110~111.

리가 원한 것은/ 꿈이 아니라 병이다"와 "누군가 나를 절망시켜다오"라는 구절은 자아의 정체성을 찾는 것이 불가능한 상황 속에서 시인이 뱉어내는 일종의 탄식이자 가장 확실한 깨달음에 해당된다고 할 수 있다.

이처럼 오세영의 시에서 사물과 인간 존재는 고독과 허무와 절망으로 가득 찬 '모순의 존재'이다. 물론, 인간 존재가 현실에서의 자신의 삶에 안주한다면 이러한 모순은 결코 드러나지 않을 것이다. 하지만 시인에게 있어서 인간 존재란 현실에 안주하지 않고 보다 더 영원하고 완전한 존재로 나아가려고 하는 열망으로 가득 찬 존재이다. 그러므로 그의 시에서 존재의 모순이란 한편으로는 어떤 존재를 불완전한 것으로 머물게 하려는 일종의 구속이고, 다른 한편으로는 그 존재가 보다 더 완전해지기 위한 하나의 조건이다. 그러니까 한 마디로 말해서, '존재의 모순'이란 존재가 극복해야 할 대상이면서 동시에 그 존재가 근거할 수 있는 터전인 것이다.

3. 완전한 자유인과 그 의미

오세영 시인의 시에서 사물이나 인간 존재가 지닌 모순, 구체적으로는 허무, 고독, 절망 등은 쉽게 극복되어질 성질의 것이 아니다. 하지만 그것은 또한 어떻게 해서든지 극복되어져야만 하는 것으로, 시인이 시적 상상력을 펼쳐왔던 주된 이유이기도 하다. 그러므로 그의 시적 개성은 그가 어떤 방식으로 존재가 지닌 모순을 극복하려고 하는가에 달려 있다고 해도 과언이 아니다.

오세영 시인의 시에서 인간 존재의 근본적 모순으로서의 허무, 고독, 절망 등에 대한 극복 가능성은 '채움의 원리'에서보다는 주로 '비움의 원리'를 통해서 추구된다. 다시 말해서 그의 시에서 시인은 '비움의 원리'에 의해 인간의 근본적인 모순들을 극복한 '완전한 자유인'이 되려고 애를 쓴다. 시인의 견해에 따르자면,[12] '완전한 자유인'이란 "스스로 존재를 허무에 기투할 수 있는 인간"이다. 그리고 시인이 이러한 생각을 갖게 된 것은 그가 "인간의 근원적인 조건으로 주어진 허무, 고독, 절망 이런 것들을 자신의 것으로 받아들일 수 있는 존재야말로 실존적 한계성을 극복할 수 있는 인간"이라고 생각하였기 때문이다. 그러므로 시인에게 있어서 '완전한 자유인'이란 허무, 고독, 절망 등을 불러일으키는 '채움의 원리'보다는 그러한 것들로부터 시인을 자유롭게 하는 '비움의 원리'를 통해서 추구될 수밖에 없다.

그렇다고 해서 시인이 '채움의 원리'와 관련된 현실의 삶, 달리 말해서 인간의 실존을 부정하려고 한다고 말하려는 것은 아니다. 일찍이 시인은 "시란 일상적 삶에 있어서 모순의 관계에 놓인 영원과 현실이라는 두 차원을 어떻게 일원화시키느냐 하는 문제를 추구하는 데 본질이 있다 해도 과언이 아니다."[13]라고 하면서 '현실과 영원의 일원화'를 강조한 바 있고, "진정한 의미의 시적 영원성이란 존재론적일 뿐만 아니라 현실적, 사회성까지도 포괄하는 구체적인 의미의 영원성이어야 할 것이다."[14]에서 볼 수 있듯이 '현실과 영원의 일원화'에서 현실이나 사회가 지닌 의미를 간과하지는 않고 있기 때문이다.

하지만 그의 '현실과 영원의 일원화'에는 어딘지 모르게, 일상적인 삶에서 계속되는 욕망을 낳으면서 삶을 불완전한 것으로 만들어버리는 '채움의 원리'보다는 그러한 '채움의 원리'를 넘어설 수 있는 '비움의 원리'에 대한 강조가 은근하게 자리하고 있다. 시인은 이 '비움의 원리'를 통해

---

12) 오세영·김준오 대담, 「진실과 진실 사이」, 『사랑의 저쪽』, 미학사, 1990, p.105.
13) 오세영, 「현실과 영원 사이」, 『가장 어두운 날 저녁에』, p.100.
14) 위의 글, pp.102~103.

서 '채움'에 집착하는 현대인의 일상적인 삶의 방식을 비판하고, 나아가
서는 사물이나 인간 존재의 소멸과 관련된 '비움'을 통해서만 존재가 완
성될 수 있음을 말하려고 한다.

> 깨진 그릇은
> 칼날이 된다.
>
> 節制와 均衡의 중심에서
> 빗나간 힘,
> 부서진 원은 모를 세우고
> 理性의 차가운
> 눈을 뜨게 한다.
>
> 盲目의 사랑을 노리는
> 사금파리여,
> 지금 나는 맨발이다.
> 베어지기를 기다리는
> 살이다.
> 상처 깊숙이서 성숙하는 魂
>
> 깨진 그릇은
> 칼날이 된다.
> 무엇이나 깨진 것은
> 칼이 된다.
>
> — 「그릇-그릇1」[15) 전문

> 결국
> 빈 그릇만 남았다.
> 취한 손님들은 돌아가고,

---

15) 『사랑의 저쪽』, p.11.

식탁엔 쓰러진 술병과
시든 꽃다발 하나,

결국
빈 이름만 남았다.
情에 지친 肉身은 돌아가고
祭床엔 추도문 몇 줄과
퇴색한 사진이 한 장,

잔치는 풍성하였다.
찰찰 넘치는 술과
愛慾을 탐하는 입술과
그릇들이 부딪쳐
터지는 폭소,
언제인들 모자람이 있었던가,

　　　　　　　　　　　　　― 「폭소―그릇18」16)의 일부

　「그릇」 연작시는 시인이 '채움의 원리'와 '비움의 원리'를 어떻게 바라
보고 있으며, 나아가서 '비움의 원리'를 통해서 '채움의 원리'를 어떻게
극복하려고 하는가를 구체적으로 형상화하고 있어 주목된다. 「그릇―그
릇1」에서 '깨진 그릇'은 '절제와 균형의 중심에서 빗나간 것'으로, '칼날'
과 동일시되고 있다. "이성의 차가운/ 눈을 뜨게 한다"에서 드러나듯이,
'칼날'은 주로 '이성'을 표상하면서 '맹목의 사랑'만을 노리는 '광포한 힘'
을 지니고 있다. 그러니까 시인은 '깨진 그릇'과 '칼날'을 통해서 '맹목의
사랑'만을 요구하는 '이성'의 부정적인 면을 드러내고자 하는 것이다. 시
인에게 있어서 '이성'은 인간의 이념, 현실, 무명 등과 마찬가지로 '채움의
원리'와 관련된 것으로, 영원하고 본질적인 것을 추구하면서 완전한 존재

---

16) 『사랑의 저쪽』, p.41.

가 되고자 하는 시인의 열망을 차갑게 식혀버리는 장애물에 불과하다. 「폭소-그릇18」에서의 '취한 손님', '쓰러진 술병', '시든 꽃다발', '정에 지친 육신', '퇴색한 사진', '넘치는 술', '애욕을 탐하는 입술', '폭소' 등 또한 모두 '이성'과 마찬가지로 '채움의 원리'를 나타내주는 표상들이라고 할 수 있다.

그렇다면 인간의 실존적 한계를 극복하려는 노력, 즉 '현실과 영원의 일원화'를 위한 노력은 어떻게 해서 '채움의 원리'에서 '비움의 원리'로 나아갈 수 있었던 것일까? 시집 『무명연시』에는 그러한 물음에 대한 대답의 가능성이 잘 나타나 있다. 『무명연시』는 제목 그대로 '빛이 없는 상태'에서의 '사랑 노래'이다. 여기에서 시인은 '빛이 없는 상태'를 전제로 하여, '苦, 集, 滅, 道'의 '四諦'[17]와 관련된 불교적 인생관을 펼쳐 보여준다. 특히 그 제목에서도 드러나듯이 '無明'을 내세움으로써 '사제' 중에서도 '고'의 원인이 되는 '집'[18]에 그 초점을 맞추고 있다. '四諦說'에 따르자면, '無明'이란 "인생 현상의 진정한 원동력과 인생고통의 가장 궁극적인 근원인 인생의 실상에 대한 맹목적 무지"[19]를 가리킨다. 따라서 만일 우리

---

17) '四諦'는 '四聖諦' 또는 '四眞諦'라 불리우는 것으로 불교 창시자인 석가모니가 제창한 주요 학설들 중의 하나이다. '苦諦', '集諦', '滅諦', '道諦'라는 '사제'는 신성한 '진리'이며, 생사와 열반의 인과에 관한 이론이다. '고제'와 '집제'는 인생의 핍박성과 그렇게 되는 속성을 나누어 밝힌 것이고, '멸제'와 '도제'는 인생의 해탈 가능성과 수행 가능성을 설명한 것이다. 이를 구체적으로 살펴보자면, '고'는 미혹의 결과이고, '집'은 미혹의 원인이다. 이에 비해서 '멸'은 깨달음의 결과이고, '도'는 깨달음의 원인이다. 이에 대해서는 方立天, 유영희 역, 『불교철학개론』, 민족사, 1989, pp.88~89 참고.
18) '集'은 미혹의 원인, 즉 '苦'의 원인을 살펴보는 것으로 주로 '無明', '行', '識', '名色', '六處', '觸', '受', '愛', '取', '有', '生', '老死'로 이루어진 '12인연설'로 전개된다. 불교사에 의하면, 석가모니는 도를 얻어 부처가 되었을 때 '12인연'을 뒤에서부터 앞으로 逆觀하고서, 즉 '老死'에서부터 계속 역관하여 '무명'에 이르는 방식으로 중생이 생사유전하게 되는 인과관계를 설명하였다고 한다. '12인연'은 생명 현상의 총괄적인 설명이며, 또한 생명체의 고통의 원인이다. 이에 대해서는 위의 책, pp.94~95 참고.
19) 위의 책, p.96.

가 인생의 실상을 정확히 인식할 수 있다면 일체의 고통은 모두 없어지게 될 것임이 분명하다. 그리하여 『무명연시』에서 시인은 '사랑의 원리'를 통해서 인간 존재가 '채움의 원리'에서 '비움의 원리'로 나아갈 수 있는 가능성을 역설적으로 보여준다.

> 탄다, 탄다, 탄다,
> 눈물이 탄다. 웃음이 탄다.
> 꽃 속에 출렁이는 색의 바다가
> 탄다.
>
> — 「오얏나무 오얏꽃」[20]의 일부

> 즈믄 강 달빛은 고요한데,
> 木魚들의 울음소리 실낱 같은데,
> 강변에 벗어놓은 신발 한 켤레
> 이승에 사그러진 은촛대 하나.
>
> 핏줄에 엉긴 때 씻으려고,
> 탯줄에 엉긴 때 씻으려고,
> 흐린 등불 아래서
> 알몸으로 님의 품에 뛰어들었다.
>
> — 「신발」[21]의 일부

「오얏나무 오얏꽃」에서의 '꽃' 속에 출렁이는 '색의 바다'는 탐욕의 세계에서는 벗어났으나 여전히 감각적 현상계로부터는 벗어나지 못한 인간 존재의 면모를 감각적으로 형상화한 것이다. 이러한 면모는 「신발」에서는 더욱 더 구체적으로 드러난다. 여기에서의 '강변에 벗어놓은 신발

---

20) 『무명연시』, 현대문학, 1995, p.31.
21) 위의 책, p.51.

한 켤레'는 죽어서라도 그 인연을 달성하려고 하는 인간의 무지와 그러한 무지로부터 벗어나려는 몸부림을 표상한다. 즉 인간은 '핏줄에 엉긴 때'와 '탯줄에 엉긴 때'로 표현되고 있는 '인연'에 연연하는 어리석은 존재이면서 동시에 그것을 '씻으려고' 애쓰는, 그리하여 '알몸'으로 이승과는 다른 곳에 존재하는 '님의 품'에 뛰어드는 이중적인 존재이다. 이런 점에서 보자면, 이 시들을 통해서 시인은 인간 존재가 자신이 지닌 고독과 허무와 절망이라는 근본적인 조건을 '사랑'이라는 차원에서 극복해내려고 하지만, 그 극복이 결코 쉽지 않음을 구체적 · 비유적 형상으로 보여주고 있다고 말할 수 있다. 이는 인간의 어리석음이 이러한 '무명'이외에도 '行', '識', '名色', '六處', '觸', '受', '愛', '取', '有', '生', '老死'로 이루어진 '12인연설'의 '集苦'와 관계된다는 점을 고려할 때 더욱 더 분명해진다.

오세영의 시에서 인간 존재의 근본적인 모순은 궁극적으로는 '비움의 원리'에 의해서만 극복될 수 있는 것이다. 하지만 인간 존재가 그 근본적인 모순을 극복하기란 매우 어렵다. 그렇기 때문에 인간 존재의 모순을 극복하고 완전한 존재로 나아가고자 하는 시인의 열망은 결코 '사랑의 원리'에도 머무를 수 없다. 왜냐하면 근본적으로 '사랑의 원리'는 '12인연'과 관련된 것이고, '12인연'은 모두 '내것 만들기', 즉 '소유'와 관련되어 있는 것이기 때문이다.[22] 따라서 시인은 '비어 있음→채움→비움'으로 이어지는 일련의 과정에서 '채움'의 시 · 공간에 대한 가치 판단과 함께 '비움'에

---

22) 불교적 관점에 따르자면, 일상세계의 범부는 "욕망에 의해서 쉴새 없이 내것을 만들어 가는 동적 존재, 세계의 갖가지 내용물을 무한적으로 먹어치우고 소유하려 하면서도 언제나 만족할 줄 모르는 허기진 존재, 헛된 정열의 발산자, 마치 기름판위의 생선처럼 자신의 몸을 뒤트는 갖가지 고통을 쉴새없이 경험하는 욕망의 담지자"라고 할 수 있다. 허우성, 「불교의 욕망론」, 이강수 외, 『욕망론―철학과 종교적 해석』, 경서원, 1995, p.53.

대한 열망을 강하게 드러내는 역할을 하는, '사랑의 원리' 너머에 존재하는 '비움의 원리'를 통해서 '완전한 자유인'에 이르고자 하는 것이다. 그러한 '완전한 자유인'의 길이 "능금이/ 그 스스로의 무게로 떨어지는/ 가을은 황홀하다"와 "태양이/ 그 스스로의 무게로 떨어지는/ 황혼은 아름답다."(「후회」 중에서)23)에서의 '가을'과 '황혼'이 표상하는 '열반의 세계', 혹은 '죽음의 세계'에 대한 수용과 관련되는 것임은 물론이다. 결국, 시인이 말하려고 하는 '비움의 원리'란 '인간 존재'와 '현실'과 '영원'을 둘러싸고 펼쳐지는 '불교적 존재론'의 그것이라고 할 수 있다.24)

4. 반구성주의의 시적 세계

오세영의 시에서 인간 존재가 '비움의 원리'에 의해서 완전성을 구유하려는 열망은, 달리 말해서 인간 존재가 '완전한 자유인'이 되고자 하는 열망은 그의 시적 세계를 떠받치고 있는 중심 기둥이다. 그런데 여기에서 한 가지 주목해야 할 점은, 시인이 이러한 열망을 제대로 달성하려면 시 장르에서 그러한 가치 또는 의미가 어떻게 언어를 통해서 발현될 수 있을 것인가라는 문제를 우선적으로 해결하지 않으면 안 된다는 것이다. 이러한 문제를 시인은 인간 존재의 완전성이란 '깨달음'의 문제이지 결코 '구성'의 문제가 아니라는 점, 그러므로 언어 역시 새로운 의미를 파생시키

---

23) 『가장 어두운 날 저녁에』, p.26.
24) '불교적 존재론'에 대한 시인의 관심은 다음과 같은 시인의 언급에서도 구체적으로 찾아볼 수 있다. "이 시집의 시들은 필자가 초기의 모더니스트적 태도를 버리고 새로운 세계를 탐구하려는 노력에서 씌어진 것들이다. 그 새로운 세계란 동양적인 사유, 그 중에서도 특히 불교 존재론을 의미한다." 시인의 언급 내용은, 오세영, 「시인의 말」, 『무명연시』, p.3.

는 데 그 목적이 있는 것이 아니라 근본적인 의미들을 발현하는 데 그 목적이 있다는 관점에서 해결하려고 한다. 그가 "결국 시는 필연적으로 그 언어화에서 오는 추상성과 보편성을 구체성에 일원화시킴에 의해서 참다운 영원성을 획득해야 하는 것이다."[25]라고 하면서 '구체적 보편성(concrete universality)'을 강조하는 것도 그러한 맥락에서 이해될 수 있다.

그렇다면 그가 강조하고 있는 '구체적 보편성(concrete universality)'이란 구체적으로 무엇을 말하는 것인가? 이에 대해서 그는 "언어의 보편성과 추상성에서 벗어나 구체적 영원성을 획득하는 길의 하나는 이렇게 언어를 버리고 무로, 무에서 다시 새로운 언어로 돌아가는 일이다. 실재에 대한 눈뜸, 즉 존재성의 회복이야말로 참다운 의미의 영원성을 개시해 준다."[26]라고 말한 바 있다. 여기에서 알 수 있듯이, 시인이 자신의 시에서 '구체적 보편성'을 달성하는 방식은 '언어 → 무, 무 → 새로운 언어'의 과정을 통한 '실재에 대한 눈뜸'과 관련되어 있다. 이때의 '실재에 대한 눈뜸'이 불교적 존재론에 바탕한 것임은 두말할 필요도 없다. 이렇게 보자면, 시인이 내세우고 있는 '구체적 보편성'은 '불교적 존재론'에 바탕하여 '언어'를 새롭게 바라보는 것, 다시 말해서 '구체성'과 '보편성'을 직결시키는 언어의 사용에 다름 아닌 것이라고 할 수 있다.[27] 오세영의 시들 중

---

25) 오세영, 「현실과 영원 사이」, 『가장 어두운 날 저녁에』, p.101.
26) 위의 글, pp.102~103.
27) 구체와 보편의 상호 관계의 입장에서 보자면, 오세영의 시에서 볼 수 있는 '완전한 자유인'에 이르는 길은 구체적인 것이 보편적인 것을 담지할 수 있는 가능성이 최대한으로 발휘되고 있는 길이기도 하다. 그렇기 때문에 그 길에서는 구체와 보편 사이를 매개하는 그 어떤 것도 자리할 공간이 없다. 만일 구체적인 것이 현실적인 것이라고 한다면, 비록 그것이 보편적인 것이 지닌 영원한 것과 모순되는 것처럼 보일지라도 현실적인 것은 궁극적으로는 영원한 것으로 나아갈 가능성을 그 안에 담고 있을 수밖에 없다. 그러므로 이러한 구체와 보편의 상호 관계, 즉 현실적인 것과 영원한 것 사이의 상호 관계는 양자를 매개하는 어떤 특별한 맥락을 결코 필요로 하지 않는 성질의 것이다.

에서도 「소리―그릇21」는 시인이 내세우고 있는 '구체적 보편성'이 의미하는 바를 매우 구체적으로 보여주는 시라고 할 수 있다.

소리는 靜寂으로
되돌아간다.

울부짖는 風琴이여,
터지는 갈채에 속지 마라,
장내는 빈 객석으로
되돌아간다.

두들기는 두 손가락이
엮는 變奏,
사랑과 증오의 和聲樂
만남과 이별의 對位法.

激情에 떠는 악기여,
더 이상
갈채를 꿈꾸지 마라.
바람에 우는 갈잎 소리엔
아무도 환호를
보내지 않는다.

마침내
靜寂으로 되돌아가는
이승의 소리.

—「소리―그릇 21」[28] 전문

여기에서 '소리'의 궁극적 운명은 '정적'이다. 즉 '울부짖는 풍금', '터

28) 『사랑의 저쪽』, pp.46~47.

지는 갈채', '장내', '두들기는 두 손가락' 등으로 엮어지는 '변주'는 궁극적으로는 '정적'으로 되돌아갈 수밖에 없는 운명을 지니고 있다. 왜냐하면 그 '변주'에 의한 '소리'는 '이승의 소리'이고, '채움의 원리'에 의한 소리이기 때문이다. 그래서 비록 '사랑과 증오', '만남과 이별', '격정' 등을 담고 있는 것이기는 하지만, 그 '소리'는 '바람에 우는 갈잎 소리'로 표상되고 있는 자연적 · 근원적 소리가 되어야 하고, 나아가서는 '정적'으로 되돌아가지 않으면 안 된다. 그만큼, '정적'은 자연적 · 근원적 소리일 뿐만 아니라 이승의 소리가 바탕하고 있는 하나의 궁극적인 터전이기도 한 것이다. 한 마디로 말해서, '정적'은 인간 존재가 나아가야 할 하나의 궁극적인 지점에 해당한다. 그런데 여기에서 한 가지 주목할 점은, 이 시에서 '울부짖는 풍금', '터지는 갈채', '장내' 등 대단히 '구체적인 것들'이 '정적'이라는 '보편적인 것'과 맺고 있는 관계이다. 양자는 어떤 매개도 결코 요구하지 않는데, 이는 매개가 오히려 '구체적 보편성'을 가로막는 것일 수도 있기 때문이다.

오세영 시인에게 있어서 '구체'와 '보편' 사이의 관계는 특별한 매개 없이 이루어지는 순간적 존재 변환과 관련된 것이라고 할 수 있다. 그리고 이런 관점에서 보자면, 오세영 시인의 시에서 드러나고 있는 '완전성'과 '언어 의식'이 기반하고 있는 '구체적 보편성'이란 전반적으로 '反구성주의적인 것'이라고 할 수 있다.

흔히 '구성'이란 어떤 원리에 입각하여 모든 요소들을 하나의 전체로 통합함으로써 일종의 시스템을 형성하는 작업을 지칭한다.[29] 그래서 '구성'을 강조하는 예술에서는 무엇보다도 그 예술의 매체 또는 재료를 통합하는 '원리'가 중요한 역할을 담당할 수밖에 없다. 하지만 오세영의 시에

---

29) F. Frascina & C.harrison (ed), 최기득 편역, 『현대회화의 원리』, 미진사, 1995, p.208.

서 강조되고 있는 '구체적 보편성'은 이런 '구성'을 배제한다. 그것은 그런 인위적 질서를 거부하면서 이루어지는 '무매개적 존재 변환'에 가깝다. 그러니까 시인은 주관에 근거를 둔 대리 실재에 의지하여 이상적인 인위적 질서를 창조하려는 것으로서의 '추상적 형식주의(abstract formalism)'[30]와는 다른 방식으로 '구체'와 '보편'을 관련짓고 있는 것이다.

5. 맺는 말

지금까지 살펴보았던 것과 같이 존재에 대한 물음과 관련된 오세영 시인의 시는 한 마디로 말해서 '완전성 추구'의 시이자 '반구성주의'의 시라고 할 수 있다. 그의 시는 인간 존재가 어떻게 하면 완전한 자유인이 될 수 있는지를 여러 가지 방식으로 물으면서, 그에 대한 답을 시적 상상력을 통해 펼쳐 보여주었다. '완전한 존재', 즉 '완전한 자유인'에 이르는 길은 여러 가지로 생각해 볼 수 있다. 그것은 어떠한 구속으로부터도 벗어나려고 하는 길일 수도 있고, 스스로의 힘으로 일체와 대면하려고 하는 길일 수도 있으며, 일체를 포용함으로써 그로부터 새로운 경지를 개척하

---

30) '추상'은 '변형'이나 '해체' 그리고 '비인간화'와 같은 말을 우리에게 상기시켜 주고 있는 반면에, 또한 '구축'이라든가 '구성'을 의미하기도 한다. 한편, '추상적 형식주의'에서는 예술가의 추상적 환상이 세계와의 진정한 대면을 대신하게 된다. 즉 '추상적 형식주의'는 주관에 그 근거를 둔 대리 실재에 의지함으로써 적대적인 세계로부터 벗어나고자 하는 시도에서 생겨난 것이다. 한편, '추상적 형식주의'에서는 세속적인 기원을 갖는 실체를 수단으로 하여 이상적인 인위적 질서를 창조하려고 하는 고립된 인간의 노력이 깃들어 있다. 시의 경우에서 시인이 자신의 고유한 정신의 본성을 바탕으로 하여 일상 언어를 변형하는 것은 근본적으로 이러한 '추상적 형식주의'와 관계한다고 말할 수 있다. '추상'과 '추상적 형식주의'에 대해서는 K. Harries, 오병남 · 최연희 역, 『현대미술―그 철학적 의미』, 서광사, 1988, pp.116~117 참고.

려고 하는 길일 수도 있다. 오세영의 시가 보여준 길은 바로 새로운 경지를 개척하려고 하는 길이다.

오세영의 시가 개척한 '완전한 자유인'의 길은 스스로 존재를 허무에 기투할 수 있는 인간, 달리 말해서 인간의 근원적인 조건으로 주어진 허무, 고독, 절망 등을 자신의 것으로 받아들일 수 있는 존재만이 도달할 수 있는 길이다. 그러므로 그의 시에서 드러난 '완전한 자유인'의 길은 실존적 한계성을 극복한 인간이라고 할 수 있는, '깨달음의 인간'만이 도달할 수 있는 길이기도 하다. 구체적으로 그것은 불교적 깨달음을 위한 구도자의 길이다. 이 길에서 시인은 '채움의 원리'에서 나아가서, '비움의 원리'를 통해 사물과 인간 존재의 모순을 수용해내려고 한다. 특히 그는 '구체'와 '보편'의 직접적인 연관을 통해서 그 가능성을 탐색함으로써 '구체'와 '보편' 사이의 매개에 치중하려고 하는 여타의 현대시들과는 다른 면모를 보여준다.

오세영의 시가 보여주고 있는 구체와 보편의 상호 관계는 어떤 특별한 매개나 맥락을 필요로 하지 않는다. 그 길은 어떤 구속에서 벗어나려고 하는 의미에서의 '자유인'이 어떤 특정한 맥락으로부터 벗어나려고 몸부림치는 길과도, 스스로의 힘으로 일체와 대면하려고 하는 의미에서의 '자유인'이 기존의 맥락을 새롭게 변형하려고 하는 길과도 구분된다. 왜냐하면 시인이 추구하고 있는 '완전한 자유인'의 길이란 어떤 맥락에 따라서 그 위상이나 의미가 달라지는 차원이 아니라, 어떤 맥락이라도 뛰어넘으려고 하는 차원의 것이기 때문이다. 이런 점에서 오세영의 시는 전반적으로 맥락에 따른 의미 형성을 거부하는 '반구성주의'에 해당한다고 할 수 있다.

제2부

시대 정신의 구현 방법

제1장 근대 자유시의 형성과 신체시

1. 서론

이 글의 목적은 개화기의 시적 담론들[1] 중 하나인 '신체시'가 근대 자유시의 형성에서 어떤 역할을 담당했던가를 밝히는 데 있다. 신체시가 근대 자유시의 형성에서 담당했던 역할을 살피는 일은 신체시가 근대 자유시의 형성에 어떤 영향을 미쳤는가 하는 문제이기도 하다. 그런 점에서 이러한 문제는 매우 신중한 판단을 요구하는 것이다. 그것은 '신체시'와 '근대 자유시'를 어떻게 바라보는가에 따라서 매우 다른 결과를 가져올 수도 있기 때문이다. 그 동안 많은 연구들에 의해서 신체시의 면모와 특성이 어느 정도 분명하게 밝혀진 바 있음에도 불구하고 이 글이 다시 신체시와 관련된 문제를 다루려고 하는 것도 근본적으로는 그러한 판단의 문제와 관련되어 있다.

신체시가 근대 자유시의 형성에서 담당했던 역할에 대한 논의는 신체

---

1) 여기에서는 '시적 담론'이라는 용어를 이른바 '시가'와 '시'를 포괄하는 용어로 사용하고자 한다. 이는 '담론'이라는 용어가 '구술성(발화)'과 '문자성(텍스트)'의 특징을 함께 아우를 수 있는 용어로서 개화기에 보다 타당하다고 생각되기 때문이다.

시와 관련된 다양한 논의들의 정점에 서 있는 것이라고 해도 과언이 아니다. 즉, '新詩', '新體詩歌', '新體詩' 등 '신체시'의 명칭을 둘러싼 논쟁이나 신체시의 장르로서의 성립 여부를 둘러싼 논쟁, 그리고 '자유시'나 '정형시'와 관련하여 신체시가 지닌 성격을 둘러싼 논쟁 등은 모두 자유시의 형성에서 신체시가 담당했던 역할에 대한 논의로 수렴된다고 할 수 있다. 그러므로 근대 자유시의 형성에서 신체시가 담당했던 역할을 밝히려는 노력은 궁극적으로는 한국 시문학사에서 신체시가 차지하고 있는 위상을 재정립하려는 것이라고도 할 수 있다.

신체시가 자유시의 형성과 어떤 관계를 맺고 있는가에 대한 기존의 논의들은 크게는 자유시의 형성에서 신체시가 순기능을 하였다는 입장, 신체시가 역기능을 하였다는 입장, 그리고 순기능과 역기능이 복합적으로 작용하였다는 입장 등으로 구별된다. 이들 중에서 신체시가 음수율이나 분련법 등과 관련하여 근대시가 정형률에서 자유율로 변모하는 과정에서 중요한 역할을 담당하였다는 것이 첫 번째 입장이라면, 신체시가 전통시가가 자생적으로 근대시로 변화하는 것을 방해한 반동적 시형이었다는 것이 두 번째 입장이다. 그리고 이러한 첫 번째 입장과 두 번째 입장을 절충하고 있는 것이 세 번째 입장인데, 이 입장은 비교적 최근의 논문들에서 자주 보인다. 하지만 그 입장 차이에도 불구하고 기존의 논의들은 그것들이 대체로 신체시와 자유시 사이의 관계 문제를 '운율'에 주안점을 두면서 다루고 있다는 점에서 공통점을 보여주기도 한다. 물론, 신체시가 창작되었던 시기가 '시'와 '노래'의 분리가 완연하게 이루어지지 못했던 시기였다는 점에서 보면 기존의 논의들에서 드러나는 이러한 경향은 매우 당연한 것이라고 할 수도 있다. 하지만 시적 담론의 장으로서의 개화기 자체가 구술성과 문자성이 혼효되어 있었다는 점과, 1910년 전후에 신문이나 잡지를 비롯한 인쇄매체에 대한 관심이 높아지고 있었다는 점을 고려할 경우에는 사정이 달라진다. 당시의 문화적 경향을 고려할 경우, 신체시와 근대 자유시 사이의 관계 문제는 '운율'뿐만 아니라 '보여주기'의 관점에서도 다루어질 필요가 있는 것이다.

이와 관련하여, 이 글에서는 신체시가 근대 자유시의 형성에서 어떤 역할을 담당했던가를 '운율'과 '보여주기'의 상호관계를 위주로 살펴보려고 한다. 구체적으로는 최남선의 신체시를 대상으로 하여 신체시에서의 '운율'과 '보여주기'의 상호관계를 살펴보고, 그 결과를 1910년대 중반에 등장하였던 김억의 시 작품과 비교하여 고찰함으로써 신체시가 근대 자유시의 형성에 기여한 바를 구체적으로 밝혀보려고 한다.

2. 계몽의식의 이중적 형태화

개화기는 전래적인 질서와 새로운 질서 사이의 갈등이 첨예하게 발생하면서 새로운 변화를 모색하였던 전환기 혹은 과도기였다. 이 시기의 시 문학 또한 그 사정은 마찬가지였다. 개화기에는 이른바 전통시가 장르라고 할 수 있는 歌辭, 時調, 民謠, 漢詩 등이 그대로 계승되었으며, 그와 더불어 새로운 시가 장르라고 할 수 있는 讚頌歌, 唱歌, 新體詩 등이 출현하였다. 다양한 시적 담론들이 출현했던 만큼 이 시기는 또한 시적 담론들 사이에서도 의식, 형태, 문체 등과 관련된 지속과 변화의 갈등이 나타나며, 시적 담론들 사이의 混淆 현상 또한 두드러지게 나타났다. 개화기의 시적 담론들이 지닌 그러한 과도기적 특성은 개화기의 시적 담론들 중에서도 특히 '신체시'에서 잘 드러난다.

신체시가 계몽의식, 특히 '세계적 지식의 확산'을 담아낸 것이라는 점은 널리 잘 알려져 있는 사실이다. 「海에게서 少年에게」, 「新大韓少年」,

「矣두고」, 「舊作三篇」 등 ≪소년≫에 실려 있는 작품들과, 「어린이의 꿈」, 「世界一周歌」, 「하세 쏘 합세」 등 ≪청춘≫에 실려 있는 작품들을 통해서 최남선은 동시대의 사람들, 특히 소년과 청춘에게 근대적인 지식의 필요성을 강한 목소리로 들려주었다. 그가 이렇게 계몽의식을 강조하였던 것은 그의 신체시 작품들이 ≪소년≫과 ≪청춘≫ 등 잡지에 발표되었다는 점과 깊이 관련되어 있는 것으로 보인다. 최남선은 "잡지 ≪소년≫과 ≪청춘≫에 게재된 근대 과학지식, 국내외 인물전기, 각 국의 사회・역사・정치・문화 등은 이러한 '근대의 설계'라는 관점 속에 포착된 것이며 이른바 '세계적 지식'의 범주로 파악된 것들이다."[2]라고 말한 바 있는데, 여기에서 볼 수 있듯이 그에게 잡지는 '근대 설계'와 '세계적 지식'으로 표방되는 계몽의식을 확산시킬 수 있는 중요한 매체였다. 그런 만큼 최남선은 신체시를 통해서도 '근대의식'이나 '세계적 지식'이 지닌 중요성을 당시의 독자들, 특히 소년들이나 청년들에게 촉구하려고 했던 것으로 보인다. 그러한 점에서 보자면, 신체시에서의 시적 주체는 대체로 개인적인 주체가 아니라 집단적 주체였다고 할 수 있다.

  신체시가 자신의 계몽의식을 전파하려는 최남선의 의도적 산물이라는 점, 특히 최남선이 개인적 주체가 아니라 집단적 주체로서의 성격을 강하게 지니고 있는 시적 주체를 통해서 계몽의식을 전파시키려고 했다는 점은 최남선이 잡지를 거의 혼자서 발간했다는 사실에 의해 이해될 수 있다. 비록 최남선 한 개인이 신체시를 창작하였다고는 하지만 잡지 전체를 혼자서 관장하는 입장에서는 개성이 강한 목소리를 들려주기가 어려웠을 것이다.[3] 이로 보면, 신체시는 개성을 중시하면서 개인의 사상이나 정서

---

2) 한기형, 「최남선의 잡지 발간과 초기 근대문학의 재편-≪소년≫, ≪청춘≫의 문학사적 역할과 위상」, 『大東文化硏究』 제45집, 성균관대 대동문화연구원, 2004, p.225.
3) 이런 추측이 어느 정도로 타당한가 하는 문제는 여러 명의 개인들이 관여하여 간행되

를 담아낸 것으로서의 근대 자유시와는 어느 정도의 거리를 지닌 것이었다고 말할 수 있다. 그렇다고 해서 그러한 거리가 신체시와 근대 자유시 사이에 전반적으로 존재하는 거리라고는 말할 수 없다. 왜냐하면 계몽의식의 '형태화'[4]를 통해서 신체시는 그러한 거리를 어느 정도 극복하고 있기 때문이다. 「海에게서 少年에게」의 형태화 방식은 그러한 면모를 잘 보여준다.

> 텨……ㄹ썩, 텨……ㄹ썩, 텩, 쏴……아.
> 싸린다, 부슨다, 문허바린다,
> 泰山갓흔 놉흔뫼, 딥태갓흔 바위ㅅ돌이나
> 요것이무어야, 요게무어야,
> 나의큰힘, 아나냐, 모르나냐, 호통까디 하면서,
> 싸린다, 부슨다, 문허바린다,
> 텨……ㄹ썩, 텨……ㄹ썩, 텩, 튜르릉 콱.
>
> 텨……ㄹ썩, 텨……ㄹ썩, 텩, 쏴……아.
> 됴고만 山모를 依支하거나,
> 됴ㅅ쌀갓흔 덕은섬, 손ㅅ벽만한 쌍을가디고,
> 고속에 잇서서 영악한톄를,
> 부리면서, 나혼댜 거룩하다하난者,
> 이리톰 오나라, 나를보아라.
> 텨……ㄹ썩, 텨……ㄹ썩, 텩, 튜르릉 콱.

었던, 1910년대 말과 1920년대 초반의 잡지들에 실려 있는 시들과 신체시를 비교해보면 분명하게 드러날 것이다. 그렇지만 그러한 문제를 확인하는 일이 본고의 주목적은 아니므로 여기에서는 작품에 대한 구체적인 검토는 생략하기로 한다.

4) 여기에서 '형태화'는 형식주의나 신비평에서 문학의 자율성에 대한 근거로 내세우는 '형식'의 의미보다는 '총체화(totalization)'와 '파편화(fragmentation)' 사이의 복합적인 관계를 통해서 '근대성'의 면모를 보여주는 것으로서의 의미이다. '총체화(totalization)'와 '파편화(fragmentation)' 사이의 복합적인 관계와 관련된 '형태화'에 대해서는 A. Hewit, *Fascist Modernism-Aesthetics, Politics, and the Avant-Garde*, Standford Univ. Press, 1993, pp.44~45 참고.

텨······ㄹ썩, 텨······ㄹ썩, 텩, 쏴······아.
뎌世上 뎌사람 모다미우나,
그中에서 똑한아 사랑하난 일이잇스니
膽크고 純情한 少年輩들이,
才弄터럼, 貴엽게 나의 품에 와서안김이로다.
오나라 少年輩 입맛텨듀마.
텨······ㄹ썩, 텨······ㄹ썩, 텩, 튜르릉, 콱.
— 「海에게서 少年에게」 제1, 4, 6연[5]

  인용된 부분은 최남선의 「海에게서 少年에게」의 일부이다. 이 작품에서 최남선은 '바다', 특히 '파도'로 구체화되는 시적 화자를 내세워 '소년들'에게 새로운 세계로 나아갈 필요성을 강조하고 있다. 그런데, 여기에서 중요한 사항은 그가 그러한 의식을 매우 독특한 방식으로 형태화 하고 있고, 그러한 형태화로 인해 「海에게서 少年에게」가 전통시가와 근대적 자유시 사이에서 매우 미묘한 자리를 차지하게 된다는 점이다. 따라서 이 작품에서 드러나는 형태화가 어떤 특성을 지니고 있는가를 면밀하게 살펴볼 필요가 있다.
  하나의 연만을 두고 보았을 때, 이 작품은 기존의 시가들이 보여주었던 율격과는 다른 양상을 보여준다. 구체적으로, 여기에서는 기존의 시가에서 볼 수 있었던 일정한 음보나 규정된 자수율이 명확하게 드러나지 않는다. 음보의 경우에는 2음보, 3음보, 4음보가 교차되어 나타나며, 자수에서는 1자, 2자, 3자, 4자, 5자, 6자 등이 교차되어 나타난다. 이러한 현상은 이 작품이 기존의 시가에서 볼 수 있었던 음보율이나 자수율에서 어느 정도 벗어나려고 했던 것임을 시사해준다. 하지만 시선을 연들 사이의 관계로 돌리면 그 사정은 확연히 달라진다. 인용되어 있는 제1연, 제4연, 제6연

  5) 《소년》 제1년 제1권, 1908.11, pp.2~4.

만 보더라도 각 연들 사이에는 매우 완고한 대응이 이루어지고 있다. 단지, 제4연의 제5행인 "부리면서, 나혼댜 거룩하다하난者,"만이 제1연의 제5행인 "나의큰힘, 아나냐, 모르나냐, 호통까디 하면서,"나 제6연의 제5행인 "才弄텨럼, 貴엽게 나의 품에 와서안김이로다."와 약간 다를 뿐이다. 그리하여 한 연이 지닌 독특한 리듬은 그것이 다른 연들에서도 반복되어 나타나면서 점차적으로 정형성을 얻게 된다.

　「海에게서 少年에게」에서 볼 수 있는 것과 같이, 최남선의 신체시는 한 작품 내에 이중의 형태화를 지니고 있다. 신체시의 형태화에서 드러나는 이러한 이중성은 그 동안 신체시에 대한 평가의 바탕이 되어 왔다. 예컨대, 어떤 연구자는 신체시에서의 그러한 양립 가능성을 모순적인 것으로 보면서 신체시가 그로 인해 파탄에 빠졌다는 흥미로운 주장을 펼친 바 있기도 하다.[6] "명백한 장르의식이 결여된, 하나의 장르로서 정립되기에 많은 난점을 지니고 있는 불안정한 형태의 작품군"[7]이라는 신체시의 장르적 성격에 대한 견해 또한 이러한 이중적 형태화와 관련해서 이해될 수 있다. 그런데 여기에서 한 가지 주목할 점은 이러한 견해들이 보여주는 것과 같이, 신체시가 지닌 이러한 이중적 형태화가 신체시에 대한 부정적 평가의 근거가 되곤 했다는 점이다. 특히 이중적 형태화들 중에서도 '각 연에서의 자수 대응 방식'은 신체시가 지닌 전근대성을 표상하는 것으로 받아들여지기도 했다.

　하지만 보다 더 중요한 것은 신체시의 이중적 형태화들 사이의 양립 불

---

6) "자유시이면서 음절수는 고정되어야 한다는 양면성은 따지고 보면 서로 용납될 수 없는 것이다. 최남선의 시는 이처럼 서로 용납될 수 없는 양면을 가지고 있어서 파탄에 빠졌으며 다음 세대의 시인들이 이러한 파탄에서 시를 구출하고자 했던 것은 당연한 일이다."라는 조동일의 주장은 그 대표적인 것이다. 인용 부분은 조동일, 「현대시에 나타난, 전통적 율격의 계승」, 김대행 편, 『운율』, 문학과지성사, 1984, p.127.

7) 남기혁, 「신체시는 자유시의 효시인가?」, ≪시와시학≫ 32호, 1998, p.263.

가능성과 그로 인한 장르적 불안정성이 아니라 형태화들 사이에 작용하고 있는 상호작용과 그로 인한 역동성이다. 특히 이러한 형태화가 최남선의 계몽의식의 산물이라는 점을 적극적으로 고려하면서 그러한 형태화들의 특징, 그들 사이의 상관성, 그리고 그로 인한 역동성을 면밀하게 천착할 필요가 있다. 이러한 관점에서 본고는 최남선의 신체시에서 드러나는 이중적 형태화가 '의미'와 '노래'를 모두 수용하면서 자신의 계몽의식을 전달하려고 했던 최남선의 의도와 깊이 관련되어 있다는 점에 주목하려고 한다.

일찍이 최남선은 ≪소년≫ 제2년 제1권의 「新體詩歌大募集」[8] 광고를 통해서 "語數와 句數와 題目은 隨意."를 제시한 바 있는데, 「海에게서 少年에게」의 연 내에서의 자유로움은 바로 '隨意'의 결과라고 할 수 있다. '어수'와 '구수'와 '제목'을 '의미'에 따라서 한다는 것은 그만큼 최남선이 '의미'를 중시하였음을 보여주는 것이라고 할 수 있다. '의미'를 중시하여 리듬감을 조정하려는 이러한 태도는 ≪청춘≫ 제11호 권말에 나오는 「현상문예응모」 광고에서도 드러난다. 여기에서도 최남선은 "新體詩歌調格隨意"[9]라고 하면서 '신체시가'를 '조격수의'와 관련짓고 있다. '의미'를 중시하는 이러한 최남선의 태도가 그의 신체시 창작에서도 적용되었을 가능성은 매우 높아 보인다. 그가 「海에게서 少年에게」에서 다양한 음보와 자수를 혼용하여 새로운 리듬을 만들어내면서 한 연 안에서의 자유로움을 이전의 시가의 경우보다 훨씬 더 강하게 드러내었던 것도 실제로는 그러한 '조격수의'의 결과라고 할 수 있다. 물론, 신체시에서 드러나는 '조

---

8) 여기에는 다음과 같은 몇 가지 항목이 조건으로 제시되어 있다. "○ 語數와 句數와 題目은 隨意. ○ 아못조록 純國語로 하고 語義가 通키 어려운 것은 漢字를 傍付함도 無妨하고. ○ 篇中의 措辭와 構想에다 光明·純潔·剛健의 分子를 包含함을 要하고. ○ 技巧의 點은 別노 取치 아니함.". 이에 대해서는 ≪少年≫ 제2년 제1권 광고.

9) ≪청춘≫ 제11호 권말의 「현상문예응모」 광고.

격수의'는 그것이 일본의 '新體詩'와 관련되었던 것이라는 점에서[10] 최남선 개인의 태도로만 한정할 수는 없다. 하지만 그러한 제한에도 불구하고, 최남선이 신체시에서 '조격수의'를 강조했고, 그것을 작품에서 구체적으로 보여주었다는 점만은 분명하다고 하겠다. 그런 점에서 보자면, 신체시의 형태화 중에서 '한 연의 자유로움'은 실제로는 '조격수의'와 관련된 '의미에 바탕 한 형태화'라고 할 수 있을 것이다.

한편, 최남선이 신체시에서 '어수'와 '구수'와 '조격'을 '의미'에 따를 것을 내세우면서도 '각 연 자수대응의 방식'을 보여주었던 것은 그가 여전히 '노래의 세계'에 있었기 때문이라고 할 수 있다. ≪소년≫ 제2년 제1권의 「新體詩歌大募集」 광고와 ≪청춘≫ 제11호 권말에서의 「현상문예응모」에 나오는 "新體詩歌(調格隨意)"에서 최남선이 '詩歌'라는 용어를 사용하였고, ≪청춘≫ 제1호의 제2면에 제시된 「어린이 꿈」을 4면에서 악보와 함께 다시 실었던 것으로 보아 그에게 '노래의 세계'는 상당히 중요한 것이었던 것으로 보인다.[11] 그가 신체시에서 '노래의 세계'와 관련된 단면을 보였던 데에는 그가 계몽의식을 전파하려고 한 주요 대상이 '소년들'과 '청년들'이라는 점, 당시에 '찬송가'의 번역이 성행했다는 점, 그리고 일본 신체시의 영향이 있었다는 점 등이 복합적으로 작용했던 것으로 보인다. 그들 중에서도 '찬송가 번역'의 영향은 특별한 주목을 요한다. "각 행의 자수는 달리 하되, 각연끼리는 동일하게 자수를 맞추는 형식으로 특

---

10) 최남선의 신체시와 일본의 新體詩와의 관련성은 여러 연구들에서 밝혀진 바 있다. 그 대표적인 연구들로는 다음과 같은 것들을 들 수 있다. 손광은, 「한·일 '신체시'의 영향 관계」, 『용봉논총』 제6집, 1976 ; 박철석, 「한국 근대시의 일본시 영향 연구」, 『국어국문학논문집』 제6집, 1985 ; 주근옥, 「신체시의 표층구조와 기원에 관한 일고」, 『한국언어문학』 제50집, 한국언어문학회, 2003.

11) 참고로, 제2호에 실려 있는 「물네방아」와 제3호에 실려 있는 「세 아이」 또한 마찬가지로 노래이다.

이하게 정형화된 형태는 찬송가 가사 외에는 존재하지 않는다."[12]라는 견해에서도 지적되어 있는 것과 같이 신체시가 당시에 성행했던 찬송가의 번역과 깊은 관련이 있음은 어느 정도 분명해 보인다.[13] 이런 점에서 보자면, 신체시가 형태화에서 보여주었던 '각 연 자수대응의 방식'은 '노래에 바탕 한 형태화'라고 할 수 있을 것이다.

그렇다고 해서 최남선의 신체시에서 드러나는 '노래에 바탕 한 형태화'가 전통적 시가에서 드러나는 그것과 동일한 성격을 지니고 있다고는 말할 수 없다. 왜냐하면 신체시의 형태화에서 드러나는 '노래의 세계'는 그것이 개별 작품들에 일정 정도의 독립성을 부여하는 것이라는 점에서 강건한 정형적 틀을 바탕으로 했던 전통적인 시가의 경우와는 분명히 다르기 때문이다. 신체시의 '노래에 바탕 한 형태화'에서 이러한 제한적인 독립성이 드러나고 있음은 그것이 '의미에 바탕 한 형태화'와 '노래에 바탕 한 형태화' 사이의 상호작용의 단면을 보여준다는 점에서 특별히 주목될 필요가 있다. 한 마디로 말해서 신체시에서 '의미에 바탕 한 형태화'와 '노래에 바탕 한 형태화'는 서로 영향을 받으면서 동시에 서로를 견제하였던 것으로 보인다. 양자 사이에 형성된 이러한 미묘한 관계를 고려할 때 신체시에서 드러나는 '노래에 바탕 한 형태화'는 한편으로는 '의미에 바탕 한 형태화'와 관련된 계몽의식을 계몽의 대상자들에게 좀 더 친근하게 전파하려는 도구적 의식의 산물이며, 다른 한편으로는 그러한 '의미의 세계'가 지닌 무한한 자유로움에 대한 견제의식의 산물이었던 것으로 보인다.[14]

---

12) 오선영, 「律의 번역과 번역의 律」, 『상허학보』 제1집, 상허학회, 2003, p.91.

13) 이러한 관점에서 오선영은 "신체시는 국문 시가 사상 특이하게 발생한 형태로서 인식되고 있지만, 그것은 당대의 일반적인 경향이었던 찬송가 번역 과정에서 나타난 독특한 운율 표기 방식이라고 할 수 있는 것이다."라는 주목할 만한 주장을 펼친 바 있다. 인용문은 위의 글, p.91.

지금까지 살펴본 바와 같이, 신체시는 근대와 관련된 '세계적 지식'을 확산시키려는 최남선의 계몽의식을 '의미에 바탕 한 형태화'와 '노래에 바탕 한 형태화'라는 이중적인 방식으로 담아낸 것이다. 이러한 이중적 형태화 현상은 한편으로는 신체시가 장르적으로 불안정한 것이었음을 보여주는 것이지만, 다른 한편으로는 신체시가 이전의 시가와는 다르게 작품의 '의미'와 '조격'을 어느 정도 긴밀하게 관련시키고 있었음을 보여주는 것이다. 그러한 점에서 신체시는 '노래의 세계', 즉 '詩歌의 세계'에서 '의미'를 바탕으로 하는 '새로움'을 추구하려고 했던 최남선의 개인의식과, 찬송가의 번역과 같은 당시의 문화적 경향이 상호 결합된 경우라고 할 수 있다.

3. 잡지 편집자적 감각의 시적 활용

개화기 시가의 창작 계층에서 특이한 점들 중의 하나는 개화기 시가형성에 있어 저널리스트 계층의 참여와 역할이 상당한 비중을 차지하고 있었다는 것이다.[15] 구체적으로, 개화기에는 신문매체들이나 잡지매체들[16]

---

14) 이러한 점에서 보자면, 최남선의 '격조'에 대한 다음과 같은 서영채의 주장은 시사하는 바가 크다고 하겠다. "그의 시 의식 속에 내재해 있는 격조라는 틀은, 따라서 자기 자신으로 하여금 절대자유와의 대결에까지 이르지 못하게 하는 일종의 내적인 방어기제였다고도 혹은 전문적인 시인으로서의 의식을 가지지 않았던 탓에 필연적으로 지닐 수밖에 없는 자기제약이자 한계였다고도 할 수 있을 것이다." 인용부분은 서영채, 「최남선 시가의 근대성에 관한 연구」, 『민족문학사연구』 제13호, 민족문학사학회, 1998, p.257.

15) 김영철, 「개화기 시가의 창작계층」, 김용직 책임편집, 『개화기 문학의 재인식』, 지학사, 1987, p.100.

16) 개화기에 등장했던 주요 매체들로는 ≪독립신문≫, ≪황성신문≫, ≪제국신문≫, ≪만세보≫, ≪경향신문≫, ≪대한민보≫, ≪신한민보≫, ≪대한매일신보≫ 등 신문매체들

과 관련된 저널리스트 계층의 창작 활동이 개화기 시가 전체의 65%를 점하고 있을 정도로 활발하였으며, 이러한 저널리스트 계층은 문예란이나 현상문예제 등의 문학 자선행위를 통하여 독자들의 시가창작을 유도하는 한편 그들 스스로가 직접 시가창작에 참여함으로써 개화기 시가형성에 중추적인 역할을 담당했다고 한다.[17] 한 마디로 말해서, 개화기의 시에서 저널리스트들이 담당했던 역할은 그야말로 상당하였던 것이다. 그러한 저널리스트들 중에서도 최남선은 잡지 매체를 주도한 대표적인 경우였다.

잘 알려진 바와 같이, 최남선은 ≪소년≫ 이후로 ≪붉은 저고리≫, ≪새별≫, ≪청춘≫에 이르기까지 끊임없이 잡지의 발간에 매진하였다. 잡지에 대한 그의 관심은 일본 체험으로부터 시작되었던 것으로 보인다. 구체적으로, 최남선은 1904년 10월 황실장학생으로 일본유학을 하면서 일본의 간행물들을 접했고, 그리고 "놀랍다, 그 출판계의 우리나라 보담 성대함이여. (……) 정기간행물 임시간행물 할 것 업시 아모것도 본 것 업고 또 그 等物의 내용이나 외모에 대하야 조곰도 비평할 만한 知見업난 눈에 다만 다대하다, 굉장하다, 璀璨하다, 芬馥하다, 일언으로 가리면 엄청나다의 감이 날 쑨 아니라."[18]에서 볼 수 있듯이, 그때 당시의 일본 출판문화에 대해 크나큰 충격을 느꼈다. 이러한 충격이 그로 하여금 잡지 발간에 매진하도록 하였음은 분명해 보인다.[19]

과, ≪태극학보≫, ≪서북학회월보≫, ≪대한학회월보≫, ≪대한흥학보≫, ≪소년≫, ≪학지광≫, ≪청춘≫ 등이 있다.

17) 김영철, 앞의 글, p.116 참고.

18) 최남선, 「≪소년≫의 기왕 및 장래」, ≪소년≫ 제16호, 1910.6, p.13.

19) 최남선이 잡지 발간에 매진하였던 이유와 관련하여 한기형은 "최남선이 ≪소년≫ 이후로 ≪붉은 저고리≫·≪새별≫·≪청춘≫에 이르기까지 끊임없이 잡지 발간에 매진하지 않을 수 없었던 것은 그것만이 그들에게 허용된 문명적 제도의 영역이었기 때문이다."라는 주장을 펼친 바 있다. 최남선이 당시에 처한 상황으로 보면 이러한 주장은 타당한 것으로 보인다. 인용 부분은 한기형, 앞의 글, p.242.

그런데 이와 관련하여 볼 때, 한 가지 중요한 사항은 잡지에 대한 지대한 관심이 어떤 방식으로든지 최남선의 시 창작에 적지 않은 영향을 주었을 것이라는 점이다. 특히 그의 신체시 작품에는 그러한 영향이 더 강하게 작용했을 것으로 보인다. 이러한 추측이 어느 정도로 신뢰할 수 있는 것인가는 신체시가 창작되었던 시기와 최남선이 잡지에 관여한 시기를 구체적으로 비교해 보면 잘 드러난다. 최남선의 연보를 다룬 어떤 글에 의하자면[20], 최남선은 1907년에 ≪대한유학생회학보≫ 창간호를 비롯해서 2호와 3호에서 편집인으로 활약하였다고 한다. 신체시 작품들이 1908년부터 본격적으로 창작되었다는 점을 고려하면, 잡지 발간에 간여함으로써 지니게 된 그의 편집자적 감각이 신체시의 창작에 실제로 적지 않은 영향을 끼쳤을 것이라고 추측할 수 있다. 이와 관련하여, 여기에서는 1908~1909년에 창작된 「海에게서 少年에게」, 「新大韓少年」, 「舊作三篇」, 「꽃두고」 등을 통해서 최남선의 잡지 편집자적 감각이 신체시의 창작에 미친 영향을 구체적으로 살펴보고 그 의미를 가늠해보려고 한다.

①
텨……ㄹ썩, 텨……ㄹ썩, 텩, 쏴……아.
싸린다, 부슨다, 문허바린다,
泰山갓흔 놉흔뫼, 딥태갓흔 바위ㅅ돌이나
요것이무어야, 요게무어야,
나의큰힘, 아나냐, 모르나냐, 호통싸디 하면서,
싸린다, 부슨다, 문허바린다,
텨……ㄹ썩, 텨……ㄹ썩, 텩, 튜르릉 콱.
— 「海에게서 少年에게」 제1연[21]

---

20) 이진호, 「최남선의 2차 유학기에 관한 재고찰 – 연보 재정립을 위한 제언」, 『새국어교육』 제42집, 한국국어교육학회, 1986, p.117
21) ≪소년≫ 제1년 제1권, 1908.11, p.2.

②
검불쎄걸은 저의얼골보아라
억세게덕근 저의손발보아라
나는놀고먹지아니한다는
標的아니냐.
그들의 힘ㅅ줄은 툭불거지고
그들의 쌔…대는 썩버러젓다
나는힘드리난일이잇다는
有力寒證據아니냐
　　올타올타果然그러타
　　新大韓의 少年은
　　이러하니라.

── 「新大韓少年」 제1연22)

③
우리는아모것도가진것업소,
칼이나륙혈포나…
그러나무서움업네,
鐵杖갓흔形勢라도
우리는웃지못하네.
　　우리는올흔것짐을지고
　　큰길을거러가난者임일세.

── 「舊作三篇」 중 일23)

④
　　나는 꼿을 질겨 맛노라,
그러나 그의 아리싸운 태도를 보고 눈이 얼이며
　　　　그의 향긔로운 냄새를 맛고 코가 반하야
精神업시 그를 질겨 마짐아니라,
다만 칼날갓흔 北風을 더운긔운으로써

---

22) ≪소년≫ 제2년 제1권, 1909.1, p.2.
23) ≪소년≫ 제2년 제4권, 1909.4, p.2.

人情업난 殺氣를 깁흔사랑으로써
代身하야 밧구어
썌가 저린 어름밋헤 눌니고 피도어릴 눈구덩에 파무처잇던
億萬묵숨을 건지고 집어내여 다시살니난
봄바람을 表章함으로
나는 그을 질겨맛노라.

— 「곳두고」 제1연[24]

　인용된 부분은 「海에게서 少年에게」, 「新大韓少年」, 「舊作三篇」, 「곳두
고」의 제1연들이다. 그런데 이 작품들은 '행의 배치'와 '어수와 구수의 제
시', '띄어쓰기' 등에서 다양한 양상을 보여주고 있다. 구체적으로, ①(「海
에게서 少年에게」)에서는 "텨……ㄹ썩, 텨……ㄹ썩, 턱, 쏴……아."와 "짜
린다, 부슨다, 문허바린다,"를 수미상관으로 하면서 어수와 구수가 다양
하게 제시되고 있으며, 구수를 바탕으로 한 띄어쓰기가 나타나고 있다.
②(「新大韓少年」)에서는 제1~4행과 제5~8행의 호응과 제9~11행의 후렴
으로 행들이 배치되어 있고, 구의 제시에서 붙여쓰기와 띄어쓰기가 함께
드러나고 있으며, 후렴에 해당하는 부분이 전체적으로 한 칸씩 안으로 들
어가 있어 시각적인 안배가 나타난다. ③(「舊作三篇」)에서는 전반적으로
②와 비슷한 양상이 드러난다. 그렇지만 '행의 배치'에서 '그러나'를 사용
하고 있으며, 전체적으로 띄어쓰기가 전혀 보이지 않는다는 점이 두드러
진다. 이들에 비해서 ④(「곳두고」)에서는 ①, ②, ③에서 보았던 여러 가지
양상들이 복합적으로 드러난다. 구체적으로 ④에서는 ①과 같이 수미상
관에 의한 다양한 어수와 구수의 제시 및 구수를 바탕으로 한 띄어쓰기가
드러나고, ②와 같이 호응과 안으로 들여쓰기가 보이며, ③과 같이 '그러
나'에 해당하는 '다만'이 사용되어 있다.

---

24) ≪소년≫ 제2년 제5권, 1909.7, p.2.

이처럼, 신체시는 한 연만을 놓고 보았을 때 이전의 시가들과는 다르게 다양한 요소들을 다양한 방식으로 활용하고 있다. 이러한 다양성은 우선 적으로는 최남선의 편집자적 감각과 관련되어 있는 것으로 보인다. "≪소 년≫의 편집이 표면적으로는 박물학적 잡다함으로 비춰지지만 그 근저에 는 그와 같은 최남선의 세계관이 내재되어 있었다. 이 편집 원칙은 기본 적으로 ≪청춘≫에까지 계승되었다."[25]에서 지적되어 있는 것과 같이, 최 남선은 '박물학적 잡다함'의 방식으로 잡지를 편집하였다고 한다. 신체시 가 다양한 요소들을 다양한 방식으로 활용하고 있는 것도 이러한 '박물학 적 잡다함'과 관련이 깊다고 할 수 있다. 물론, 앞에서 보았던 것과 같이, 신체시에서 드러나는 양상들은 서로 어느 정도의 관련성을 보여주고 있 기도 한다. 즉, 수미상관의 사용에서는 「海에게서 少年에게」와 「꼿두고」 가, 호응과 안으로 들어쓰기에서는 「新大韓少年」, 「舊作三篇」, 「꼿두고」 가, '그러나'에 해당하는 시어의 사용에서는 「舊作三篇」과 「꼿두고」가 유 사한 양상을 보여주고 있다. 또한 붙여쓰기에서는 「新大韓少年」과 「舊作 三篇」이, 띄어쓰기에서는 「海에게서 少年에게」와 「꼿두고」가 유사한 양 상을 보여주고 있다. 하지만 그러한 상호 관련성은 신체시 전반이 지닌 다양성을 가리면서 일정한 틀을 견지해낼 정도는 아니었던 것으로 보인 다. 그런 점에서 보자면, 최남선은 '박물학적 잡다함'이라는 잡지 편집에 서의 태도를 신체시의 창작에도 어느 정도 적용하였다고 할 수 있다.

다음으로, 신체시가 다양한 요소들을 다양한 방식으로 활용하고 있음 은 최남선이 잡지가 지닌 매체의 특성을, 특히 인쇄 매체로서의 잡지의 특성을 적극적으로 활용하려고 했기 때문에 생긴 현상으로도 볼 수 있다. "쓰기는 원래 구술적인, 말해지는 말을 시각적인 공간 속에 재구성해 왔

25) 한기형, 앞의 글, p.225.

다. 인쇄는 더욱 결정적으로 말을 공간 속에 뿌리박도록 했다."26)에서 지적되어 있듯이, 인쇄에 바탕 한 잡지에서는 '시각적 공간에서의 말의 재구성'이 강조될 수밖에 없다. 최남선이 신체시에서 '어수'와 '구수'를 자유롭게 제시하고, 특정한 부분에서 안으로 들여쓰기를 보여주었으며, '붙여쓰기'와 '띄어쓰기'를 다양하게 시도하였음 또한 그러한 '시각적 공간에서의 말의 재구성'이라고 할 수 있다. 인쇄가 "텍스트 속에서 발견되는 것이 어떤 식으로든지 마무리 지어지고 어떤 완성의 상태에 이르게 된다는 감각을 부추긴다."27)는 점을 고려한다면, 최남선이 「海에게서 少年에게」와 「쏫두고」에서 '수미상관'을 보여주었다는 사실 또한 넓게는 '시각적 공간에서의 말의 재구성'과 관련된 것으로 이해할 수 있다. 그런 점에서 보자면, 특히 「쏫두고」에서 볼 수 있듯이, '안으로 들여쓰기'와 '띄어쓰기'는 그것들이 잡지 매체가 지닌 특징들, 구체적으로는 '보여주기'와 '읽기'를 염두에 둔 최남선의 잡지 편집자적 감각이 시적으로 활용된 구체적인 경우라고 할 수 있다. 이를 통해서 신체시는 스스로 일정한 조격에서 벗어나려는 기미를 강하게 드러내었다.

이처럼, 「海에게서 少年에게」, 「新大韓少年」, 「舊作三篇」, 「쏫두고」는 '행의 배치'와 '어수와 구수의 제시', '띄어쓰기' 등에서 다양한 양상을 보여주었다. 신체시가 보여주었던 그러한 다양성은 그것이 비록 제한적인 것이었다고 하더라도 잡지 매체의 근본적 속성을 활용한 것인 바, '안으로 들여쓰기'와 '띄어쓰기'는 '보여주기'와 '읽기'를 적극적으로 염두에 둔 것이라는 점에서 특히 주목할 만하다. 이들은 신체시에서 최남선이 잡지 편집자적 감각을 시적으로 활용하였음을 구체적으로 보여주는 것으로, 신체시의 이중적 형태화가 근대 자유시의 형성과 관련해서 어떻게 파악

---

26) 월터 J. 옹, 이기우·임명진 역, 『구술문화와 문자문화』, 문예출판사, 1995, p.187.
27) 위의 책, pp.199~200.

되어야 할 것인가에 대한 길잡이 역할을 한다고 할 수 있다.

4. '보여주기'에 의한 새로운 리듬의 형성

'근대 자유시'를 "근대적 이념을 바탕으로 개성적 운율과 형태로 이루어진 시"[28]라고 한다면, 신체시는 근대 자유시의 모습을 완연하게 보여주지는 못했다고 할 수 있다. 구체적으로 '신체시'는 개인적 주체의 자아 각성보다는 집단 주체를 대변하는 시인의 계몽의식을 담아낸 것이었기에 개인적 주체의 자아 각성에 바탕한 '근대적 이념'을 보여주지 못했으며, 연 내에서는 개성적인 리듬감을 보여주었다고는 하지만 전체적으로는 고정된 조격의 틀 또한 유지하였기에 '개성적 운율'과도 어느 정도의 거리가 있었다고 할 수 있다. 또한 그것은 잡지 매체의 특성을 활용하면서 형태상으로 이전의 시가와는 다른 양상을 보여주기도 했지만 그 정도가 근대 자유시에서 볼 수 있는 개성적 형태에 근사한 것도 아니었다고 할 수 있다. 따라서 전반적인 관점으로 보면, 신체시가 근대 자유시의 형성에서 담당했던 역할은 그렇게 커 보이는 것 같지는 않다고 할 수 있다.

하지만 근대 자유시의 형성에서 신체시가 담당했던 역할은 반드시 전반적인 관점으로만 파악되어야 하는 것은 아니다. 왜냐하면 전반적인 차원에서 근대 자유시의 형성에서 신체시가 담당했던 역할을 바라보려는 태도는 자칫 처음부터 근대 자유시와 신체시 사이에 일정한 거리를 상정하는 위험을 지닐 수도 있기 때문이다. 그러므로 근대 자유시의 형성에서 신체시가 어떤 역할을 담당했던가와 관련된 문제는 실제적으로는 신체시

---

28) 김영철, 「근대적 문학의 형성과 작가 토론」, 유종호 외, 『한국 현대문학 100년』, 민음사, 1999, p.102.

내부에서 일어나는 크고 작은 새로움의 면모들을 주목하고, 그러한 새로움의 면모들이 이룩해가는 실제적인 성과들을 중시하는 방향에서 이루어져야 할 것이다. 이런 측면에서 보자면, 신체시가 계몽의식의 형태화에서 '의미를 바탕으로 한 형태화'를 보여주었고, 그러한 형태화에서 잡지 매체가 지닌 특성을 어느 정도 시적으로 활용하였다는 점은 신체시가 근대 자유시의 형성에서 실제적으로 어떤 역할을 담당했던가를 보여줄 수 있는 중요한 사항들이라고 할 수 있다. 이들을 통해서 신체시는 비로소 '보여주기'를 활용하면서 어느 정도 새로운 리듬감을 형성해 낼 수 있었다.

벤야민 흐루쇼브스키에 따르자면, '리듬'은 '운율'과 어느 정도 구별되는 것이다. 즉, "비록 운율이 전통적 규범이란 가치를 지니고 있으며 시를 읽게 하는 지속적인 자극이라 하더라도, 운율은 결코 정확히 이해할 수 없는 하나의 추상관념이다. 반면에 시에 나타나는 리듬 양상은 시를 읽는 경우에 언어재료가 일으키는 총체적인 결과를 뜻한다."29)에서 볼 수 있는 것과 같이, '리듬'은 '언어재료가 일으키는 총체적인 결과'로, '추상관념'인 '운율'과는 다른 것이다. 이와 관련하여 볼 때, 신체시가 형태화에서 이중성 방식을 보여주었고, 거기에 잡지 매체와 관련된 편집자적 감각이 반영되어 있다는 사실은 신체시가 한편으로는 추상적인 것으로서의 '운율'과, 다른 한편으로는 '운율'과는 다른 것으로서의 '리듬'과 이중적으로 관련되어 있었음을 가리켜 준다고 할 수 있다. 따라서 신체시가 자유시의 형성에서 담당했던 역할은 '운율'로부터의 자유로움이라는 소극적인 방식이 아니라, 새로운 '리듬'의 형성이라는 적극적인 방식에서 찾아져야 할 것이다. 신체시들 중에서도 「꽃두고」는 그러한 '리듬' 형성의 면을 가장 잘 보여주는 작품이다.

---

29) 벤야민 흐루쇼브스키, 「현대시의 자유리듬-구조와 기능의 비판이론 서설」, 박인기 편역, 『현대시론의 전개』, 지식산업사, 2001, p.327.

나는 옷을 질겨 맛노라,
　그러나 그의 아리짜운 태도를 보고 눈이 얼이며
　　　그의 향긔로운 냄새를 맛고 코가 반하야
精神업시 그를 질겨 마짐아니라,
다만 칼날갓흔 北風을 더운긔운으로써
　　　人情업난 殺氣를 깁흔사랑으로써
代身하야 밧구어
쌔가 저린 어름밋혜 눌니고 피도어릴 눈구덩에 파무처잇던
億萬묵숨을 건지고 집어내여 다시살니난
봄바람을 表章함으로
나는 그을 질겨맛노라.
　　　　　　　　　　　　　　― 「옷두고」 제1연[30]

　전반적으로 이 작품은 '나는 꽃이 봄바람을 표장하므로 그것을 즐겨 맞
는다'라는 '꽃'과 '바람'에 대한 시적 화자의 찬사를 다양한 '리듬 요인들'
에 의해 형성된 새로운 리듬으로 들려준다. 리듬의 형성에 기여하는 '리
듬요인'으로는 운율적 연속체와 그 일탈 현상, 단어경계, 단어경계와 음보
경계의 관계, 구문과 休止 등과 운율의 관계, 통어적 관계, 어순, 구문의
긴장 상황, 소리, 의미요소 등의 반복과 병치 등을 들 수 있는데[31] 이 작
품에서도 그러한 '리듬 요인'들이 등장한다. 물론, 이 작품이 기존의 전통
시가가 지니고 있었던 리듬감과 완전히 차별되는 것은 아니다. "나는 옷
을 질겨 맛노라,"와 "나는 그을 질겨맛노라."라는 첫행과 마지막 행의 수
미상관이나, "그의 아리짜운 태도를 보고 눈이 얼이며/ 그의 향긔로운 냄
새를 맛고 코가 반하야"라는 제2~3행과 "칼날갓흔 北風을 더운긔운으로
써/ 人情업난 殺氣를 깁흔사랑으로써"라는 제5~6행의 병치 등에서는 전

30) 《소년》 제2년 제5권, 1909.7, pp.2~3.
31) 벤야민 흐루쇼브스키, 앞의 글, p.330 참고.

통시가들이 지녔던 운율감과 관련된 리듬감이 드러나기도 한다. 그렇지만 전통시가들이 지녔던 운율감과 관련된 그러한 리듬감은 2행의 '그러나'와 3행의 '다만'이라는 산문적 성격이 강한 시어들의 사용과, 제7~8행의 구수의 조정과, 구수의 조정에 따라 행에서 차별적으로 드러나는 리듬 등으로 인해 변화되면서 기존의 리듬감과는 색다른 것으로 나타난다. 특히 3행과 6행에서 이루어지고 있는 '들여쓰기'에 의한 형태적 효과와 '띄어쓰기'에 의한 어수의 조정은 전체적으로 이 시의 리듬을 전통적 시가에서 볼 수 있는 유장한 것과는 상당히 다른 것으로 만들어 준다. 이러한 점은 「꽃두고」를 그 이후에 등장하였던 작품과 비교하여 볼 때 명확하게 드러난다.

> 沈默의支配를 쌀아
>   고요히 나는 혼자 잇노라.
> 夜半의울림鐘소리에
>   내가슴은 울니며反響나도다.
>
> 내의靈이여!
>   너는 무엇을 바래느냐?
> 내의肉이여!
>   너는 무엇을 바래느냐?
>
> 平和여라!
>   샥란데(生命물)한잔에.
> 즐겁음이여라!
>   곱게웃은한소리에.
>
> 무겁고 좁은 조약 너을에
>   幻影의 생각은 잠잠하다
> 내靈이여!내肉이여!

엇드랴는 너의바램이 永遠한잠안에.

　　　　　　　— 一九一五, 一, 四一夜

　　　　　　　　　　　— 김억의 「夜半」 전문[32]

인용문은 《학지광》에 실려 있는 김억의 「夜半」[33]이다. 우선적으로 보자면, 이 작품은 '안으로 들여쓰기'를 사용하고 있고, '띄어쓰기'와 '붙여쓰기'를 혼용하고 있다. 또한 이 작품은 각 연이 4행으로 이루어져 있고, 마지막 제4연을 제외한 각 연들이 2행씩 대응되는 구조 이외에는 특별히 고정된 운율 체계를 지니고 있지 않다. 그러한 점에서 보면, 이 작품은 형태화의 차원에서 「꽃두고」와 상당히 유사하다고 할 수 있다. 즉 이 작품은 '안으로 들여쓰기'를 사용하고 있고, '띄어쓰기'와 '붙여쓰기'를 혼용하였으며, 일정한 행의 수와 연 내의 대응에 의해 어느 정도의 틀을 보여준다는 점에서는 「꽃두고」와 유사한 면모를 보여준다. 그렇지만 이 작품은 각 연과 연들 사이의 구성에서는 「꽃두고」와 다른 면모를 보여준다. 「꽃두고」가 연 내에서는 자유로운 리듬이 형성되어 있으면서도 연들 사이에서는 '자수 대응'이라는 고정된 운율의 측면을 지녔음에 비해 이 작품은 연 내에서는 어느 정도 제한된 운율의 면을 지니고 있으면서도 연들의 관계에서는 상대적으로 자유로운 면모를 드러낸다. 그런 점에서 보자면, 이 작품은 연 사이의 관계에서는 「꽃두고」보다 더 자유로운 것이지

---

32) 《학지광》 제5호, p.56.

33) 이 작품은 동일한 잡지에 실려 있는 김여제의 작품들과 함께 초기의 자유시 정착과정을 살펴볼 수 있는 좋은 근거로 평가되기도 했다. 다음은 그 대표적인 지적이다. "《학지광》 제5호는 김억과 김여제 두 사람의 작품을 게재하고 있으므로 우리의 초기의 자유시 정착과정을 엿보게 하는 귀중한 문헌으로 평가될 수 있다. 이들에 이르러 우리의 자유시는 일정한 수준의 내면적 형상화를 획득하면서 보다 세련되고 안정된 모습으로 발전 변모하여 갔음을 보겠다." 인용문은 조창환, 「《학지광》의 시문학사적 의의」, 『아주대학교 논문집』 제8집, 1986, p.126.

만, 연 단위 내에서는 부분적으로 그렇지 못한 면을 지니고 있다고 할 수 있다.

「夜半」과의 비교를 통해서 볼 때, 「꽃두고」에서 드러나는 리듬은 어떤 측면에서는 「夜半」보다 더 독특하면서도 자유로운 것이라고 할 수 있다. 특히 「꽃두고」에서의 '보여주기'는 「夜半」에서의 그것보다 더 강하게 리듬의 형성에 영향을 미치고 있다고 할 수 있다. 이러한 면모는 두 작품 사이의 시간적 간격을 고려하면 상당히 의미심장한 것이라고 할 수 있다. 만일 자유시의 형성과 관련하여 「夜半」에 대한 기존의 평가[34]를 그대로 수용할 수 있다고 한다면, 어떤 측면에서는 그 시간적 간격에도 불구하고 「꽃두고」가 「夜半」보다 진일보한 것이라고도 할 수 있기 때문이다. 물론, 두 작품 사이의 진일보여부는 작품의 내용까지 고려하면서 복합적으로 파악되어야 한다. 김억이 이후로 "시가란 이지를 떠나 감성 세계를 소요하는 것이다"[35]라는 점을 전제로 서정과 감정의 표현을 중시하면서 '호흡률'을 강조하였다는 점에서 보자면 더욱 그렇다. 이 경우에는 「꽃두고」가 보여주고 있는 진일보성은 그야말로 부분적인 것에 지나지 않을 수도 있다. 하지만 김억이 전반적으로 신체시를 '창가'의 차원에서 바라보려고 했다는 점[36]을 적극적으로 고려할 경우에는 사정이 달라질 수도 있다. 이

34) 윤여탁은 이 작품을 당시의 자유시가 "형식상에서 정형율을 극복하고 있을 뿐만 아니라, 내용상으로도 계몽적인 차원이나 집단 정서를 노래하는 것이 아니라는 점을 확인할 수 있"는 것으로 내세우면서 우리의 근대 자유시가 "1910년대에 이미 양적으로나 질적으로 일정한 수준에 도달하고 있었다."라는 주장을 펼친 바 있다. 이에 대해서는 윤여탁, 「「불노리」는 최초의 자유시도 산문시도 아니다」, ≪시와시학≫ 1998년 여름호, p.204.

35) 김억, 「시형의 음률과 호흡」, ≪태서문예신보≫, 1919.1.13.

36) 다음과 같은 김억의 지적은 그 좋은 증거이다. "우리나라의 새로운 시가의 기원은 육당 최남선씨의 주재한 ≪소년≫ 잡지에서 시작된 것으로 최씨의 새로운 시가에는 암만하여도 창가라는 생각밖에 다시 더 다른 말을 대용할 수가 없을 만큼 하여 최씨의 「한양가」, 「경부철도가」 같은 것이 대표이니 더 다시 무슨 새로운 의미를 가진 시

경우에 「夜半」은 한편으로는 「꼿두고」가 지닌 '각 연 자수대응'과 관련된 '노래의 세계'에서는 어느 정도 벗어나 있지만, 다른 한편으로는 연 내의 리듬에서 「꼿두고」보다 더 제한적인 것이었던 것으로 평가될 수 있기 때문이다. 이러한 점에서 보자면, 「꼿두고」가 지닌 연 내에서의 자유로움과 '보여주기'의 측면은 「夜半」을 비롯한 당시의 시가에 상당한 영향을 끼쳤을 것으로 판단된다.

> 우리로 하야곰 「풋쌜」도 탸고
> 우리로 하야곰 競走도 하야
> 生하야 나오난 날쌘 긔운을
> 내쏩게 하여라 펴게 하여라!
> 아딕도 네主人 맛나디 못한
> 泰東의 뎌大陸 넓은 벌판에!!
> 우리로
> 우리로
> 우……리……로!!!

> — 「우리의 運動場」[37]

　　참고로, 최남선은 ≪소년≫ 제1년 제2권의 '소년광고'란에 '詞藻'라는 제목 아래 실렸던 「우리의 運動場」을 같은 권 32면에 형태와 띄어쓰기를 달리하여 다시 실은 바 있는데, 이러한 형태화와 띄어쓰기는 1910년대 후반의 시가에서도 쉽사리 보이지 않는 독특한 것이다. 위의 인용문에 볼 수 있듯이, 마치 활자의 배치에 의해서 새로운 의미의 창출을 꾀하려는 '타이포그라피'의 경우와도 같이, 적극적으로 활용된 활자의 배치는 그 배치 이전의 리듬과는 색다른 리듬을 낳는다. 특히 제1~6행과 제7~9행의

　　가라 할 수가 있겠는가." 김억, 「작시법(6)」, ≪조선문단≫, 1925.9.
37) ≪소년≫ 제1년 제2권, p.32.

대립적인 행의 배치는 한 작품에서의 리듬이 '보여주기' 및 그와 관련된 '읽기'와 결합될 경우 새로운 리듬을 창출할 수 있음을 잘 보여준다. 이러한 시도가 최남선의 의도적인 방식인지 아니면 단순히 '소년' 독자를 고려한 '유희'에 해당하는 것인지는 더 살펴보아야 하겠지만, 신체시에서 그가 그러한 '보여주기'와 '읽기'를 어느 정도 고려하면서 리듬을 창출했음은 분명한 사실이라고 하겠다.

5. 결론

지금까지 '운율'과 '보여주기'의 상호관계를 위주로 하여 신체시가 근대 자유시의 형성에서 어떤 역할을 담당했던가를 구체적으로 살펴보았다. 최남선의 신체시에서 잘 볼 수 있는 것과 같이, 신체시는 근대와 관련된 '세계적 지식'을 확산시키려는 최남선의 계몽의식을 '의미에 의한 형태화'와 '노래에 바탕 한 형태화'라는 이중적인 방식으로 담아내었다. 신체시에서 드러나는 이러한 이중적 형태화는 신체시가 장르적으로 불안정한 것이었음을 보여주는 것이기도 하지만 신체시에서의 '의미'와 '조격' 사이의 긴밀한 관계를 보여주는 것이기도 하였다.

신체시의 이중적 형태화들 중에서도 특히 주목되는 것은 '의미에 바탕 한 형태화'이다. 「海에게서 少年에게」, 「新大韓少年」, 「舊作三篇」, 「꼿두고」 등에서 잘 나타나듯이, '의미에 바탕 한 형태화'에서 최남선은 '행의 배치'와 '어수와 구수의 제시', '안으로 들여쓰기와 '띄어쓰기' 등 다양한 양상에서 그의 잡지 편집자적 감각을 잘 활용하였다. 특히 '안으로 들여쓰기'와 '띄어쓰기' 등은 '보여주기'와 '읽기'를 적극적으로 고려한 것이라는 점에서 신체시가 근대 자유시의 형성에서 담당했던 역할을 잘 보여주는 것들이라고 할 수 있다.

근대 자유시의 형성과 관련하여 신체시가 지닌 역동성은 '의미에 바탕한 형태화'에서 적극적으로 찾아져야 한다. 근대 자유시가 일정하게 고정된 체계로서의 '운율'이 아니라 그 다양성을 전제로 하는 '리듬의 형성'과 관련된 것이라고 한다면 특히 그러하다. 이러한 관점에서 볼 때 신체시 작품들 중에서도 「꼿두고」는 매우 중요한 작품이다. '의미에 바탕 한 형태화'와 '잡지 편집자적 감각의 시적 활용'을 긴밀하게 해냄으로써 「꼿두고」는 이전의 시가들뿐만 아니라 신체시 내에서도 상대적으로 독특한 리듬을 형성해 내었다. 그리하여 「꼿두고」는 개화기의 시가가 근대 자유시로 나아갈 본격적인 계기를 이루었다고 할 수 있다. 「꼿두고」의 경우에서 잘 드러나듯이, 신체시는 '보여주기'라는 시각적 요소를 활용하여 '운율'을 '리듬'으로 전환시킴으로써 근대 자유시의 형성에 상당한 공헌을 했다고 할 수 있다. 신체시가 지닌 그러한 면모가 신체시 전반이 아니라 일부의 작품에서 강하게 드러나는 것이지만, 그렇다고 하더라도 그로 인해 신체시가 근대 자유시의 형성에 상당한 영향을 미쳤음을 부정할 수는 없다.

신체시가 근대 자유시의 형성에서 담당했던 역할이 제대로 포착되기 위해서는 1910년대 후반과 1920년대의 작품들까지도 고려의 대상이 되어야 한다. 특히 이후의 작품들이 최남선의 의도뿐만 아니라 당시의 문화적 경향과도 관련되어 있다는 점을 충분히 고려해야만 한다. 그럼에도 불구하고 이 글에서 필자는 그런 폭넓은 논의를 펼치지는 못했다. 근대 자유시의 형성에서 신체시가 담당했던 역할에 대한 그런 폭넓은 논의는 차후의 과제로 남겨두기로 한다.

제2장 1960년대 모더니즘 시의 창작 방법

1. 서론

　문학사가 보다 구체적으로 정립되려면 문학사 전반에서 커다란 비중을 차지하는 흐름들에 주목하고, 그 흐름이 보여주는 지속과 변화의 양상을 구체적으로 규명하는 일이 필요하다. 모더니즘 문학은 한국문학사에서 그 비중 있는 흐름들 중의 하나이다. 모더니즘 시가 본격적으로 도입되고 난 이후에야 비로소 한국 현대시는 현대시의 면모를 제대로 갖추었다고 말할 수 있다.[1] 따라서, 한국 현대시사를 제대로 정립하려면 무엇보다도 한국 현대시사에서 모더니즘 시의 흐름이 어떠한 지속과 변화의 양상을 보여주면서 오늘에 이르게 되었는지를 분명하게 밝히지 않으면 안 된다.

　모더니즘 시가 기반으로 하고 있는 미적 모더니티에는 지속과 변화라

---

[1] 여기에서 '모더니즘 시'란 '사회적 모더니티'에 의해서 초래된 위기에 적극적으로 대응하려고 하는 경향의 시 전반을 가리킨다. 그러므로 여기에서 '모더니즘 시'는 이른바 영·미 계통의 모더니즘 시와 유럽 대륙 계통의 아방가르드시를 모두 포괄하는 것이다. 한국 현대시사에서 모더니즘 시는 감상적인 서정 표출을 위주로 하는 '낭만주의시'와 이데올로기 표출을 위주로 하는 '경향시'가 지닌 한계를 극복하고자 하면서 '대상'과 관련된 문제를 본격적으로 제기하였다.

는 면이 상호 조응된다.[2] 하지만 미적 모더니티에 내재한 지속과 변화의 상호관계에서는 지속에의 욕망보다는 변화에의 욕망이 훨씬 더 강하게 자리하고 있다. 미적 모더니티[3]는 '새로움'을 내세우면서 자신을 끊임없이 쇄신시켜나가려는 욕망을 지니고 있으며, 이를 통해서 지속에의 욕망과 관계하기 때문이다. 그러므로 한국 모더니즘 시의 흐름이 어떠한 지속과 변화의 양상을 보여주었던가에 대한 고찰은 우선적으로는 '변화에의 욕망'에 그 초점을 맞출 필요가 있다.

1960년대 모더니즘 시는 한국 모더니즘 시의 흐름에서도 특별한 주목을 요하는 것이다. 모더니즘 시의 흐름에서 이 시기는 새로운 변환의 단계라고 할 수 있기 때문이다. 이 시기의 모더니즘 시들이 1930년대와 1950년대의 모더니즘 시들과 변별될 수 있을 정도로 여러 가지 차원에서 '실험'을 강조하였던 것은 그 구체적인 근거이다. 특히 이 시기의 모더니즘은 언어와 현실 사이의 관계나 주체와 현실 또는 주체와 세계 사이의 상호 관계를 다양하게 바라봄으로써 그 창작 방법에 있어서 상당한 변화를 보여주었다. 따라서 이 글에서는 모더니즘 시에 대한 고찰의 일환으로 1960년대 모더니즘 시에 집중하려고 한다.

1960년대 모더니즘 시에 대한 연구는 그 동안 주로 개별적인 시인론이나 단편적인 논의의 형태로만 이루어져 오다가 최근에 와서 본격적인 형태로 이루어지고 있다.[4] 그리하여 그 동안 부분적으로만 밝혀져 왔던

---

2) 박인기, 『한국현대시의 모더니즘 연구』, 단대출판부, 1988, p.36.

3) 여기에서 '미적 모더니티'란 '사회적 모더니티'와 대립되는 개념이다. 서구문명사에서 '사회적 모더니티'는 과학과 기술의 진보, 산업혁명, 자본주의에 의해 야기된 광범위한 사회 경제적 변화의 산물이다. 그것은 대체로 진보와 과학 기술의 유용성을 신뢰하면서 이성에 의한 인간 해방을 기획하였다. 하지만 이러한 기획은 인간을 해방시킬 뿐만 아니라 파멸시키기도 하였다. '미적 모더니티'는 이러한 '사회적 모더니티'를 부정하면서 새로운 차원에서 인간 해방을 기획하였다. 이에 대해서는 M. Calinescu, 이영욱 외 옮김, 『모더니티의 다섯 얼굴』, 시각과언어, 1994, pp.53~60 참고.

1960년대 모더니즘 시의 면모가 최근에 이르러서 전반적으로 드러나기 시작하였다. 그럼에도 불구하고, 1960년대 모더니즘 시의 창작 방법에 대한 해명은 여전히 충분하지 못한 상태이다. 이러한 사정은 기존의 연구들이 주로 '언어적 실험'에 기반한 새로움의 추구라는 관점에서만 그것을 해명하려고 하였기 때문에 비롯된 것이다. 특히 기존의 연구들은 1960년대 모더니즘 시를 '순수시'의 차원에서 바라보거나 그 수사적 특성에만 주목하고 있다. 하지만 이러한 태도에 의해서는 1960년대의 모더니즘 시가 창작 방법 면에서 보여주었던 새로움과, 그것이 한국 모더니즘 시의 흐름에서 꾀하려고 하였던 변화의 결과가 충분히 밝혀지기는 어렵다. 모더니즘 시의 창작 방법은 근본적으로 시인의 세계 인식과 결부되어서 고찰되지 않으면 안 되기 때문이다.

이러한 관점에서 이 글에서는 시인의 세계 인식과 구체적인 형상화 방식 사이의 상호 관계를 고려하는 가운데 1960년대 모더니즘 시의 창작 방법을 역동적으로 살펴보려고 한다. 구체적으로는 1960년대 모더니즘 시의 중요한 관심거리였던 '대상'에 대한 태도를 김춘수, 문덕수, 이승훈, 김수영, 송욱 등의 시를 대상으로 하여 살펴보고, 그 결과를 바탕으로 하여 1960년대 모더니즘 시가 문학사적으로 어떤 의의를 지니고 있는가를 규명해 보려고 한다.

---

4) 그 대표적인 연구는 다음과 같다. 김준오, 「우리시와 아방가르드」, ≪현대시사상≫ 20, 고려원, 1994 ; 「현대시의 추상화와 절대은유」, ≪현대시사상≫ 24, 고려원, 1995 ; 고명수, 「우리시와 초현실주의」, ≪현대시사상≫ 25, 고려원, 1995 ; 『한국 모더니즘 시인론』, 문학아카데미, 1995 ; 금동철, 「1950~60년대 한국 모더니즘 시의 수사학적 연구」, 서울대 박사학위논문, 1999 ; 이승훈, 『한국 모더니즘 시사』, 문예출판사, 2000.

2. 대상의 추상화와 세계 상실

한국 현대시의 흐름들 중 하나인 모더니즘 시의 흐름은 1960년대에 이르러서 상당한 변화를 보여주었다. 이렇게 말할 수 있는 근거들 중의 하나로 대상을 추상화하려는 움직임을 들 수 있다.[5] 이러한 움직임은 김춘수, 문덕수, 그리고 당시의 신진 시인들에 해당되는 ≪현대시≫ 동인들의 경우에서 잘 나타난다. 이전의 모더니즘 시들의 경우에서도, 특히 1950년대의 모더니즘 시들의 경우에서도 이러한 경향이 드러난 바 있다. 하지만 1960년대 모더니즘 시에 이르러서는 대상을 추상화하려는 경향이 이전보다도 훨씬 더 강화되어 나타난다. 따라서 1960년대 모더니즘 시의 창작 방법을 살펴보는 데 있어서는 이 시기의 시들이 보여주었던 대상의 추상화 경향이 다른 어떤 경향보다도 우선적으로 다루어질 필요가 있다.

1960년대 모더니즘 시인들 중에서도 김춘수는 대상을 추상화하면서 자신의 독특한 시 세계를 펼쳐 보여주었던 대표적인 시인이다. 그는 이른바

---

5) 이 시기에 이르러서 대상을 추상화하려는 방법적 움직임이 있었던 것은 당시의 사회 분위기와 그에 대한 시인들의 태도와 관련이 깊다. 4·19 직후 활발하게 전개되었던 지식인의 현실 비판과 참여는 군사정권에 의해서 제동이 걸렸고, 그와 함께 1960년대에 본격적으로 시작된 산업화의 과정에서 지식인의 전문성과 기능성을 강조하는 지식인관이 강하게 부각되었다. 당시에 지식인의 사회적 역할과 현실 참여 문제를 둘러싼 이른바 '순수 참여 논쟁'이 뜨겁게 전개되었던 것도 그러한 시대적 분위기와 관련이 깊다. 한 마디로 말해서 1960년대의 모더니즘 시가 대상을 추상화하려고 한 데에는 전문성과 기능성을 강조하면서 지식인의 총체적·현실 비판적인 역할을 거부하려던 움직임이 있었던 것이다. 다음과 같은 지적은 참고할 만하다. "5·16과 그에 의한 군사정권의 등장은 지식인 사회를 양극화시켰다. 군사정권의 등장은 근대화의 추진 속에서 권력이 전문적·기능적 차원에서 지식을 체제내로 동원했고, 반면 총체적인 현실 비판적 지식은 독재적인 정치권력에 의해 더욱 극심한 탄압에 직면해야 했다. 이 과정에서 전문적·기능적 지식인관과 총체적 지식인관은 날카로운 갈등관계를 보여주었다." 이에 대해서는 홍석률, 「1960년대 지성계의 동향—산업화와 근대화론의 대두와 지식인사회의 변동」, 한국정신문화연구원 편, 『1960년대 사회 변화 연구 : 1963~1970』, 백산서당, 1999, p.215.

'무의미시'로 불리어지는 시들을 통해서 대상에 대한 다양한 실험을 보여주었고, 그리하여 구체적인 현실 세계로부터 벗어나 자유를 최대한으로 획득할 수 있는 길이 어떤 것인가를 작품을 통해 구체적으로 보여주려고 하였다. 이러한 경향은 '실존', '존재', '부재' 등을 통해서 끊임없이 대상에 관심을 보였던 그의 이전의 시와는 상당한 차이를 보이는 것이어서 주목된다.

김춘수의 시가 보여주고 있는 이러한 변화는 그가 이전의 시에서 추구하였던 '존재'에 대한 탐구가 자신의 근거를 찾는 행위이자 동시에 타자의 근거를 빼앗는 행위일 수밖에 없다는 인식에서 비롯된 것이었다.[6] 그러니까 1960년대의 김춘수의 시 창작은 존재 탐구가 지닌 딜레마를 어떻게 극복할 것인가라는 그의 문제의식의 산물이었던 것이다. 아래에 인용된 작품들은 이 점을 잘 보여준다.

①
사랑이여, 너는
어둠의 변두리를 돌고 돌다가
새벽녘에사
그리운 그이의
겨우 콧잔등이나 입언저리를 發見하고
먼동이 틀 때까지 눈이 밝아 오다가
눈이 밝아 오다가, 이른 아침에
파이프나 입에 물고
어슬렁 어슬렁 집을 나간 그이가
밤, 子正이 넘도록 돌아오지 않는다면
어둠의 변두리를 돌고 돌다가

---

6) 이에 대해서는 졸고, 「1950년대 김춘수 시에서의 '눈/눈짓'의 의미 고찰」, 『관악어문연구』 제24집, 1999, pp.359~370 참조.

1960년대 모더니즘 시의 창작 방법 147

먼동이 틀 때까지 사랑이여, 너는
얼마만큼 달아서 病이 되는가, 病이 되며는
巫堂을 불러다 굿을 하는가,

                                          ─ 「타령조(1)」 중에서

②
사랑하는 나의 하나님, 당신은
늙은 悲哀다.
푸줏간에 걸린 커다란 살점이다.
詩人 릴케가 만난
슬라브 女子의 마음 속에 갈앉은
놋쇠 항아리다.
손바닥에 못을 박아 죽일 수도 없고 죽지도 않는
사랑하는 나의 하나님, 당신은 또
대낮에도 옷을 벗는 어리디어린
純潔이다.
三月에
젊은 느릅나무 잎새에서 이는
연둣빛 바람이다.

                                          ─ 「나의 하나님」 전문

①에서 시적 주체는 '사랑'이라는 대상을 매우 부정적인 방식으로 대하
고 있다. '어둠의 변두리', '콧잔등', '입언저리' 등에서 드러나듯이, 그는
'사랑'을 타자들을 합일시켜주는 방식으로 보지 않고, 타자로 하여금 '죽
음'에 가까이 가도록 하는 파멸의 방식으로 본다. 그리고 이러한 파멸의
방식으로서의 '사랑'이란 '사랑'에 대한 일상적인 관념과는 대척적인 지
점에 서 있는 것이다. 김춘수는 이 시를 비롯한 「타령조」 연작에서 줄기
차게 이러한 관념으로서의 '사랑'이 지닌 실상을 제시하고, 나아가서는
그 관념을 깨뜨리려고 한다. 시적 주체가 대상을 대하는 이러한 방식은

②에서도 드러난다. 여기에서 '하나님'이라는 대상은 '늙은 悲哀', '푸줏간에 걸린 커다란 살점', '놋쇠 항아리', '어리디어린 純潔', '연둣빛 바람' 등과 동일한 것으로 제시되고 있다. 물론, 이러한 동일시는 단순한 동일시가 결코 아니다. 그것은 '하나님'이라는 하나의 대상을 새롭게 바라봄으로써 그 관념으로서의 '하나님'이 얼마나 의미 없는 존재인가를 드러내려고 하는 동일시이다. 그러니까 ①과 ②는 모두 관념으로서의 대상의 존재 기반이 얼마나 허약한 것인가를 은유적으로 보여준다.

이러한 맥락에서 보자면, 1960년대 김춘수의 시 창작 방법은 우선적으로는 대상의 존재 기반에 대한 회의에 바탕하고 있다. 그리하여 대상의 통일성을 깨뜨리거나 해체함으로써 시인은 세상에 존재하는 모든 대상들, 특히 관념적인 대상들이 무의미한 것이라고 설파하려고 한다. 이러한 시인의 태도가 세계를 바라보는 그의 태도와 깊은 관계가 있음은 물론이다. 즉 그는 대상의 존재를 문제 삼던 존재 탐구가 지닌 딜레마를 인식함으로써 대상을 해체하려고 하고, 그와 함께 세계 또한 상실시키려고 하는 것이다.

1960년대의 김춘수의 시가 보여주고 있는 대상의 해체와 그에 따른 세계 상실은 사회적 모더니티가 초래한 위기에 대한 시인의 대응 전략이라고 할 수 있다. 「처용단장 제일부」에서는 이러한 시인의 창작 방법이 보다 더 실험적으로 드러나고 있어 주목된다.

> ①
> 인간들 속에서
> 인간들에 밟히며
> 잠을 깬다.
> 숲 속에서 바다가 잠을 깨듯이
> 젊고 튼튼한 상수리나무가

서 있는 것을 본다.
남의 속도 모르는 새들이
금빛 깃을 치고 있다.

— 「처용」 전문

②
눈보다도 먼저
겨울에 비가 오고 있었다.
바다는 가라앉고
바다가 있던 자리에
군함이 한 척 닻을 내리고 있었다.
여름에 본 물새는
죽어 있었다.
물새는 죽은 다음에도 울고 있었다.
한결 어른이 된 소리로 울고 있었다.
눈보다도 먼저
겨울에 비가 오고 있었다.
바다는 가라앉고
바다가 없는 海岸線을
한 사나이가 이리로 오고 있었다.
한쪽 손에 죽은 바다를 들고 있었다.

— 「처용단장 제일부」 I 의 IV 전문

①에서는 우선적으로 '깬다'와 '본다'의 행위 주체가 작품에 제시되지 않고 있다는 점과, '깬다'와 '본다'에서 '있다'로 이어지는 서술어들의 연결이 공간적인 차원에서 이루어지고 있다는 점이 주목된다. 이는 시간의 공간화에 의해서 대상들을 새롭게 정위시키는 방식이라고 할 수 있는데,[7]

---

7) 이러한 방식을 두고서 김춘수는 자신의 『시론─시의 이해』(1971)에서 "심상 그 자체를 위한 심상"(p.243)으로서의 '서술적 이미지(descriptive image)'라는 용어를 사용한 바 있다. 여기에서 그가 '서술적 이미지'를 강조한 것은 "관념을 말하기 위하여 도구로서 쓰여지는 심상"(p.247)으로서의 '비유적 이미지(metaphorical image)'와는 달리 '서술적

이를 통해서 대상과 그 대상을 바라보고 있는 시적 주체는 일상적인 방식과는 매우 다른 방식으로 드러나게 된다. ②에서는 이러한 시간의 공간화에 따른 의미의 변화가 훨씬 더 강하게 드러난다. 여기에서 '눈', '비', '바다', '물새' 등과 같은 이미지들은 '~하고 있었다'에 의해서 지배되면서 현실이나 세계의 '원초적인 모습'으로 환치된다. 즉 시적 주체는 사물을 '직접성(immediacy)'8)의 차원에서 바라보려는 '내밀한 시선'에 의해서 사물의 내적인 진동을 포착하고, 그럼으로써 사물의 내밀한 영혼이나 감정과 일치하려고 한다.

이처럼 1960년대의 김춘수의 시는 시간의 공간화 현상에 의해서 대상들이 동시성이나 직접성의 차원에서 다루어지면서 이전과는 다른 새로운 면모를 보여준다. 특히 이때 대상들은 전반적으로 '은유의 힘'에 의해서 일상적인 의미의 세계를 초월하려고 한다.9)그리하여 1960년대 김춘수의 시에서는 시간을 공간화하려는 욕망에 근거한 '추상(abstraction)'10)의 경향이 두드러지게 나타난다.

이미지'를 통해서 "선명한 정경을 그려봄으로써 신선한 감각적 체험을 할 수 있다"(p.244)고 생각하였기 때문이다. 그러니까 자신의 시론에서 김춘수는 철저하게 '관념'을 배제시키고자 하였던 것이다. 이에 대해서는 김춘수, 『김춘수전집(2)』, 문장, 1986, pp.243~248 참고.

8) '직접성'을 추구하는 미학은 "일상적인 실재가 오성에 의해 오염되었다고 생각하기 때문에 일상적인 실재를 거부하는" 경향을 보여준다. 이에 대해서는 Karsten Harries, 오병남·최연희 옮김, 『현대미술—그 철학적 의미』, 서광사, 1988, p.157.

9) 현대적 은유는 관념과 형상을 분리시키고, 형상 속에서 그 형상 자체와는 다른 현실을 참조하기를 일절 포기하려는 경향을 보여준다. 즉 현대적 은유는 언어 체계를 실재를 형상화하는 것이 아닌 변형시키는 것으로 간주하고 그러한 언어체계를 은유적으로 구상하면서 의미의 세계를 초월하고자 한다. 그리하여 현대적 은유는 인간과 현세의 실재를 숭앙하는 동시에 부정하는 것인 '초실재'에 다가서고자 한다. 이에 대해서는 R. Poggioli, 박상진 옮김, 『아방가르드 예술론』, 문예출판사, 1996, p.281 참고.

10) 이에 대해서는 Wilhelm Worringer, *Abstraction and Empathy*(trans. by Michael Bullock), New York : International Univ. Press, 1953, pp.3~17 참고.

1960년대 모더니즘 시에서 '추상화'의 경향은 문덕수의 시에서도 볼 수 있다. 그의 시에서는 전반적으로 그 대상이 기하학적인 '선'으로 추상화되면서 시적 의미 형성의 바탕으로 작용한다. 즉 시인은 '선'과 '선'의 어울림을 통해서 세계를 바라보면서 일상적인 방식으로는 포착하기 어려운 세계의 실체를 포착하려고 한다. 특히 그의 시는 선과 선의 '어울림'을 강조함으로써 시간의 공간화에 의한 추상화에서 더 나아가서 조형성에 의한 추상화를 보여주기도 한다.[11] 그리하여 그의 시에서는 대상들뿐만 아니라 그 대상을 바라보고 있는 주체 또한 새롭게 재구성되는데, 여기에는 '언어'가 지닌 한계를 극복하려고 하는 시인의 강한 열망이 놓여 있다. 『선·공간』(1966)에 실려 있는 작품들 중에서도 「線에 관한 素描」 연작은 시인의 그러한 열망을 집약적으로 보여준다.

①
영원히 날아가는 의문의
화살일까.
한 가닥의
선의 허리에
또 하나의 선이 와서
걸린다.
불꽃을 뿜고
얽히는
난무,
불사의 짐승일까.
과일처럼 주렁주렁 열렸던

---

11) 권영민에 따르자면 문덕수의 시가 보여주고 있는 이러한 특징은 시인의 실험정신의 소산이다. 그런데 권영민은 이러한 실험 정신을 '일종의 모더니즘의 변주'로 규정하고 있어 주목된다. 이에 대해서는 권영민, 『한국현대문학사 1945~1990』, 민음사, 1993, p.189 참고.

언어는 삭아서
떨어지고
일체가 불타버리고 남은
오직 하나
신비한 매듭.

― 「線에 관한 素描 2」 전문

②
한 가닥
線이
여윈 내 손목을 묶어보고,
몇 번이고 내 모가지를 金빛으로
졸라보고,
壁 못에서
풀려 내려온 노끈이
누나의 모가지를 졸라 죽였다.
그때의 누나의 눈알
그리곤
퀴퀴한 냄새가 풍기는
창녀의 치마끈이 되었던
한 가닥
線이,
경부선 레일로
시장댁 뜨락의 殺意의 나뭇가지로
十年前의 누나의 얼굴로
돌아갈 수 없는
한 가닥
線이,
지중해의 연안을 구석구석 더듬은,
내 누나 같은
낫세르 中領의 눈동자 속에
지중해의 윤곽으로 들어 앉아

쉬고 있었다.

— 「線에 관한 소묘5」 전문

①에서는 문덕수의 시에서 '선'이 갖는 위상이 어떤 것인가가 잘 드러나고 있다. 여기에서 '선'은 '언어'보다 한 차원 높은 수준에 있는 것이다. '선'과 '선'의 '난무'에서 탄생하는 '매듭'은 일체의 모든 것들을 뛰어넘는 차원에서 존재한다. 여기에서 '언어'는 그 존재 가치를 상실한 지 이미 오래이다. 즉 언어와 언어의 결합이 '삭아서' 떨어지는 때에 '선'과 '선'의 '난무'는 펼쳐진다. 그러니까 '선'은 언어의 존재 가치보다 더 큰 가치를 지닌 것이며, 언어보다 훨씬 더 근본적인 것에 해당한다. 그런데 여기에서 한 가지 주목할 점은 이러한 '선'과 '선'의 결합은 '언어'가 지닌 한계, 즉 '과일처럼' 그 어떤 형체를 이루면서 자기 권역을 지니고 있는 언어의 한계에서 벗어나 있다는 점이다. 그것은 결코 어떤 전체를 이루는 것이 아니라 단지 하나의 '매듭', 특히 어떤 '관계'만을 남겨주는 그런 것이다. 그러므로 '선'에 의한 사물들의 결합은 '언어'에 의한 결합보다 훨씬 광범위한 범위에서 펼쳐지며, 훨씬 더 자유로운 것이라고 하지 않을 수 없다. ②에서 '한 가닥 선'이 '금빛 선', '노끈', '창녀의 치마끈', '경부선 레일', '나뭇가지', '지중해의 윤곽' 등으로 변화하면서 '내 손목을 묶어보고', '내 모가지를 졸라보고', '누나의 모가지를 졸라 죽이고', '살의를 지니고', '구석구석 더듬고' 등과 같이 다양한 행위를 펼쳐 보이는 것은 그 구체적인 예이다. 그러니까 ②에서의 '선'은 좁게는 '나'로부터 넓게는 '세계'에 이르기까지 그 영향력을 미치는 삶의 근간인 것이다.

물론, 「선에 관한 소묘 5」에서 드러나듯이 시인은 '선'의 영향력을 대단히 부정적인 시각으로 바라보기도 한다. 그것은 모든 것들을 옭아매는 일종의 구속이고, 그러한 구속의 힘은 결코 과거로 '돌아갈 수 없는' 성질의 것이다. 그런 점에서 그것은 앞만을 향해 달려가는 사회적 모더니티의 속성을 지니기도 한다. 하지만 부정적인 것으로서의 '선'은 또한 긍정적인 것일 수도 있다. 왜냐하면 "선이/ 한 가닥 달아난다"(「선에 관한 소묘 1」)에서 볼 수 있듯이 그것은 '해방'과 '자유'의 표상이기도 하기 때문이다. 하지만 '선'과 '선'이 어우러져 만들어내는 의미는 그 자체 절대적인 것이지만 동시에 주관적인 것일 수밖에 없다. 추상미술의 하나인 기하학적 미술이 공간과 시간의 절대적인 요소만으로 현실을 창조하려고 하거나 사물의 표면 배후에 숨겨져 있는 '결정적인 관계'를 드러내려고 하면서 주관을 강조하는 것처럼[12] 이러한 시적 태도 또한 현실의 생생한 면을 포착하지 못하고 주관만을 지나치게 앞세울 수 있기 때문이다. 따라서 문덕수의 시에서도 인간의 삶의 현실은 그 자체로 결코 의미를 지니지 못하고 상실되어갈 수밖에 없다.

한편, 1960년대 모더니즘 시에서 대상의 추상화 경향은 '내면 탐구'와 관련되면서 시에서 대상 자체를 지워버리려는 극단적인 방식으로 나아가기도 하였다. 이러한 경향은 《현대시》 동인들의[13] 시에서 볼 수 있는데,

---

12) '기하학적 미술'은 공간과 시간의 절대적인 요소만을 사용하여 새롭게 현실을 창조하고자 하는 '절대주의(suprematism)'와, '특정한 형체'의 문화가 아닌 '결정적인 관계'의 문화를 강조하면서 거기에서 '현실성'을 찾는 '신조형주의(Neo-plasticism)'으로 크게 구분된다. '절대주의'가 공업재료를 사용하는 등 기계문명의 기능주의적인 이상에 의해 직접 영감을 받았다면, '신조형주의'는 '자연의 감추어진 위대한 법칙' 또는 사물의 표면 배후에 숨겨져 있는 '결정적인 관계'를 추구한다. 하지만 이러한 '기하학적 미술'에서는 사회와의 어떤 '생생한 접촉'도 이루어지기 어렵다. '기하학적 미술'에서 미술가는 자기 자신에게로 물러서서 스스로의 주관의 상태대로 표현을 부여하고, 이 표현을 자기 자신에게 국한시키며, 표현이 의사전달이기도 한지 어떤지에 관해서는 전혀 상관하지 않기 때문이다. 이에 대해서는 H. Read, 김윤수 옮김, 『현대미술의 원리-현대회화와 조각에 대한 이론서』, 열화당, 1981, pp.77~80 참고.
13) 《현대시》는 1962년부터 1972년까지 약 10년 동안 모두 26집까지 발행되었던 시 동인지이다. 《현대시》가 본격적인 동인지로 출발한 것은 1964년 11월에 간행된 6집부터라고 한다. 여기에서는 이승훈의 견해를 수용하여 '현대시 동인'을 《현대시》가

이들의 시는 김춘수와 문덕수의 시에 비해서 상대적으로 언어와 내면을 긴밀하게 연결시키면서 동시에 그것들을 탐구하려고 한다. ≪현대시≫ 동인들이 '언어'와 '내면 탐구'를 강조하였던 것은 당시가 근대화의 논리, 즉 사회적 모더니티를 본격적으로 강조하기 시작하였던 시대였다는 점과 깊은 관련이 있다.[14] "산업화의 논리가 전경화되는 시대에 젊은 시인들을 사로잡은 것은 내면적 딜레마이고, 따라서 '현대시' 동인이 내면 탐구를 주장한 것은 시대적 설득력을 띤다."[15]라는 지적에서 볼 수 있듯이, 그들의 시는 근대화의 논리를 둘러싼 시인들의 내면적 고뇌, 즉 '내면적 딜레마'의 산물이었던 것이다. 아래의 시는 ≪현대시≫ 동인들의 내면적 딜레마가 어떤 것이었던가를 단적으로 보여주고 있어 주목되는 작품이다.

> 사나이의 팔이 달아나고 한 마리 흰 닭이 구 구 구 잃어버린 목을 쫓아 달린다. 오 나를 부르는 깊은 命令의 겨울 지하실에선 더욱 진지하기 위하여 등불을 켜놓고 우린 생각의 따스한 닭들을 키운다. 닭들을 키운다. 새벽마다 쓰라리게 精神의 땅을 판다. 완강한 時間의 사슬이 끊어진 새벽 문지방에서 소리들은 피를 흘린다. 그리고 그것은 하아얀 液體로 변하더니 이윽고 목이 없는 한마리 흰닭이 되어 저렇게 맑은 아침 햇빛 속을 뒤우뚱거리며 뛰기 시작한다.
>
> — 「事物 A」 전문

이 시에서 시적 화자는 '깊은 명령의 겨울 지하실'로 표현된 내면 공간

본격적인 동인지로 출발하였던 6집부터 26집까지에 활동하였던 시인들로 한정하기로 한다. 이승훈에 따르자면 '현대시 동인'은 김규태, 김영태, 마종하, 박의상, 오세영, 오탁번, 이건청, 이수익, 이승훈, 이유경, 이해녕, 정진규, 주문돈, 허만하, 황운헌 등 16명이다. 이에 대해서는 이승훈, 『한국 모더니즘 시사』, 문예출판사, 2000, pp.234~238 참고.

14) 그리하여 '현대시 동인'들의 시는 '근대화 초기 혹은 산업화 초기 모더니즘' 또는 '제3세대 모더니즘'으로 불리어지기도 한다. 위의 책, p.238 참고.

15) 위의 책, pp.238~239.

과 '새벽'이라는 단절된 시간 속에서 '생각'이라는 '닭들'을 키우는 사람이다. 즉 시적 화자는 '생각'과 관련된 일을 하는 사람이다. 하지만 그는 "나를 부르는 깊은 명령의 겨울 지하실"에서 드러나듯이 자신의 깊은 내면세계에서 들려오는 무의식적·비이성적인 것, 달리 말해서 내면의 욕망으로부터 결코 자유로울 수가 없다. '목이 없는 한마리 흰닭'은 그러한 내면의 욕망이 작용한 결과로 탄생된 창조적 표상이다. 즉 그것은 '완강한 시간의 사슬이 끊어진' 자유로운 시간 속에서 시인의 의식이 무의식의 작용에 의해서 탄생시킨 환상적인 표상인 것이다.16) 그리고 이러한 환상적인 표상을 통해서 시인은 사물을 새롭게 바라볼 뿐만 아니라 동시에 자신의 내면세계도 새롭게 바라보게 된다.

시인의 내면세계는 '목을 잃어버린 흰닭'이 '목이 없는 흰닭'으로 변화하는 과정에서 구체적으로 잘 드러난다. '목을 잃어버린 흰닭'은 '흰 닭이 잃어버린 목을 쫓아 달리면서 내는 소리 → 소리들의 피 → 하아얀 액체 → 목이 없는 한마리 흰닭'이라는 과정을 통해서 '목이 없는 한마리 흰닭'으로 탄생하는데, 이러한 탄생 과정은 '목을 잃어버렸다'라는 상실감이 '목이 없는 존재'의 탄생으로 극복될 수 있음을 보여준다. 결국 이 시는 상실감을 일으키는 상황을 그 상황 자체를 수용함으로써 극복하려는 것이다.17)

---

16) 이러한 지적은 고명수의 다음과 같은 지적에서도 잘 나타나 있다. "이승훈의 초기 시집들은 거의 이런 이미지들로 점철되어 있다. 개인적 무의식에서 터져나오는 어둡고 환상적인 이미지들은 언어의 자발성과 규제성 사이의, 혹은 의식과 무의식 사이의 고토의 산물이겠는데, 이는 개인적인 고통이 환상을 통해 초월되는 과정이라 여겨진다." 이에 대해서는 고명수, 『한국 모더니즘 시인론』, 문학아카데미, 1995, p.312.

17) 이러한 상실감의 극복은 시인의 '생각'이 시 쓰는 행위와 관련된 것이라는 점에서 시인이 시 창작에서 부딪칠 수 있는 난관을 극복하는 방식과도 관계된다. 시인의 '생각'을 시 쓰는 행위와 관련지어 본다면, 이 시에서의 '목이 없는 한마리 흰닭'은 구체적으로는 '제목'이 없이 존재하는, 나아가서 '제목'을 필요로 하지 않는 한 편의 시를

이처럼 ≪현대시≫ 동인들은 그 '내면적 딜레마'를 '언어'를 통해서 추구하였는데, 그러한 과정에서 대상은 극단적으로 추상화되거나 감추어지고 세계는 상실될 수밖에 없었다. 특히 이승훈의 시 「사물 A」에서 엿볼 수 있듯이, 그들의 시는 의식과 무의식이 교호하는 가운데 사물이 새롭게 탄생되는 과정을 형상화함으로써 대상이 존재하지 않는다는 점이 결코 상실감만을 낳는 데 그치는 것이 아님을 보여주었다. 사물은 시적 주체의 의식 바깥에 존재하면서 시적 주체에 의해서 포착되는 것이 아니라 시적 주체의 내면속에서 스스로 탄생되어 나올 수도 있기 때문이다.[18] 하지만 비록 그것이 의식과 무의식, 현실과 환상을 결합함으로써 새로운 세계를 펼쳐 보이려고 하였다고 하더라도 이러한 시에서 세계는 그 자체로 존재하지 못하고 상실될 수밖에 없다. 환상과 무의식의 세계는 현실 세계와 의식의 세계에 결여되어 있는 '실재'가 무엇인가를 추구하지 못하고, 그 추구 방식만을 보여줄 뿐이기 때문이다.

이처럼, 1960년대 모더니즘 시에서는 대상을 추상화하는 가운데 세계를 상실시키려는 경향이 강하게 드러났다. 구체적으로 이러한 경향의 시들에서는 이전의 시에서 어느 정도 구체적인 형태를 갖추고 등장하였던 대상이 추상화되고, 점차적으로 그 형태를 감추게 되었다. 그리하여 그러한 과정에서 세계는 점점 더 극명하게 상실되어 갈 수밖에 없었다.

가리킨다고 할 수 있다. 즉 시인은 한 편의 시를 창작하는 과정에서 항상 '제목'을 의식하지만, 그래서 그 시는 항상 불완전한 것으로 보이지만 결국에는 '제목'이 필요 없는 독자적인 존재로 탄생하는 것이다.

18) 이승훈의 시에서 드러나고 있는 이러한 여러 가지 특성들은 후에 그가 이른바 '비대상시'라고 일컬었던 시의 실체를 이룬다. 그의 '비대상시'는 김춘수의 '무의미시'가 보여주었던 대상 파괴와 그에 따른 세계 상실이라는 창작 방법을 의식과 무의식이 상충하는 내면세계와 그에 상응하는 시 쓰기 방식을 통해서 한층 더 극단화한 것이라고 할 수 있다. 그리고 그의 이러한 시 창작 방법은 각각의 차이를 보이는 가운데 ≪현대시≫ 동인들이 공통으로 지닌 것이었다.

3. 대상의 구체화와 세계에의 관심

1960년대에는 이전의 모더니즘에서 볼 수 있었던 문명 이해와 문명 비판이 지닌 피상성을 극복하고, 대상을 보다 더 구체적으로 바라보면서 시의 현실성을 강조하려는 움직임이 있었다. 이러한 움직임의 근저에는 4·19를 위시로 한 당대 사회의 분위기가 상당히 강하게 놓여 있었던 것으로 보인다. 물론 4·19가 5·16에 의해서 제동이 걸린 후로 지식인의 현실 비판과 참여는 또 다른 양상을 보여주었지만,[19] 김수영을 위시로 한 이 시기의 시인들이 현실에 상당한 관심을 기울이게 된 밑바탕에는 이 시기의 지식인들이 지녔던 특징이 놓여 있다.

1960년대의 모더니즘 시가 어떤 방법으로 현실과 적극적인 관계를 맺으려고 했던가는 다른 어떤 시인의 경우에서보다도 김수영의 경우에서 잘 드러난다. 1950년대에 김수영은 자신을 둘러싼 모든 사물들을 '이상적 인간'과 관련하여 바라보고, 그리하여 그러한 사물들 앞에서 현재의 상황에 안주하려는 자신을 질책하면서 '비애'를 느끼지 않을 수 없었다.[20] 그리고 이러한 현실 인식을 바탕으로 하여 김수영은 1960년대의 시에서 일

19) 군사정부의 등장은 4·19 직후 활발해진 지식인의 현실비판과 참여에 제동을 거는 것임에 틀림없었다. 하지만 군사정권은 지식인의 현실비판과 참여는 가혹하게 차단했지만, 반면 체제 내로 광범위한 지식인을 동원하거나 참여시키는 양면성을 보였다. 즉 군사정권은 4·19 직후 분출된 지식인의 현실참여 의지를 완전히 말살한 것이 아니라, 그 일부를 굴절된 형태로 체제 내로 수용했던 것이다. 이에 대해서는 홍석률, 앞의 논문, pp.197~205 참고.

20) 일찍이 김수영은 1950년대에 우리의 현실이 '현대'라는 시대에 뒤떨어져 있다는 인식을 바탕으로 하여 그의 시에서 그러한 시대를 살아가는 인간이 지닐 수밖에 없는 '비애'를 집중적으로 드러낸 바 있다. 그가 「달나라의 장난」을 비롯하여 「폭포」나 「눈」 등과 같은 1950년대의 시를 통해서 '이상적 인간'을 줄기차게 노래하였던 것은 그 구체적인 보기에 해당된다. 이에 대해서는 졸고, 「1950년대 한국 모더니즘 시의 표상 연구」, 서울대 박사학위논문, 1999, pp.101~107 참고.

상생활을 소재로 하여 현실에 대한 더욱 더 깊은 관심을 보여주었다. 특히 이 시기에 그는 현실에 대한 관심 자체를 시적 모더니티를 확보할 수 있는 주된 방법으로 인식함으로써[21] 1960년대의 모더니즘 시가 현실과의 적극적인 관계 속에서 창작 방법을 새롭게 할 수도 있다는 점을 입증해 보였다.

전반적으로 1960년대에 김수영은 주로 '시대 현실'을 대상으로 하여 자신의 시 창작 활동을 해나간다. 설령 그의 시에서 시적 주체가 다른 대상을 바라보고 있다고 하더라도 그 대상의 저변에는 언제나 '시대 현실'이 놓여 있다. 물론 그의 시가 시대 현실을 대상으로 하고 있다는 사실만으로 김수영 시의 창작 방법의 구체적인 면모가 드러나는 것은 아니다. 그의 시 창작 방법을 이해하기 위해서는 거기에서 더 나아가서 시대 현실이 어떠한 방식으로 대상화되는가를 분명히 이해하지 않으면 안 되기 때문이다.

이러한 맥락에서 볼 때, 1960년대의 김수영의 시가 다른 무엇보다도 일상생활 속에서 시대 현실의 면모를 '구체적'으로 바라보려고 하였음은 그의 시 창작 방법에 대한 고찰에서 우선적으로 지적되어야 할 점으로 보인다.

---

21) 1960년대에 김수영은 시적 모더니티의 확보를 뒤떨어진 우리의 현실에 대한 자각의 밀도에서 찾고 있다. 「모더니티의 문제」는 시와 현실 사이의 관계와 시적 모더니티에 대한 김수영의 생각을 잘 보여주는 글이다. 여기에서 그는 "시인의 스승은 현실이다"라고 전제하면서, 시대에 뒤떨어진 우리의 현실을 직시하지 못하는 시인의 태도를 적극적으로 비판한다. "나는 우리의 현실이 시대에 뒤떨어진 것을 부끄럽고 안타깝게 생각하지만, 그보다도 더 안타깝고 부끄러운 것은 이 뒤떨어진 현실을 직시하지 못하는 시인의 태도이다."와 "우리의 현대시의 밀도는 이 자각의 밀도이고, 이 밀도는 우리의 비애, 우리만의 비애를 가리켜 준다"는 그에 대한 시인의 생각을 구체적으로 보여주고 있는 대목이다. 이에 대해서는 김수영, 「모더니티의 문제」(1964.4), 『김수영전집(2)』, 민음사, 1981, p.350 참고. 이하로는 『김수영전집(2)』을 '『김수영전집(2)』'로 표기함.

우리들의 敵은 늠름하지 않다
우리들의 敵은 카크 다글라스나 리챠드 위드마크 모양으로 사나웁지
도 않다
그들은 조금도 사나운 惡漢이 아니다
그들은 善良하기까지도 하다
그들은 民主主義者를 假裝하고
자기들이 良民이라고도 하고
자기들이 會社員이라고도 하고
電車를 타고 自動車를 타고
料理집엘 들어가고
술을 마시고 웃고 雜談하
同情하고 眞摯한 얼굴을 하고
바쁘다고 서두르면서 일도 하고
原稿도 쓰고 치부도 하고
시골에도 있고 海邊가에도 있고
서울에도 있고 散步도 하고
映畵館에도 가고
愛嬌도 있다
그들은 말하자면 우리들의 곁에 있다
　　　　　　　　　　—「하……그림자가 없다」 중에서

　이 시는 김수영의 시가 대상을 어떻게 대하고 있으며, 그리하여 시적
모더니티를 어떻게 확보하려고 하였던가를 구체적으로 보여주는 작품이
다. 여기에서 시적 주체가 대상으로 하고 있는 것은 바로 '우리들의 적'이
다.[22] '우리들의 적'은 '늠름하지도 않다', '사나웁지도 않다', '조금도 사
나운 악한이 아니다', '선량하기까지도 하다' 등에서 볼 수 있는 것과 같

---

22) 여기에서 '적'은 김수영의 이전의 시들이 보여주었던 주체와 대상의 관계가 미묘하
　　게 반영되어 있는 표상이다. 즉 그것은 '위대한 인간'으로 대변되는 '시대'에 '뒤떨
　　어져' 있는 채 '나타와 안정'에 빠져 있는 자신(「폭포」)과 그러한 자신이 처해 있는
　　'상황'(「거미줄」)이 동시에 포착되면서 나타난 표상이다.

이 한결같은 면모를 지닌 존재도 아니요, 상투적으로 여겨지는 면모를 드러내는 존재도 아니다. 왜냐하면 '우리들의 적'은 '민주주의자', '양민', '회사원' 등과 다르면서도 그들의 모양새를 하고 있는 바로 '우리들 자신'으로 존재하기 때문이다. 그래서 시적 주체는 "그들은 말하자면 우리들의 곁에 있다"라고 말할 수밖에 없다.

1960년대 김수영의 시에서 일상적인 시·공간은 그가 강조하였던 '뒤떨어져 있는 우리의 시대 현실'과 관련되어 있다. 달리 말해서, 일상적인 시·공간을 소재로 하고 있는 그의 시는 '뒤떨어져 있는 우리의 시대 현실'을 탐구하는 일종의 실험의 장이었다고 할 수 있다. 1960년대 김수영의 시에서 대상, 대상을 대하는 시적 주체의 태도, 그리고 그러한 것들을 시적으로 형상화하는 주요한 수단으로서의 시어 등이 일상적 시·공간이 지닌 특성과 깊은 관계를 맺고 있는 것은 바로 그 때문이다.[23] 구체적으로 그는 자신의 시에서 가족 관계, 문단 관계, 일터의 관계 등과 같은 '관계'를 중시하였고, 그러한 '관계'를 토대로 하여 자신을 계속해서 비판적인 눈으로 바라보기도 하였으며, 시를 통해서 산문 정신을 지속적으로 추구하기도 하였다. 「현대식 교량」은 김수영 시의 그러한 특징을 단적으로 보여주고 있어 주목된다.

現代式 橋梁을 건널 때마다 나는 갑자기 懷古主義者가 된다
이것이 얼마나 죄가 많은 다리인줄 모르고
식민지의 昆蟲들이 二四시간을
자기의 다리처럼 건너다닌다

---

23) 구체적으로 그의 시에서는 일상적 시·공간에서 벌어지는 삶의 단면들이 대상이 되고 있으며, 시적 주체는 그러한 대상을 적대시함과 동시에 그와의 화해 가능성을 모색하기도 한다. 그리고 거기에 사용된 시어 또한 일상어와 동일한 것이라고 할 수 있을 만큼 일상적 시·공간에서 서로 주고받을 수 있는 언어들이다.

나이어린 사람들은 어째서 이 다리가 부자연스러운 지를 모른다
그러니까 이 다리를 건너갈 때마다
나는 나의 心臟을 機械처럼 중지시킨다 (이런 연습을 나는 무수히 해
왔다)

그러나 문제는 이러한 反抗에 있지 않다
저 젊은이들의 나에 대한 사랑에 있다
아니 信用이라고 해도 된다
「선생님 이야기는 二四년 전 이야기이지요」 할 때마다 나는 그들의
나이를 찬찬히
소급해가면서 새로운 여유를 느낀다
새로운 歷史라고 해도 좋다

이런 驚異는 나를 늙게 하는 동시에 젊게 한다
아니 늙게 하지도 젊게 하지도 않는다
늙음과 젊음의 분간이 서지 않는다
다리는 이러한 停止의 증인이다
젊음과 늙음이 엇갈리는 순간
그러한 速力과 速力의 停頓 속에서
다리는 사랑을 배운다
정말 희한한 일이다
나는 이제 敵을 兄弟로 만드는 實證을
똑똑하게 천천히 보았으니까!

—「現代式 橋梁」 전문

이 시의 대상은 '현대식 교량'이다. '건널 때마다'와 '건너 갈 때마다'를
통해서 드러나듯이, '현대식 교량'은 특별한 대상이 아니라 일상적 시·
공간에 존재하는 대상이다. 그런 대상 앞에서 시적 주체는 한편으로는
'회고주의자'가 되고, 다른 한편으로는 '젊은이들의 사랑'으로 인해 '새로
운 역사'를 느끼기도 한다. 그러니까 시적 주체에게 있어서 '현대식 교량'

은 자신을 비롯하여 그가 처해 있는 '시대'를 판단할 수 있는 하나의 심급 (instance)에 해당된다. 구체적으로 그는 '현대식 교량'으로부터 '뒤떨어져 있는 우리의 시대 현실'을 바라보면서 거기에서 적대적인 면과 화해 가능한 면을 동시에 읽어내는데, 이는 '현대식 교량'이 일상생활이 지니고 있는 양면성을 상징적으로 표상하고 있기 때문에 비롯된 현상이다.

1960년대 김수영의 시는 일상생활이 지닌 한계와 그 한계를 넘어서 존재하는 또 다른 힘을 새롭게 발견하려고 한다. '현대식 교량'을 통해서 시적 주체가 과거의 역사와 현재의 역사가 접맥되어 있는 경이로움을 깨닫게 되고, 과거의 역사와 현재의 역사 사이에 적대 관계가 아닌 화해의 가능성이 존재하고 있음을 깨닫게 되는 것도 바로 그러한 일상적 시·공간이 지닌 한계와 힘이 시적 주체에게 동시에 작용한 결과이다. 특히 시적 주체가 '현대식 교량'으로 표상된 일상적 시·공간과 자신이 화해할 수 있는 가능성을 발견하게 된 것은 모더니티의 개별화의 원리가 필연적으로 지닐 수밖에 없는 적대관계를 뛰어넘는 것이라는 점에서 매우 중요한 의미를 지닌다. 왜냐하면 그것은 1960년대 김수영의 시가 그토록 간절하게 추구하려고 했던 모더니티의 새로운 탐구 방식 그 자체이기 때문이다.24) 그가 1960년대의 시에서 지속적으로 '사랑'을 문제 삼았던 것도 바로 이러한 이유 때문이다.

한편, 1960년대의 시에서 김수영은 일상적 시·공간의 언어활동을 시

24) 물론 1960년대 김수영의 시에서 드러나는 일상의 모습이란 긍정적인 것만은 아니다. 표면적으로 시인은 그러한 일상 속에 안주하려는 자신을 질책하고 비판하면서 새로운 존재로 거듭 태어나려고 한다. 하지만 주체로 태어나려는 그러한 시인의 노력 속에는 개인으로서의 시인을 포괄하면서 존재하는 일상의 힘, 즉 전체의 힘에 대한 보이지 않는 승인 또한 드러난다. 그의 시에서 김수영은 일상을 비판하면서 또한 그 일상이 지닌 새로운 힘에 주목하지 않을 수 없었던 것이다. 「현대식 교량」에서 김수영이 자신이 이전까지 적대시하였던 상황과 그 상황 속의 대상들과 화해의 가능성을 발견할 수 있었던 것도 바로 그러한 일상의 힘과 관련되어 있다.

속으로 끌어들임으로써 생활에 대한 관심과 시어를 일치시키려는 새로운 모습을 보여준다. 그가 "모험의 발견으로서 자기 형성의 차원에서 그의 '새로움'을 제시하는 것이 문학자의 의무"[25])라는 생각을 지니고 있었다는 점을 고려하면, 이러한 현상은 일상생활에 대한 관심 속에서 자신을 새롭게 형성시켜 나가려고 하였던 시인의 노력의 일환이라고 할 수 있다. 이는 김수영의 문학관을 구체적으로 살펴볼 때 보다 더 분명하게 드러나는 바, 이러한 노력을 통해서 김수영은 1960년대 모더니즘 시가 현실과 유리되지 않으면서 자신의 새로움을 획득할 수 있는 방법을 제시해 준다.

그의 관점에 서자면 모더니즘 시가 새로움을 획득하는 방법은 결코 대상을 추상화하면서 세계를 상실시키는 데 있지 않다. 이 점은 당시에 김수영이 지녔던 문학관을 구체적으로 보여주고 있는 아래의 인용문들에서 분명하게 확인해 볼 수 있다.

①
오늘날의 시가 가장 골몰해야 할 가장 큰 문제는 인간의 회복이다. (중략) 그는 언어를 통해서 자유를 읊고, 또 자유를 산다. 여기에 시의 새로움이 있고, 또 그 새로움이 문제되어야 한다. 시의 언어서술이나 시의 언어적 작용은 이 새로움이라는 면에서 같은 감동의 차원을 차지하게 된다. 따라서 우리의 생활현실이 담겨있느냐 아니냐의 기준도, 진정한 난해시냐 가짜 난해시냐의 기준도 이 새로움이 있느냐 없느냐에서 결정되는 것이다. 새로움은 자유다, 자유는 새로움이다.[26])

②
요컨대 사회현실에 관심을 갖고 있는 시들이 새로운 시적 현실을 발굴해 나가는 것과 같은 비중으로 존재의식을 상대로 하는 詩는 새로운 폼의 탐구를 시도해야 하는데, 우리 시단에는 새로운 시적 현실의 탐구도 새로

---

25) 김수영, 「시여, 침을 뱉어라」, 『김수영전집(2)』, p.251.
26) 김수영, 「생활현실과 시」(1964.10), 『김수영전집(2)』, p.196.

운 시형태의 발굴도 지극히 미온적이다. 소위 순수를 지향하는 그들은 사상이라면 내용에 담긴 사상만을 사상으로 생각하고 大忌하고 있는 것 같은데, 詩의 폼을 결정하는 것도 사상이라는 것을 잊어서는 안 된다. 이런 미학적 사상의 근거가 없는 곳에서는 새로운 시의 형태는 나오지 않고 나올 수도 없다. (중략) 진정한 폼의 개혁은 종래의 부르주아사회의 美—즉 쾌락—의 관념에 대한 부단한 부인과 전복에 의해서만 이루어진다.[27]

　　③
　　현대에 있어서는 시뿐만이 아니라 소설까지도, 모험의 발견으로서 자기형성의 차원에서 그의 '새로움'을 제시하는 것이 문학자의 의무로 되어 있다. 나는 소설을 쓰는 마음으로 시를 쓰고 있다. 그만큼 많은 산문을 도입하고 있고 내용의 면에서 완전한 자유를 누리고 있다. 그러면서도 자유가 없다. (중략) '내용'은 언제나 밖에다 대고 '너무나 많은 자유가 없다'는 말을 해야 한다. 그래야지만 '너무나 많은 자유가 있다'는 '형식'을 정복할 수 있고, 그때에 비로소 하나의 작품이 간신히 성립된다.[28]

　　①에서 볼 수 있는 것처럼 당시에 김수영은 '새로움'이 진정한 현대시의 면모라고 인식하고 있다. 구체적으로 그는 "새로움은 자유다, 자유는 새로움이다"라는 인식을 통해서 '새로움'이 시인의 가장 큰 사명이고, 그렇기 때문에 그것은 '자유'와 연관될 수밖에 없다고 생각한다. ②에서는 김수영이 '새로움'을 어떻게 바라보고 있는가가 보다 더 구체적으로 지적되고 있다. 그에 따르자면 현대시에서 '새로움'은 '시적 현실의 탐구'와 '시 형태의 발굴'이라는 두 가지 방향에서 얻어질 수 있다. 여기에서 특별히 주목할 점은 당시에 김수영이 '시 형태의 발굴'에 의한 새로움의 획득 또한 강조하였다는 점이다. 구체적으로 그는 '시 형태의 새로움'은 '미학적 사상'을 근거로 해서만 얻어질 수 있는 것, '부르주아 사회의 관념에

---

27) 김수영, 「변한 것과 변하지 않은 것」(1966.12), 『김수영전집(2)』, p.245.
28) 김수영, 「시여, 침을 뱉어라」(1968.4), 『김수영전집(2)』, p.251.

대한 부단한 부인과 전복'에 의해서만 이루어지는 것이라는 생각을 지니고 있었다. 이는 1960년대의 김수영의 시가 일상생활에 대한 관심뿐만 아니라 시에 일상어들을 적극적으로 활용하였던 이유를 분명하게 보여주는 사항이다. 한 마디로 말해서, 김수영은 '시적 현실의 탐구'와 '시 형태의 새로움'을 통해서 '시적 자유'를 구현하려고 하였던 것이다.

이처럼, 1960년대의 김수영의 시는 일상생활과 일상어에 대한 깊은 관심을 보여주면서 '시적 새로움'을 획득하려고 하였다. 그리하여 그의 시에서는 대상이 구체적으로 형상화되면서 1960년대 모더니즘 시의 또 다른 창작 방법을 잘 보여주었다. 물론 대상의 구체화 자체가 모더니즘 시가 새로움을 획득할 수 있는 적절한 방법이라고 단언할 수는 없다. 하지만 김수영의 시에서처럼 현실이나 세계에 대한 깊은 관심을 바탕으로 할 경우에 대상의 구체화는 어떤 다른 방식보다도 새로울 수 있다. 그런 점에서 보자면, 1960년대 김수영의 시는 모더니즘 시가 '시대 스타일의 좋은 계시자'[29]라고 할 수 있는 일상생활을 어떻게 대상화해야 하는가를 어떤 다른 시들보다도 잘 보여주었다고 할 수 있다.

1960년대 모더니즘 시에서 대상을 보다 더 구체적으로 바라보면서 시의 현실성을 강조하려는 움직임은 '말'에 대한 세밀한 감각과 인식을 통해서도 드러난 바 있다. 송욱의 연작시 「하여지향」[30]은 그 대표적인 경우

---

29) 일반적으로 일상생활은 인간 실존이 집합체 의식에 의해 결정되는 것을 잘 부각시켜 주기 때문에 '시대의 스타일의 좋은 계시자'라고 할 수 있다. 특히 주체의 일상은 사회적 삶을 그 전체적 모습에서 결정하게 된다. M. 마페졸리에 따르자면, 일상은 본질적으로 다음과 같은 두 가지 면에서 시대의 스타일 속에서 자신의 자리를 차지한다. 그것은 한편으로 공리주의의 단순한 도구적 이성으로 환원되지 않고, 다른 한편으로 근대이래 강요된 구획 짓기와 분리에 종언을 고한다. 물론 이 두 측면은 서로 연결되어 있어서 그들 사이에는 일종의 가역성이 항상 존재한다. 이에 대해서는 M. Maffesoli, 박재환·이상훈 옮김, 『현대를 생각한다—이미지와 스타일의 시대』, 문예출판사, 1997, pp.92~94 참고.

이다. 여기에서 그는 우리의 언어가 지니는 특성을 활용하여 당대의 현실을 적극적으로 풍자하였다. 특히 그는 대상 자체를 구체화하지 않고 어떤 '말'의 의미를 또 다른 '말'의 의미를 통해서 구체화함으로써 그 '말'이 지시하고 있는 대상의 실체를 드러내었다. 그리하여 '말'과 '말' 사이의 미묘한 의미 관계 속에서 '말'이 지시하고 있는 대상은 그 속성의 차원에서 다른 '말'과 결부되면서 구체화된다. 아래의 시는 그 대표적인 경우이다.

골목처럼 그림자진
거리에 피는
孤獨이 梅毒처럼
꼬여 박힌 8字면,
淸溪川邊 酌婦를
한 아름 안아 보듯
癡情같은 政治가
常識이 病인양 하여
抱主나 아내나
빚과 살붙이와,
現金이 實現하는 現實 앞에서
다달은 낭떠러지!
오가는 데를 모르는
바람 같은 神經症인데,
「짐이요 짐이요」
여기는 市場, 市民이 사는 곳마다
고맙고도 몇 번이고 죄송하면서
돈과 權力과 피 땀으로 메꾸어도,
발 밑이 아득하게
靈魂을 판 시대여!

—「하여지향 五」

---

30) 「何如之鄕」은 그의 시집 『何如之鄕』(1961)에 실려 있는 장편 연작시이다. 시집 『하여지향』은 총9부로 구성되어 있는데, 그 중 제7부가 바로 연작시 「하여지향」이다.

이 시에서 시적 주체는 '시장 거리'를 대상으로 하여 당시의 시대가 '영혼을 판 시대'라는 점을 풍자하고 있다. 그런데 여기에서 그가 바라보고 있는 '시장 거리'는 구체적으로 형상화되어 나타나지 않고 '언어'의 '의미'를 통해서만 간접적으로 나타난다. 이는 그가 바라보려고 하는 것이 '시장 거리' 자체가 아니라 그 '속성'이며, 그것도 시장 거리를 통해서 드러나는 '시대의 속성'이기 때문에 비롯된 현상이다.

'孤獨이 梅毒처럼'과 '바람같은 神經症'에서 알 수 있듯이, 시적 주체에게 있어서 '거리'는 몹시 '고독한 상태'에 있다. 하지만 '고독'은 그 거리가 지닌 속성의 실체가 결코 아니다. '거리'는 '고독한 상태'에 있는 것처럼 보이지만 실체적으로는 '매독이 만연한 상태'처럼 몹시 부정적인 상태로 존재한다. 그리고 거리가 지닌 속성의 실체는 '癡情같은 政治'나 '現金이 實現하는 現實', '여기는 市場, 市民이 사는 곳이다' 등에서는 부정적인 시대의 속성으로 확산된다. 여기에서 특히 '여기는 市場, 市民이 사는 곳이다'는 동일하게 '市'자로 시작하는 '市場'과 '市民'을 교묘하게 연결시킴으로써 당시의 사회를 '시민사회'가 아닌 '시장'으로 풍자한다.

「하여지향 五」에서 볼 수 있듯이, 송욱이 대상을 바라보는 방식은 몹시 특이하다. '고독→매독'이나 '정치→치정'과 같이 특정한 언어가 지시하고 있는 대상을 다른 언어와 연결시킴으로써, '現금=실現=現실'이나 '市장=市민'과 같이 어떤 언어를 그 언어와 동일한 문자를 포함한 언어들로 동일시함으로써 그는 자신이 언어를 통해서 2차적으로 대상화하고 있는 1차적 대상을 강하게 풍자한다. "언어에 대한 구조적 변형을 통해 이루어지며 그 풍자가 강렬한 공격성을 지니기보다는 사변적 특징을 지니게 된다"[31]라는 지적에서 볼 수 있듯이, 이러한 풍자 방식은 1차적 대상을 직

---

31) 조영복, 「송욱 장편 연작시의 '말'과 그 실험성」, 『한국 현대시와 언어의 풍경』, 태학사, 1999, p.110.

접적으로 풍자하는 것에 비해서는 그 공격성이 떨어진다고 할 수 있다. 하지만 그것이 보여준 시대성·역사성에 대한 관심은 한국 모더니즘 시가 스스로의 틀 속에서 함몰되어 가는 것을 거부하면서 어떤 차원에서 문명 비판적 성격을 회복해야 하는가를 보여주는 것이었다고 할 수 있다. 그는 한국의 모더니즘 시가 '참다운 현대시'가 되기 위해서는 무엇보다도 '시대성'에 민감해야 한다고 강조하면서,[32] 모더니즘 시의 창작 방법을 새로운 차원에서 펼쳐 보였던 것이다.

이처럼, 1960년대 모더니즘 시에서는 대상을 구체화하는 가운데 세계에 대한 깊은 관심을 드러낸 경향 또한 있었다. 이러한 경향은 대상을 추상화하는 가운데 세계를 상실시키려는 경향과는 대비되는 것으로 언어나 기하 등과 같은 매체에 대한 관심보다는 현실이나 시대에 대한 관심 자체가 현대시가 모더니티를 획득할 수 있는 제1의 요건임을 강조하였다. 창작 방법의 차원에서 보자면, 이러한 경향은 1960년대의 모더니즘 시가 이전 시대의 모더니즘 시와는 다른 면을 지니고 있었음을 분명하게 보여준다.

4. 1960년대 모더니즘 시의 창작 방법의 의의

한국 현대문학사에서 모더니즘 시가 차지하고 있는 비중은 상당하다. "이 단계 이전의 한국시는 다분히 근대의 테두리에 맴돌고 있었다. 그것

---

32) 송욱의 다음과 같은 지적은 이를 잘 뒷받침 해준다. "外國名을 가진 꽃, 國際列車, 港口의 異國風, 氣象圖·世界地圖 혹은 芳名錄 혹은 外國領事館의 건물 등으로 모더니즘을 표방할 때는 지났다. 우리가 時代性에 민감하면 할수록 참다운 歷史意識과 깊은 內面性과 精神性을 가지고 時代性을 소화하고 비판하고 血肉化할 때에 비로소 참다운, 즉 예술품다운 現代詩를 쓸 수 있으리라." 이에 대해서는 송욱, 『詩學評傳』, 일조각, 1963, p.194.

이 모더니즘의 진출로 시원스럽게 낡은 허울을 벗고 문자 그대로 현대적 차원 구축을 본론화시키게 되었다."33)라는 지적에서 볼 수 있듯이, 모더니즘 시는 한국시가 현대적인 면모를 지니는 데 가장 커다란 공헌을 하였다. 물론 한국의 현대문학사에서 모더니즘 시가 차지하고 있는 비중이 한결같았던 것은 아니다. 구체적으로 접근할 경우에 그것은 상당히 다양하게 드러나는데, 이는 그만큼 모더니즘 시 자체가 상당한 변화를 겪으면서 오늘에 이르렀기 때문에 비롯된 현상이라고 할 수 있다. 따라서 1960년대 모더니즘 시의 문학사적 평가 또한 넓게는 모더니즘 시가 전반적으로 보여주었던 현대적 차원 구축과 관련해서, 좁게는 상당한 변화를 보여주었던 모더니즘 시 자체 내에서의 역할과 관련해서 살펴져야 하고, 나아가서는 양자가 결합된 차원에서 살펴져야 한다.

1960년대 모더니즘 시가 한국 현대문학사에서 차지하고 있는 의의는 '대상'을 대하는 태도에 초점을 맞출 경우에 분명하게 드러난다. 시인이 대상을 어떻게 대하는가의 문제는 모더니즘 시가 획득하려고 한 미적 모더니티의 구체적 양상과 직결된 것으로 우리 시의 현대적 차원 구축과 모더니즘 시의 변화 양상을 분명하게 보여주는 것이기 때문이다. 이 점은 이 시기 이전까지의 모더니즘 시의 경향을 살펴볼 때 보다 더 구체적으로 드러난다.

1930년대에 김기림, 정지용, 김광균, 이상 등이 문명, 사물, 의식과 무의식의 관계를 대상으로 한 이후로 우리의 모더니즘 시는 주로 대상을 통해서 시의 현대적 차원을 구축하려고 하였다. 1940년대에 김기림과 오장환이 정치적 차원에서 당시의 시대를 문제 삼으려고 했던 것도 그러한 맥락에서 파악될 수 있다. 물론 1930년대와 1940년대의 모더니즘 시가 그 대상을 어떻게 바라보아야 할 것인가를 대상 선택과 관련해서 고민하였음은

---

33) 김용직, 「1930년대 모더니즘 시의 형성과 전개」, 《현대시사상》 24, 고려원, 1995, p.86.

분명하다. 그렇지만 이 시기의 시는 상대적으로 대상을 대하는 태도보다는 대상의 소재에 치중하였다. 이러한 사정은 1950년대의 모더니즘 시에서도 크게 달라지지는 않는다.[34] 그렇지만 1950년대의 모더니즘 시는 '자기 인식'을 통해 현실과 주체의 연관을 직접적으로 드러냄으로써 이전의 모더니즘 시와는 다르게 대상에 대한 태도가 중요함을 인식하기도 하였다.[35] 그리하여 1950년대 모더니즘 시에 이르러서 우리의 모더니즘 시는 시의 창작에 있어서 대상에 대한 태도가 중요하다는 점을 어느 정도 분명하게 의식하기 시작하였다.

한국 현대문학사에서 1960년대의 모더니즘 시가 지니는 가장 커다란 의의는 그것이 시의 창작에서 대상에 대한 태도가 중요함을 본격적으로 인식하였다는 점에 있다. 앞에서 살펴보았던 것과 같이, 1960년대 모더니즘 시는 대상을 통해서 주체와 세계를 인식하려고 하였는데, 이는 이 시기의 모더니즘 시가 1950년대 모더니즘 시가 보여주었던 문제의식을 더욱 더 진지하게 바라보았기 때문에 가능한 일이었다. 그리하여 1960년대 모더니즘 시는 모더니즘 시의 모더니티 획득이 단순한 소재적 차원의 문제가 아니라 창작을 둘러싼 방법론적인 것임을 분명하게 보여주었다. 구체적으로 1960년대 모더니즘 시는 대상을 추상화하거나 구체화함으로써 모더니티의 획득 방법을 심화시켰는데, 전자는 김춘수, 문덕수, 그리고 현대시동인들의 시에서 잘 드러나고, 후자는 김수영과 송욱의 시에서 잘 드러난다.

'대상의 추상화'는 1930년대의 모더니즘 시와 1950년대의 모더니즘 시

---

34) 이러한 점은 1950년대 모더니즘 시가 부정적으로 평가되는 근거들 중의 하나이기도 하다. 1950년대 모더니즘 시를 부정적으로 평가하는 견해들은 1950년대 모더니즘 시가 1930년대 모더니즘 시의 아류에 지나지 않는다고 말한다. 그 대표적인 평가로는 김춘수와 김흥규의 것을 들 수 있다.

35) 이에 대해서는 졸고, 「1950년대 한국 모더니즘 시의 표상 연구」, pp.117~125 참고.

에서도 볼 수 있는 현상이었다. 하지만 이전의 모더니즘 시는 대상을 주로 기하학적 차원에서 추상화하였고, 추상화하더라도 그 의미를 삶의 방식과 적극적으로 연관짓지 못하였다. 그러나 1960년대의 모더니즘 시에서의 대상의 추상화는 이전의 모더니즘들에서의 그것과는 다르게 삶의 방식과 적극적으로 관계 맺고 있다. 이 점은 김춘수, 문덕수, 그리고 ≪현대시≫ 동인들의 시에서 구체적으로 드러난다. 김춘수의 시에서는 대상의 추상화가 완전한 존재로 나아가기 위한 전제로 나타나는데, 「타령조」 연작에서의 '관념'의 파괴와 「처용단장 제일부」의 '직접성'의 강조는 그 구체적인 보기이다. 그가 '무의미시론'을 내세우면서 의미 없는 시를 강조하였던 것도 바로 대상을 대하는 태도를 둘러싼 실험의 결과라고 할 수 있다. 이에 비해서, 문덕수의 시는 '선'과 '선'의 어울림을 통해서 시간의 공간화를 적극적으로 활용하는 가운데 대상을 추상화한다. 그리하여 그의 시에서는 '선'이 '언어'보다도 더 근본적인 것으로 드러나고, 인간의 구체적인 삶의 현장은 절대적·결정적인 '선'의 세계로 대체된다. ≪현대시≫ 동인들의 시적 실험 또한 주목할 만한 것인데, 이승훈의 경우에서 단적으로 드러나듯이 그것은 철저히 주관적·내면적 세계에서 이루어지는 것이자 동시에 대상 자체를 염두에 두지 않으려는 것이었다. 하지만 1960년대 모더니즘 시가 보여주고 있는 대상의 추상화는 세계가 상실되는 가운데 이루어진 것이었다. 이는 그들의 창작 방법의 새로움이 '언어'와 그에 준하는 '선'에 초점이 맞추어진 가운데 얻어진 것이었기 때문에 비롯된 현상이라고 할 수 있다.

1960년대 모더니즘 시가 보여준 대상의 추상화가 세계 상실의 위험을 지닌 것이었음에 비해서 '대상의 구체화'는 현실에 대한 관심을 기반으로 하고 있다. 비록 대상의 추상화에서 드러난 세계 상실이 현실로부터의 막연한 도피와는 다른 성격의 것이라고는 하지만, 세계 상실은 우리의 모더니즘 시가 현실과 적극적인 관계를 맺기 위해서는 극복되어야 할 것이라고 하지 않을 수 없다. 대상의 구체화는 우리의 모더니즘 시가 현실과 밀착될 수 있는 전기를 마련하고, 세계 상실의 위험을 극복할 수 있는 가능성을 보여준 것이라는 점에서 특히 주목할 만하다.

물론 모더니즘 시의 흐름에서 현실에 대한 관심은 이전의 시에서도 드러난 바 있다. 1930년대의 김기림과 1950년대의 김경린, 박인환, 김규동, 전봉건, 조향, 김수영 등과 같은 시인들 또한 현실에 대한 관심을 보여주었다. 하지만 이들의 시는 당대의 현실 자체에 주목하였다기보다는 문명 비판, 특히 전후 현실의 문명에 대한 비판이라는 어느 정도 보편성을 강조하는 차원에서 당대의 현실을 바라보았다. 그리하여 그들의 시에서는 현실에 대한 관심이 다소 피상적으로 드러난다.

이러한 피상성은 1960년대의 김수영의 시와 송욱의 시에서는 어느 정도 극복된다. 이들의 시는 시인이 현실에 대하여 적극적인 관심을 갖는다는 것 자체가 시적 모더니티를 확보할 수 있는 하나의 방법이라는 인식 아래 창작된 것으로서 이후로 우리의 모더니즘 시가 어떤 방향으로 나아가야 할 것인가를 잘 보여주었다. 특히 '뒤떨어져 있는 우리의 현실'에 관심을 기울이면서 일상생활에 은폐되어 있거나 감추어져 있는 대상의 면모를 산문적 형태와 일상어의 수용을 통해서 새롭게 형상화하고 있는 김수영의 시는 '추상적 형식주의(abstract formalism)'[36]에 대한 편향을 보였던 우리의 모더니즘 시가 당시까지 제대로 구현하지 못했던 아방가르드의 차원을 어느 정도 구현하였다는 점에서 높이 평가된다.

---

36) '추상적 형식주의'란 예술가의 추상적 환상이 세계와의 진정한 대면을 대신하게 되는 경우를 가리킨다. 그러니까 이것은 자신이 대하고 있는 절대적인 세계에 대해 제대로 대처할 수 없는 예술가가 그 대신에 자신의 자아에 나르시스적으로 몰입해 버리는 경우에 나타난다고 할 수 있다. 이에 대해서는 K. Harries, 앞의 책, pp.116~117 참조.

시의 창작에서 대상을 어떻게 볼 것인가는 매우 중요한 문제이다. 1960년대 모더니즘 시는 '대상'에 대한 태도와 관련된 다양한 실험을 보여주었다. 그리하여 이러한 실험을 통해서 한국의 현대시는 시와 언어의 관계나 시와 현실의 관계 등과 같은 근본적인 물음들을 진지하게 고찰할 수 있었고, 그 결과 시적 방법과 세계 인식 사이의 상관성을 자각할 수 있게 되었다. 이런 점에서 보자면, 1960년대의 모더니즘 시가 보여준 실험적 태도는 의미 있는 것이라고 하지 않을 수 없다. 비록 대상의 추상화와 대상의 구체화가 지나치게 양분되었다는 한계를 지닌다고 하더라도[37] 그러한 한계가 한국 현대시의 창작 방법에 있어서 1960년대의 모더니즘 시가 보여주었던 실험이 지닌 의의를 가릴 수는 없다. 1970년대와 1980년대의 모더니즘 시가 시 창작 방법과 현실 사이의 관계를 적절하게 조정하면서 현대시의 새로운 모습을 보여줄 수 있었던 것도 바로 1960년대 모더니즘 시의 공이라고 할 수 있다.

5. 결론

지금까지 1960년대 모더니즘 시가 지닌 창작 방법의 새로운 면모와 그 역동성에 대해서 살펴보았다. 1960년대의 모더니즘 시의 창작 방법

---

[37] 1960년대의 모더니즘 시에서는 그 창작 방법에 있어서 추상적 경향과 구체적 경향이 긴밀한 관계를 형성하지 못하고 분리되어 존재하였던 것도 부인할 수 없는 사실이다. 구체적으로 김춘수를 위시로 한 대상의 추상화는 언어적 차원에서 실재를 추구하려고만 하였고, 김수영을 위시로 한 경향은 사회적 차원에서 실재를 추구하려고만 하였던 것이다. 이러한 현상은 1960년대 모더니즘 시의 한계라고 할 수 있다. 왜냐하면 추상적 경향과 구체적 경향의 병존하는 것은 어느 시기에서나 볼 수 있는 현상이라고 할지라도 그것은 극복·지양되어야만 하는 현상이기 때문이다.

이 지닌 새로움은 크게 두 가지 방향에서 나타났다. 하나는 김춘수, 문덕수, ≪현대시≫ 동인들의 시에서 볼 수 있는 대상의 추상화 경향이고, 다른 하나는 김수영과 송욱의 시에서 볼 수 있는 대상의 구체화 경향이다.

　대상을 추상화하려는 경향의 시들은 전반적으로 대상을 언어나 기하학적 차원에서 바라보고 있으나 그 양상은 다양하게 드러난다. 구체적으로 김춘수의 시들은 대상을 관념과 동일시하면서 관념 파괴의 면모를 보여주었으며, 문덕수의 시는 언어보다도 '선'을 근간으로 하여 현실 세계의 기본 질서를 드러내려고 하였다. 이에 비해서 ≪현대시≫ 동인들의 시는 언어를 대상으로 한다는 점에서는 김춘수의 시와 동일하나 내면세계를 대상으로 한다는 점에서 차이를 보여주었다. 하지만 그 다양함에도 불구하고 대상을 추상화하려는 시들은 구체적인 현실 세계와는 무관한 세계를 보여주면서 간접적으로 현실을 드러낸다는 점에서 공통된다. 이에 비해서 대상을 구체화하려는 경향의 시들은 현실에 깊은 관심을 보여주었다. 김수영과 송욱의 시에서 대표적으로 드러나듯이 이러한 경향의 시들에서는 당대의 현실에 대해 깊은 관심을 갖는 것이 바로 시적 모더니티를 획득하는 방법이었다. 특히 김수영의 시는 일상적 시·공간의 범주 내에서 대상을 구체화하려고 하였으며, 그 시어 또한 일상어에 가까운 방식으로 사용함으로써 새로운 면모를 보여주었다.

　1960년대 모더니즘 시가 보여주었던 '추상화'와 '구체화'는 우리의 모더니즘 시의 창작 방법을 심화시켰다. 즉, 대상을 대하는 태도를 중시함으로써 이 시기의 모더니즘 시는 시와 언어의 관계, 시와 현실의 관계를 본격적으로 문제 삼을 수 있었고, 그리하여 한국 현대시의 창작 방법을 확대하고 심화시켰던 것이다. 1960년대 모더니즘 시인들 중에서도 김춘수와 김수영의 시 창작 방법은 특히 많은 공헌을 하였는데, 그 중에서도 김수영의 시는 우리의 모더니즘 시가 현실에 대한 깊은 관심 속에서 모더니티를 획득할 수 있는 하나의 방향성을 제시하였다. 비록 이 시기의 모더니즘 시의 창작 방법이 추상적·구체적 경향으로 지나치게 양분되어 있었던 것이었다고 할지라도, 그것이 이후의 한국 모더니즘 시에 끼친 공은 결코 부정될 수 없다.

1960년대 모더니즘 시의 창작 방법에 대한 논의는 동 시기의 다른 경향의 시가 지닌 창작 방법을 포괄할 때라야 비로소 충분히 이루어질 수 있다. 그럼에도 불구하고 여기에서는 다른 경향의 시가 바탕으로 하고 있는 창작 방법에 대해서는 전혀 다루지 못하였다. 이는 다음의 과제로 남겨두기로 한다.

제3장 1960년대 동인지 ≪현대시≫와 환상

1. 서론

  '전후 모더니즘 시'[1]의 하위범주로서의 1960년대 모더니즘 시는, 당시의 시대 상황과 긴밀하게 연관되어 있는 '미적 자의식'에 바탕 하여 미적인 현대성을 추구함으로써 이전 시대의 모더니즘 시에서 드러난 여러 가지 문제점들에서 벗어나려고 했다. 1962년에 등장하여 1972년에 자취를 감추기까지 근 10여 년 동안 한국 시단에 적지 않은 공적을 남긴 것으로 알려져 온 동인지 ≪현대시≫는 그 대표적인 경우라고 할 수 있다. ≪현대시≫ 동인들은 '언어'와 '내면'에 주목하면서 모더니즘 시의 한 차원을

---

1) 여기에서 '전후 모더니즘 시'란 1950~60년대에 등장하였던 모더니즘 시들을 가리킨다. '전후 모더니즘 시'는 1950년대의 모더니즘 시만을 가리키는 것으로 사용되기도 한다. 그렇지만 여전히 '전후 사회'의 자장 안에서 그 창작활동이 영위되었다는 점에서 1960년대의 모더니즘 시 또한 '전후 모더니즘 시'의 범주에 속한 것으로 보아야 할 것이다. 특히 '전후'라는 용어가 단지 6·25만을 가리키는 것에서 벗어나서 그 의미망이 인간 실존의 보편성과 한계성 및 이데올로기의 대립으로 인한 민족과 국가의 분단이라는 특수한 상황에 동시적으로 펼쳐져 있다는 점에서 '전후'의 의미망은 시기적으로 적어도 1960년대까지는 확산되지 않으면 안 된다.

개척하려고 많은 애를 썼다. 現代詩史에서 1960년대가 '실험의 시대'로 불릴 수 있었던 것도 어찌 보자면 ≪현대시≫가 보여주었던 그러한 노력들에 힙입은 바가 크다고 할 수 있다. 따라서 전후 모더니즘 시가, 특히 그 하위범주인 1960년대 모더니즘 시가 '전후'라는 특수한 시대 상황에서 어떤 공과를 낳았던가를 살펴보는 데 있어서는 다른 무엇보다도 동인지 ≪현대시≫에 대한 주목이 필요하다고 하겠다.

최근에 이르러 동인지 ≪현대시≫에 대한 관심이 높아졌음에도 불구하고, 여전히 동인지 ≪현대시≫에 대한 지금까지의 연구 성과는 그렇게 풍족한 편이 못된다.[2] 비록 ≪현대시≫ 동인들의 시를 대상으로 한 개별 시인들에 대한 연구 성과가 상당할 정도로 축적되어 있다고는 하지만, 그것들을 통해서 동인지 ≪현대시≫의 특성을 살펴보기는 결코 쉽지 않다. 동인지 ≪현대시≫만을 대상으로 한 기존의 연구들이 ≪현대시≫를 대하는 관점은 크게 '내면세계의 탐구', '언어의 탐구', '무한한 자유와 가능성의 세계 추구', '60년대의 현실에 대한 미적 저항' 등으로 모아진다. 즉, 기존의 연구들은 ≪현대시≫가 1960년대의 시대 현실에 대한 미적 저항으로 '내면세계'와 '언어'를 탐구하였고, 그를 통해서 '무한한 자유와 가능성의 세계'를 추구하였던 것으로 파악하고 있다. 이러한 고찰이 ≪현대시≫의

---

2) 그 대표적인 연구성과들은 다음과 같다. 이창용, 「1960년대 '현대시' 동인 연구」, 한양대 석사학위논문, 1999.6 ; 정효구, 「한국 1960년대 동인지 ≪현대시≫ 연구」, 『개신어문연구』 제16집, 1999.12 ; 고명수, 「60년대 ≪현대시≫ 동인의 문학적 성격」, ≪문학과창작≫, 1998년 4월호 ; 허혜정, 「60년대 '현대시' 동인들의 시운동과 시사적 위치」, ≪현대시학≫, 1996.6 ; 최라영, 「「내면」의 폭과 넓이와 깊이―현대시 동인지의 전개과정」, ≪현대시학≫, 2005년 1월호 ; 김은영, 「≪현대시≫ 동인의 시 의식과 미적 지향성」, 『한국문예비평연구』 제19호, 2006.4 ; 박슬기, 「1960년대 동인지의 성격과 ≪현대시≫ 동인의 이념」, 『한국시학연구』 제18호, 2007.4 ; 이새봄, 「≪현대시≫ 동인 시의 서정성 연구」, 『한국현대문학연구』 제22집, 2007.8 ; 윤의섭, 「초기 ≪현대시≫ 동인 모더니즘 시의 수사학적 인식」, 『현대문학이론연구』 제32집, 2007.12.

특성을 잘 지적하고 있는 것임은 물론이다. 그럼에도 불구하고 이 글이 또 다시 동인지 ≪현대시≫를 거론하려고 하는 것은 기존의 연구들이 동인지 ≪현대시≫에 실려 있는 시들에서 드러나는 시적 주체의 욕망을 상대적으로 소홀하게 다루고 있으며, 시적 주체의 욕망을 다루고 있는 경우라고 하더라도 그 시적 주체의 욕망을 타자적 관점에서 적극적으로 해명하지 못하고 있다는 판단에서이다.

이러한 관점에서 이 글에서는 동인지 ≪현대시≫에 실려 있는 시들에서 나타나는 '환상'을 정신분석학적인 관점에서 조명함으로써 동인지 ≪현대시≫가 추구하려던 것이 실제로는 그를 둘러싼 타자의 것과 깊이 관련되어 있음을 밝혀보려고 한다. '환상'은 어떤 주체가 법칙에 의해 금지된 욕망들을 환각적인 방식으로 실현하는 것이자 동시에 상징적 거세의 개입을 설정하는 행위가 상연되는 것이기도 하다. "환상적인 서술은 법칙의 중단이나 위반을 상연하는 것이 아니라, 상징적 거세의 개입을 설정하는 바로 그 행위를 상연하게 된다. 그래서 '환상'이 궁극적으로 상연하려고 하는 것은 '상징적 거세'라는 불가능한 장면이다."[3]라는 지젝의 지적에서도 볼 수 있는 것과 같이, '환상'에서 '상징적 거세의 개입 설정'은 매우 중요한 속성이라고 할 수 있다. 따라서 '환상'은 동인지 ≪현대시≫, 나아가서는 전후 모더니즘 시의 하위 범주인 1960년대 모더니즘 시에서의 주체의 욕망과 타자성의 관계를 밝힐 수 있는 매우 유효한 방법이라고 하지 않을 수 없다.

논의의 순서는 다음과 같다. 먼저 제2장에서는 동인지 ≪현대시≫에 나타난 '환상'이 어떤 거점에서 이루어지고 있는가를 '언어'와 '내면'에 주목하여 살펴볼 것이다. 그런 다음 제3장에서는 동인지 ≪현대시≫에 실려

---

3) 슬라보예 지젝, 김종주 옮김, 『환상의 돌림병』, 2002, p.35 참고.

있는 시들에서 나타나는 주요 환상들을 중심으로 시적 주체의 욕망이 타자적 욕망과 어떻게 결부되어 있는가를 구체적으로 살펴볼 것이다. 여기에서는 동인지 ≪현대시≫에 실려 있는 시들 중에서도 특히 환상의 면모를 잘 드러내고 있는 김영태, 이승훈, 이유경의 시들을 집중적으로 살펴볼 것이다. 마지막으로 제4장에서는 동인지 ≪현대시≫에 나타난 환상이 어떤 의의를 지니고 있는가를 시대 상황과 전후 모더니즘 시의 맥락에서 살펴볼 것이다.

2. 환상 창출의 바탕으로서의 '언어'와 '내면'

'환상'에는 주체의 욕망과 타자의 욕망 사이의 미묘한 관계가 들어 있다. 달리 말하자면, '환상'은 주체의 욕망뿐만 아니라 타자의 욕망 또한 상연되고 있는 일종의 무대이다. 그런데 '환상'이 상연되는 이러한 무대는 단지 특정한 시·공간에만 한정되지는 않는다. 동인지 ≪현대시≫에 실려 있는 시들에서 볼 수 있듯이, 그것은 '방'이나 '지하실'이나 '유년' 등과 같은 구체적인 시·공간일 수도 있으며, '언어'와 같은 시 창작에서의 매체나 시인의 '내면'일 수도 있다. 여기에서 전자가 구체적인 작품들에서 시적 주체가 펼쳐내는 환상의 무대라면, 후자는 시인이 펼쳐내는 환상의 무대라고 할 수 있다. 따라서 동인지 ≪현대시≫에 실려 있는 작품들에서 드러나는 환상이 지닌 특성을 분명하게 규명하기 위해서는 그 바탕이라고 할 수 있는 시인의 환상에 대해서 먼저 주목할 필요가 있다.

≪현대시≫ 동인들은 ≪현대시≫가 본격적으로 출발되었다고 볼 수 있는 제6집 이후로 줄기차게 '언어'와 '내면'에 주목하였다. 어떤 시도 '언어'와 '내면'에서 결코 자유로울 수는 없는 것이라는 관점에서 보자

면, ≪현대시≫의 동인들이 이처럼 '언어'와 '내면'에 깊은 관심을 기울였다는 점은 특기할 만한 사항이 아닌 것처럼 보일 수도 있다. 그렇지만 '언어를 어떻게 바라볼 것인가?'와 '내면의 레알리떼를 어떻게 추구할 것인가?'라는 물음 자체가 시 창작의 근본적인 힘으로 작용하였을 경우에는 사정이 달라질 수 있다. 동인지 ≪현대시≫에서 '언어'와 '내면'은 바로 그러한 경우에 해당한다. ≪현대시≫ 동인들에게 있어서 '언어'와 '내면'은 그들의 작품에서 환상이 창출되는 바탕이었다.

동인지 ≪현대시≫에서 '언어'와 '내면'에 대한 관심은 불가분리의 관계에 있다. 즉, ≪현대시≫에서 '언어'는 곧 '내면'과 관련된 것이요, '내면'은 곧 '언어'를 통해서 구현될 수 있는 것이다. 이러한 점에서 "언어는 우리가 소박하게 믿고 있듯이 현실을 지시하는 게 아니라 현실과는 관계가 없는 자율성의 세계"[4]라는 이승훈의 지적은 동인지 ≪현대시≫에서의 '언어'와 '내면' 사이의 관계를 매우 적확하게 포착하고 있는 것이라고 할 수 있다. 그렇다면, ≪현대시≫ 동인들이 이토록 '언어'와 '내면'에 관심을 기울일 수밖에 없었던 이유는 무엇일까? 특히 그들로 하여금 의식적으로 '언어'와 '내면'에 집착할 수밖에 없게 하면서 그들에게 다양한 환상들을 창출하게 만들었던 것은 무엇일까? 이러한 물음들에 대한 대답의 실마리는 우선적으로 ≪현대시≫ 제6집에 실려 있는 신동집의 「시를 위한 빵세 「Ⅱ」」에서 찾아볼 수 있다.

① 詩人은 言語에 到達할 수가 없다. 言語는 深淵이기 때문에. 詩는 深淵의 藝術이다.
② 詩人 속의 人間과 詩 속의 言語, 어느 것이 더 重要할까. 이것은 愚問中의 愚問이다. 어머니와 아버지, 어느 편이 더 重要할까, 이것이 愚

---

4) 이승훈, 『한국 모더니즘 시사』, 문예출판사, 2000, p.240.

問中의 愚問이듯이.

③ 言語와 言語와의 關係는 곧 詩에 있어 言語와 世界와의 關係를 말한다. 世界는 言語 속에 있으면서도 言語 밖에 있는 生命이다. 世界는 言語 밖에 있는 生命이면서도 言語 속에 있는 小宇宙다.

④ 技術 혹은 技法이란 말을 가령 使用한다면, 詩의 技術이란 詩에 관한 技術이 아니라 詩 그 自體의 技術이다. 言語를 道具로 생각할 때 詩의 技術은 詩에 관한 技術로 떨어진다. 詩의 技術을 디자인의 技術로 混同하지 말라.

⑤ 散文에 包圍된 詩의 絶望을 모른다면 거기서 脫走하려는 詩의 希望도 모른다.

⑥ 자기자신의 비밀의 언어를 갖지 않는 시인이란 믿을 수 없다. 사상, 철학등 모든 것을 걸러버려도 여전히 남아 있는 인식의 극치, 생명의 극치, 이러한 시, 이러한 시인.

⑦ 詩의 沈默을 모른다면 詩의 肉聲도 모른다. 詩의 肉聲은 詩의 沈默 속에 있다. 그러나 詩의 沈默은 詩의 肉聲 속에 있다. (각 항 앞의 숫자는 필자가 붙인 것임)

— 신동집, 「시를 위한 빵세 「Ⅱ」」[5] 중에서

인용문은 「시를 위한 빵세「Ⅱ」」라는 에세이에서 '언어'와 관련된 항목들만을 열거한 것이다. 여기에서 신동집은 시인에게 '언어'가 매우 중요함을 강조하면서, 시의 속성과 시가 나아가야 할 바를 전반적으로 '언어의 속성'과 관련해서 찾고 있다. 그는 먼저 ①의 '언어의 심연'과 '심연의 예술로서의 시'와 ②의 '시 속 언어의 중요성'을 통해 시가 언어에 기반하고 있음을 내세운다. 시와 언어에 대한 그의 이러한 태도는 ③의 '시의 언어와 세계와의 관계', ④의 '시의 기술', 그리고 ⑦의 '시의 침묵과 육성' 등에서는 시의 내적인 특성에 대한 언급으로 이어지는 바, 이들을 통해서 그가 내세우고 있는 시의 양가성 또는 시의 딜레마는 은근히 시인들로 하

---

5) 신동집, 「시를 위한 빵세「Ⅱ」」, ≪현대시≫ 제6집, 1964.11, pp.230~235.

여금 시를 새롭게 인식할 필요가 있음을 촉구하는 것이기도 하다. 이런 점에서 ①, ②, ③, ④, ⑦은 ≪현대시≫ 동인들이 '언어'와 '내면'에 관심을 기울일 수밖에 없었던 일반적인 이유에 해당한다고 할 수 있다. 이들에 비해서 ⑤와 ⑥은 좀 더 다른 주목을 요한다. ⑤의 '산문에 포위된 시의 절망'과 ⑥의 '자기 자신의 비밀의 언어를 갖지 않는 시인'은 당시에 ≪현대시≫ 동인들이 '산문의 언어'와, '자기 자신의 비밀의 언어를 갖지 않는 시인'에 내재되어 있는 '공개적 언어'로부터 상당한 위협을 느끼고 있었음을 잘 말해준다. 그런 점에서 이들은 ≪현대시≫ 동인들이 '언어'와 '내면'에 관심을 기울일 수밖에 없었던 구체적이면서 특별한 이유에 해당한다고 말할 수 있다.

신동집의 언급을 통해 살펴본 바와 같이, ≪현대시≫ 동인들은 다른 무엇보다 당시의 '산문적 언어'와 '공개적 언어'로부터 상당한 위기감을 느꼈던 것으로 보인다. 그리고 그러한 위기감에서 시인들이 벗어날 수 있는 길, 달리 말하자면 '시의 희망'을 찾을 수 있는 길은 다름 아닌 '자기 자신의 비밀의 언어'였던 것으로 보인다. 그렇다면, 많은 사람들이 공유하거나 많은 사람들에게 개방될 수 있는 언어가 아닌 '자기 자신의 비밀의 언어'란 그들에게는 어떤 것이었을까? 그것은 다름이 아니라 '산문적 언어'가 아닌 '시적 언어', 곧 시인의 비밀스런 '내면'을 담아내는 언어였다고 할 수 있다. 동인지 ≪현대시≫가 제6집의 '후기'에서 '내면의 레알리떼'를 강조하였던 것도 그러한 맥락에서 이해할 수 있다.

"역시 詩의 오브제로서의 言語를 긍정하지만 暗示言語에 한정된 그 局限性을 우리는 떠나 있다. 그것은 獨立되어진 한 개의 言語로서의 어떤 效能을 노리나 우리는 쎈텐스 속에서 그것의 效能을 찾고 있는지도 모른다. 또 종래의 하이덱거의 存在論的인 趣向을 지녔던 一部의 우리 詩들이 小品的 秩序의 感覺性에서 더 앞서지 못했으나 우리는 內面의 레아리떼를 좀더 아픈 땀의 集積으로 포착하려 하고 있다고도 보아질 것이다."[6]

위의 인용문은 동인지 ≪현대시≫가 제6집에서부터 '시의 오브제로서의 언어'와 '내면의 레아리떼'에 관심을 기울이고 있었음을 구체적으로 보여주는 대목이다. 여기에서 특히 주목할 점은 그들이 '시의 오브제로서의 언어'를 '단어' 차원에서가 아니라 '문장' 차원에서 추구하려고 하였으며, '내면의 레아리떼'를 '소품적 질서의 감각성'이 아니라 '아픈 땀의 집적'으로 포착하려고 했다는 사실이다. 이러한 점들이 특별한 주목을 필요로 하는 것은 그것들이 동인지 ≪현대시≫가 '자기 자신의 비밀의 언어'를 어떤 방식으로 추구하려고 했던가를 보여줄 뿐만 아니라 동인지 ≪현대시≫가 무엇으로부터 벗어나려고 했던가 또한 잘 보여주고 있기 때문이다. 단적으로 말해서 동인지 ≪현대시≫는 한편으로는 '시의 오브제로서의 언어'를 '단어' 차원에서 추구하였던 조향을 위시로 한 초현실주의적 경향으로부터, 다른 한편으로는 외부의 '소품적' 대상이 지닌 질서를 '감각적'으로 포착하려고 하였던 이전 시대의 이미지즘적 모더니즘 시의 경향으로부터 벗어나 '문장' 차원에서 시의 암시성을 살려내면서 '내면의 레아리떼'를 추구하려고 했던 것이다.

이렇게 보자면, ≪현대시≫ 동인들이 '언어'와 '내면'에 깊은 관심을 기울일 수밖에 없었던 것은 첫째로는, '산문적 언어'와 '개방적 언어'로부터의 위협에서 벗어나려는 의식적 · 무의식적 욕구와, 둘째로는 이전 모더니즘 시의 경향에 대한 불만과 그러한 불만을 그와는 다른 경향을 통해서 해소하려는 의식적 · 무의식적 욕구와 긴밀하게 관련되어 있다고 할 수 있다. 그래서 동인지 ≪현대시≫에서 '언어'와 '내면'은 넓은 의미에서는 그 자체로 시인의 욕망과 그러한 시인의 욕망을 통해서 드러나는 타자의

---

6) 후기, ≪현대시≫ 제6집, p.262.

욕망이 펼쳐지고 있는 '환상' 공간으로서의 역할을 할 수 있었던 것이다. 그러므로 동인지 ≪현대시≫에 실려 있는 시들에서 나타나는 환상들을 고찰할 경우에는 그것들이 이러한 '언어'와 '내면'이라는 불가분리의 환상 공간에서 창출된 것이라는 점을 적극적으로 고려하지 않으면 안 된다.

환상이 창출되는 공간으로서의 '언어'와 '내면'을 고려할 때, 동인지 ≪현대시≫에 실려 있는 시들에서 나타나는 환상들은 크게 다음과 같은 세 유형으로 분류될 수 있다. 시적 주체가 대상과 합일하는 양상으로 드러나는 '합일' 환상이 첫 번째 유형이라면, 시적 주체나 대상의 변신과 관련된 '변신' 환상이 두 번째 유형이며, 시적 주체를 비롯한 만유에 존재하고 있는 죽음과 관련된 '죽음' 환상이 세 번째 유형이다. 이러한 유형들은 그 하위에서 볼 수 있는 구체적인 환상 유형들을 포용하면서 동인지 ≪현대시≫에 실려 있는 시들에서 나타나는 환상이 지니는 특성들을 매우 잘 보여준다. 따라서 동인지 ≪현대시≫의 환상을 제대로 이해하기 위해서는 거기에 나타나는 환상들이 '언어'와 '내면'이라는 넓은 범주의 환상 공간에서 어떻게 시적 주체의 욕망과 그러한 시적 주체의 욕망을 통해서 드러나는 타자의 욕망을 펼쳐 보여주고 있는가를 눈여겨볼 필요가 있다. 이에 대해서는 다음 장에서 구체적으로 살펴보기로 한다.

3. 환상에 의한 타자적 욕망에의 대응

1) '합일' 환상: 분별적 세계에 대한 감각적 스며들기

동인지 ≪현대시≫에 실려 있는 시들에서 우선적으로 주목할 수 있는 환상은 '합일' 환상이다. 여기에서 '합일' 환상이란 시적 주체와 대상이 합일하는 양상을 매우 환각적인 방식으로 보여주고 있는 경우를 말한다. 동인지 ≪현대시≫에 실려 있는 시들 중에서도 김영태가 발표했던 시들에서 이러한 환상이 잘 나타난다.[7] 그는 ≪현대시≫에 총 12편의 시들을 발표하였는데, 그것들 중에서도 '환상'이 강하게 드러나 있는 것은 「유태인이 사는 마을의 겨울(Ⅱ)」, 「유태인이 사는 마을의 겨울(Ⅳ)」, 「월광(Ⅰ)」, 「월광(Ⅱ)」, 「목관악기」, 「방」, 「실수」 등이다. 이 시들에서 시인은 '회화'와 '음악'을 가로지르는 상상력에 의해 시어들을 엮어냄으로써 그 이전의 시들에서는 쉽게 볼 수 없었던 독특한 '합일' 환상을 창조해낸다. 「유태인이 사는 마을의 겨울(Ⅳ)」과 「방」은 이러한 '합일' 환상이 시적 주체의 어떤 욕망과 결부되어 있는가를 잘 보여준다.

> ①
> 아내의 태협이 풀어지면, 되감는
> 官能의 손가락은
> 샤갈의 時計속에 들은
> 사랑의 錘를
> 一齊히 흔들리게 한다
> 나의 아내는,
> 不可思議한 벼슬이
> 온 몸에 돋아나고
> 時刻을 망각한
> 내 사랑의 錘는
> 一角大門안에서
> 샤갈의 時計속에 들어가

---

7) 김영태는 ≪현대시≫의 동인으로 제6집(1964.11)에서 제15집(1968.2)까지 활동하였던 시인이다. ≪현대시≫가 1962년부터 1972년까지 근 10여년이 넘는 기간동안에 총 26집까지 간행되었다는 점에서 보자면 그가 ≪현대시≫에서 차지하는 비중은 그렇게 썩 커 보이는 것 같지는 않다. 그러나 「유태인이 사는 마을의 겨울(Ⅱ)」과 「월광(Ⅰ)」 등을 비롯하여 그가 발표했던 총 12편의 작품들은 그의 비중이 상당했음을 잘 보여준다.

풀어져버린 아내의
官能의 태협을 되감는다.
―「유태인이 사는 마을의 겨울(Ⅳ)」 부분

②
빈 택시가 멎었다
안개 때문에
輪廓만 보이는 집,
구름 속에 창문이
열려 있었다
나는
층계를 올라 간다
上體만 움직인다
망각의 房을 열면
木椅子가 하나,
접시 위에
銀 스푼,
침묵에서 현재,
현재의 나는
망각의 房을 연다
나는
헤어날 수 없는 거리에서
近親相姦으로
기울어져간다
偉大한 道德보다
法律의 非文書보다도
人間의 손으로
그 女子의
흰 丘陵을 어루 만진다
―「房」 후반부

인용된 시들에서는 공통적으로 남녀 사이의 '성행위'와 관련된 환상이 펼쳐지고 있다. 구체적으로 ①에서는 '나'와 '아내'가 '샤갈의 시계' 안에서 벌이는 '성행위'가, ②에서는 '나'와 '그 여자'가 '망각의 방'에서 벌이는 '성행위'가 펼쳐지고 있다. ①에서의 '관능의 손가락', '사랑의 추', '태협을 되감는다' 등과 ②에서의 '근친상간'과 '흰 구름을 어루 만진다'는 이러한 '성행위'에 대한 비유적 또는 직접적인 표현들이다. 이러한 '성행위'와 관련된 환상이 시적 주체의 '합일'에의 욕망을 담고 있음은 물론이다. 그런데 여기에서 특히 주목해야 할 점은 시적 주체의 그러한 '합일'에의 욕망이 단순히 인간의 원초적 본능에 대한 욕망만을 의미하는 것은 아니라는 것이다. 그것은 원초적 본능에 대한 욕망을 뛰어 넘어서 '무분별한 합일'에의 욕망, 구체적으로는 원초적 본능에 의한 무분별한 합일에의 욕망이라고 할 수 있다. ①에서 '샤갈의 시계' 안에서의 '성행위'로 인해서 '아내'가 '불가사의한 벼슬'을 지닌 '새'로 변신되는 것이라든지, ②에서 '성행위'가 '나'로 하여금 모든 것을 잊어버리게 만드는 '망각의 방'에서 이루어지고 있으며, 시적 주체가 '근친상간'이라는 '금기'조차도 '도덕'이나 '법률'이 아닌 '인간'이라는 이름으로 내세우고 있는 것은 그 좋은 예이다.[8]

「유태인이 사는 마을의 겨울(IV)」과 「방」에서 볼 수 있는 것과 같이, 김영태의 시에서 드러나는 환상들은 대체로 '무분별한 세계'에 대한 시적

---

8) 김영태의 시에 나타나는 '방'에 대해서 서진영은 "'방' 바깥을 지배하는 관습이나 제도 등의 현실적 원리가 전혀 침범하지 못하는 관능적인 '방'은 현실적으로는 금기시되고 억압되는 성적 본능이 충만하게 지배하는 이질적인 공간이다"라고 하면서 '성적 본능'을 강조한 의미 있는 지적을 한 바 있다. 그렇지만 이러한 지적은 지나치게 '여성의 육체'를 강조한 나머지 '방'이 지닌 '무분별의 세계'로서의 특성을 밝히는 데까지는 이르지 못하고 있다. '샤갈의 시계'가 관능적인 방이자 동시에 예술의 세계일 수 있는 것과 같이, 김영태의 시에서 '방'은 관능의 공간을 넘어선 무분별의 세계라고 할 수 있다. 인용문은 서진영, 「1960년대 모더니즘 시의 공간의식 연구」, 서울대 박사학위논문, 2005, p.109.

주체의 욕망을 담고 있다. 그런데 한 가지 중요한 점은 시적 주체의 이러한 욕망이 '분별의 세계'로부터의 위협, 더 정확하게 말해서 '분별의 세계'로서의 타자에 의한 '상징적 거세'의 위협에 대한 대응일 수 있다는 것이다. 김영태의 시에서 이러한 '상징적 거세'의 위협은 "자정이 넘어서/ 저놈은 肅然해진다/ 정신은 더욱 滔滔해지고/ 倨慢해지고 저놈은/ 비로서 상대방을 일단/ 敵으로 간주한다"(「개」 중에서)[9]의 '개'와 같이 타자를 '적'으로 규정하는 세계이다. 그러니까 시적 주체는 타자를 '적'으로 규정할 수밖에 없는 '분별의 세계'에서의 '상징적 거세'의 위협에 '무분별한 세계'에 대한 욕망을 담은 '합일' 환상을 통해서 대응하고 있는 것이다.

'합일' 환상에서 드러나는 '분별의 세계'에 대한 이러한 시적 주체의 대응 방식이 갖는 의미는, 그러한 '합일' 환상의 상위 범주라고 할 수 있는 '언어'와 '내면'과 결부될 때 더욱 분명해진다. '분별의 세계'가 언어의 '외연적 세계' 또는 '산문적 세계'의 속성이라고 한다면, '합일' 환상에서 드러나는 '무분별한 세계'에의 욕망은 언어의 '외연적 세계' 또는 '산문적 세계'가 지닌 위협을 언어의 '내포적 세계' 또는 '시적 세계'를 통해서 넘어서려는 시인의 욕망과 관련되어 있다고 할 수 있다. 이 점은 김영태의 시에서 드러나는 환상들이 '감각적'인 '스며들기'에 의해서 시어들을 결합해내고 있다는 점에서 잘 확인해 볼 수 있는 바, 특히 시인은 '미술'이나 '음악'과 같은 '예술 언어'를 적극적으로 활용하여 시어들의 자유스러운 결합을 이끌어내고 있다. 이러한 면모는 「猶太人이 사는 마을의 겨울(II)─幼年詩」와 「월광II」에서 특히 잘 드러난다.

①
청진동 선지국집 온돌방에

---

9) ≪현대시≫ 제12집, 1967.4, p.418.

어린 슬라브 騎士는
순진한 말을 타고
대못위에 걸린
죽은 外套를
투창으로 찌른다
유리그릇에 갇힌
아라베스크의 우중충한
별을 찌른다
聖經과
기운빠진 암소를 명중한다
구두속에 들은 新婦의
이쁘고 살찐 발바닥을
혀가 疾走하는
은혼식날
선량한 樂師들은
청진동 선지국집 온돌방의
장판지속을 뛰쳐 나온다
　　　　― 「猶太人이 사는 마을의 겨울(Ⅱ)-幼年詩」10) 일부분

②
門이 열린다
月光의
브드러운 손길
月光으로 열리는
아내의 입술
門은
軟한 혀가
열고 들어가
안개가 자욱한 아내의
눈을 감긴다
눈을 뜬다

---

10) ≪현대시≫ 제6집, pp.246~247.

城안의
한포기의 풀
昆蟲의 수염에 매달린
五色의 실러블
돌 속에 헤엄치는
브드러운 내 月光의
혀는
접시속에 들은
果實에 스민다
하얀 거울에
미끄러운 바다
門이 열린다
月光으로 열리는
아내의 입술
수염에 매달린
五色 실러블이 흔들린다

　　　　　　　　　　— 김영태의 「월광Ⅱ」[11] 전문

　①과 ②에서 시어들 사이의 결합은 매우 자유스럽다. 마치 규정적이고
분별적인 언어의 세계, 특히 언어들 사이의 결합을 일정 정도 제한하려는
외연의 세계에 의도적으로 균열을 일으키기라도 하려는 듯이, 사물의 실
체나 사물들 사이의 연관을 대하는 시적 주체의 목소리는 매우 자유롭다.
구체적으로 ①의 "구두속에 들은 新婦의/ 이쁘고 살찐 발바닥을/ 혀가 疾
走하는/ 은혼식날/ 선량한 樂師들은/ 청진동 선지국집 온돌방의/ 장판지속
을 뛰쳐 나온다"에서 볼 수 있는 것과 같이 시적 주체의 목소리는 상식적
인 견지에서는 전혀 가능하지 않는 장면을 시어들 사이의 자유스러운 연
결을 통해 펼쳐 보여준다. 마치 '샤갈의 그림'에서의 사물들 사이의 연관

11) ≪현대시≫ 제8집, 1965.10, pp.286~287.

을 되살려 내려는 듯이, 시인은 시적 주체에게 상당한 자유를 허용하고 있다. 이에 비해서 ②에서는 사물들 사이의 연관에서의 자유로움뿐만 아니라 사물들 사이로 스며들려는 시적 주체의 욕망 또한 강하게 드러난다. ②에서 '열린다', '스민다', '미끄러운', '흔들린다' 등 부드러운 스며듦과 관련된 시어들이 감각적으로 제시되고 있는 것도 이러한 맥락에서 이해될 수 있다. ①과는 다르게, 시인은 ②에서 '음악적 언어'의 특성을 적극적으로 활용하면서 매우 감각적이면서도 환상적인 장면을 연출해낸다.[12]

이처럼, 동인지 《현대시》에 발표되었던 김영태의 시들에서 나타나는 '합일' 환상에서는 '무분별한 세계'에 대한 시적 주체의 욕망과, '분별의 세계'로서의 타자에 의한 '상징적 거세'의 위협이 함께 들어 있다. 시인은 '미술'이나 '음악'과 관련된 '예술적 언어'를 적극적으로 활용한 '감각적 스며들기'를 통해 그러한 '상징적 거세의 위협'에 대응하려고 하였다. 이런 점에서 보자면, 김영태의 시들을 비롯하여 동인지 《현대시》에 실려 있는 시들에서 빈번하게 '예술의 언어'가 등장하였다는 점은 '언어'와 '내면'을 중시하였던 동인지 《현대시》가 '분별의 세계'에 대응하여 '무분별한 세계'를 욕망하는 가운데 환상을 창출했던 하나의 방식이었다고 할 수 있다.

---

12) 이 시에서 '월광'은 '자연현상'과 '음악작품'을 모두 가리키는 중의적인 의미를 지닌다. '월광'이 '음악작품'을 가리키는 것으로 해석될 수 있는 여지는 이 시에 '음절'을 뜻하는 음악용어인 '실러블'이 사용되고 있고, 이 작품과 함께 실렸던 「월광 Ⅰ」에 프랑스 음악가인 '라벨(Maurice Ravel)'이 등장하고 있다는 점에 있다. 어쩌면 이 시에서의 '월광'은 '라벨'과 함께 인상주의 음악을 대표하였던 프랑스 음악가 '드뷔시 Achille Claude Debussy'의 작품 「월광 Clair de lune」일 가능성이 높다. 이 작품에서의 행의 길이가 1~3개의 시어들로 이루어져 있고, 그러한 행들의 연속에서 물결모양의 형태가 드러나고 있는 것도 그 좋은 증거이다.

2) '변신' 환상: 산문적 세계에 대한 파괴적 절규

동인지 ≪현대시≫에 실려 있는 시들에서 두 번째로 주목할 환상은 '변신' 환상이다. 여기에서 '변신' 환상이란 시적 주체나 시적 대상이 자신의 존재 방식을 변화시킴으로써 새로운 존재로 탄생하는 양상을 환각적인 방식으로 보여주고 있는 경우를 말한다. '변신' 환상은 동인지 ≪현대시≫에서 가장 빈번하게 등장하는 것이라고 할 수 있는 바, 이러한 사실은 ≪현대시≫의 동인들이 자신의 현재적 상황을 초월하려는 욕망을 강하게 지니고 있었음을 잘 말해준다. 동인지 ≪현대시≫에 실려 있는 시들 중에서도 이승훈의 시들은 이러한 '변신' 환상을 가장 잘 보여준다.[13]

≪현대시≫에 실려 있는 이승훈의 시들 중에서도 '변신' 환상이 잘 드러나 있는 작품들은 「확인」, 「事物 A」, 「事物 B」를 비롯하여 연작시 「危篤」의 '第一號~第九號'이다. 이 시들에서 시인은 시적 주체의 내면에서 이루어지는 고통스런 절규를 통해서 시적 주체의 변신을 이루어낸다. "돌 틈에 묻은 時間이나 닦으며/ 그 때/ 나는 가느다란 배암이 되고"(「확인」 중에서)[14]의 '배암'과 "마침내 해부된 나는 온 精神을 파열하면서 낮고 시린 밤바다에 쏟아지는 깊은 달빛이 된다."(「危篤 第二號」 중에서)[15]의 '깊은 달빛'에서 볼 수 있듯이, 시적 주체는 생명체나 자연현상 등 다양한 존재로 변신한다. 이승훈의 시들 중에서도 「事物 A」는 그러한 시적 주체의 변신이 시적 주체의 어떤 욕망과 관련되어 있는가를 잘 보여준다.

---

13) 이승훈은 ≪현대시≫가 새로운 변화를 추구하기 시작하였던 제6집에서부터 마지막으로 간행된 제26집까지 지속적으로 활동하였던 시인이다. ≪현대시≫가 동인 구성에서 적지 않은 변화를 보여주었다는 점과, 이승훈이 활동하였던 기간에 실질적으로 ≪현대시≫의 면모가 가장 잘 드러났었다는 점에서 이승훈은 ≪현대시≫의 동인들 중에서도 ≪현대시≫를 가장 잘 대표하는 시인이라고 할 수 있다.

14) ≪현대시≫ 제10집, 1966.7, p.366.

15) ≪현대시≫ 제13집, 1967.6, p.457.

사나이의 팔이 달아나고 한마리 흰 닭이 구 구 구 잃어버린 목을 쫓
아 달린다. 오 나를 부르는 깊은 命令의 겨울 地下室에선 더욱 眞摯하기
위하여 등불을 켜놓고 우린 생각의 따스한 닭들을 키운다. 닭들을 키운
다. 새벽마다 쓰라리게 精神의 땅을 판다. 頑强한 時間의 사슬이 끊어진
새벽 문지방에서 소리들은 피를 흘린다. 그리고 그것은 하이얀 液体로
變하더니 이윽고 목이 없는 한마리 흰 닭이 되어 저렇게 많은 아침 햇빛
속을 뒤우뚱거리며 뛰기 시작한다.
— 이승훈의 「사물 A」 전문16)

　　전반적으로 이 시는 시적 주체의 내면에서 '목이 없는 한 마리 흰 닭'이
탄생하는 과정을 환각적인 방식으로 보여주고 있는 작품이다. "나를 부르
는 깊은 命令의 겨울 地下室에선"에서 볼 수 있는 것과 같이, 시적 주체는
지금 매우 불안한 이중적인 존재이다. 즉, 그는 '겨울'과 '지하실'로 표상
되고 있는 암담한 내면에서 고통스러워하는 존재이자, 동시에 그러한 고
통을 초극해야만 하는 존재이다. 그래서 그는 '생각의 따스한 닭들'을 키
우면서 '고통'으로 그러한 '고통'을 초극하려고 한다. "사나이의 팔이 달
아나고 한마리 흰 닭이 구 구 구 잃어버린 목을 쫓아 달린다."에서의 '잃
어버린 목'과 "새벽마다 쓰라리게 精神의 땅을 판다."에서의 '쓰라리게'는
이러한 '고통스런' 내적 행위의 면모를 잘 드러내주는 시어들이다. 시적
주체의 이러한 '고통스런' 내적 행위는 "頑强한 時間의 사슬이 끊어진 새
벽 문지방에서 소리들은 피를 흘린다."에서 극단으로 치달으면서, 급기야
는 시적 주체가 존재를 새롭게 변신할 수 있는 계기를 이룬다. 여기에서
한 가지 특기할 만한 사항은, 이 시에서 시적 주체의 존재 변신이 '생각의
따스한 닭들'을 통해서 간접적으로 이루어지고 있다는 점이다. '잃어버린

---

16) ≪현대시≫ 제11집, 1966.12, p.403.

목을 찾는 소리들이 흘린 피'→'피가 변한 하이얀 액체'→'액체가 변한 목이 없는 한마리 흰 닭'→'아침 햇빛속을 뒤우뚱거리며 뛰기 시작하는 한마리 흰 닭'으로 이어지는 일련의 과정에서 드러나듯이, 시적 주체는 '생각의 따스한 닭들'을 키우는 과정을 통해서 '고통스런' 상황을 초극하려고 한다.

시적 주체가 이처럼 '생각의 따스한 닭들'을 통해서 '고통'을 초극하려고 하는 것은 그가 다름 아닌 '시인'이기 때문이다. 이런 점에서 보자면, "頑强한 時間의 사슬이 끊어진 새벽 문지방에서 소리들은 피를 흘린다."에서처럼 그가 키운 '생각의 닭들'이 '완강한 시간의 사슬'이 '끊어진' 시점에서 존재의 변신을 이룰 수 있음은 특별한 주목을 요하는 부분이라고 할 수 있다. 왜냐하면 '완강한 시간의 사슬'은 시적 주체의 내적 행위에서 이루어지는 존재 변신을 가로 막는 시간적 장애물일 뿐만 아니라 그의 시쓰기를 가로막는 언어적 장애물일 수도 있기 때문이다. 이승훈이 「虛像」에서 "屈折하는 觀念의 모서리에/ 달빛은 비치는가/ 하나 남은 걸상에/ 손시린 時計를 놓고/ 나는 離脫한다./ 목이 부러진 채/ 어디론가 달리어가는/ 이 밤의 둘레에/ 타는 時間의 아지랑이"[17]를 '관념'이나 '시간'에서 이탈하려는 욕망을 보여주었던 것도 이러한 맥락에서 이해될 수 있다.

「事物 A」에서 볼 수 있는 것과 같이, 이승훈의 시에서 드러나는 '변신' 환상들은 전반적으로 '시인'으로서의 시적 주체의 이중적인 욕망을 담고 있다. 즉, 그것들은 한편으로는 내적 행위를 통해서 자신이 처한 불안한 상황을 극복하려는 욕망을, 다른 한편으로는 시를 통해서 존재 변신을 시도하는 데 있어서 장애가 되는 언어적 요소들을 뛰어 넘으려는 욕망을 담고 있다. 시적 주체의 이러한 이중적인 욕망이 시적 주체가 직면한, 타자

---

17) 《현대시》 제10집, 1966.7, pp.364∼365.

에 의한 '상징적 거세'의 위협과 깊이 관련되어 있음은 물론이다. 잘 알려진 바와 같이, 1960년대는 근대화의 기치를 높이 올렸던 시대였고, 문단적으로는 '순수'와 '참여'를 둘러싼 논쟁이 벌어졌던 시대였다. 이러한 사실을 시적 주체의 이중적 욕망과 관련시켜 보자면, 이승훈의 '변신' 환상에서 시적 주체가 직면한 '상징적 거세'는 한편으로는 '근대화'로 표방된 타자의 욕망이라고 할 수 있으며, 다른 한편으로는 '문학의 참여의식'을 주장하였던 문단적 타자의 욕망이라고 할 수 있다.

한편, 이승훈은 "「現實言語에 依하지 않는 詩人의 思考」는 言語의 破壞를 敢行하고 있는데 이것은 Image를 向한 不斷한 誠實이요, 하나의 Unreality를 위한 정밀한 試圖요, 하나의 內面이 벌써 詩的感情이기 때문입니다."[18]라고 하면서 한국의 현대시가 나아가야 할 방향을 'Unreality의 認識과 表現'에 찾은 바 있다. 여기에서 주목할 점은 이승훈이 '언어의 파괴'를 통해서 'Unreality'를 추구하려고 하였으며, 그러한 행위 자체를 '내면'의 속성으로 바라보았다는 사실이다. 이승훈의 '변신' 환상은 이러한 '언어의 파괴'를 통한 'Unreality'의 추구와 밀접하게 관련되어 있다. 이러한 점에서 보자면, 이승훈의 시에서 드러나는 '변신' 환상의 내밀한 욕망은 '현실언어'에 대한 파괴를 통한 'Unreality'의 추구, 좀 더 구체적으로는 '산문적 세계'에 대한 파괴에 있다고 할 수 있다. 시인은 이러한 내밀한 욕망을 시적 주체의 내면에서 이루어지는 고통스런 '자기파괴'와 교묘하게 결합시켜내면서 독특한 '변신' 환상을 창출해내었다. 「危篤」 연작은 그 좋은 보기이다.

> 갈꽃이 막 흔들리고 있었어. 울음으로 짜여진 오양간에, 비치던 마즈막 햇볕이 가느다란 내 목을 감고 늘어져 있었어. 아 그것은 뜨거운 犧

---

18) 이승훈, 「現代詩의 內面性」, 위의 책, p.388.

牲이라고 엄마는 말하지만 조금씩 피가 묻어간 가을 마당에서 나는 果
刀와 과실쟁반과, 도무지 헉헉한 意義를 하나 들고 있었어. 예리하게 풍
기던 두엄냄새 때문에 나는 쓰러져, 쓰러져 딩굴며 그때 나의 구멍뚫린
허리에선 가느다란 톱밥이 흘러내리고 캄캄한 아시아의 홀랫쉬가 터졌
어. 가스와 어둠의 病院에서 가득히 죽은 내 얼굴. 看護員도 잠들고 밤,
벌레소리가 날카로운 田園에서 나는 이슬젖은 말대가리가 되어 풀잎을
씹고 있었어.

— 이승훈의 「危篤－第九號」 전문[19]

인용된 시는 「危篤」 연작들 중에서도 마지막 작품인 '第九號'로 매우
다채로운 '변신' 환상을 담고 있다. 마치 위독한 병을 앓고 있는 사람이
꾸는 꿈과도 같이 시인은 매우 독특한 방식으로 시적 주체의 환각을 형상
화 하고 있다. 여기에서 시적 주체인 '나'는 '톱밥이 흘러내리'는 '나무'로,
"죽은 내 얼굴"에서와 같이 '죽은 자'로, 그리고 '이슬젖은 말대가리'로 다
양하게 변신하고 있는데, '나'의 그러한 '변신' 과정은 자신을 파괴하는
고통스러운 것이기도 하다. "울음으로 짜여진 오양간"에서의 '울음'과,
"조금씩 피가 묻어간 가을 마당에서"의 '피', "쓰러져, 쓰러져 딩굴며"의
'쓰러져', "나의 구멍뚫린 허리에선"의 '구멍뚫린', 그리고 "가득히 죽은
내 얼굴"에서의 '죽은' 등은 모두 시적 주체가 안고 있는 '고통'을 교묘하
게 드러내주는 시어들이라고 할 수 있다. 그런데 시적 주체의 이러한 고
통스러운 '자기 파괴'가 이루어지는 과정은 곧 '산문적 세계'에 대한 파괴
라고도 할 수 있는 바, 시인은 소통 가능한 의미를 담고 있는 일정한 구절
들을 단위로 하여 언어의 외연적 세계, 달리 말하자면 '산문적 세계'에서
는 보기 어려운 새로운 세계를 펼쳐 보여준다. "조금씩 피가 묻어간 가을
마당에서 나는 果刀와 과실쟁반과, 도무지 헉헉한 意義를 하나 들고 있었

19) ≪현대시≫ 제14집, 1967.10, p.488.

어."에서 '조금씩 피가 묻어간', '가을 마당에서', '과도와 과실쟁반과', '도
무지 헉헉한 의의' 등과 같은 단편들이 '나는 하나 들고 있었어'와 교묘하
게 연결되고 있는 것은 그 좋은 예이다.

이처럼, 동인지 ≪현대시≫에 실려 있는 이승훈의 시들에서 자주 보이
는 '변신' 환상에는 '근대적 세계' 또는 '산문적 세계'로부터의 위협과, 그
러한 위협으로부터의 '고통'을 '자기파괴'와 '산문적 세계의 파괴'를 통해
서 초극하려는 시적 주체의 욕망이 들어 있다. 시인은 외연에 충실한 언
어의 통사적 관계를 의도적으로 파괴하는 내적 행위를 통해서 그러한 타
자로부터의 위협에 대응하려고 하였다. 이런 점에서 이승훈의 '변신' 환
상은 '산문적 세계'에 대한 '파괴적 절규'라고 할 수 있다.

3) '죽음' 환상: 문명적 세계에 대한 마성적 고발

동인지 ≪현대시≫에서 창출된 환상들 중에서 마지막으로 주목해 볼
것은 다름 아닌 '죽음'과 관련된 환상이다. '죽음'과 관련된 환상은 삶의
실재적 특성을 포착하려고 하는 시인들이 반드시 거쳐야만 하는 통과의
례와도 같은 것이라고 할 수 있다. 동인지 ≪현대시≫에 관여하였던 시인
들 중에서도 이유경은 이러한 통과의례 자체를 시적인 방법으로 내세우
면서 '죽음'에 대한 환상을 적극적으로 펼쳐내었던 시인이었다.[20] ≪현대
시≫에 발표되었던 그의 시들 중에서도 「죽음 儀式 Ⅰ」, 「겨울 소풍-죽
음 의식 Ⅲ」, 「간밤의 消息」, 「나목」, 「매장에의 초대-죽음 의식 Ⅳ」, 「죽
음의 춤-죽음 의식 Ⅴ」, 「밤의 騷擾」, 「죽은 도시」 등은 그러한 '죽음' 환

---

20) 이유경은 동인지 ≪현대시≫가 새로운 출발을 표방하였던 제6집에 「뽈 클로델 시고」
라는 제목의 에세이를, 제7집에 장시 「밀알들의 靈歌」를 발표한 이후로 동인지 ≪현
대시≫에 계속해서 시와 산문들을 발표하였을 만큼 동인지 ≪현대시≫의 한 축을 담
당하였던 시인이었다.

상을 잘 보여주는 작품들이다. 이들 중에서도 특히 「죽음 儀式 I」은 '죽음' 환상이 시적 주체의 어떤 욕망과 결부되어 있는가를 잘 보여준다.

> 지금 내 眼中엔 주검의 내가 보인다.
> 모멸에 찬 비열한 얼굴로
> 肉身은 썩어 消毒이 필요하고
> 화염에 쌓이면 瓦解뿐이고
> 한 줌의 재로 變身하리라.
> 나는 무엇으로도 超越할 수 없다.
>
> 매마른 땅에 蘇生의 비를 기다려 볼까?
> 맥빠진 太陽이 旅路를 中斷하고
> 묘지속에서 生命을 造作할것을
> 허지만 누가 남아 祈雨祭를 지낼까
> 땅위엔 숨죽인 바위
> 비슷한 骨格의 散在뿐이다.
> 江은 정지된채 太陽이 行悖하고
> 바람이 죽음의 먼지를 몰아쳐 간다.
> 가령 비가 내려도 살아 날
> 아무것 없다. 이 늙은이 마저 죽는다.
> 超越은 다만 요술이고
> 전부 죽음속에 收監될 뿐이다.
> — 이유경의 「죽음 儀式 (I)」 중에서[21]

이 시에서 주목할 필요가 있는 것은 시적 주체인 '나'의 목소리를 통해서 들려오는 '죽음의 세계'에 대한 인식이다. '나'는 '주검의 나'가 '한 줌의 재'로 변신할 것임을 예감하면서, 그러한 '죽음'으로부터 '초월'하는 일이 도저히 가능하지 않다는 점을 계속해서 말한다. 그를 둘러싼 세계는

---

21) 《현대시》 제17집, 1968.8, pp.573~574.

'매마른 땅'이며, '태양'은 '묘지'에서 '생명을 조작할'뿐이다. '바위'나 '강'이나 '바람'과 같은 자연현상들 또한 모두 죽어있거나 아니면 '죽음'만을 초래할 뿐이다. "超越은 다만 요술이고/ 전부 죽음속에 收監될 뿐이다."에서 단적으로 드러나듯이 시적 주체를 비롯한 모든 것들은 '죽음의 세계'에서 벗어날 수 없다. 이런 점에서 보자면, 이 시에서 시적 주체가 들려주고 있는 '죽음의 세계'에는 시적 주체의 욕망이 자리할 여지가 없는 것처럼 보인다. 하지만 그러한 '죽음의 세계'가 '儀式'에서 발생하는 것이라는 점을 고려하면 사정은 달라질 수 있다. 즉, 시적 주체는 환각적인 방식으로 '죽음의 儀式'을 거행하고 있으며, 따라서 그러한 '의식'을 통해 드러나는 '죽음의 세계'는 그 자체로 시적 주체의 욕망의 대상이라고 할 수 있다.

이유경의 시에서 '죽음의 세계' 자체가 시적 주체의 욕망의 대상이 된다는 점은 그의 '죽음' 환상과 관련된 시들에서 시적 주체가 '죽음의 세계'를 감지할 수 있거나 아니면 '죽음의 세계'를 불러일으키는 어떤 '신비한 힘'을 소유하고 있을 때에만 가능하다. "凋落하는 잎은/ 絶對한 運命을 가로지르며/ 限 없는 包容의 神에게선/ 이미 내 던져진 死體다."(「凋落하는 잎」 부분)[22]에서 시적 주체가 '조락하는 잎'을 '신에게서 내 던져진 사체'로 바라볼 수 있는 것도 그런 '신비한 힘'을 지니고 있기 때문이다. 시적 주체가 지니고 있는 그런 '신비한 힘'은 그가 '죽음의 세계'와 거리가 있는 것처럼 보이는 '성적인 욕정'을 다룰 때에도 크게 변하지 않는다. "그 以後의 밤은 나를 색쓰에 汨沒케 했고/ 밤마다 입술을 찾아 입술을 깨물었다./ 내 混沌의 意識/ 죽음에의 示唆가 쓴드라처럼 차갑게/ 밤마다 喪輿소리를 내질러 보냈다."(「어둠의 散策」 부분)[23]에서 단적으로 드러나는 것

---

22) 《현대시》 제11집, 1966.12, p.411.
23) 《현대시》 제13집, 1967.6, p.448.

과 같이, 그는 '색쓰에의 골몰' 자체가 곧 '죽음에의 시사'임을 잘 알고 있기 때문이다.

그러므로 이유경의 시에서 나타나는 '죽음' 환상은 시적 주체가 왜 그러한 '죽음의 세계'를 욕망할 수밖에 없었던가, 또는 그런 '죽음의 세계'를 창출할 수 있는 '신비한 힘'을 지닌 시적 주체를 통해서 시인이 욕망하는 바는 무엇인가라는 관점에서 접근할 때라야 비로소 그 환상의 면목을 드러내게 된다. 그렇다면 시인은 왜 시적 주체로 하여금 '죽음' 또는 '소멸'에 대한 욕망을 지닐 수밖에 없게 하였던 것일까? 이러한 물음에 대한 대답의 실마리는 이유경이 ≪현대시≫에 처음으로 발표하였던 시 「밀알들의 靈歌」에 들어 있다. "千萬의 밀알이 썩어가는 未來를 指摘하고/ 빵을 짚는 나의 떨리는 손은 무엇일까./ 한 알의 밀알의 意味를 둘러싸고/ 살찐 女子를 얻고 싶다."24)에서 나타나는 '썩어가는 미래'와 '빵', '한 알의 밀알의 의미'와 '살찐 여자'가 바로 그것이다. 여기에서 시적 주체는 앞으로 펼쳐질 세계가 철저히 비생산적인 세계일 수밖에 없음을 알면서도 '빵'을 욕망하고, '의미'의 세계에서 '살찐 여자'를 욕망하고 있는 바, 이러한 시적 주체의 욕망에는 '생산'과 '의미'를 중시하는 세계로부터의 위협을 '비생산'과 '본능'을 통해서 넘어서려는 시인의 욕망이 들어 있다. 그러므로 이유경의 시에 나타나는 '죽음' 환상은 '생산적'이면서도 '건전한' 삶을 강요하는 타자의 욕망에 대한 대응일 수 있는 것이다.

앞에서 살펴본 바와 같이, 이유경의 시에서 나타나는 '죽음' 환상에는 시적 주체와 시인의 욕망이 중첩되어 놓여 있다. 그런데 여기에서 특기할 만한 사항은 바로 그러한 욕망의 중첩이 '언어'에 대한 시인의 욕망과 밀접하게 결부되어 있다는 점이다. 앞에서 이유경의 시적 행로가 '한 알의

---

24) ≪현대시≫ 제7집, 1965.5, p.233.

밀알의 意味'를 둘러싼 것이었다는 점을 지적한 바 있거니와, 이러한 '의미' 탐색은 곧 그의 시에서의 환상이 '언어'에 기반을 둘 수밖에 없음을 보여준다. 시인은 시적 주체의 '신비한 힘'을 바탕으로 하여 '소멸'되거나 '썩을 수밖에' 없는, 더 정확하게는 '소멸'되거나 '썩어야'만 살아날 수 있는 세계에 대해 魔性的으로 고발한다. 이러한 점은 아래에 인용된 작품들에서 구체적으로 확인될 수 있다.

①
어두워진 江가에 앉아
나는 더럽게 울었다.

　　　　　　　　　　　　　　　—「겨울 逍風—죽음 儀式 Ⅲ」중에서[25]

②
피투성이 된 쥐의 뱃가죽
피투성이 된 고양이의 입
피투성이 된 男根과 子宮
－그 속으로 녹이 달겨 붙는다.

　　　　　　　　　　　　　　　　　　　—「간밤의 消息」중에서[26]

③
새까만 어둠의 때를 묻히고
주검이 煉炭처럼 부서진다.
迷路의 숲이 놀라 뒤엉키고
썩은 뿌리곁에 묻힌
白骨이 눈을 뜬다.

　　　　　　　　　　　　　—「埋葬에의 招待－죽음 儀式 Ⅳ」중에서[27]

---

25) ≪현대시≫ 제19집, 1968.12, p.657.

26) 『현대시 10인집－20집 기념특집』, 1969년 봄, p.772.

27) 위의 책, p.775.

④
사납게 사납게 떠오르는 달이여
醉眼의 붉은 視線이 擴散하고
쌓인 包裝紙와 플라스틱 廢品 위로
쥐 한 마리 사정없이 할퀴고 있다
殺人의 달이 구름 속으로 숨고
다친 허리뼈의 屍體가 피를 흘린다.

— 「죽은 도시」 중에서[28]

위에 인용된 시들에서 시적 주체는 특정한 현상에 대한 목격자적 시선을 취하고 있다. ①의 '울었다', ②의 '붙는다', ③의 '부셔진다'와 '눈을 뜬다', 그리고 ④의 '흘린다' 등은 시적 주체의 그러한 목격자적 시선을 잘 드러내주고 있는 시어들이다. 그런데 여기에서 한 가지 눈여겨볼 사항은 시적 주체의 이러한 목격자적 시선이 일종의 '마성'을 지니고 있다는 점이다. 인용된 시들에서 위에서 언급한 시어들을 비롯하여 불결하거나 그로테스크한 장면들과 관련된 시어들이 자주 등장하고 있는 것도 그러한 맥락에서 이해될 수 있다. 그 결과, 인용된 시들에서 시적 주체의 목격자적 시선은 단순한 현상을 증언하는 방식이 아니라 시인의 욕망이 반영되어 있는 일종의 '마성적 고발'로 전화된다. ②에서 '피투성이 된 쥐의 뱃가죽', '피투성이 된 고양이의 입', '피투성이 된 남근과 자궁' 등 구체적인 현상들이 이어지면서 창출해낸 새로운 현상이나, ③과 ④에서 '새까만 어둠의 때를 묻히고 주검이 연탄처럼 부셔진다'와 같은 문장 차원의 단편들이 어우러지면서 창출해낸 새로운 현상들은 그 좋은 예이다.

이처럼, 동인지 ≪현대시≫에 실려 있는 이유경의 시에서 나타나는 '죽음' 환상에는 '죽음의 세계'에 대한 시적 주체의 욕망과, 그것을 통해서

---

28) ≪현대시≫ 제23집, 1970년 여름, pp.894~895.

'생산적'이면서도 '건전한' 삶을 강요하는 타자의 욕망이 주는 위협을 '비생산'과 '본능'을 통해서 넘어서려는 시인의 욕망이 들어 있다. 시인은 '마성적 고발'의 언어를 통해서 그러한 욕망을 은근하게 드러내고 있는 바, 그런 점에서 이유경의 '죽음' 환상은 넓게는 문명적 세계에 대한 마성적 고발이라고 할 수 있다. 그의 시에서 드러난 '죽음' 환상이 '언어'가 지닌 '외연'과 '내포'를 동시에 활용하면서 '내면'이 '외부 세계'와 함께 할 수 있는 가능성을 보여줄 수 있었던 것도 바로 그 때문이다. 동인지 ≪현대시≫가 제10집에서부터 '아이러니'를 통해서 '내포적 경험'과 '폭넓은 경험의 외연성'까지 통어하려고 했다는 점을 고려하면,29) 이유경 시에서 드러나는 '죽음' 환상은 그러한 '아이러니'가 실현된 구체적인 사례라고 할 수 있다. 그런 만큼 동인지 ≪현대시≫에서 이유경이 보여주었던 '죽음'과 관련된 환상들은 동인지 ≪현대시≫의 환상뿐만 아니라 1960년대 전후 모더니즘 시에서의 환상이 지닌 특성 또한 살펴볼 수 있는 중요한 계기를 이룬다고 할 수 있다.

4. 동인지 ≪현대시≫에 나타난 환상의 의의

동인지 ≪현대시≫에서 '환상'은 다양한 방식으로 나타나면서 시적 주체와 시인의 욕망을 담아내고, 동시에 '상징적 거세'와 관련된 타자의 욕

---

29) 제10집에서 「동인회 현대시 논의」라는 제하에 발표된 글에 나오는 다음과 같은 언급은 그 좋은 보기이다. "純粹한 主題와 非純粹한 主題를 並置시킴으로써 거기서 誘發되는 위뜨와 아이러니의 美學을 수용하는 것은 內包的 경험만이 아니라 폭넓은 경험의 外延性까지도 統御하는 現代的인 思考의 바로 그것이다. 우리는 이것을 全的으로 統一된 印象을 주도록 支配, 造型하기 위하여 韓國語의 詩語的 可能性을 最大限으로 추구한다." 인용 부분은 ≪현대시≫ 제10집, 1966.7, p.357.

망을 담아내고 있다. 앞에서 살펴보았던 것과 같이, 이러한 점은 김영태, 이승훈, 이유경의 시들에 나타나는 환상에서 잘 드러난다. 먼저, 김영태의 시에서는 '합일' 환상이 자주 등장하는 바, 이러한 '합일' 환상은 '무분별한 세계'에 대한 시적 주체의 욕망과, '분별의 세계'로서의 타자에 의한 '상징적 거세'의 위협이 함께 들어 있다. 다음으로, 이승훈의 시들에서는 '변신' 환상이 자주 나타나는데, 여기에는 '근대적 세계' 또는 '산문적 세계'로부터의 위협과, 그러한 위협으로부터의 '고통'을 '자기파괴'와 '산문적 세계의 파괴'를 통해서 초극하려는 시적 주체의 욕망이 들어 있다. 마지막으로, 이유경의 시에서 나타나는 '죽음' 환상에는 '죽음의 세계'에 대한 시적 주체의 욕망과, 그것을 통해서 '생산적'이면서도 '건전한' 삶을 강요하는 타자의 욕망이 주는 위협을 '비생산'과 '본능'을 통해서 넘어서려는 시인의 욕망이 들어 있다.

동인지 ≪현대시≫에 실려 있는 시들에서 나타나는 이러한 환상은 우선적으로는 당시에 주창되었던 '근대화론'이 지닌 맹점을 드러내려고 했다는 점에서 그 의의를 찾을 수 있다. 잘 알려져 있는 것과 같이, 1960년대 초기에 지식인들 중의 일부는 '선진국 따라잡기'라는 관점에서 근대화론을 주창하고, 그 실천 방법과 관련하여 '국가 주도적 경제개발'과 '근대적 합리정신'을 강조한 바 있다.[30] 하지만 그러한 근대화론은 구체적인 실천에서 적지 않은 문제점을 야기하였다. 즉 '국가 주도적 경제개발'의 기치는 새로운 소외계층을 낳았고, '근대적 합리정신'의 기치는 개인의 의식을 통제하는 방편으로 활용되기도 하였다. 그 결과 1960년대는 '4·19'에

---

30) 이 점은 다음과 같은 이상록의 언급에서 구체적으로 확인된다. "그 목표의 실현을 위해서는 국가의 계획 하에 경제개발을 추진해야 하고 근대적 합리정신으로 무장된 주체들이 출현하여 이에 총의를 모아 협력해야 한다는 방법이 제시되었다." 인용은 이상록, 「1960~70년대 비판적 지식인들의 근대화 인식」, 『역사문제연구』 제18호, 2007.10, p.229.

서 꽃을 피우기 시작한 '민주주의'가 오히려 위협당하는 처지에 이르게 되었다. ≪현대시≫에 실려 있는 시들에서 나타나는 환상들에서 '분별'의 세계, '근대적' 세계, '산문적' 세계, 그리고 '생산적'이면서도 '건전한' 삶을 강요하는 세계로부터의 의식적 · 무의식적 위협이 드러나는 것도 그러한 맥락에서 이해될 수 있다. 이런 점에서 보자면, ≪현대시≫에 실려 있는 시들에서 나타나는 환상에 '무분별'한 세계, 산문적 세계에 '파괴', 그리고 '비생산'과 '본능'의 세계에 대한 시적 주체의 욕망이 펼쳐지고 있음은 그 자체로 의미 있는 것이라고 하지 않을 수 없다. ≪현대시≫에서 동인으로서 핵심적인 역할을 담당했던 이승훈이 "근대화 초기, 말하자면 농경적 삶의 원리가 사라지고 산업화의 논리가 전경화되는 시대에 젊은 시인들을 사로잡은 것은 내면적 딜레마이고, 따라서 '현대시' 동인이 내면 탐구를 주장한 것은 시대적 설득력을 띤다."[31]라고 하면서 ≪현대시≫의 '내면 탐구'가 지닌 의의를 근대화 초기의 '산업화의 논리'와 관련지어 해명하고 있음도 이러한 맥락에서 받아들여질 수 있다.

　동인지 ≪현대시≫에 실려 있는 시들에서 나타나는 환상이 지닌 의의는 그러한 환상이 창출되는 방식에서 좀 더 잘 드러난다. '합일' 환상에서 김영태가 보여주었던 '미술'이나 '음악'과 관련된 '예술적 언어'를 적극적으로 활용한 '감각적 스며들기', '변신' 환상에서 이승훈이 보여주었던 '외연에 충실한 언어에 대한 의도적이면서 고통에 찬 파괴', 그리고 '죽음' 환상에서 이유경이 보여주었던 '외연과 내포를 활용한 마성적 고발' 등은 '언어'와 '내면'을 통해서 새롭게 주체를 형성시켜나갈 수 있는 길을 보여주었다는 점에서 1960년대 모더니즘 시뿐만 아니라 전후 모더니즘 시의 자장 내에서도 매우 의미 있는 것들이라고 할 수 있다. 구체적으로 그들

---

31) 이승훈, 앞의 책, pp.238~239.

이 고심하였던 잠재적이면서도 내면적인 주체, 그래서 매우 비밀스럽게 존재하는 주체의 존재 가능성에 대한 탐색은 진정한 주체성이 자리할 수 있는 새로운 거처를 막연한 방식이 아니라 구체적인 방식으로 문제 삼으면서 전후 모더니즘 시의 영역을 넓혀 주었던 것이다. 이러한 점에서 보자면, 동인지 ≪현대시≫에 실려 있는 시들에서 나타나는 환상은 전후 모더니즘 시의 하위 범주인 1950년대의 모더니즘 시가 보여주었던 '존재'에 대한 탐색과, 시적 오브제에 바탕을 둔 의미 창출 방식을 발전적으로 해체·종합한 것이라고 할 수 있다.

이러한 점에서 보자면, 동인지 ≪현대시≫는 전후 모더니즘 시에서 드러나는 시적 주체가 '전쟁'으로 표상되는 실존적 위협으로부터 벗어나서 새로운 거처를 마련할 수 있는 계기를 마련해 주었다고 할 수 있다. 그렇다고 해서 그러한 새로운 거처가 이전의 거처와 판이하게 다른 것이라고 말하기는 어렵다. 왜냐하면 ≪현대시≫에 실려 있는 시들에서 나타나는 '합일' 환상, '변신' 환상, '죽음' 환상 등에서 보이는 근대적 타자에 대한 대응은 '산업화 시대'에서의 개인의 존립 방식과 관련되어 있는 것이면서도 동시에 여전히 '삶'과 '죽음' 등 '전후 사회'에서 볼 수 있었던 존재 자체의 존립 방식과도 깊이 관련되어 있는 것이기 때문이다. 그들이 그토록 강조하였던 '언어'와 '내면'에서 '존재의 심연'이 강하게 드러나는 것도 바로 그러한 이유에서라고 할 수 있다. 결국, 동인지 ≪현대시≫에 나타난 환상이 지닌 의의와 한계는 바로 여기에 있다고 할 수 있다.

5. 결론

지금까지 이 글은 전후 모더니즘 시의 하위 범주인 1960년대 모더니즘 시에 대한 연구의 일환으로 동인지 ≪현대시≫에 실려 있는 시들에서 나타난 '환상'에 대해 고찰하여 왔다. '환상'은 동인지 ≪현대시≫에서 주체의 욕망과 타자성이 어떤 관계에 있는지를 밝히는 데 많은 도움을 준다. ≪현대시≫ 동인들은 '언어'와 '내면'을 중시하는 가운데 매우 독특한 '환상'을 창출해 내었는데, 특히 김영태, 이승훈, 이유경의 시들에서 나타나는 환상이 그러하다.

　동인지 ≪현대시≫에 실려 있는 시들에서는 '합일' 환상, '변신' 환상, '죽음' 환상 등이 자주 나타나는 바, 이들은 각기 독특한 방식으로 주체의 욕망과 타자성의 관계를 담아내고 있다. '합일' 환상은 김영태의 시에서 대표적으로 드러나는데, 여기에는 '무분별한 세계'에 대한 시적 주체의 욕망과 '분별의 세계'로서의 타자에 의한 '상징적 거세' 행위가 펼쳐지고 있다. 시인은 '예술'과 관련된 언어 방식을 적극적으로 활용하여 시적 주체로 하여금 대상에 '감각적'으로 '스며들'게 함으로써 '분별의 세계'가 주는 위협에 대응한다. 이에 비해서, 이승훈의 시에서 자주 드러나는 '변신' 환상에서는 '근대적 세계' 또는 '산문적 세계'라는 타자에 의한 '상징적 거세' 행위와, 주체의 '파괴'와 '변신'을 통해서 그러한 위협을 극복하려는 시적 주체의 욕망이 펼쳐지고 있다. 시인은 외연적 언어의 통사관계를 파괴하거나 스스로를 파괴함으로써 그러한 위협에 대응한다. 마지막으로, '죽음 '환상은 이유경의 시에서 집중적으로 드러나는데, 여기에서 시적 주체는 '비생산'과 '본능'을 통해서 '생산적'이면서도 '건전한' 삶을 강요하는 타자의 욕망에 대응한다. 시인은 언어의 '외연'과 '내포'를 동시에 활용하여 '죽음'에 처할 수밖에 없는 문명적 상황을 '마성적'으로 '고발'한다.

　동인지 ≪현대시≫에 실려 있는 작품들에서 나타나는 이러한 환상들이 지니고 있는 의의는 시대적 맥락과 현대시사적 맥락을 고려할 때 분명하

게 나타난다. 1960년대 초기부터 본격적으로 대두되었던 '근대화'와 관련
하여 볼 때, 동인지 ≪현대시≫에 실려 있는 작품들에서 나타나는 환상들
은 우선적으로는 '근대화'의 두 실천 방법이었던 '국가 주도적 경제개발'
과 '근대적 합리정신'이라는 타자들이 지닌 맹점을 드러내었다는 의의를
지닌다. 또한, 동인지 ≪현대시≫에 실려 있는 작품들에서 나타나는 환상
들은, 그것들이 내면적으로 비밀스럽게 존재하는 주체의 존재 가능성에
대한 독특한 탐색의 결과라는 점에서 1950년대 모더니즘 시가 보여주었
던 '존재'에 대한 탐색과 시적 오브제에 바탕 한 의미 창출 방식을 발전적
으로 해체·종합한 것이라는 의의를 지니기도 한다. 이러한 점에서 보자
면, 동인지 ≪현대시≫는 1960년대 모더니즘 시가 전후 모더니즘 시의 또
다른 하위범주인 1950년대의 모더니즘 시를 발전적으로 계승하면서, '산
업화 시대'와 관련된 새로운 시의 미학을 확립해 나가는 계기를 이루었
다고 할 수 있다.

　동인지 ≪현대시≫에 실려 있는 작품들에서 나타나는 환상이 지닌 여
러 가지 면모들은 당대의 또 다른 작품들, 1950년대의 모더니즘 시, 그리
고 1970년대 모더니즘 시와 비교 고찰될 때 더 잘 드러날 것이다. 그럼에
도 불구하고 이 글에서 필자는 논의의 집중을 살리기 위해 그런 비교 고
찰을 생략하였다. ≪현대시≫에 실려 있는 작품들에서 나타나는 환상을
다른 것들과 비교, 고찰하는 일은 차후의 과제로 남겨두기로 한다.

제4장 산업화 시대 민중시의 현실 인식

1. '민중시'의 개념

현대시문학사에서 '민중시'가 구체적으로 무엇을 가리키고, 무엇을 의미하는가에 대해서는 적절한 대답을 찾기가 쉽지 않다. '민중시'라는 개념은 현대시문학사에서 장기간에 걸쳐서 다양한 경향의 시들과 관련을 맺어 왔으며, 그 의미 또한 다양하게 전개되어 왔기 때문이다. 이 점은 현대시문학사의 흐름을 개괄해보더라도 쉽게 알 수 있는 사실이다. 그럼에도 불구하고 지금까지 '민중시'는 대체로 어떤 특정한 대상 또는 의미와 주로 결부되어 그 이론적 체계화가 시도되어 왔다. 그 결과 현대시문학사에서 민중시의 이론적 체계화는 여전히 해결되지 못한 과제로 남아 있다.

민중시의 이론적 체계화는 '민중시'를 어떤 특정한 대상 또는 의미만을 중시하는 태도에 의해서는 이룩되기 어렵다. 그러한 태도는 현대시문학사에서 민중시가 다양하게 전개되어 왔다는 사실을 왜곡하면서 민중시를 협소하게 만들 위험을 안고 있기 때문이다. 특히 이러한 태도들에 의한 이론적 체계화가 '적층의 방식'으로 진행된다면, 즉 "비판론자들의 솔직한 논쟁을 통해 변증법적 이론 정립을 꾀하지 못하고, 원칙상 같은 입장을 고수하는 논자들에 의해서 일방적으로 선언 채택하는 형식으로 이론화해 갔던 것"[1]으로 비춰진다면 그 심각성은 더해질 수밖에 없다.[2] 따라서 여기에서는 그러한 일방적인 태도가 지닌 위험을 피하기 위해서 '민중시'를 넓은 범주에서 다루려고 한다.

'민중시'가 가리키는 대상이나 그것이 의미하는 바는 우선적으로는 역사적 관점에서 '민중'을 어떤 존재로 바라볼 것인가에 달려 있다고 할 수 있다. 현대시문학사에서 지금까지 '민중시'에 대한 이론적 체계화가 쉽게 이루어지지 못했던 것도 바로 이 점과 크게 관련되어 있다. 즉 그 동안 현대시문학사에서 이루어진 '민중시'에 대한 다양한 논의들은 실제적으로는 역사적 존재로서의 '민중'을 바라보는 다양한 관점과 연관되어 있었던 것이다. 이러한 현상은 현대시문학사에서도 '민중시'의 정점인 시기로 알려져 온 1970~80년대의 경우를 살펴볼 때 분명하게 드러난다.

1970~80년대의 '민중시'에서 '민중'이란 피지배계층이자 동시에 역사적 주체였다. 좀 더 정확히 말하자면, 이 시기의 '민중시'에서 '민중'이란 피지배계층에서 역사적 주체로 나아가는 과도적 존재였다. 구체적으로, 1970년대에 '민중시'는 주로 '민중'을 피지배층으로 바라보는 민중 의식과 관련되어 있었다. '민중시'를 "민중의 가슴속에 있는 한의 폭력적 풍자"[3]나 "민중의 삶 속에 깊이 뿌리박고 있으면서 민중으로부터 이해되고

1) 오세영, 「민중문학의 위상」, 『상상력과 논리』, 민음사, 1991, p.20.
2) 물론, 선언을 채택하는 형식으로 이루어진 '민중시'의 정의들이 전혀 쓸모가 없었거나 잘못되었던 것은 아니다. 비록 제한적인 것이었다고 하더라도 그러한 개념 정의들은 '민중시'의 개념을 그 나름대로 정의하면서 '민중시'와 관련된 여러 가지 중요한 문예학적 질문들을 우리에게 던져주었기 때문이다. 하지만 그 이론적 체계화가 적층의 형식으로 이루어져 옴으로써 '민중시'의 이론적 체계화가 제대로 이루어지지 못했다는 점만은 부인하기 어렵다.
3) 김지하, 「풍자냐 자살이냐」, 이승훈 엮음, 『한국현대대표시론』, 태학사, 2000, p.311.

사랑 받는 것이자 일반 민중의 사상과 의지를 결합시키고 승화시킬 수 있는 것"[4]으로 보는 견해들은 모두 그러한 민중 의식의 소산이었다. 이에 비해서 1980년대의 '민중시'는 '민중'을 주로 역사를 이끌어나가는 주체로서 바라보려는 민중 의식과 관련되어 있었다. '민중시'를 "노동자적인 시각의 대중화와 보편화"[5]나 "노동현실의 모순들을 뛰어넘어 진정한 인간해방을 추구하는 실천적 무기"[6]로 인식하려는 견해들은 그 좋은 예이다. 여기에서 볼 수 있는 것과 같이 1970년대와 1980년대가 '민중'에 대한 태도에서 차이를 보이는 것은 현실에 대한 인식과 미래에 대한 전망에서 두 시기가 역사적으로 상당한 차이를 보여주었다는 점과 크게 관련되어 있음을 알 수 있다.[7]

이러한 관점에서 보자면, 한국의 현대시문학사에서 '민중시'에 대한 정의와 이해는 지금보다도 더 '민중시'라는 개념이 지닌 다양한 의미들을 포괄적으로 수용할 수 있는 방식으로 이루어지지 않으면 안 된다. 그래야만 '민중시'를 어떤 특정한 관점에서만 정의하고 이해하려는 태도의 잘못으로부터 벗어날 수 있고, 선언적 형태나 적층의 형식에서 비롯된 이전의 폐해로부터도 벗어날 수 있다. 따라서 이 글에서는 '민중시'를 '다양하게

---

4) 신경림, 『삶의 진실과 시적 진실』, 전예원, 1982, p.20 참고.

5) 윤지관, 「80년대 노동시와 리얼리즘」, ≪현대시세계≫, 청하, 1990년 봄호 참고.

6) 신승엽, 「노동문학의 현단계」, 『전환기의 민족문학』, 풀빛, 1987, p.193.

7) 이러한 맥락에서 볼 때, 1970년대와 1980년대의 민중론 사이에는 현저한 차이가 있다라고 전제하면서 민중문학을 바라보고 있는 김병익의 다음과 같은 주장은 주목할 만하다. "마르크시즘이 받아들여지기 이전의 민중론은 정직하게 말하자면, 선택된 사람들의 선택되지 못한 사람들에 대한 연민이 스며 있었다. '민중을 위한 문학'이란 말이 그것을 단적으로 설명해준다. 80년대의 민중문학론에 이르면, 그러나 그것은 '민중에 의한 문학'으로 바뀐다. 이 구호는 노동자·농민 등 기층 민중이 쓴 작품이 진정한 민중문학이며, 전문작가의 작품이란 아무리 민중 지향적 문학이라 하더라도 참된 의미에서는 소시민적 지식인의 문학에 불과하다는 것이다." 이에 대해서는 김병익, 「우리문화 : 가능성으로부터 실재화로」, 『열림과 일굼』, 문학과지성사, 1991, pp.64~65.

변화해 온 민중의 현실과 그러한 현실에서 그들이 지닐 수밖에 없었던 감정을 형상화하여 보다 나은 사회로 나아가고자 하는 경향의 시'로 폭넓게 정의하면서, 현대시문학사에서 민중시가 지닌 특성을 산업화와 밀접하게 관련이 있는 1970~80년대의 경우를 중심으로 살펴보려고 한다.

2. 산업화 시대 민중시의 계보

한국 현대시문학사에서 '민중시'가 본격적으로 등장하였던 시기는 1970~80년대였다. 현대시문학사를 다룬 글들이 대부분 이 시기에 등장하였던 시적 경향들 중에서도 민중의 생활과 정서를 우선하여 당시의 사회 현실에 대한 관심을 피력했던 경향을 '민중시'로 일컫고 있는 것은 바로 그러한 이유 때문이다. 이 시기에 '민중시'가 본격적으로 등장할 수 있었던 것은 우선적으로는 당시의 사회·문화적 차원에서 전개된 변화와 깊이 관련되어 있다. 구체적으로, 당시에 한국 사회는 사회적으로는 급속한 경제 성장을 바탕으로 하여 산업화 시대로 진입하였고, 문화적으로는 산업화 시대로 진입하면서 물질주의적 가치관과 대중문화가 널리 확산되기 시작하였다. 그 결과 이 시기에 한국 사회는 사회·문화적으로 여러 가지 문제점들이 발생할 수밖에 없었는데, '민중시'는 바로 그 사회·문화적 문제점들을 새로운 차원에서 해결하려는 움직임과 관련되어 등장하였다.

이러한 사정은 1970~80년대의 '민중시'가 당시에 집중적으로 대두되었던 '민중문학'의 일환이었다는 점에서 분명하게 드러난다. 당시에 '민중문학'은, 산업화 체제로의 진입에 따라서 발생한 다양한 문제들, 구체적으로 도시 노동계층의 성장과 그들의 불합리한 삶의 조건, 농촌의 소외와 지역 차별, 산업 시설의 확대에 따른 공해 문제, 그리고 농민층의 노동자화나 도시빈민화 등을 극복하려는 '민중주의'를 바탕으로 하여 일어난 것이었다. '민중주의'가 여러 가지 사회적 모순들을 극복함과 동시에 새로운 가치관을 형성하려고 하였다면, '민중문학'은 문학을 통해서 '민중주의'를 실현하려고 하였다. 즉 당시의 '민중문학'은 '민중문학'이 농민, 노동자, 도시빈민 등 이른바 사회적으로 소외 받아왔던 사람들의 권익을 보호하고, 그들의 삶을 온전하게 해줄 수 있는 사회를 건설하려는 문학적 노력이었던 것이다.[8] 그렇다고 해서 이 시기에 '민중문학'이 한결같은 양상을 보여주었던 것은 아니다. 그와는 다르게 당시에 '민중문학'은 이념적으로 매우 다양한 양상을 보이면서 전개되었다. 게다가 '민중'의 개념이 다양한 만큼 그 '민중'을 위한 문학 즉 '민중문학' 역시 그 범주가 포괄적이고 애매할 수밖에 없었다. 즉 어떤 경우에 그것은 '민족문학'의 일환이기도 하였으며, 다른 어떤 경우에는 노동자 계급으로 대표되는 '민중'만의 권익을 위한 문학이기도 하였다.

이처럼, 1970~80년대에 이루어진 한국 사회의 변화와 그에 따른 문화적 변화, 특히 민중주의의 등장에 따른 '민중문학'의 대두는 이 시기에 '민중시'가 등장할 수 있었던 직접적인 배경이었다. 즉 당시의 일부 시인들은 시를 통해서도 민중문학, 나아가서는 민중주의를 달성할 수 있을 것이라고 여기면서 당시의 사회 현실을 민중적 세계관으로 바라보려고 하였다. 구체적으로 1970년대에는 고은, 김지하, 신경림, 조태일, 최하림, 이성부, 정희성 등 많은 시인들이 현실 생활에 보다 가까이 다가갈 수 있는

---

8) 오세영에 따르자면, 그 포괄적이고 애매한 범주에도 불구하고 민중문학이 '민중문학'으로 불리어질 수 있었던 이유는 "그 모든 계파의 문학이 일차적으로 유신독재 및 전두환 신군부의 독재와 천민자본주의에 항쟁하는데 공통되고 있었다는 점"이다. 이에 대해서는 오세영, 「80년대 한국의 민중시」, 『한국현대문학연구』 제9집, 한국현대문학회, 1991, p.144.

시를 주창하면서 다양한 방식으로 민중주의에 바탕 한 진취적인 시정신과 행동 의지를 표출하였고, 그러한 움직임은 1980년대로 접어들어서는 김남주, 김정환, 채광석, 박노해, 백무산, 김사인 등 많은 시인들에 의해서 현실을 변화시키려는 의지를 강하게 드러내는 시의 창작으로 이어졌다. 결국, '산업화 시대'로 불리어지는 이 시기에 시문학이 한국의 사회 변화와 그 갈등 양상을 곧바로 자신의 영역에 끌어들임으로써 사회 변화의 흐름과 사회 내적 모순에 대응하려고 하였던 것, 그것이 바로 '민중시'였다고 할 수 있다.

한편, 1970~80년대에 '민중시'가 등장하였던 데에는 문학사적 배경 또한 중요하게 작용하였다. 그러므로 산업화 시대의 '민중시'를 정확하게 이해하려면 문학사적인 차원에서의 '민중시'에 대한 검토가 요구되지 않을 수 없다. 한국의 현대시문학사에서 '민중시'는 비단 1970~80년대에만 존재했던 것은 아니다. 비록 1970~80년대에 등장하였던 '민중시'와 동일한 것은 아니라고 할지라도, 현대시문학사에는 여러 가지 차원에서 산업화 시대의 민중시와 직·간접적으로 관련되어 있는 시적 경향들이 상당할 정도로 존재하였다. 이 점은 한국의 현대시문학사를 간략히 살펴보더라도 쉽게 확인되는 것이다.

일찍이 1920~30년대의 프롤레타리아문학을 주창하였던 문인들은 그들의 문학을 '경향문학', '계급문학', '무산자문학', '프롤레타리아문학' 등과 함께 '민중문학'이라고 부르면서, 사회 모순을 시를 통해서도 극복할 수 있는 가능성을 탐색한 바 있다.9) 또한 1930년대 후반에는 이용악, 백

---

9) 물론 1920~30년대의 프롤레타리아문학과 1970~80년대의 민중시는 상당한 차이를 지닌다. 즉 1920·30년대의 프롤레타리아시가 공개적으로 공산주의를 옹호하고 공산주의 국가 건설을 주장하는 등 그 지향하는 바가 획일적이었다면, 그와는 다르게 1970·80년대의 민중문학은 다양한 이념을 내포하고 있었다. 또한 1920·30년대의 프롤레타리아문학이 식민지 상황에서의 자본주의의 모순과 국권 회복운동과 결부되어 있

석, 심훈 등이 나타나서 당시에 일제 치하의 핍박한 삶을 살아가던 민중의 참혹한 생활과 정서를 개성적으로 드러내기도 하였다. 그 중에서도 시를 통해서 보여주었던 이용악의 현실에 대한 관심과 상상력은 산업화 시대의 민중시의 계보로서 특히 주목할 만하다.[10]

> 그가 아홉살 되든 해
> 사냥개 꿩을 쫓아다니는 겨울
> 이집에 살던 일곱 식솔이
> 어대론지 살아지고 이튼날 아침
> 북쪽을 향한 발자욱만 눈우에 떨고 있었다
>
> 더러는 오랑캐영 쪽으로 갔으리라고
> 더러는 아라사로 갔으리라고
> 이웃 늙은이들은
> 모두 무서운 곳을 짚었다
>
> 지금은 아무도 살지 않는 집
> 마을서 흉집이라고 꺼리는 낡은 집
> 제철마다 먹음직한 열매

었던 것이라면, 이와는 다르게 1970·80년대의 민중문학은 산업화 시대의 자본주의의 모순과 독재정권 하에서의 민권회복 운동과 결부되어 있다. 이에 대해서는 오세영, 「80년대 한국의 민중시」, pp.136~137 참조.

10) 그의 시에서 드러나는 현실에 대한 상상력은 전반적으로 고향의 불모성과 식민지 조선의 불모성이라는 두 가지 축을 중심으로 펼쳐지고 있다. 이 두 축을 매개하는 존재가 바로 유랑민들 또는 궁핍한 삶을 살아갈 수밖에 없었던 당시의 조선인들인데, 그의 시에서 이들의 삶에 대한 시인의 상상력은 서사적 요소와 서정적 요소가 적절하게 어우러지는 가운데 사실적이면서도 감성적으로 펼쳐진다. 이러한 점은 그의 시집 『분수령』(1937)과 『낡은집』(1938)에 실려 있는 시들, 구체적으로는 「고향아 꽃은 피지 못했다」, 「도망하는 밤」, 「낡은집」 등과 『오랑캐꽃』(1947)에 실려 있는 「오랑캐꽃」에서 잘 드러난다. 특히 「낡은집」은 그의 현실에 대한 관심과 상상력의 실체를 가장 잘 보여준다. 이에 대해서는 졸고, 「이용악 시 연구―'구조'와 '모형화'를 중심으로」, 서울대 석사학위논문, 1994 참고.

탐스럽게 열던 살구
살구나무도 글거리만 남았길래
꽃피는 철이 와도 가도 뒤울안에
꿀벌 하나 날아들지 않는다

— 「낡은집」 중에서

    이 시에서 시인은 '털보네' 일가가 고향을 버리고 유랑을 떠나게 된 비극적 사건을 압축적인 이야기로 제시하면서 '털보네'로 대표되는 식민지 조선인의 욕망과 좌절이 형상화하면서 당시의 조선의 현실이 민중이 잠시도 발붙이고 살 수 없는 황폐화된 곳이었다는 점과 깊이 관련되어 있음을 예리하게 보여준다. 특히 시인은 '오랑캐령 쪽'이나 '아라사'로 '털보네' 일가가 유랑하였을 것이라는 이웃 늙은이들의 추측과 함께 그 장소를 '무서운 곳'이라고 제시하여 당시에 유랑민들의 전도 또한 결코 밝지 않았음을 시사해준다. 그리하여 이 시에서 '낡은집'의 의미는 단순히 한 가족이 버리고 간 공간에만 머물지 않고 식민지 치하의 조선으로 확대되고, 서사적 요소와 서정적 요소의 적절한 결합으로 인해 그 의미의 확대는 보다 더 강화된다. 그리하여 이 시에서의 시적 상상력은 시적 상상력이 현실과 어떤 관계를 맺어야 하는가에 대한 하나의 전범으로 산업화 시대의 시인들에게 상당한 영향을 끼치게 된다.

    산업화 시대의 민중시를 살펴볼 경우, 1960년대에 등장하였던 이른바 '참여시' 또한 결코 간과될 수 없는 민중시의 계보에 해당된다. '참여시'는 4·19로 촉발된 현실에 대한 '비판적 정신'을 현실에 대한 강한 관심으로 이어나가면서 시의 현실 참여를 주장하였는데, 이러한 시적 경향의 등장은 당시의 사회 분위기와 매우 밀접한 관련을 맺고 있었다. 당시에 이른바 '순수 참여 논쟁'이 문단의 관심사가 되었고, 신동엽과 김수영을 위시하여 여러 시인들이 시와 현실 사이의 깊은 관계에 주목하는 상상력을 펼칠 수 있었던 것도 그러한 사회적 분위기에 힘입은 바가 컸다.[11] 그리고 그들의 시적 성과물은 산업화 시대의 민중시의 직접적인 자양분이 되었다.

①
우리들은 하늘을 봤다
1960년 4월
역사를 짓눌던, 검은 구름짱을 찢고
영원의 얼굴을 보았다.

잠깐 빛났던,
당신의 얼굴은
우리들의 깊은
가슴이었다.

하늘 물 한아름 떠다,
1919년 우리는
우리 얼굴 닦아놓았다

1894년쯤엔,
돌에도 나무등걸에도
당신의 얼굴은 전체가 하늘이었다.

— 「금강」의 '서화' 중에서

---

11) 이러한 관점에서 볼 때, 민족·민주주의를 이념적 핵심으로 한 4·19혁명이 '미완의 혁명'이라는 점을 전제로 한 다음과 같은 지적은 주목할 만하다. "바로 이 '미완'적 성격 때문에 4·19 혁명은 혁명의 완성을 위해 나아가고자 하는 동력의 원천이 되어, 1960년 이후 우리 현대사에서 민주화를 위한, 혹은 진보와 변혁을 향한 민족·민중운동의 중요한 정신적 모태로 작용하여 왔다." 김윤태, 「4·19혁명과 민족현실의 발견」, 민족문학사연구소 엮음, 『민족문학사 강좌(하)』, 창작과비평사, 1995, p.235.

②
한없이 크고 맑기만 한
소년의 눈동자가
내콧등 아래서 비에
젖고 있었다.

국민학교를 갓 나왔을까.
새로 사 신은
운동환 벗어들고
바삐바삐 지나가는 인파에 밀리면서 동대문을
물었다.

(중략)

나는
가로수 하나를 걷다
되돌아섰다.

그러나 노동자의 홍수 속에 묻혀
그 소년은 보이지 않았다.
― 「금강」의 '후화1' 중에서

「금강」[12]에서 신동엽은 그가 『아사녀』에서부터 줄곧 강조해 왔던 反외
세적·민중 주체적인 삶이 무엇인가를 구체적으로 보여주면서, 역사적
지평에서 현실을 제대로 바라보려는 자신의 열망을 강하게 드러내었다.
이 점은 「금강」의 '서화'와 '후화'에 주목할 때 잘 나타난다. 인용문 ①에

---

12) 신동엽은 첫 시집 『아사녀』에서 「진달래 산천」, 「그 가을」, 「내 고향은 아니었었네」
   등을 발표하면서 민족의 전통적인 삶의 양식이 역사의 격변으로 붕괴되고 있는 과정
   을 추적, 역사와 현실의 허구성을 폭로하면서 민중적 이념을 구현하려고 하였다. 그리
   고 이러한 그의 시적 신념은 장시 「금강」에서는 민족의식과 역사의식으로 확대되면
   서 동학 이후의 민족의 수난사를 서사적으로 형상화해내려는 노력으로 이어졌다.

서 시인은 한국사의 과정이 지배 계층의 압제를 뚫고서 '하늘'을 보는 과정임을 경건하면서도 감동적인 어조로 노래하고 있다. 여기에서 '하늘'은 '영원의 얼굴'이나 '당신의 얼굴'이며 동시에 '우리들의 깊은 가슴'으로 '최수운의 人乃天의 이상'[13]과 관련되어 있다. 시인은 그러한 인내천의 이상을 1894년의 동학혁명, 1919년의 기미독립운동, 1960년의 4·19혁명과 연결시킴으로써 한국사의 진전 과정이 바로 인내천의 이상 실현에 있다고 보았다. 인용문 ②에서는 시적 화자의 눈에 '한없이 크고 맑기만 한 소년'으로 비쳐지고 있는 소년 노동자의 형상이 제시되고 있다. 소년은 시적 화자에게 '동대문'을 물었고, 시적 화자가 다시 그를 보려할 때 '노동자의 홍수' 속에 묻혀 보이지 않았다. 여기에서 시인이 '소년 노동자'를 주목하고 있음은 매우 특기할 만한 점이다. 왜냐하면 ①과 관련지어 볼 경우에 ②의 '소년 노동자'는 '인내천' 이상을 구현하려는 존재로 드러나고 있기 때문이다. 이런 점에서, 우리는 시인이 '인내천' 이상 실현을 위한 한국사의 진전 과정이 이제는 노동자의 권리를 되찾는 곳에 있음을 인식하고 있었음을 알 수 있다.

> 우리들의 敵은 늠름하지 않다
> 우리들의 敵은 카크 다글라스나 리챠드 위드마크 모양으로 사나웁지
> 도 않다
> 그들은 조금도 사나운 惡漢이 아니다
> 그들은 善良하기까지도 하다
> 그들은 民主主義者를 假裝하고
> 자기들이 良民이라고도 하고
> 자기들이 會社員이라고도 하고
> 電車를 타고 自動車를 타고

---

13) 김우창, 「신동엽의 「금강」에 대하여」, 구중서 편, 『신동엽—그의 문학과 삶』, 온누리, 1983, pp.38~39 참고.

料理집엘 들어가고
술을 마시고 웃고 雜談하고
同情하고 眞摯한 얼굴을 하고
바쁘다고 서두르면서 일도 하고
原稿도 쓰고 치부도 하고
시골에도 있고 海邊가에도 있고
서울에도 있고 散步도 하고
映畵館에도 가고
愛嬌도 있다
그들은 말하자면 우리들의 곁에 있다
　　　　　　　　— 「하…… 그림자가 없다」 중에서

　역사적 사건이나 현실의 역사성에 주목했던 신동엽과는 달리, 김수영
은 1960년대의 시에서 주로 '시대 현실' 자체에 주목하면서 시적 상상력
이 무엇을 지향해야 하는가를 분명하게 보여주었다. 그가 이른바 '온몸의
시론'을 내세우면서, 적극적인 자기비판에 바탕 한 '자유'를 기치로 하여
당시의 현실이 지닌 부정적 면모에 대응할 수 있었던 것도 자신의 시대를
올바로 인식하려는 노력의 결과였다.[14] 인용문에서 시인은 '우리들 자신'
으로 존재하는 '적'을 발견하면서, 그 '적'을 이겨내기 위한 전제 조건이
바로 '우리 자신의 자각'에 있다는 점을 명백히 하였다.[15] 그의 이러한 태

---

14) 1960년대 김수영의 시에서 일상생활에 대한 관심은 그의 시에서 드러나는 시적 상상
　　력의 본질이 '현실 참여'에 있었음을 보여주는 것이자 동시에 시적 모더니티를 확보
　　할 수 있는 주된 방법이기도 하였다. 이는 「모더니티의 문제」,(1964.4)에서 볼 수 있듯
　　이, 김수영이 시가 모더니티를 확보할 수 있는 길을 뒤떨어진 우리 현실에 대한 자각
　　의 밀도에서 찾았다는 점에서 이해될 수 있다. 이에 대해서는 졸고, 「1960년대 한국
　　모더니즘 시의 창작 방법 연구」, 『한국문화』 29, 2002, p.101 참조.

15) 김수영의 시에서 그 '깨어 있음'은 곧 '자유'로 나아가는 첩경이고, 동시에 시대 현실
　　에 대한 지속적인 자각이며, 「六法全書와 혁명」, 「푸른 하늘을」, 「그 방을 생각하며」,
　　「적」, 「거대한 뿌리」, 「현대식 교량」, 「사랑의 변주곡」 등으로 형성되는 시인의 시 세
　　계를 떠받치는 근간이다.

도가 산업화 시대의 시인들이 현실을 대하는 태도에 상당한 영향을 미쳤음은 결코 부정될 수 없다.

지금까지 살펴본 바와 같이, 산업화 시대에 민중시가 등장할 수 있었던 데에는 당시의 사회·문화적 변화뿐만 아니라 시와 현실 사이의 관계를 중시하였던 현대시문학사적 노력들 또한 그 밑바탕에 놓여 있다. 만일 현대시문학사에서의 그러한 노력들이 선행하지 않았더라면, 산업화 시대에 '민중시'가 본격적으로 등장하지 못했을지도 모른다.

3. 산업화 시대 민중시의 양상

1) 민중의 생활과 정서의 형상화

1970년대 이후에 한국의 민중시에서 가장 두드러지게 나타났던 경향은 민중의 생활과 정서를 형상화하려는 것이었다. 당시의 시인들은 농민, 노동자, 도시빈민층 등의 삶을 시에 담아내기도 하였으며, 그들이 생활 속에서 느낄 수밖에 없었던 고통, 한, 울분, 기쁨 등 여러 가지 정서를 형상화하려고 애를 썼다. 구체적으로, 신경림, 이성부, 정희성 등 1970년대부터 창작 활동을 해왔던 시인들과 최두석, 김진경, 안도현, 김용택 등 1980년대에 들어와서 새로운 감수성을 바탕으로 하여 창작 활동을 한 시인들은 민중의 생활과 정서를 시적으로 형상화함으로써 한국 현대시문학사의 전개에 상당한 변화를 낳았다.16)

---

16) 한국 현대 시문학사에서 민중의 생활과 정서를 형상화한 경우는 일찍이 1920~30년대의 시인들에게서도 나타난 바 있다. 이상화와 김소월을 위시로 하여 카프계열의 시인들에 이르기까지 많은 시인들이 일제 식민지 치하에서 참담하게 살아가야만 했던 우리 민족의 생활과 정서를 다양한 방식으로 시화하였다. 특히 1930년대 후반에 등장

신경림은 현대시문학사에서 민중의 생활과 정서를 가장 탁월하게 형상화한 시인이라고 할 수 있다. 그의 시에서는 김수영의 시에서 볼 수 있는 통렬한 자기비판도, 김지하의 시에서 드러나는 지배층의 부정을 고발하는 풍자나 해학도, 그리고 박노해의 시에서 볼 수 있는 새로운 세계에 대한 강렬한 열망도 쉽게 보이지 않는다. 그럼에도 불구하고 그의 시는 산업화 체제의 시대에서 나날이 파괴되어 갈 수밖에 없었던 농촌공동체의 실상과 거기에서 살아가던 사람들의 생활과 정서가 친근한 가락으로 노래되고 있다. 한 마디로 말해서, 신경림은 농촌공동체의 온전한 삶을 추구함으로써 당시에 우리 사회가 나아가야 할 방향을 진지하게 모색하였던 것이다.[17]

　　그렇다고 해서 그의 시가 농촌공동체의 보존을 특정한 이데올로기의 관점에서 바라보고 있는 것은 아니다. 그는 단지 농촌공동체를 지켜내는 가운데, 그리하여 우리의 순수한 삶을 보존하는 가운데 근대화가 진행되

　　하였던 이용악, 백석, 심훈 등의 시는 당시의 우리 민족의 참담한 생활과 그러한 생활에서 지닐 수밖에 없었던 민족적 정서를 적극적으로 형상화함으로써 시가 억압받는 사람들의 생활과 정서를 포용할 수 있는 가능성을 한층 높여 주기도 하였다. 그렇지만 이들의 시에서 드러나는 민중의 생활과 정서의 형상화는 당시가 국권상실의 시대였다는 점에서 본격적인 산업화 체제로 나아갔던 시기인 1970~80년대에 창작된 민중시의 그것과는 많은 점에서 상당한 차이를 보인다.

17) 신경림이 그의 시에서 농촌 문제에 관심을 기울였던 것은 근대화 자체에 대한 반대가 아니라 서구적인 근대화에 대한 반대와 깊이 연관되어 있다. "우리의 근대화란 말하자면 서구화를 뜻한다. 생활을 서구식으로 하고 생각을 서구식으로 하자는 것이 근대화의 중요한 한 내용이기도 하다. 따라서 근대화란 사람이 사는 가장 바람직한 것을 서구식으로 사는 데서 찾는 발상에 바탕한 것이라고 말할 수 있다. 그러나 한 나라, 한 민족이 살아온 길이나 이룩해 온 문화는 그 나름으로 타당한 근거를 갖는 것으로서 단번에 외국적인 삶이나 문화에 종속될 수 있는 것이 못 된다."라는 지적에서 알 수 있듯이 그는 우리의 근대화가 서구식으로 진행되는 것에 반감을 갖고 있었다. 인용부분은 신경림, 「왜 농촌문학이 우리 문학에서 중요한가」, 『삶의 진실과 시적 진실』, 전예원, 1983, p.91.

어야함을 강조할 뿐이었다.[18] 『농무』에서 이야기 서술을 위주로 하여 해체되어 가는 농촌의 정황과 농민들의 일상과 생활을 중점적으로 묘사하고 있는 것이라든지, 『새재』에서 4음보의 민요가락과 후렴구를 반복적으로 구사하면서 피폐한 삶의 정황에서 비롯된 농민들의 울분과 비애를 노래하였던 것은 그의 시가 지향하는 바를 분명하게 보여준다.

못난 놈들은 서로 얼굴만 봐도 흥겹다
이발소 앞에 서서 참외를 깎고
목로에 앉아 막걸리를 들이키면
모두들 한결같이 친구 같은 얼굴들
호남의 가뭄 얘기 조합 빚 얘기
약장사 기타 소리에 발장단을 치다 보면
왜 이렇게 자꾸만 서울이 그리워지나
어디를 들어가 섰다라도 벌일까
주머니를 털어 색시집에라도 갈까
학교 마당에들 모여 소주에 오징어를 찢다
어느새 긴 여름해도 저물어
고무신 한 켤레 또는 조기 한 마리 들고
달이 환한 마찻길을 절뚝이는 파장

— 「罷場」 전문

이 시는 「농무」와 함께 신경림의 시적 경향의 단면을 잘 드러내주고 있는 것이다. 여기에서 신경림은 갈수록 피폐해져 가는 농촌의 상황과 거기에 남아서 살아가는 사람들의 일상을 매우 逼眞하게 묘사하고, 그러한 상황에서 그들이 지닐 수밖에 없는 감정을 절실하게 담아내고 있다. 이 점

---

18) 이 점에 대해서 신경림은 다음과 같이 말한 바 있다. "농촌 문제의 문화적 탐구는 그릇된 근대화를 올바른 길로 되돌려 놓는 작업과 깊은 관계가 있는 일이며, 순수한 우리 것을 간직하고 되살림으로 해서 우리가 국제사회에서 자존심을 가지고 살아갈 수 있는 길을 찾는 일의 한 가닥이기도 하다." 이에 대해서는 위의 글, p.93.

은 시적 화자가 농민들을 '못난 놈들'로 지칭하고 있는 데에서 우선적으로 드러난다. 오랜만에 장터에서 만나 하릴없이 이발소 앞에서 참외를 나눠먹기도 하고, 목로에서 막걸리를 들이키면서 삶에 대한 이런 저런 이야기를 나누기도 하며, 그러다가 지나가는 약장사의 기타 소리에 발장단을 치기도 하는 사람들. 그리고 '서울'로 가야만 사람답게 살 수 있는 것은 아닌가라는 생각을 지닐 수밖에 없고, 고작 '섰다'나 '색시집'을 떠올리거나 아니면 '학교 마당'에서 술을 마시며, 그러다가 장이 끝날 때쯤이면 '고무신 한 켤레'와 '조기 한 마리'를 들고서 '절뚝이면서' 돌아올 뿐인 사람들. 이 사람들을 '못난 놈들'로 칭하면서 시인은 우리들에게 농촌 사회의 피폐함이 바로 우리 자신의 문제임을 절실하게 깨닫도록 해준다.

이처럼 신경림의 시는 농민들의 생활과 정서에 대한 진정한 체험과 감각으로 인해서 우리에게 절절한 느낌을 준다. 그렇기 때문에 "하늘은 날더러 구름이 되라 하고/ 땅은 날더러 바람이 되라 하네/ 청룡 흑룡 흩어져 비 개인 나루/ 잡초나 일깨우는 잔바람이 되라네"(「목계장터」 중에서)라는 노래와 "텔리비전에서 연속극이라도 시작되면/ 일 나간 아낙들이 돌아올 시간이라면서/ 미지기로 놀던 상쇠도 중쇠도 빠지고/ 싸구려 소리가 높아지면서/ 길음시장은 비로소 서울이 된다"(「길음시장」 중에서)라는 노래에는 모두 농촌공동체의 삶을 지켜내려는 시인의 의지가 담겨 있다. 시인에게는 그것이 인간의 숙명과도 같으며, 장시 「남한강」(1987)에는 그러한 시인의 생각이 집약적으로 담겨 있다.

신경림의 시와 마찬가지로 이성부의 시 또한 지난 역사에서 가혹하게 짓밟히고 고통을 당했던 사람들의 생활과 정서를 담아내고 있다. 그렇지만 신경림의 시에서와는 다르게 그의 시에서는 고통을 극복하려는 의지가 강하게 드러나고 있다. 구체적으로 1970년에 발표된 「벌판」과 「바다」 이후로 그의 시는 철저한 자기 응시 속에서 고통을 감내하려는 결연한 운명의 세계를 보여주었는데, 그러한 시인의 태도에는 억압된 현실에 대한 진정한 노여움이란 현실이 가하는 고통을 견뎌내는 것으로부터 비롯된다는 시인 스스로의 인식이 놓여 있다. 시집 『우리들의 양식』(1974), 『백제행』(1977), 『전야』(1981), 『빈산 뒤에 두고』(1989) 등이 주로 현실이 가하는 고통에 대한 감내라는 관점에서 민중의 생활과 감정을 형상화하고 있는 것도 그러한 맥락에서 이해될 수 있다. 「벼」는 그러한 이성부의 시 세계를 매우 구체적으로 보여주는 작품이다.

> 벼는 서로 어우러져
> 기대고 산다.
> 햇살 따가와질수록
> 깊이 익어 스스로를 아끼고
> 이웃들에게 저를 맡긴다.
>
> 서로가 서로의 몸을 묶어
> 더 튼튼해진 백성들을 보아라.
> 죄도 없이 죄지어서 더욱 불타는
> 마음들을 보아라. 벼가 춤출 때,
> 벼는 소리없이 떠나간다.
>
> 벼는 가을 하늘에도
> 서러운 눈 씻어 맑게 다스릴 줄 알고
> 바람 한 점에도
> 제 몸의 노여움을 덮는다.
> 저의 가슴도 더운 줄을 안다.
>
> 벼가 떠나가며 바치는
> 이 넓디넓은 사랑,
> 쓰러지고 쓰러지고 다시 일어서서 드리는
> 이 피묻은 그리움,

이 넉넉한 힘……

——「벼」전문

　『백제행』(1977)에 실려 있는 이 시에서 시인은 고통의 감내가 민중의 긍정적 모습임을 노래하고 있다. 시집의 '후기'에서 시인은 "고통의 편린들, 이 뼈아픈 삶의 정체를 밝혀보는 일이야말로 나에게는 가장 중요한 시적 목표"라고 강조하였는데, 그러한 시인의 시적 목표는 바로 고통을 극복하려는 의지와 민중의 긍정적 모습이 결합되는 것을 전제로 한다. 이 시에서 노래되고 있는 '벼'의 생리는 바로 그러한 전제의 표상과도 같다. '벼'는 서로 어우러져 기대고 살고, 노여움을 덮을 줄 알고, 쓰러지더라도 다시 일어서서 열매로 자신을 드리는 '넉넉한 힘'을 지닌 존재이다. 그리고 '벼'가 지닌 생리와 '넉넉한 힘'은 곧 민중의 삶에서 찾아볼 수 있는 속성이기도 하다. 결국, 시인은 '벼'의 생리와 속성에서 민중이 자신의 고통을 극복할 수 있는 힘을 발견하고, 그들의 희망찬 미래에 무한한 신뢰를 보내는 것이다.

　민중의 삶이 지닌 건강함은 정희성의 시에서도 포착된다. 그의 시는 민중의 일상적인 삶에 내재해 있는 건강성과 생명력을 포괄적으로 형상화하고 있는데, 이러한 성과는 전반적으로 "자기 감정의 억제와 자기 의지의 숨김을 통해 자연스럽게 실현된다"[19]는 점에서 주목할 만하다. 한 마디로 말해서, 그는 민중의 고통이나 건강성을 매우 지적인 방식으로 노래한 시인이었다. 이러한 면모는 그이 시 「저문강에 삽을 씻고」에서 잘 드러난다. 이 시에서 시인은 암담한 상황에서도 희망은 솟아오르기 마련이라는 점을 '삽자루'에 한 생을 맡긴 노동자의 절제된 내면과 배경 묘사를 통해서 절묘하게 형상화 해내었다.

---

19) 권영민, 『한국현대문학사 1945~1990』, 민음사, 1993, p.249.

1980년대 들어서도 민중의 생활과 감정을 노래한 시들이 많이 창작되었다. 곽재구의『사평역에서』와『전장포 아리랑』, 최두석의『대꽃』, 김진경의『갈문리의 아이들』, 하종오의『사월에서 오월로』, 김명수의『하급반 교과서』, 고형렬의『대청봉 수박밭』등이 바로 그것들이다. 이들을 통해서 볼 때, 농민들과 도시 빈민층의 생활과 정서에 집중하였던 1970년대의 시들에 비해서 이 시기의 시들은 상대적으로 도시 노동자들의 생활과 정서를 형상화하는 데 주력하였다고 할 수 있다. 이러한 차이가 발생하게 된 이유는 여러 가지 점에서 찾을 수 있겠지만, 우선적으로는 1980년대의 한국 사회가 이전의 사회보다 더 산업화되었다는 점에서 찾을 수 있다. 그렇다고 해서 1980년대에 농민들의 생활과 감정을 노래하고 있는 시들이 전혀 등장하지 않았던 것은 아니다. 다만 그러한 시들은 도시 근로자의 생활과 감정을 담은 시들에 비해서 상대적으로 그 수효가 적었던 것이다.

2) 현실에 대한 비판적 태도의 형상화

시대 현실이 민중의 이익과는 괴리된 방식으로 나아가고 있다는 점에 대한 비판은 시대 현실의 실체를 알아차린 지식인에 의해서 이루어지는 경우가 많다. 1970년대의 시에서 드러나는 민중적 세계관은 그러한 경우가 많았다. 즉 그것은 당시의 민중들 자체의 힘에 의한 것이라기보다는 지배체제의 폭정에 시달리고 있는 민중의 상황에 대한 지식인의 공감에서 우러나오는 경우가 많았다. 그러한 공감 속에는 물론 지식인 스스로의 자기비판적 시각도 들어 있었다. 따라서 민중의 생활과 감정을 있는 그대로 형상화하려고 하는 시들과는 달리, 민중의 삶을 황폐화시키고 억압하는 당시 지배체제의 폭정이나 상황의 답답함을 드러내면서 현실을 비판하고 있는 시들은 민중시의 또 다른 경향이라고 하지 않을 수 없다. 김지하, 조태일, 이시영, 황지우 등의 시에서 이러한 면모가 잘 드러난다.

1970년대 김지하의 시는 담시 「오적」과 시집『황토』로 대표된다. 이들은 전태일의 분신자살 사건과 함께 1970년대의 지식인들의 민주화 운동과 노동자들의 민주 노동운동의 개시를 알리는 상징적인 사건으로 받아들여지기도 했다.[20] 그만큼 김지하의 시는 1970년대 민중시의 대표적인 것이라고 할 수 있다. 그의 시는 전반적으로 민중적 세계관에 입각하여 있는데, 특히 그러한 문학세계가 민중의 삶이 주체가 되는 새로운 문체와 양식, 즉 민중문학의 형식원리의 창조를 통해 형성된다는 점에서 주목된다. "민중의 삶이 그의 문학의 내용 주체일 뿐만 아니라 형식 주체이기도 한 것"[21]이라는 그의 시에 대한 평가는 바로 그의 시가 지닌 그러한 면을 정확하게 지적하고 있다고 할 수 있다. 담시 「五賊」은 그 대표적인 것이라고 할 수 있다.

> 我東方이 바야흐로 단군이래 으뜸
> 으뜸가는 태평 태평 태평성대라
> 그 무슨 가난이 있겠느냐 도둑이 있겠느냐
> 포식한 농민은 배터져 죽는게 일쑤요
> 비단옷 신물나서 사시장철 벗고 사니
> 고재봉 제 비록 도둑이라곤 하나
> 공자님 당년에도 도척이 났고
> 부정부패 가렴주구 처처에 그득하나
> 요순시절에도 사흉은 있었으니
> 아마도 현군양상인들 세 살버릇 도벽이야
> 여든까지 차마 어찌할 수 있겠느냐
> 서울이란 장안 한복판에 다섯도둑이 모여 살았것다.

---

20) 현준만, 「시와 정치적 상상력―'시인' 김지하론」, 윤구병 · 임헌영 외, 『김지하―그의 문학과 사상』, 세계, 1984, p.73.
21) 홍용희, 『김지하 문학 연구』, 시와시학사, 2000, p.279.

남녘은 똥덩어리 둥둥
구정물 한강가에 동빙고동 우뚝
북녘은 털빠진 닭똥구멍 민둥
벗은 산 만장아래 성북동 수유동 뾰쭉
남북간에 오종종종 판잣집 다닥다닥
게딱지 다닥 코딱지 다닥 그 위에 불쑥
장충동 약수동 솟을대문 제멋대로 와장창
저 솟고 싶은대로 솟구쳐라 삐까번쩍
으리으리 꽃궁궐에 밤낮으로 풍악이 질펀 떡치는 소리 쿵덕
　　　　　　　　　　　　　　　　　── 「五賊」 중에서

　「오적」은 '꾀수'로 대표되는 민중이 '오적'에 의해서 수탈을 당해왔음
을 민중들 사이에서 전해 내려오는 이야기로 환치하여 판소리 형식으로
고발하고 있는 시이다. 하지만 지배체제의 부정과 악덕에 대한 고발은 민
중 자체의 힘에 의한 것이라기보다는 민중의 상황에 대한 시인의 공감에
의한 것이다. '꾀수'로 대표되는 당시의 민중의식은 그 성장에도 불구하
고 기존의 지배 체제에 대항할 수 있을 만큼은 아니었던 것이다. 그럼에
도 불구하고 이 시가 지닌 풍자성과 격렬한 어조는 "시대성 또는 상황성
에 대한 도전으로 이어지는 실천적 의지를 보여준다"[22]고 할 수 있을 정
도로 두드러진다. 특히 민중들의 궁핍한 생활상을 "포식한 농민은 배터져
죽는게 일쑤요"라고 한다든지, 지배계층의 부정부패를 "요순시절에도 사
흉은 있었으니"라고 하면서 반어적으로 표현하는 것과 민중들의 생활과
오적의 생활을 대조적으로 제시한 것은 전통적인 시가의 활용이 민중시를
창작하는 하나의 방법이 될 수 있다는 점을 잘 보여주었다고 할 수 있다.

　물과 물은 소리없이 만나서

---

22) 권영민, 앞의 책, p.235.

흔적없이 섞인다
차가운 대로 혹은 뜨거운 대로 섞인다
바람과 바람도 소리없이 만나서
흔적없이 섞인다
세찬 대로 혹은 부드러운 대로 섞인다

빛과 빛도 소리없이 만나서 흔적없이 섞인다
쏜살같이 혹은 느릿느릿 섞인다

한핏줄끼리는 그렇게 만나고 섞이는데
한핏줄의 땅을 딛고서도
사람은 사람을 만날 수가 없구나
사람이면서 나는 사람을 만날 수가 없구나

—「국토Ⅱ」 전문

한편, 이 시기의 시에서 현실에 대한 비판적 태도는 분단된 조국의 상황과도 깊이 연관되기도 하였다. 조태일의 시집 『국토』(1975)는 그 대표적인 경우이다. 그는 인위적인 제도나 허위, 위선, 구속 등이 없는 건강한 세상을 갈구하면서 그러한 건강함이 파괴된 현실에 과감히 맞섰는데, 『국토』에서 그는 반공이데올로기의 폭력과 허구성을 드러내고, 통일에의 의지를 강하게 표명하였다. 인용시 「국토 Ⅱ」는 그 구체적인 보기이다. 이 시에서 시인은 '물과 물', '바람과 바람', '빛과 빛' 등 모든 자연물들을 '한핏줄'로 바라보면서 그들의 자연스런 하나됨을 인지한다. 하지만 그러한 자연물들과는 다르게 '사람과 사람'은 '한핏줄'이면서도 서로 만나지 못하고 있다. 시인은 그러한 상황을 한탄하면서 동시에 그러한 상황이 반드시 극복되어야 할 것임을 암묵적으로 강조하고 있다.

현실에 대한 비판적 태도는 1980년대의 시에서도 찾을 수 있다. 1980년대에 창작된 시들에서 고은은 민중의 생활에 대한 관심을 바탕으로 현실의 부정함을 비판하고 있다. 그가 민중의 생활에 관심을 기울이게 된 것은 1970년대 중반부터였다. 그 이전에 그는 주로 개인의 생활과 관련하여 '허무'를 노래하였다. 그러다가 시집『문의마을에 가서』(1974) 이후로 그는 허무감을 떨쳐버리면서 그가 속해 있는 동시대의 부정이나 모순들을 비판적으로 바라보기 시작하였다. 특히『문의마을에 가서』에서 그는 「남한에서」, 「성묘」, 「두만강으로 부치는 편지」 등을 통해서 남북 분단의 극복을 당위로 내세웠는데, 이러한 시인의 태도는 공동체적 삶의 중요성에 대한 시인의 자각을 바탕으로 하고 있어서 주목된다. 그가『조국의 별』, 『전원시화』, 『그믐밤』, 『만인보』 등 1980년대에 간행된 시집들에서 민중들의 생활을 미시적·거시적으로 노래할 수 있었던 것도 바로 그 공동체적 삶에 대한 자각에서 찾을 수 있다. 특히 공동체적 삶에 대한 시인의 자각은 매우 진솔한 언어를 통해서 비판적 태도로 치환되는데, 이러한 면모는 민중시의 또 다른 가능성을 열었다는 점에서 높이 평가할 수 있다.

밤중에 뒷간에 나갔다가
아이 춰워 아이 추워 들어오다가
마을길 웬 인기척 났다
별도 깜짝거렸다

뭘 꾸물대기는 어서 와

저 소리 틀림없이 종구 목소리
아니 이 밤중에 어디 간다?

마루에 둔 손전등 켜들고 후다닥 나가 보니
중뜸 이종구네 식구 다섯이구나
종구 어깨 덥썩 잡으니
보따리 든 그의 팔 어쩔 줄 몰랐다

식구마다/ 뭣 하나씩 둘씩 다 들고 있다

제발 불 좀 끄게
나 빚더미 산더미 알지 않는가
아 이 밤중 도망 못 가면 어쩌겠는가
농협 몰래/ 서울로 간다네
서울 미아리 넘어
수락산 밑이라더군
처남 사는 동네 거기로 간다

용철이 자네만 알고 있게
돈 벌면
정든 땅 돌아와야지 돌아오구 말구
자네 우리 집 빈집이라고
도망 간 집이라고 불 지르지 말게
부디 잘 있게 용철이

— 「밤중」 전문

위의 시는 고은 시의 근간이 민중들의 생활과 감정을 진솔하게 노래하는 데 있고, 그리하여 진솔한 언어가 현실에 대한 비판으로 이어지는 과정을 분명하게 보여주고 있다. 이 시는 크게 두 부분으로 이루어져 있다. 전반부에서는 '이종구'네 가족이 야반도주하는 것을 '용철'이가 목격하게 된 장면이 '용철'의 내면 심리와 함께 매우 사실적으로 제시되고 있으며, 후반부에서는 가족들을 데리고 서울로 야반도주를 할 수밖에 없는 '이종구'의 현재 상황과 내면 심리가 생생하게 제시되고 있다. 흔히 야반도주란 은밀하게 이루어지는 행위인 만큼 그 당사자와 그것을 목격한 사람은 대립될 수밖에 없다. 하지만 이 시에서 전반부와 후반부는 결코 대립되지 않는다. 오히려 야반도주를 하는 사람이 목격자에게 자신의 빈집을 잘 보아달라고 부탁까지 한다. 이처럼 이 시에서는 '야반도주'를 대하는 시인의 관점이 매우 특이한데, 이는 야반도주가 단지 '이종구'의 문제만이 아니라 '용철'의 문제이기도 하며, 나아가서는 '농협빚'에 시달리던 1980년 대 우리 농촌 사람들 모두의 문제라는 시인의 철저한 인식에서 비롯된 현상이다. 그리하여 이 시에서 야반도주에 대한 시인의 진솔한 언어는 공동 체적 삶의 본질에 대한 시인의 자각 속에서 현실에 대한 강렬한 비판으로 전화된다.

그렇다고 해서 1970년대와 1980년대의 민중시에서 현실에 대한 비판과 저항이 항상 민중들의 생활 속에서만 이루어졌던 것은 아니다. 그것은 민중들의 구체적인 삶의 모습을 담고 있지 않더라도 시인 자체의 자기 인식이나 시인의 현실 인식을 통해서도 드러나기도 하였다. 황지우의 시는 그 대표적인 경우였다. 그의 시는 섬세한 감각과 아름다운 서정이 시대에 대한 분노와 교묘히 결합되어 있으며, 여타의 민중시와는 달리 시의 내용보다는 형태나 전달 방식을 중시하였다. 그는 때로는 암호로 현실을 비판하기도 하였으며, 때로는 독설과 비유를 사용하여 직접적으로 현실을 풍자하거나 야유하였다. 시집 『새들도 세상을 뜨는구나』(1983)는 그러한 그의 시적 태도를 잘 보여주는 것이다. 구체적으로 이 시집에서 그는 신문의 기사를 작성하는 기자의 눈을 통해서, 어떤 사건에 대한 보고서를 작성하는 보고자의 눈을 통해서 당시의 시대 현실이 처한 상황을 파헤치고, 그 것을 시의 형상화에 적극적으로 수용하였다.

한편, 1980년대에 이르면 한국 사회의 현실을 비판하는 데에서 더 나아가, 한국 사회의 구체적 모순을 해결하고 새로운 세계로 나아가려는 열망을 형상화한 시들이 등장하였다. 이 경우는 조국 분단이라는 모순과 자본주의 체제가 지닌 모순을 극복하고 우리 민족과 노동자의 온전한 삶을 열망하는 것으로, 당시에 우리 사회가 지닌 부정과 모순에 대한 비판을 주로 하는 경우와는 또 다른 것이라 하지 않을 수 없다. 특히 이 경향은 1980

년대에 접어들면서 집중적으로 등장하였는데, 이는 이 시기가 '광주민주화항쟁'을 계기로 하여 학생운동과 노동운동이 활발하게 전개되었던 시기였다는 점과 깊이 관련된다. 이 점은 김남주, 김정환, 박노해, 백무산 등의 시에서 잘 나타나는데, 그 중에서도 박노해의 경우는 특히 주목할 만하다.

올 어린이날만은
안사람과 아들놈 손목 잡고
어린이 대공원에라도 가야겠다며
은하수를 빨며 웃던 정형의
손목이 날아갔다

(중략)

비닐봉지에 싼 손을 품에 넣고
봉천동 산동네 정형 집을 찾아
서글한 눈매의 그의 아내와 초롱한 아들놈 보며
차마 손만은 꺼내 주질 못하였다

훤한 대낮에 산동네 구멍가게 주저앉아 쇠주병을 비우고
정형이 부탁한 산재관계 책을 찾아
종로의 크다는 책방을 둘러봐도
엠병할, 산데미 같은 책들 중에
노동자가 읽을 책은 두 눈 까뒤집어도 없고

(중략)

우리는 손을 소주에 씻어 들고
양지바른 공장 담벼락에 묻는다
노동자의 피땀 위에서

번영의 조국을 향락하는 누런 착취의 손들을
일 안하고 놀고먹는 하얀 손들을
묻는다

— 「손무덤」 중에서

　민중시와 관련하여 박노해는 대체로 "이전까지 지식인에 의해 주로 씌어지던 민중시에 노동자가 직접 창작주체가 되는 계기를 마련해 준 것"[23]으로 평가받고 있는 시인이다.[24] 전반적으로 그에게 있어서 현실이란 새로운 질서에 의해서 부정되어야 할 대상이었으며, 동시에 부정의 현실 속에서도 넉넉하게 피어나는 삶의 여유가 존재하는 것이었다. 그리고 그러한 '부정'과 '여유'라는 현실의 두 측면은 '노동자의 삶'을 구심점으로 하여 그의 시적 상상력 속에서 혼융된다. 인용시는 박노해의 시에서 그러한 혼융이 어떻게 가능하게 되었던가를 구체적으로 보여주고 있다. '정형'으로 불리어지고 있는 한 노동자가 공장에서 일을 하다가 기계에 '손목'이 잘린 사건을 대상으로 하고 있는 이 시에서 시인은 당시의 노동자들의 삶을 노동 현장과 관련하여 매우 구체적으로 제시하고 있다. 그렇다고 해서 이 시가 '정형'과 관련된 사건만으로만 이루어져 있는 것은 아니다. 시인은 "노동자의 피땀 위에서/ 번영의 조국을 향락하는 누런 착취의 손들을/ 일 안하고 놀고먹는 하얀 손들을/ 묻는다"에서 '노동자의 손'과 '노동을 착취하는 사람들의 하얀 손'을 대비시키는 가운데 노동자가 대접받고 주체가 될 수 있는 세상에 대한 열망을 강하게 드러낸다. 그리하여 '정형'의 '손무덤'은 단순한 묘사나 소재의 대상에서 벗어나서 당시의 우리 사

---

23) 맹문재, 『한국 민중시 문학사』, 박이정, 2001, p.139.
24) 그는 첫시집 『노동의 새벽』(1984)에서는 자신의 노동 체험을 바탕으로 당시 우리 사회에서 매우 열악했던 노동자들의 삶을 집중적으로 형상화하였고, 1988년경을 즈음하면서부터는 점차적으로 노동현장 뿐만이 아니라 정치적인 문제들까지 시화하려고 하였다.

회를 바라보는 시인의 문제의식을 단적으로 보여주는 하나의 상징이 된다.[25] 결국, 그의 시에서 우리 사회의 부정적인 면모와 노동자들의 여유가 혼융될 수 있었던 것은 시인이 노동자들의 생활뿐만 아니라 노동자들이 주체가 될 수 있는 세상 또한 갈망하였기 때문에 가능한 것이었다고 할 수 있다.

4. 민중시의 의의와 전망

1970년대와 80년대에 집중적으로 등장하였던 민중시는 매우 다양한 양상을 보여주었다. 구체적으로 당시에 시인들은 민중의 생활과 정서에 상당한 관심을 보여주었으며, 민중이 피폐한 삶을 살아갈 수밖에 없었던 당시의 사회 현실을 적극적으로 비판하기도 하였다. 또한 그들은 민중의 생활이 당시의 우리 사회가 안고 있었던 사회 구조적 차원에서의 모순들, 특히 자본주의 체제를 바탕으로 하여 산업화에 박차를 가하였던 당시의 상황에서 노동자들이 주체적으로 살아가지 못한 결과라는 점을 자각함으로써 당시 우리 사회의 구조적 모순을 극복하려는 열망을 드러내기도 하였다. 산업화 시대의 민중시를 좀 더 세분해서 살펴볼 수도 있지만, 그들이 현실을 대하는 태도는 이러한 두 가지 양상으로도 충분하게 설명될 수 있다.

1970~80년대의 민중시의 등장으로 인해 한국 현대시문학사에서는 시

---

25) 이러한 맥락에서 보자면, 그의 시에 나오는 인물이나 사건이 "현실의 단순한 묘사나 소재가 아니라 문제의식에 의해 선택되고 변형·창조된 대상들로, 실제적인 것보다 훨씬 집중적이고 생동적이며 보편적인 것이었다"라는 견해는 주목할 만한 것이라고 할 수 있다. 인용된 부분은 맹문재, 앞의 책, p.144.

가 당대 사회의 현실, 특히 여러 가지 사회적 문제로 인해 사회 구성원의 인간다운 삶이 영위되지 못했던 현실에도 깊은 관심을 가져야 한다는 의식이 팽배해지기 시작하였다. 이 시기에 시인들이 지배 체제의 부정에 대한 고발, 지배 체제의 부정으로 인해 고통 받았던 민중의 생활과 감정, 산업화 시대에 이르러서 첨예하게 드러나기 시작하였던 비인간적인 노동 현실 등에 관심을 기울였던 것은 바로 그러한 문제의식이 시적으로 반영된 결과였다. 특히 이 시기에 시인들은 어떤 특정한 이념 속에서 현실을 일방적으로 재단하려는 태도에서가 아니라 당대의 현실 자체에 주목하면서 다양한 방식으로 민중의 생활과 감정을 형상화 해내었다. 그 결과 민중시는 산업화 시대의 현실을 매우 예리하게 인식하면서 우리 사회의 나아갈 방향이 민중의 삶을 온전하게 보장하는데 있다는 점을 분명하게 하였다. 따라서 1970~80년대의 민중시가 지니는 의의는 우선적으로 산업화 시대의 현실에 대한 예리한 인식에서 찾아질 필요가 있다. 그리고 그러한 점에서 보자면, 산업화 시대의 민중시는 이전과는 다른 사회적 분위기를 바탕으로 하여 1980년대에 들어와서 이전과는 새로운 단계로 접어들었다고 할 수 있다. 한편, 1970~80년대 민중시의 등장은 한국 현대시문학사에 시가 민중의 생활, 감정, 그리고 지향을 제대로 형상화 해내려면 그러한 것들을 그들의 언어와 형식으로 담아낼 필요가 있다는 점을 명확히 인식시켜 주었다. 한국 현대시문학사에서 이른바 '쉬운 시'에 대한 요구는 단지 1970~80년대만의 문제는 아니었다. 일찍이 1920~30년대의 카프 계통의 시에서 볼 수 있었던 것처럼, '쉬운 시'에 대한 요구는 현실에 대한 깊은 관심을 표명하였던 시적 경향들에서 예외 없이 제기되어 왔던 문제였다. 1920년대 말에 김기진이 예술의 대중화를 부르짖으면서 이른바 '단편서사시'를 당시의 시가 나아가야 할 바람직한 방향으로 바라보았던 것이나, 1970~80년대에 시인들이 전통적인 판소리의 가락이나 민요 속에 담긴 민중적 정서를 살려내는 데 관심을 기울이거나 노동 현장에서 실제적으로 사용되는 노동자의 언어를 시에 끌어들이려고 했던 것도 비슷한 맥락에서 파악될 수 있다. 이러한 점이 지니는 의의는 특히 현실에 대한 관심을 표명하면서도 난해성을 떨쳐내지 못했던 시들과 견주어볼 때 더욱더 부각된다고 말할 수 있다. 그런 점에서 보자면, 1970~80년대의 민중시는 민중시의 양식 또한 어느 정도 고려하면서 현실에 대한 상상력을 시적으로 펼쳐내려고 하였다고 말할 수 있다.

그렇다고 해서 1970~80년대의 민중시가 긍정적인 의의만을 지니고 있다고 말할 수는 없다. 산업화 시대의 현실을 예리하게 인식하고 그 시대를 살아가던 민중들의 생활과 정서를 그들의 언어로 시화하려는 노력은 또한 '쉬운 시'에 대한 강박으로 인해 지나치게 소재만을 중시하는 경향을 보이기도 하였으며, 시적인 반응을 불러일으키지 못하는 '비시적'인 표현들이 난무하는 결과를 가져오기도 하였다. 이러한 경향은 1970년대의 경우에서보다는 1980년대 이후에 주로 나타났었던 이른바 노동시의 경우에서 쉽게 찾아볼 수 있다. 이러한 현상을 고려해 볼 때, 현대시문학사에서 정치 이데올로기에 근거하여 당시의 현실을 일방적으로 재단하려던 시들이 보여주었던 '슬로건적 오류'에 해당되는 부정적인 면모들을 이 시기의 민중시가 적극적으로 타개하지 못했던 것임을 분명하게 보여준다. 한 마디로 말해서 이 시기의 민중시 또한 정치·배타적 태도로 인해서 시의 본질과 시의 서정성을 왜곡하였던 이전의 잘못에서 완전히 벗어나지 못했던 것이다.

한국의 현대시문학사에서 민중시는 1990년대 이후부터는 이전과는 판이하게 다른 양상을 보여주어 왔다. 민중들의 구체적인 생활과 정서를 담아내고, 그들이 지향하는 바를 구체적으로 형상화하는 데 치중하였던 1970~80년대의 민중시와는 다르게, 1990년대 이후의 시들은 동시대인들의 삶뿐만 아니라 보편적인 인간의 삶에 내재된 근원을 파헤치려는 노력을 보여주고 있다. 그렇다고 해서 이러한 경향을 두고서 한국의 현대시문학사에서 민중시가 자취를 감췄다고 단정적으로 말할 수는 없다. 왜냐하면 그러한 변화의 이면에는 이전의 시인들이 현실에 깊은 관심을 보였던 것과 마찬가지로 현실에 대한 깊은 관심이 내재되어 있기 때문이다. 실제로, 1990년대 이후 시의 움직임은 시와 현실 사이의 관계에 대한 1970~80년대 민중시의 태도를 다양한 차원에서 극복하려고 노력한 결과들이기도 하다.

1980년대 후반 이후로 '민중시'에 대한 논의에서는 '민중시'라는 용어 대신 '리얼리즘 시'라는 용어를 사용하려는 움직임이 확산되고 있다. 그것은 무엇보다도 '민중시'라는 용어가 지나치게 '민중적 세계관'만을 강조한 나머지 '민중시'에 대한 폭넓은 이해를 가로막고, 나아가서는 시와 현실 사이의 관계에 대한 이해 또한 방해한다는 반성에서 기인한다. 그리하여 '리얼리즘 시'라는 용어를 사용함으로써 '민중시'를 세계관과 창작 방법 사이의 상호 관계에서 조명하려고 하는 움직임이 강하게 일어났던 것이다. 실제로 우리 사회에서 '민중'이 가리키는 계층적 의미는 계속해서 변화하고 있으며, 그에 따라서 '민중시'의 문예학적 토대 또한 변화된 양상을 보여주고 있다. 따라서 '민중시'보다는 '리얼리즘 시'를 사용하는 편이 어떤 면에서는 훨씬 더 타당하다고 할 수 있다.

제3부

이론 탐구의 몇 가지 경향

제1장 1930년대 리얼리즘 시론과
'단편서사시' 논쟁

1. 시작하는 말

1980년대 중반 이후부터 1990년대 초에 이르는 기간 동안 우리 문단에서는 식민지 시대와 해방 직후의 리얼리즘적 문학운동에 대한 연구가 활발하게 진행된 바 있다. 이러한 경향은 문학성을 문학의 독자성에서만 추구하던 문학중심주의가 지닌 한계를 극복하면서 문학연구의 폭을 좀 더 넓혀 보려는 의도에서 비롯된 것이었다. 이 시기의 대다수의 연구자들이 문학 작품과 현실 사이의 관계에 주목하면서 문학이 어떻게 현실을 인식하고 동시에 창조할 수 있는가를 집중적으로 탐구했던 것도 바로 이 때문이었다. 그리하여 그 결과 그 동안 좁은 틀 속에 갇혀 있던 문학에 대한 우리의 인식 지평이 어느 정도 확대되었다.

시에서의 리얼리즘에 대한 논의가 본격적으로 펼쳐졌던 시기도 바로 이 때이다. 특히 이 시기에 소규모의 평론들과 학술 논문들[1]을 통해서 시

---

1) 1980년대 중반 이후에 이루어진 현실주의시에 대한 대표적인 논의는 다음과 같다. 김용직, 『한국근대시사(하)』, 학연사, 1986 ; 정재찬, 「1920~30년대 한국경향시의 서사지향성 연구」, 서울대 석사학위논문, 1987 ; 신범순, 「해방기 시의 리얼리즘 연구」,

에서의 리얼리즘에 대한 논의가 객관적인 방법론의 모색과 함께 이루어졌음은 주목할 만한 일이다. 왜냐하면 이를 통해서 한국 현대시사에서 1920년대에서 해방기에 이르는 기간의, 시와 현실의 문제에 대한 많은 고민을 보여주었던 시와 시론이 오늘날 우리에게 보다 더 분명한 모습으로 다가오게 되었기 때문이다. 하지만 최근에는 여러 가지 사정으로 인해 시와 현실 사이의 문제가 지속적으로 고찰되지 못하고 있어 많은 아쉬움을 준다.

시와 현실 사이의 관계를 따지는 데 있어서 1930년대 리얼리즘 시, 특히 리얼리즘 시에 대한 논의들은 대단히 중요한 자리를 차지한다. 이것은 리얼리즘 시가 시와 현실 사이의 관계를 다른 어떤 경향의 시들보다도 밀접한 차원에서 바라보면서 창작된 것이고, 1930년대는 한국 현대시사에서 다른 어떤 시기보다도 리얼리즘 시가 가장 성행하였던 시기이기 때문이다. 특히 리얼리즘 시론의 경우, 이른바 '단편서사시'라고 일컬어지고 있는 임화의 시 「우리 오빠와 화로」를 비롯한 몇 편의 시를 둘러싸고 펼쳐진 '단편서사시 논쟁'은 1930년대 리얼리즘 시의 창작방법론이 어떤 특성을 지니고 있었던가를 단적으로 보여준다.[2]

'短篇敍事詩 논쟁'은 그 동안 여러 논자들에 의해서 많은 주목을 받아 왔다. 그 결과 1930년대 리얼리즘 시의 창작방법론이 지닌 서사지향적인

___

서울대 박사학위논문, 1990 ; 윤여탁, 「1920～30년대 리얼리즘 시의 현실인식과 형상화 방법에 대한 연구」, 서울대 박사학위논문, 1990 ; 오성호, 「1920～30년대 한국시의 리얼리즘적 성격 연구」, 연세대 박사학위논문, 1992 ; 이은봉, 「1930년대 후기시의 현실인식 연구」, 숭실대 박사학위논문, 1992 ; 최두석, 「한국 현대 리얼리즘 시 연구」, 서울대 박사학위논문, 1995.

2) '단편서사시 논쟁'은 물론 1920년대 말에 촉발된 것이다. 그렇기 때문에 그것은 1930년대 리얼리즘 시의 창작방법론으로만 한정될 수 없는 면을 지니기도 한다. 그럼에도 불구하고 '단편서사시 논쟁'은 1930년대 리얼리즘 시의 창작방법론에 대한 논의에서는 대단히 중요한 자리를 차지한다.

특성과 공식주의적 경향, 특히 정치적 편향성이 어느 정도 구체적으로 밝혀지기도 했다. 그럼에도 불구하고 이 글이 '단편서사시 논쟁'을 다시 문제 삼는 것은 리얼리즘 시의 창작방법이 지닌 이러한 특징이 시와 현실 사이의 관계를 어떻게 왜곡하였던가를 좀 더 분명하게 밝힐 필요가 있다고 생각되었기 때문이다. 따라서 이 글에서는 '단편서사시 논쟁'이 지닌 몇 가지 특성을 '실재(reality) 추구'와 관련지어 살펴봄으로써 시와 현실 사이의 관계를 조망하는 데 있어서 1930년대 리얼리즘 시의 창작방법론이 지닌 시사적 의의와 한계를 검토하고자 한다.

2. 1930년대 리얼리즘 시론의 단초─김기진의 단편서사시론

1920년대 말에 제창되었던 팔봉의 '단편서사시론'을 통해서 비로소 1930년대 리얼리즘 시는 그것이 나아가야 할 방향에 대한 진지한 고민을 보여줄 수 있었다. 비록 1930년대에 등장하였던 리얼리즘 시의 창작방법론이 실제적으로는 팔봉의 '단편서사시론'을 비판하는 선에서 자신의 방향을 탐색해 나갔다고 하더라도, 그로 인해 1930년대 리얼리즘 시의 창작방법론에 있어서 팔봉의 단편서사시론이 차지하고 있는 비중이 결코 적어지는 것은 아니다.

1929년도 초에 임화가 ≪조선지광≫에 발표했던 「네거리의 순이」(1929.1)와 「우리 오빠와 화로」(1929.2)에서 김기진은 리얼리즘 시의 나아갈 방향이 바로 '단편서사시'에 있음을 인지하였다. 구체적으로 그는 「단편서사시의 길로─우리의 시의 양식문제에 대하야」(≪조선문단≫, 1929.5)에서 임화의 시를 '단편서사시'로 규정하고, '단편서사시'야말로 프로시의 나아갈 방향이라고 주장하였던 것이다. 그렇다면 그는 임화의 「네거리의 순이」와 「우리 오빠와 화로」의 어떤 특징을 주목하였기에 '단편서사시'라는 명칭을 사용하고 있는 것인가? 이 점을 분명히 하는 것이 바로 김기진의 '단편서사시론'을 이해하는 데 있어서는 요체라고 할 수 있다.

> 「우리 오빠와 화로」는 그 골격으로 서 있는 사건이 현실적이요 실재적이요 오빠를 부르는 누이동생의 감정이 조금도 공상적 과장적이 아니며 전체로 현실, 분위기, 감정의 파악이 객관적 구체적으로 되었고 그리고 그것은 한 개의 통일된 정서를 전파하는 동시에 감격으로 가득찬 한 개의 생생한 소설적 사건을 안전에 전개하고 있다. …(중략)… 우리들의 시가 단편 서사시의 길로 - 혹은 프로레타리아 주제시의 길로 - 제군의 길은 타개되어야 한다.[3]

위의 인용문에서 잘 보여지듯이, 김기진은 임화의 「우리 오빠와 화로」에서 무엇보다도 '소설적 사건'과 '생활 감정의 형상화'에 주목하고 있다. 구체적으로 그는 임화의 시에서 '사건', 특히 '생생한 소설적 사건'을 바탕으로 한 '실제적 감정'의 전파와 그로 인한 '감격'을 눈여겨본다. 그리하여 그는 이러한 특징을 지니고 있는 시를 '단편서사시'라고 칭하면서 '단편서사시'가 바로 프로시의 나아갈 길이라고 주장한다. 그러니까 김기진의 프로시 창작방법론의 핵심은 '소설적 사건'과 '실제적 감정의 형상화' 모두에 있다고 말할 수 있다.

그렇다면 먼저, 김기진은 어떤 연유로 해서 '소설적 사건'을 강조하게 되었던 것일까? 이 점을 해명하기 위해서는 우리는 김기진이 리얼리즘 시의 창작방법론을 내세우기 직전에 대중문학의 필요성을 내세우는 자리에서 '대중소설론'을 주창했었다는 점을 인지할 필요가 있다. 구체적

---

3) 김기진, 「단편서사시의 길로」, ≪조선문단≫, 1929.5.

으로 그는 「감상을 그대로—약간의 문제에 대하야」(≪동아일보≫, 1927.12), 「변증적 사실주의—양식문제초고」(≪동아일보≫, 1929.2), 「대중소설론」(≪동아일보≫, 1929. 4) 등을 통해서 무지한 노동자 농민을 대상으로 하는 대중문학이 필요함을 역설한 바 있다. 그리고 그 당시 카프가 내세웠던 '예술대중화론'의 요체에 속하는 것이라고 할 수 있는 그의 이러한 주장은 전반적으로 '양식' 문제, 특히 '소설' 양식과 관계하면서 펼쳐졌는데, 이것은 "한 개의 사물을 전체의 중에서 발전의 상에서 불가분의 관계에서 파악하고 묘사하지 않으면 안 된다"[4]라는 그의 '사실주의'에 대한 입장 때문이었다. 그리고 이러한 입장의 연장선상에서 그는 리얼리즘 시의 창작 방법론에서도 '소설적 사건'을 강조하게 되었던 것이다.[5]

이처럼, 김기진이 우리 시의 양식문제를 검토하는 자리에서 '소설적 사건'을 내세웠다는 점은 특기할 만한 사실이다. 그러나 만일 그가 단지 '소설적 사건'만을 내세웠다면 아마도 그의 '단편서사시론'은 크게 주목받지 못했을 지도 모른다. '소설적 사건' 이외에도 '생활 감정의 형상화'를 내세우고 있다는 점, 바로 여기에 그의 '단편서사시론'이 지닌 중요성이 자리하고 있다. 왜냐하면 앞에서 제시되어 있는 것처럼 김기진은 '소설적 사건' 자체보다도 그러한 사건이 지닌 '현실적'이면서도 '실재적'인 면모, 그리하여 거기에서 드러나고 있는 감정 역시 '객관적'이면서 '구체적'인 면모를 지니고 있다는 점을 다른 무엇보다도 강조하고 있기 때문이다.

한편, 김기진이 자신의 시론에서 '생활 감정의 형상화'를 강조했다는 사실은 그의 시론, 특히 단편사사시에 대한 논의가 실제적으로는 그가 제창하였던 '변증적 사실주의'의 일부분에 속했던 것임을 분명하게 보여주

---

4) 위의 글.

5) 이런 점에서 본다면, 김기진의 '단편서사시론'에는 소설 양식에 대한 애착, 혹은 소설 양식에 대한 편향이 상당히 강하게 자리를 잡고 있다.

는 대목이기도 하다.6) 잘 알려져 있는 것과 같이, 이러한 '변증적 사실주의'를 통해서 김기진은 「대중소설론」에서 '프롤레타리아 소설'의 대중화를 꾀했던 것과 마찬가지로 '프로시'의 대중화를 꾀하고자 하였다.7) 앞에서 살펴보았던 「단편서사시의 길로」에서 김기진이 '실제적 감정', 즉 '생활 감정'을 '공상적 과장적'이 아닌 '통일된 정서'로 파악하면서 '감격'과 연관시켰던 것도 바로 이러한 '프로시'의 대중화를 염두에 둔 것이라고 할 수 있는데, 그 이유는 「프로시가의 대중화」(≪문예공론≫, 1929.6)에 보다 더 구체적으로 제시되어 있다.

「프로시가의 대중화」에서 김기진은 '프로시'가 대중에게 섭취되지 못한 이유를 ① 시를 그들에게 가지고 가서 보여주지 못하였고, ② 알아보기 쉬운 말로 쓰지 못하였고, ③ 흥미를 느끼고 외우도록 그들의 입맛을 맞추지 못하였기 때문이라고 지적한다.8) 그리하여 그는 아리랑, 육자백이 등과 같은 재래의 문학 유산을 수용할 것을 주장하게 된다. 그렇다면 김기진은 어떤 논리적 근거를 토대로 이러한 주장을 하게 되었던 것일까? 이에 대한 대답은 그의 글 「예술대중화에 대하여—신년은 이 문제의 해결

---

6) 김기진에게 있어서 시와 소설은 그렇게 차별적인 것이 아니다. 그에게 있어서 시는 소설과 마찬가지로 "현실적, 객관적, 실재적, 구체적임을 요"하는 것이다. 이 점은 그가 "목적과 태도가 동일한 한에서 그 방법이 또한 동일한 것"이라는 생각을 가지고 있었기 때문인데, 이로 볼 때, 김기진이 주창한 리얼리즘 시의 창작방법론은 서사 양식, 특히 소설 양식에 대한 편향'을 강하게 드러낸다고 말할 수 있다. 이에 대해서는 김기진, 앞의 글 참조.

7) 김기진이 「대중소설론」에서 내세운 '대중소설'이란 곧 '프롤레타리아 소설'이다. 그는 「대중소설론」에서 '대중소설'이 "단순히 대중의 향락적 요구를 일시적으로 만족시키기 위한 것이 결코 아니요, 그들의 향락적 요구에 응하면서도 그들을 모든 마취제로부터 구출하고 그들로 하여금 세계사의 현 단계의 주인공의 임무를 다하도록 끌어올리고 결정하게 하는 작용을 하는 소설"이라고 말하고 있다. 이로 볼 때 김기진이 말하는 '대중소설'은 '프롤레타리아 소설'을 가리킨다고 할 수 있다. 이에 대해서는 김기진, 「대중소설론」, ≪동아일보≫, 1929.4.14.

8) 김기진, 「프로시가의 대중화」, ≪문예공론≫, 1929.6.

을 요구」(≪조선일보≫, 1930.1.1~4)⁹⁾에 분명하게 제시되어 있다.

①
　　먼저 우리의 시를 가곡의 형식으로 작하는 준비가 필요하다. 그리고 이
때에 우리가 그들의 그러한 기회를 붙잡기 위하여 지은 시가가 소위 예술
적으로 불완전하고 또는 그 시식이 진부하여 프롤레타리아예술로서 거의
가치를 줄 수 없는 것이 될지라도 그것이 대중이 부르기 쉽고, 그리고 그
시가에서 계급의식의 각성(내지 암시) 투쟁정신의 감염(내지 선동)을 받는
것이 되기에 유용한 것이라 할 것 같으면, 불완전하고 진부하다는 것은
도리어 문제가 안 된다. 그것은 현재의 상태에 있는 그들의 교양정도가
진실로 그와 같음으로 말미암아 불가피한 일인 까닭이다.¹⁰⁾

②
　　대개 시가에 있어서 완전히 한 개의 의식, 한 개의 ××적 정신을 가득
히 담는다는 것은 곤란한 일이다. 왜 그러냐 하면 한 개의 관념을 추상적
으로 설명하고 혹은 정치적 의미의 구어를 나열함으로 시가의 효과를 가
져오는 것이 아니라 구체적 생활과 그 생활내용에서 생기는 감정 그 물건
을 극히 감동적으로 묘사함으로써만이 시가의 효과는 얻을 수 있는 것이
므로 항상 기가 그 물건의 효과는 정치적으로는 그다지 크게 드러나지 못
하는 것이다. 즉 시가는 전혀 감정의 전달과 선동의 임무를 마칠 수 있는
물건이요, 정치적 의견의 전개의 임무를 마칠 수 있는 물건이 아닌 까닭
이다.¹¹⁾

　　먼저 ①에서 김기진은 '통속적 시가'의 형식 이용이 필요함을 당시 대
중의 수준에서 찾고 있다. 구체적으로 그는 당시의 대중이 낮은 수준에

---

9) 김기진의 「예술대중화에 대하여」는 임화의 「탁류에 항하야」(≪조선지광≫, 1929.8)와
　「김기진군에 답함」(≪조선지광≫, 1929.11)에 이어서 나온 글이다. 그러므로 「예술대
　중화에 대하여」에서의 김기진의 견해는 특별한 주목을 요한다.
10) 김기진, 「예술대중화에 대하여」, ≪조선일보≫, 1930.1.8.
11) 위의 글.

있다고 전제하고, 프롤레타리아 예술의 가치 유무보다도 계급의식의 각성 혹은 투쟁 정신의 감염이 보다 더 중요한 문제라고 주장한다. 그러니까 김기진은 당대 대중의 수준을 그 논리적 근거로 하여 '예술성'보다는 '선전·선동성'이 시대적으로 더 시급한 문제라고 생각했던 것이다. 따라서 이러한 논리적 토대 위에 서 있는 그의 리얼리즘 시의 창작방법론에서 예술성이나 실재 추구의 정신을 찾는다는 것은 어쩌면 무의미한 일이 될지도 모른다.

그렇기 때문에 ②에서 김기진이 '선전·선동성'이 다른 무엇보다도 '생활 감정'을 감동적으로 묘사한 시가를 통해서만 획득될 수 있다는 견해를 피력했다고 해서, 구체적으로는 "한 개의 관념을 추상적으로 설명하고 혹은 정치적 의미의 구호를 나열함으로 시가의 효과를 가져오는 것이 아니라"는 점을 전제로 하여 카프 소장파의 시 창작방법론을 "작품행동과 정치투쟁을 혼동하는 경향"12)으로 비판하였다고 해서 그것이 결코 정치편향주의에 대한 예술성 옹호나 실재 추구의 태도를 강조하는 것이 아님을 분명하게 인식할 필요가 있다. 단지 선전·선동의 효과를 강하게 얻어내기 위해 '프로시'가 나아가야 할 방향을 문제 삼는 자리에서 그는 작품 행동을 문제 삼고 있는 것이다. 그러면서도 그는 정작 '단편서사시론'에서는 "시로서의 맛이란 설명의 인상적·암시적 비약에, 즉 행과 행간의 정서의 비약에 대부분 있"13)다고 말하기도 하는데, 이러한 시 장르의 특성에 대한 인식 역시 그의 시론에서는 별다른 역할을 하지 못한다. 오히려 그것은 '프로시'의 대중화와 관련된 그의 논조와 다소 배치되기도 한다.14)

---

12) 위의 글.

13) 김기진, 「단편서사시의 길로」.

14) 이와는 다소 다른 관점에서이긴 하지만 "단편서사시론은 그 자체가 이율배반적인 요소를 가지고 있었던 것이다. 시에 대한 생각만으로 볼 때 팔봉의 입장은 오히려 전통적인 서정시 쪽에 가까우며, 이러한 특성이 카프의 방향성과 일치하지 않았기 때문에

이처럼, '단편서사시론'에서 가장 구체화되어 있다고 할 수 있는 김기진의 리얼리즘 시 창작방법론은 근본적으로 시의 예술성이나 실재에 대한 탐구와는 상당히 거리가 먼 대중화의 견지에서 펼쳐지고 있다. 그리하여 그의 시론에서는 시 장르의 특성이 어느 정도 고려되는 것 같으면서도 곧 대중화의 논리에 묻혀버린다. 이것은 그가 '변증적 사실주의'라는 예술방법이 시 장르에서는 어떻게 적용될 것인가를 적극적으로 문제 삼지 않았기 때문에 비롯된 현상이라고 할 수 있다. 한편, 리얼리즘 시가 나아가야 할 방향이 작품이라는 최소한의 요건을 갖추면서 수준이 낮은 대중들을 감염시킬 수 있는 작품 창작에 있다는 그의 주장은 또 다른 관점에서 카프소장파들의 비판을 받게 된다.

3. 1930년대 리얼리즘 시론의 주요 양상과 특성

1) 구체적 사실의 개념적 형상화-權煥의 시론

임화의 시들을 중심으로 하여 펼쳐졌던 김기진의 '단편서사시론'은 안막, 김남천, 임화, 권환 등 카프소장파들에 의해서 적극적으로 비판되었다. 그리고 이러한 비판은 한편으로는 카프 조직과 관련된 여러 가지 문제점들, 특히 헤게모니 싸움과 관련된 문제점들을 해소하고자 하였던 카프 소장파들의 의도에서 비롯된 것이기도 하였지만, 다른 한편으로는 예술대중화론과 관련된 김기진의 리얼리즘 시 창작 방법론이 지닌 여러 가지 문제점들을 해결하면서 동시에 리얼리즘 시가 지향해야 할 바가 무엇인가

모순을 낳고 있는 것이다."라는 문혜원의 지적 또한 눈여겨볼 만하다. 이에 대해서는 문혜원, 「1920년대 시론 연구-경향시론을 중심으로」, 『관악어문연구』 제24집, 1999, p.387.

를 명확히 하려는 소장파들의 노력의 일환이기도 하였다. 이 중에서 후자의 관점에서 본다면, 카프 소장파들에 의해서 김기진의 리얼리즘 시 창작 방법론이 적극적으로 비판되었다는 사실은 이른바 '단편서사시'를 둘러싼 논쟁이 이전과는 다른 새로운 단계에 접어들었다는 점을 뚜렷하게 보여주는 것이라고 할 수 있다. 특히 카프 소장파의 비판들 중에서도 권환과 임화에 의해서 이루어진 비판은 1930년대 리얼리즘 시의 주요 창작방법론에 해당한다고 할 수 있기에 특별한 주목을 요한다.

일찍이 임화가 「탁류에 항하야」와 「김기진군에 답함」을 통해서 김기진의 대중화론을 비판하였음에도 불구하고 이 논쟁의 우위를 차지한 사람은 권환이었다. 그는 「무산예술운동의 별고와 장래의 전개책」(《중외일보》, 1930.1.10~31), 「평범하고도 긴급한 문제」(《중외일보》, 1930.4.10~17), 「시평과 시론」(《대조》, 1930.6) 등을 통해서 자신의 견해를 집중적으로 펼쳐 보였다. 먼저 「무산예술운동의 별고와 장래의 전개책」에서 권환은 무엇보다도 '아지 프로'를 강조한다.[15] 구체적으로 그는 "우리 문예의 주요 독자대상이 노동자 농민인 이상 문예가는 자기 나라의 노동자 농민의 생활 감정을 잘 포착하여 그들이 잘 감동되게 그들이 잘 아지 프로되게 제작만 하면 되는 때문"[16]에 소위 본래적 프로문예니 대중적 프로문예를 운운할 필요가 없다고 주장한다. 이러한 그의 주장은 앞에서 살펴보았던 예술대중화론에서 김기진이 보여주었던 견해를 정면으로 공격한 것이라고 할 수 있다. 한편, 그는 김기진이 '단편서사시'라는 명칭 아래 높게 평가하였던 임화의 시들에 대해서도 적극적인 비판을 가하였

---

15) 이러한 '아지·프로'에 대한 강조는 권환을 비롯하여 안막에게서도 잘 드러나는데, 그 이론적 토대는 예술성보다는 선전선동을 강조하였던 김두용의 원칙 혹은 관점인 것으로 평가된다. 이에 대해서는 최두석, 「단편서사시 논쟁」, 『한국현대시론사』, 모음사, 1992, pp.174~175 참고.

16) 권환, 「무산예술운동의 별고와 장래의 전개책」, 《중외일보》, 1930.1.18.

는데, 이러한 비판은 그가 리얼리즘 시의 창작방법론을 모색한 비평가일 뿐만 아니라 리얼리즘 시인이기도 하였다는 점에서 상당한 흥미를 불러 일으킨다.

> 우리 문예의 독자 대중은 부르·소부르가 아니고 노동자, 농민인 것을 강조해 말한 것은 과거의 우리 프로문예를 보면 독자 대중을 소부르조아로 한 작품이 많지 않는가 한 감이 있는 때문이다. 예를 들어 말하면 임화군의 시에 「어머니」, 「우리 오빠와 화로」 같은 것은 어떤 센티멘탈한 여성을 머리에 두고 쓰지는 않았나 한 생각이 난다. …(중략)… 그래서 그 작품은 어떤 소부르문사로 하여금 헐가의 감상적 동정의 눈물은 짜내게 하였지만 노동자 농민으로 하여금 주먹을 부턱쥐고 이를 갈며 전투의 불꽃 속으로 들어가게 하지는 못했다.[17]

위의 인용문에서 권환은 프로문예의 독자 대중이 '노동자'와 '농민'임을 분명히 하면서, 임화의 「우리 오빠와 화로」 등을 '소부르문사'가 '소부르주아'를 독자 대중으로 하여 '헐가의 감상적 동정의 눈물'만을 짜내게 한 작품이라고 비판하고 있다. 바꾸어 말하자면, 그는 임화의 시들에 대해서 프롤레타리아화 하지 못한 문사가 노동자와 농민을 대상으로 하지 못한 작품을 창작하였기에 아지 프로의 효과를 획득하지 못하였다고 비판한다. 그리고 이것은 바로 권환이 임화의 시들을 '변증적 사실주의'를 바탕으로 하여 예술대중화론을 펼치는 가운데 '단편서사시론'을 주창하였던 김기진의 논리에 걸맞은 시로, 그래서 전위의 눈으로 세상을 바라보아야 한다는 볼셰비키대중화와는 거리가 먼 것으로 인식하고 있었음을 보여준다. 위의 글에서 "노동자 농민으로 하여금 주먹을 부턱쥐고 이를 갈며 전투의 불꽃 속으로 들어가게 하지는 못했다"라는 지적은 이러한 그의

---

17) 위의 글.

입장을 가장 구체적으로 보여주는 대목이라고 하지 않을 수 없다.

　권환이 카프의 소장파였던 임화의 시들을 상당히 적극적으로 비판하였는 사실은 어떤 면에서나 가볍게 보아 넘길 수는 없는 일이다. 특히 김기진이 제시하였던 리얼리즘 시의 창작방법론을 비판하는 자리에서 권환이 김기진을 비판하였을 뿐만 아니라 임화의 시들 역시 비판하였다는 사실은 권환의 비판이 1930년대 리얼리즘 시의 창작방법론의 한 축을 형성하고 있었음을 시사한다. 그렇다면 권환은 리얼리즘 시의 나아갈 방향을 어떻게 바라보고 있었기에 임화의 시를 야박하게 비판할 수 있었던 것일까? 이러한 물음에 대답하기 위해서는 우리는 다른 무엇보다도 '프롤레타리아 리얼리즘'의 도입과 그에 따라서 강조된 '실천적 객관주의'에 눈을 돌릴 필요가 있다. 왜냐하면 프로예술가가 내용이 풍부한 예술품을 창작하려면 "프롤레타리아의 물질적 생활을 흡족히 체험하여야 된다"[18]라고 주장하였던 것처럼 권환은 바로 '프롤레타리아 리얼리즘'과 '실천적 객관주의'의 입장에 서 있었기 때문이다.

　실천적 객관주의를 바탕으로 하여 권환은 '프로시'가 해야 할 가장 커다란 임무를 '아지 프로'에서 찾는다. 그리고 이러한 '아지 프로'의 강조는 권환의 '프로시' 창작방법론의 핵심에 해당되는데, 그가 "어떤 삐라를 훨씬 구체화시키고 형태화시키면 예술작품이 될 수 있다. 그러나 작품이 삐라보다 구체성을 가졌다고 그 효과가 후자보다 다대하다는 것은 아니다"[19]라고 말하면서 '프로시'와 '삐라'를 거의 동일하게 생각했던 것도 바로 '아지 프로'에 대한 강조 때문이다. 한편, 이러한 입장에서 권환은 점차적으로 구체적 사실을 개념적으로 형상화하는 것이 바로 '프로시'가 나아가야 할 방향이라는 주장을 내세우게 되는데, 이러한 그의 주장은 「시평

---

18) 위의 글.
19) 위의 글.

과 시론」에서 잘 드러난다.

> 프로시는 결코 프롤레타리아가 그들의 ×××생활을 감상적으로 노래하
> 여 자위 자안하는 위안용 예술이 아니다. 그러나 과거의 우리 시들을 보
> 면 거진 다 그러한 시에 지나지 못하였다. 그것들은 모두 형상화한 뻬라
> 와 리포트로 훌륭한 ××의 ××토로의 역할을 하지 못하였다. 또 한가지는
> 우리의 과거의 시들은 너무도 구체성 없는 추상적 시뿐이었다. 말하자면
> 막연한 ××, 막연한 구호, 막연한 명일의 동경이었다. …(중략)… 반드시
> 서사로서야 즉, '그 소재가 사실적 소설적'이어야 추상적 아닌 구체성 가
> 진 시가 된다는 것은 아니다. 어떠한 사실을 소설적으로 또 서사적으로
> 순서있게 서술치 않더라도 그 사실이 추상적이 아니고 구체적 사실인 이
> 상 그것으로 인하여 일어나는 감정-비록 폭발적이라도-을 표현하는 시
> 는 얼마든지 추상적 아닌 구체성 가진 시로 될 수 있는 것이다.[20]

이 글에서 권환은 '구체성', 특히 '구체적 사실'에 기대어서 자신의 '프
로시' 창작방법론을 펼치고 있다. 먼저 그는 과거의 시가가 막연한 구호
라든지 명일에 대한 동경을 보이는 등 대단히 추상적이었다고 비판하고
있는데, 이러한 비판은 과거의 시들이 '구체적 사실'에 기반하지 않고 있
었다는 점을 지적하는 것이다. 다음으로 그는 '프로시'가 '구체적 사실'을
어떻게 형상화 할 것인가에 관심을 기울인다. 구체적으로 그는 "소설적으
로 또 서사적으로 순서 있게 서술치 않더라도 그 사실이 추상적이 아니고
구체적 사실인 이상 그것으로 인하여 일어나는 감정을 표현하는 시" 역시
'구체성을 가진 시'가 될 수 있다고 말한다. 그러니까 여기에서 권환은
'프로시'의 형상화 방법이 반드시 '소설적' 혹은 '서사적'일 필요가 없음
을 주장하는 것이다. 그리고 이러한 그의 주장은 이른바 '단편서사시론'
을 내세우면서 리얼리즘 시, 즉 '프로시'의 창작방법론을 펼쳤던 김기진

---

20) 권환, 「시평과 시론」, 《대조》, 1930.4.

의 논의를 반박하는 것이기도 하다.

한편, '구체성'을 강조함으로써 권환은 후에 이른바 '뼉다귀 시'이라고 불리어졌던 그의 '개념적 서술시'가 '프로시'가 나아가야 할 방향이라고 주장한다. 구체적으로 프롤레타리아화 한 문사나 노동자 농민, 그리고 이들의 삶의 투쟁 현장에서의 구체적인 사건 등에 바탕하고 있는 '형상화한 삐라와 리포트'를 프로시로 보았던 권환은 여기에서 나아가서 "가장 단촉하고 간약한 말 가운데 가장 강렬한 감정을 담어 그것을 다른 대중에게 전달, 흡입, ××시킬 수 있는"21) 것을 프로시가 지향해야 할 바로 내세운다. 그러나 이러한 권환의 '개념적 서술시'는 지나치게 '사실적인 것' 혹은 '구체적인 것'에의 연관을 강조하고 있고, 그러한 연관 자체를 절대시한 나머지 자신이 기대고 있는 '프롤레타리아 리얼리즘'이라는 리얼리즘 시의 창작방법을 지나치게 경직된 것으로 만들어버린다. 「예술운동의 당면한 구체적 과정」(≪중외일보≫, 1930.9.3∼16)에서 그가 프로시가 다루어야 할 제재를 나열하고 있다거나, 그 나열된 제재가 "당시 일본 작가동맹 중앙위원회의 「예술대중화에 관한 결의」에 있는 10가지 제재를 그대로 나열하고 있는 것"22)에 불과한 것이었다는 점은 그의 리얼리즘 시론이 지닌 경직성을 잘 보여주는 예이다.

2) 감상 배격과 객관적 형상화−林和의 시론

1930년대 리얼리즘 시의 창작방법에 대한 임화의 견해는 자신의 시를 '단편서사시'로 규정하면서 예술대중화를 주장하였던 김기진에 대한 대응으로부터 펼쳐지기 시작하였고, 카프 소장파의 비판에 대한 대응에서

---

21) 위의 글.
22) 윤여탁, 「1920∼30년대 리얼리즘 시의 현실인식과 형상화 방법에 대한 연구」, 서울대 박사학위논문, 1990, p.42.

분명하게 제시된 바 있다. 이러한 과정에서 그는 자신의 시에서 드러나고 있는 '감상'을 배격하고 현실을 '객관적'으로 형상화하는 것이 무엇보다도 중요한 일이라는 주장을 하게 되는데, 이러한 주장은 「시인이여! 일보 전진하자!」(≪조선지광≫, 1930.6)에서 잘 드러나고 있다. 그렇다면 무엇 때문에 임화는 '감상 배격'을 주창하게 되었던가? 이 점을 분명히 밝혀야만 우리는 1930년대 임화의 시 창작방법론을 좀 더 분명하게 이해할 수 있을 것이다.

먼저, 김기진의 논의에 대한 임화의 대응에 대해서 살펴보도록 하자. 임화가 김기진의 예술대중화론과 '단편서사시론'에 대해서 어떻게 대응했던가는 「탁류에 항하야」(≪조선지광≫, 1929.8)와 「김기진군에 답함」(≪조선지광≫, 1929.11)에 피력되어 있다. 여기에서 임화는 "아무러한 더 재미없는 정세에서라도 현실을 솔직하게 파악하여 엄숙하고 정연하게 대오를 사수하는 것이 정당히 부여된 역사적 사명"[23]임을 단언하면서, "군이 기절할 맹렬한 문구로 (그러나, 노동자 농민은 웃더케 조화하는지) 가득"[24]한 작품으로 모든 박해와 곤란을 무릅쓰고 영웅적 투쟁을 할 것임을 설파하였다. 이러한 임화의 주장은 바로 김기진이 '재미없는 정세하에서'를 강조하면서 펼쳤던 논의를 비판한 것이라고 할 수 있다.

한편, 임화는 김기진의 예술대중화론을 비판하면서 또 그의 시에 대한 카프 소장파들의 비판을 감수하지 않으면 안 되었다. 「무산예술운동의 별고와 장래의 전개책」에서 행해진 권환의 비판은 그 대표적인 것이라 할 수 있다. 여기에서 권환은 김기진의 예술대중화론을 겨냥하면서 동시에 임화의 시들을 겨냥하고 있다. 구체적으로 그는 "우리 예술가도 될 수 있는대로 노농대중과 같이 ×××생활을 실제로 체험하며 또 그들 속에 들어

---

23) 임화, 「탁류에 항하야」, ≪조선지광≫, 1929.8.
24) 임화, 「김기진군에 답함」, ≪조선지광≫, 1929.11.

가서 그들의 생활을 실제로 관찰해 보아야 힘있고 생기있고 피끓는 산 우리의 예술작품을 지을 수 있으나 그렇지 않고 그들의 생활이라든지－같은 것을 전연히 머리 속 상상만으로 날조하면 그야말로 순 관념적 환영적 작품밖에 짓지 못할 것이다"[25]라고 하면서 임화의 시들을 '관념적'이며 '환영적'으로 비판한다. 그리하여 임화는 자기비판의 글을 발표하지 않을 수 없었는데,「시인이여! 일보전진하자!」는 그 구체적인 결과물에 해당된다. '시에 대한 자기비판 기타'라는 그 부제에서 알 수 있듯이, 여기에서 그는 자신의 시를 비판하면서 동시에 김기진의 기회주의적 발상과 결연히 투쟁할 것을 선언한다.

> 우리들의 예술은 과거 소위 경향파 시대의 역사적 진보성을 대중의 ××적 성장이 예술상에 게다가 그 직접적인 반영을 강요할 때 우리들 예술가는 怯懦하게도 거기에 응치 못하였고 오히려 소부르적 개념과 ××의 낭만주의에서 소요하였던 것이다.
> 그러므로 우리들 예술가 그리고 시인은 이 대중의 앙등된 욕구를 자기의 예술로 할 수 있는 자기의 생활을 영위하여야 하고 또 그 용의에서의 시인이어야 할 것이다. 이러한 우리들의 당면한 주요 임무는 실로 일반적인 한계의 문제이며 또한 전반에 亘하는 원칙적 문제이다.
> …(중략)…
> 여기에서 우리는 전에 누군가 말하던 의미에서보다도 별의미의 시의 대중화를 부르짖으며 시의 프롤레타리화를 제기한다. 시는 절대 무조건적으로 대중화하여야 하며 또한 시로 엄정한 프롤레타리화해야 한다. 이러한 한에서만 시인은 일보 전진할 수 있으며 그 역사성을 확보할 수 있고 또한 역사가 부여하는 임무를 능히 수행할 수 있다.[26]

위의 인용문에서 임화는 시의 '절대 무조건적 대중화'와 '엄정한 프롤레

---

25) 권환,「무산예술운동의 별고와 장래의 전개책」.
26) 임화,「시인이여! 일보전진하자!」, 《조선지광》, 1930.6.

타리아화'를 주장하고 있다. 이러한 그의 주장은 「탁류에 항하야」와 「김기진군에 답함」에서 그가 펼쳤던 것과 같은 것으로, 카프 소장파가 주창하는 '프롤레타리아 리얼리즘'의 견해에 그 바탕을 두고 있다. 구체적으로 이 글에서 임화는 우리들의 과거 예술이 대중의 계급적 성장을 작품에 반영하지 못해 왔음을 자인하면서 시인은 "대중의 앙등된 욕구를 자기의 예술로 할 수 있는 자기의 생활을 영위하여야 하고 또 그 용의에서의 시인이어야 할 것"이라고 말하고 있는데, 그의 자기비판은 "우리의 객관주의는 주관과 통일한 실천적 객관주의이다"[27]라고 하면서 '객관적 실천주의'를 내세우던 권환의 논의와 그 보조를 어느 정도 같이하는 것이다.

> 우리는 언제나 여하한 작자의 작품임을 물론하고 필요한 시기에는 그 프롤레타리아적 준열한 비판을 가하여야 하는 것이 진정한 노동자의 행동일 것을 잘 안다. 따라서 필자가 자기의 시를 문제의 대상으로 하는 이유도 여기에 존재한 것이다.
> 이때부터 과거의 개념적인 절규의 낭만주의는 일변하여 소위 사실주의적 현실(?)로 족보를 옮기기 시작하여 현대에 이르기까지의 이 경향이 만연되어 있다. 즉 필자의 2, 3의 시의 소부분의 사실성은 감상주의 비××적 현실의 예술화로 전화되고 만 것이다. 먼저도 말한 것과 같은 경향, 즉 연인과 누이(?)를 무조건적으로 ×××를 만들어 자기의 소시민적 흥분에 공하며 ××적 사실, 진실한 생활상이 없는 곳에서 동지만을 부르는 그 자신 훌륭한 일개의 낭만적 개념을 형성하고 만 것이다.[28]

한편, 임화가 '시의 프롤레타리아화'를 제기하였다는 사실은 그가 「우리 오빠와 화로」를 비롯한 자신의 시들에서 보이는 '감상성'에 대한 카프 소장파의 비판을 어느 정도 인정했었음을 예증한다. 그렇다면, 그가 자기

---

27) 권환, 「무산예술운동의 별고와 장래의 전개책」.
28) 임화, 「시인이여! 일보전진하자!」.

비판을 감행한 근본적인 이유는 무엇일까? 위의 인용문에서 볼 수 있듯이, 그것은 바로 그가 '진정한 노동자'의 행동을 지향하고 있었기 때문이다. 그렇기 때문에 그는 권환이 비판한 바 있는 자신의 2, 3편의 시가 비록 적으나마 사실성을 지니고 있었음에도 불구하고 감상주의로 떨어졌음을 스스로 비판할 수 있었던 것이다. 그런 점에서 이 시기에 임화가 프로시의 창작방법론으로 내세우고 있는 것은 권환의 경우에서 살펴보았던 '프롤레타리아 리얼리즘', 특히 그것과 관련된 '객관적 실천주의'라고 할 수 있다. 즉, 임화의 프로시 창작방법론은 프로시의 형상화 문제와 관련된 것이라기보다는 현실을 대하는 시인의 태도와 관련된 것이었다. 구체적으로 임화가 '자기의 소시민적 흥분', '진실한 생활상이 없는 곳', '일개의 낭만적 개념' 등을 감상성의 요인으로 지적하면서도 그 형상화 방법에 대해서는 아무 언급도 하지 않고 있는 것은 바로 그 때문이라고 할 수 있다. 참고로, 이와 같은 임화의 자기비판은 카프 소장파들이 당시에 보여주었던 '로맨티시즘'에 대한 비판과도 깊은 관련을 맺고 있다.29)

이처럼, '단편서사시' 논쟁의 경우 임화는 '프로시', 즉 리얼리즘 시의 창작방법에 대한 구체적이면서도 세부적인 언급은 하지 않고 있다. 하지만 그렇다고 해서 30년대 리얼리즘 시의 창작방법론을 논하는 데 있어서 임화의 비중이 적게 평가될 수는 없다. 왜냐하면 비록 구체적인 지적을 하고 있지는 않지만, 임화는 자신의 시 작품들을 통해서 계속해서 '프로

---

29) 안막의 「프로예술의 형식문제」(≪조선지광≫, 1930.3)는 그 대표적인 보기라고 할 수 있다. 이 글에서 안막은 '로맨티시즘'을 '퇴폐적 로맨티시즘'과 '혁명적 로맨티시즘'으로 구분하면서, 이들이 '프롤레타리아 리얼리즘'과 대립된다고 보았다. 특히 그는 '혁명적 로맨티시즘'을 현실을 주관적 관념적으로밖에 못 보는 것으로 비판하고 있는데, 이러한 그의 비판은 '객관적 실천주의'의 관점에서 임화의 시가 지닌 감상성을 비판하였던 권환의 견해와 상통한다. 이에 대해서는 안막, 「프로예술의 형식문제」, ≪조선지광≫, 1930.3.

시'가 나아가야 할 방향을 간접적으로 시사해주었고 또한 '기교주의 논쟁'
이라든가 '낭만성 논쟁'을 통해서 1930년대 초기 프로시의 창작방법론이
보여주었던 경직성을 좀 더 유연하게 풀어가려고 했기 때문이다.

4. 1930년대 리얼리즘 시론의 의의와 한계

임화의 자기비판을 계기로 '단편서사시'를 둘러싼 논쟁은 표면적으로
일단락된다. 이후로 이 논쟁에서 제기되었던 문제들은 '창작방법 논쟁'과
'낭만주의 논쟁' 등으로 이어지면서 계속해서 1930년대 리얼리즘 시의 창
작방법론의 토대로 작용한다. 김기진, 권환, 임화의 시론을 살펴볼 때 드
러나는 것처럼 '단편서사시 논쟁'은 우선적으로 어떻게 하면 프로시가 대
중에게 좀 더 가깝게 다가가고, 그리하여 대중의 계급의식을 고취시킬 수
있을 것인가에 그 초점을 맞추고 있다. 그런 점에서 '단편서사시 논쟁'은
카프의 방향전환론, 특히 소장파들이 문예운동이 곧 정치운동이라는 전
제하에 문예운동의 볼셰비키화를 내세웠던 2차방향전환론이 시론의 외양
을 띠고서 나타난 것이라 하겠다. 그런 만큼 '단편서사시 논쟁' 역시 "문
예 운동의 특수성을 무시하고 다만 문예의 효용만을 고양해서 무산계급
운동과 동일시하고 과장"하는 가운데 "창작과는 별로 관계없는 한갓 논의
를 위한 논의의 느낌"을 주었다는 2차방향전환론에 대한 비난[30]에서 결
코 자유로울 수는 없다.

그러나 이와 같은 전반적인 사정에도 불구하고, '단편서사시 논쟁'은
1930년대 리얼리즘 시론의 기틀을 마련하였을 뿐만 아니라 이후로 한국

---

30) 김윤식, 『한국근대문예비평사연구』, 일지사, 1976, p.67.

현대시사에서 등장하는 현실 지향적인 시론이 해결해야 할 근본적인 문제를 제기하였다는 점에서 커다란 의의를 지닌다. 구체적으로 우리 시의 양식 문제를 대중화의 차원에서 다룸으로써 소설적 사건과 생활 감정의 형상화를 강조하였던 김기진의 논의, 예술적 형상화보다는 정치 운동의 효과가 보다 더 중요한 문제임을 천명하면서 구체적 사실의 개념적 형상화를 내세웠던 권환의 논의, 그리고 자신의 시와 관련된 일련의 글을 통해서 현실과 긴밀하게 연관을 맺으면서 시를 창작해야 한다는 자기비판을 감행하고 감상을 배격하는 객관적 형상화를 강조하였던 임화의 논의 등은 1930년대 '프로시' 뿐만 아니라 한국 현대시가 진지하게 고민하지 않으면 안 될 중요한 문제를 다루었던 것이라고 하지 않을 수 없다.

따라서 '단편서사시 논쟁'에서 드러난 1930년대 리얼리즘 시론의 의의와 한계 역시 바로 이러한 문제들을 중심으로 논의되어야 한다. 먼저 김기진의 논의를 검토해보도록 하자. 앞에서 살펴보았던 것처럼 '단편서사시 논쟁'을 촉발시켰던 김기진의 논의는 1930년대 리얼리즘 시론의 정립에 하나의 계기로 작용하였다. 특히 어떤 한 부분보다는 그 전체를 중시하는 '변증적 사실주의'에 바탕하여 프로시가 '소설적 사건'을 수용하고 '생활 감정'을 형상화함으로써 그 대중화를 꾀해야 한다는 그의 '단편서사시론'은 '프로시'가 무엇인가를 직접적으로 문제 삼고 있지는 않지만 '프로시'가 나아갈 수 있는 한 방향을 구체적으로 지적하였던 것이라 할 수 있다.

그러나 그의 이러한 논의는 전반적으로 지나치게 대중추수적이고, 그래서 창작주체로서의 시인과 현실 사이의 상호관계 속에서 획득될 수 있는 '실재'를 지나치게 사실적이면서도 서사적인 방향에서만 파악하는 편향을 보인다. 그가 임화의 시에서 감동을 받고, 그러한 감동이 '생활 감정'의 형상화에 따른 대중들의 감동이라는 견지에서 '감정'을 중요시하면서도 정작 임화의 시가 지닌 '감상성'을 읽어내지 못했던 것도 바로 이러한 편향, 즉 창작주체의 주관과 그것이 대상으로 하고 있는 객관 사이의 분리 현상에 기인한다고 할 수 있다. 그리고 이러한 김기진의 시론이 지닌 특성은 비록 그의 시론이 '프로시'에 대한 대중의 접근 가능성을 고려한 가운데 이루어진 것이기에 창작주체의 현실에 대한 태도를 적극적으로 문제 삼을 수는 없었다고 하더라도 시가 지닌 근본적인 속성을 위협하는 것이라 하지 않을 수 없다.[31]

그렇다면 김기진의 시론을 비판하면서 출발한 1930년대의 리얼리즘 시론, 즉 프로시론의 경우는 어떠한가. 권환과 임화의 시론에서 살펴보았던 것과 같이 1930년대 프로시론은 카프의 2차방향전환론과 관계된 '볼세비키 대중화'의 견지에서 형성되었다. 그러니까 1930년대 프로시론은 근본적으로 예술과는 무관한 자리에서, 달리 말해서 정치와 밀접한 자리에서 형성·전개되었던 것이다. 이런 점에서 볼 때, 현실의 모순을 극복하는 데 있어서 시가 어떤 역할을 담당할 수 있으며, 이때 시인은 현실의 모순을 어떤 관점에서 바라보아야만 할 것인가와 관련된 근본적인 질문을 던졌다는 점에서 1930년대 프로시론은 한국 현대시론사에서 커다란 비중을 차지하고 있다고 할 수 있다. 특히 권환과 임화의 경우에서 분명하게 드러나듯이 1930년대 프로시론은 시인의 객관적 실천을 강조함으로써 주관적 세계에 빠져서 창작활동을 해오던 많은 시인들에게 근본적인 반성의

---

31) 예술방법은 "논리적·합리적 조종 메카니즘이 아니라 특수한 예술적 반영과정에서의 인식방법과 가치평가 방법의 관계를 규정하는 정신적·이념적 조종중심 (Steuerungszentrum)"을 의미한다. 그러기에 그것은 특정한 양식 속에서가 아니라 다양한 예술류와 장르 및 양식 속에서 드러난다. 따라서 비록 어느 정도의 차이를 지적하고 있지만, 근본적으로는 다양한 예술장르에 동일한 관점을 가지고 접근하고 있는 김기진의 태도는 분명히 오류에 해당한다고 할 수 있다. 예술방법에 대해서는 R. 쇼버, 「예술방법의 몇 가지 문제를 위하여」, 『현실주의연구 I』, 제3문학사, 1990, p.71.

계기를 제공해주었다.

하지만 이러한 의의에도 불구하고 1930년대의 리얼리즘 시론, 즉 프로 시론 역시 김기진의 시론과는 다른 견지에서 시가 지닌 근본적인 속성을 위협하였다. 구체적으로, 1930년대 프로시론은 권환의 경우에서 볼 수 있듯이 지나치게 구체적 사실과 객관적 실천만을 강조한 나머지 형상화의 중요성을 소홀히 하였다. '프로시'가 당의 '슬로건'을 토대로 해야만 대중들을 적극적으로 선동할 수 있다는 권환의 '개념적 형상화'는 '프로시'가 획득해야만 할 '실재'를 지나치게 '당파성'의 관점에서만 바라봄으로써 시적 형상화 자체를 위협하였다. 이에 비한다면, 자기비판을 통해서 또 다른 방향에서 논의를 펼쳐나갔던 임화의 시론은 시적 형상화의 가능성을 보다 더 많이 간직하고 있는 것이라 할 수 있다. 하지만 임화의 시론 역시 '감정의 배격'을 강조하면서 '객관주의'를 표방하고 있다는 점에서 '프로시'가 획득해야 할 실재 추구에 제한적일 수밖에 없다.

이처럼, '단편서사시 논쟁'에 한해서 본다면 1930년대 리얼리즘 시론, 즉 프로시론이 한국 현대시론사와 현대시사에서 차지하고 있는 의의와 그것이 지닌 한계는 대단히 밀착되어 있다. 이것은 무엇보다도 1930년대 프로시론이 시 장르의 근본적 속성을 적극적으로 고려한 프로시의 창작 방법론을 펼치지 못했기 때문에 비롯된 현상이다.

일반적으로 시, 특히 서정시의 시적 형상들은 서사문학과는 다른 특성을 지닌다. 왜냐하면 삶의 광대한 파노라마 속에서 인물들의 특성을 비추어보는 서사문학과는 달리 서정시는 시인의 경험 혹은 내면 상황과 관계되어 드러나기 때문이다. 따라서 일반적으로 서정시에서는 개인적 경험들의 표현이 강조되게 되고, 그러므로 서정문학은 서사문학에 비해서 더 주관적이라고 할 수 있다.[32] 흔히 서정시에서는 "시인의 자기인식이 예술의 형상적 구조 속에 직접적으로 구현되어 있고, 외부세계에 대한 인식은 예술적 내용의 매개 계기 내지 그 배경 혹은 문맥으로 남아 있”[33]다고 말하는 것도 바로 이러한 맥락에서이다. 그런데도 불구하고 1930년대 리얼리즘 시론은 객관적인 면모만을 강조함으로써 시의 예술성뿐만 아니라 그것이 추구하고자 한 ‘실재’ 마저 왜곡하는 잘못을 범하였던 것이다.

‘거울 단계(mirror stage)’[34]에서 J. 라깡이 지적하고 있는 것처럼 우리의 실재 추구는 에고와 타자, 이미지와 허구적 구성물 사이에서 형성되는 지속적인 과정이다. 따라서 실재 추구는 어떤 점에서는 ‘인지(reconnaissance)’의 결과이기도 하지만, 다른 어떤 점에서는 ‘오인(méconnaissance)’의 결과이기도 하다. 따라서 지나치게 에고와 이미지에 초점을 맞추어서 실재 추구를 바라본다면, 그때의 실재 추구는 대단히 경직된 것으로 되지 않을 수 없다. 특히 시적 형상이 지니고 있는 비유적·상징적인 속성을 경시한다면 사정은 더욱 심각해질 수밖에 없다. 왜냐하면 시적 형상은 그것이 제1차의 본질적 현상에서 제2차, 제3차의 본질적 현상으로 높여지기 때문에 필연적으로 비유적·상징적 요소를 지닐 수밖에 없는데,[35] 이러한 요소를 경시한다는 것은 곧 시 장르의 실재 추구 자체를 경시하는 것과 같기 때문이다. 그런데도 불구하고 1930년대 리얼리즘 시론은 이와 같은 비유적·상징적 요소와 그것이 하는 역할[36]에 대해 크게 주목하지 못하고 외부세계에 대한 인식에 지나치게 매달리거나 형상 이전의 개념적 차원

---

32) 위의 책, p.291.

33) M. 까간, 『미학강의』, 벼리, 1989, p.288 참조.

34) J. Lacan, *Ecrits : A Selection*(trans.by A. Sheridan), New York : Norton, 1977, pp.1~7 참고.

35) E. John, 임홍배 역, 『미학의 문제』, 다민, 1991, p.199.

36) 현실지향의 시들은 이러한 상징에 의해서 서사양식의 내용적 층위에서 플롯이 담당하고 있는 기능을 서정시에서 담당하게 된다. 이에 대해서는 Y. M. Lotman, *Universe of the Mind*(trans. by A. Shukman), Bloomington & Indianapolis : Indiana Univ. Press, 1990, pp.81~82 참조.

을 지나치게 강조하였던 것이다. 결국, 시 장르에서의 실재 추구의 실패, 바로 이것이 '단편서사시 논쟁'과 관련된 1930년대 리얼리즘 시론의 가장 큰 문제점이라고 할 수 있다.

5. 맺는 말

지금까지 필자는 '단편서사시 논쟁'을 중심으로 하여 1930년대 리얼리즘 시론, 즉 프로시론이 지닌 특성을 살펴보았다.

김기진에 의해서 촉발된 '단편서사시 논쟁'은 1930년대 리얼리즘 시론의 정립에 많은 기여를 하였다. 특히 김기진의 '단편서사시론'과 권환의 '개념적 서술시', 그리고 임화의 '감상 배격의 객관적 형상화'는 한편으로는 예술대중화와 관련하여 시가 무엇을 해야 할 것인가의 문제를 진지하게 제기하였고, 다른 한편으로는 시인들로 하여금 현실을 어떤 관점에서 바라보아야만 하는가를 진지하게 생각하도록 하였다.

그러나 '단편서사시 논쟁'에서 드러난 1930년대 리얼리즘 시론은 실재를 추구하는 과정을 지나치게 객관적인 차원에서 바라보거나, 당의 슬로건과 같은 확고한 주체성의 관점에서만 접근함으로써 실재 추구를 왜곡하였다. 특히 시적 형상화에서 중요한 요소라 할 수 있는 상징적·비유적 요소를 경시함으로써 시적 형상화 자체를 위협하는 잘못을 범하였다.

이렇게 본다면, 1930년대 리얼리즘 시론, 즉 프로시론이 간과하였거나 왜곡하였던 면들에 주목하면서 시와 현실 사이의 관계를 재정립하는 것은 대단히 긴요한 문제라고 할 수 있다. 그렇지만 이에 대한 논의는 다음으로 미루고자 한다.

제2장 전후 모더니즘 시론과 신비평

1. 서론

   비교문학의 의의가 "文學을 각국 단위의 고립 속에 놓지 않고 超國家的 시야를 갖고 바라봄으로써 어떤 총체성을 획득하는 데 있다"[1]고 한다면, 그 하위에 속하는 외국문학의 수용에 관한 연구 또한 국가적으로 고립된 시야를 벗어나야 마땅할 것이다. 그렇지만 한국문학이라는 권역을 중심으로 그 시야의 폭을 넓히려고 하는 경우에는 외국문학 수용에 관한 연구는 외국문학의 어떤 측면이 어떤 연유에서 수용되었는가를 살피는 데 머물지 말고, 그것이 이후의 한국문학의 진로에 어떤 긍정적·부정적 영향을 끼쳤던가를 면밀하게 살피는 데까지 나아가지 않으면 안 된다. 왜냐하면 "수용 연구와 영향 연구가 서로 보완관계에 있는 것"[2]으로 보아야만 비교문학의 의의가 충분히 살아날 수 있기 때문이다. 이는 작품, 작가, 사조, 비평 방법 등 비교문학 전반에 적용되는 사항이다.

---

1) 이혜순, 『비교문학 I —이론과 방법』, 과학정보사, 1986, p.12.
2) Yves Chevrel, 박성창 옮김, 『비교문학, 어떻게 할 것인가』, 민음사, 2002, p.107.

이 글은 1956년부터 한국에 본격적으로 소개되기 시작하여 1960년대 후반기에 주도적인 비평 방법으로 위세를 떨쳤던 신비평(New Criticism)이 우리의 전후 모더니즘 시론에 미친 영향을 살펴보는 것을 목적으로 한다. 신비평이 한국문학에 미친 영향이나 한국문학의 신비평 수용을 다룬 지금까지의 연구들은 그 수효가 상당하다.3) 그럼에도 불구하고, 이 글이 이러한 목적을 갖게 된 것은 다음과 같은 세 가지 문제의식 때문이다. 첫째, 한국문학에서의 신비평 수용에 대한 연구는 어느 정도 진척되어 있는 상태임에 비해서 그것이 한국문학에 미친 영향에 대한 연구는 여전히 상대적으로 저조한 상태라는 점, 둘째, 한국 현대문학사에서 신비평의 영향이 가장 분명하게 드러나는 시기가 바로 전후이며, 그 영향의 구체적 양상은 전후의 모더니즘 시론에서 잘 드러난다는 점, 셋째, 전후 모더니즘 시론에 미친 신비평의 영향은 전후 모더니즘 시의 전개에도 상당한 영향력을 행사하였다는 점이다.

전후의 모더니즘 시론은 신비평의 주요한 성격들과 원리들을 일시에

---

3) 그 대표적인 연구들로는 다음과 같은 것들이 있다. 송욱, 『시학평전』, 일조각, 1963 ; 김윤식, 「뉴크리티시즘에 대하여」, 『숙대논문집』 9, 1969 ; 김용직, 「의도의 오류와 의도비평」, 『한국문학의 비평적 성찰』, 민음사, 1974 ; 김홍규, 「뉴 크리티시즘의 향방」, 《심상》, 1975.4 ; 김용직, 「분석비평연구의 흐름과 문제점」, 국어국문학회, 『국어국문학과 구미이론』, 지식산업사, 1989 ; 정현기, 「문학비평의 충격적 휴지기」, 김윤식 외, 『한국현대문학사』, 현대문학, 1989 ; 오양호, 「순수·참여론의 대립기」, 김윤식 외, 『한국현대문학사』, 현대문학, 1989 ; 백승숙, 「한국의 신비평」, 최동호 편, 『새로운 비평논리를 찾아서』, 나남출판, 1990 ; 권영민, 「한국 현대비평과 서구 문학방법론의 수용」, 《외국문학》, 1992 봄 ; 김동환, 「1950년대 문학의 방법적 대상으로서의 외국 문학 이론」, 『문학과논리』 3, 1992 ; 전기철, 『한국 전후 문예비평 연구』, 국학자료원, 1994 ; 김정자, 「뉴크리티시즘과 한국적 수용 현상」, 구인환 외, 『한국전후문학연구』, 삼지원, 1995 ; 한수영, 「1950년대 한국 문예비평론 연구: 민족문학론·실존주의문학론·모더니즘론을 중심으로」, 연세대 박사학위논문, 1995 ; 하희정, 「영미 신비평의 기본 관점과 한국적 수용의 두 양상」, 한계전 외, 『한국 현대시론사 연구』, 문학과지성사, 1998 ; 전승주, 「1950년대 비평에서의 '현대성' 인식」, 『어문연구』 115, 2003.

수용하면서 그 영향을 받은 것이 아니었다. 그와는 달리 전후의 모더니즘 시론은 전후라는 새로운 상황에서 이전의 모더니즘의 시와 시론이 드러낼 수밖에 없는 문제점들을 하나 둘 해결하려고 하는 과정에서 신비평의 성격들과 원리들을 점진적으로 수용하였다. 그 결과, 자연히 전후 모더니즘에 미친 신비평의 영향 또한 점진적으로 드러났다. 그러므로 전후의 모더니즘 시론에 미친 신비평의 영향을 고찰할 경우에는 다른 무엇보다도 신비평의 주요한 성격들과 원리들이 전후의 모더니즘 시론에서 점차적으로 드러나는 양상에 주목할 필요가 있다. 그렇지 않고, 신비평의 주요 성격들과 원리들을 전후의 모더니즘 시론에서 한꺼번에 찾으려고 할 경우에는 전후의 모더니즘 시론들이 전후 상황에 능동적으로 대처하려는 움직임을 간과하기 쉽다. 따라서 이 글에서는 전후의 모더니즘 시론에 미친 신비평의 영향을 전후의 모더니즘 시론에서 크게 문제시 되었던 '난해성'과 '언어의 창조성'을 중심으로 하여 살펴보려고 한다.

한국 현대문학사에서 '戰後文學'은 좁게는 한국전쟁 이후의 1950년대 문학을, 넓게는 1960년대까지의 문학을 가리킨다. 물론, 한국전쟁의 여파가 1960년대 너머까지 미치고 있음을 감안하면 전후문학의 범주에 1970년대 문학까지도 포함될 수 있을 것이다. 그렇지만 1970년대는 한국 사회가 본격적인 산업화 사회로 진입하면서 전후의 후유증을 어느 정도 극복하기 시작하였다는 점에서 한국 현대문학사에서 전후문학의 범주는 1960년대 문학을 포함하는 선에서 제한될 필요가 있다. 그런 점에서, 이 글에서는 전후의 모더니즘 시론을 한국 전쟁 이후에서 1960년대에 걸치는 시기에 등장한 시론들로 한정하기로 한다. 물론, 한국전쟁 이전의 모더니즘 시론들 중에서도 신비평의 영향을 분명하게 보여주는 것들은 필요한 경우에 함께 다룰 것이다.

2. 신비평과 전후의 시론

1) 신비평의 성격과 원리

신비평이 어떤 원리에 의거해서 문학 작품들을 평가하려고 했던가는 우선적으로 그 성격을 통해서 살펴볼 수 있다. 신비평의 원리들은 대체로 신비평의 성격과 밀접한 관계를 맺고 있기 때문이다. 신비평의 주요한 성격으로는 크게 '인식에 의거한 인문학 옹호 운동', '보수주의에 뿌리박은 모더니즘의 변종', '유기체론에 입각한 맥락주의', '창조적 언어관의 시학', '시 중심의 실제 비평' 등 다섯 가지를 들 수 있다. 신비평이 지닌 이러한 성격들은 우리가 신비평이 문학 작품들을 이해하고 평가하는 데 있어서 작품의 구조, 시어들 사이의 긴장, 아이러니와 역설, 애매성 등을 구체적인 원리로 하였던 사정을 이해하는 데 커다란 도움을 준다. 그러므로 여기에서 제시한 신비평의 성격들을 하나하나 살펴보면서 그것들이 어떻게 신비평의 원리들과 연결되는가를 구체적으로 살펴볼 필요가 있다.

첫째로, 신비평은 인문학 옹호 운동으로서의 성격을 지닌다. 일찍이 신비평가들은 인과론적 기계주의에 바탕을 둔 실증주의적 과학이 다차원적인 실재 속에서 일차원적인 추상적 원인만을 추출함으로써 실재를 단순화시켰다고 생각하였다. 그리하여 그들은 양자택일을 내세우면서 세계를 협소하게 이해하고 나아가서는 왜곡하는 논리적·과학적 언어와는 달리, 양자를 긍정하면서 세계를 좀 더 폭넓게 이해할 수 있는 방안을 모색하였다. 그러한 방안 모색이 근본적으로는 과학과는 다른 성격을 지닌 인문학을 옹호하는 것이었음은 물론이다. 한 마디로 말해서 신비평은 과학의 인식 방법과는 다른 새로운 인식 방법을 인문학적 것에서 찾았던 것이다. 신비평이 '역설의 언어', '긴장' 등을 작품 평가의 원리들 중의 하나로 내세우게 된 데에는 그러한 신비평의 성격이 자리하고 있다. 즉 양자택일의 언어가 아닌 양자긍정의 언어로 세계가 드러내는 모순을 포용하려 했던 신비평은 '역설의 언어'를 통해서 다차원적인 경험 세계를 창조하고, 그러한 창조성을 간접적으로 계시하는 자족적인 실체를 만들려고 하였던 것이다.

둘째로, 신비평은 보수주의에 뿌리박은 모더니즘의 변종으로서의 성격을 지닌다.[4] 신비평이 모더니즘의 변종으로서의 성격을 지닌다는 것은 그것이 앞에서 지적했던 과학주의를 거부한다는 점과 관련되어 있다. 구체적으로 신비평은 T. E. 흄의 '불연속적 세계관'에 기반 하여 세계를 과학주의의 인식론과는 다른 차원에서 인식하려고 했던 영미 계통의 이미지즘적 모더니즘과 밀접한 관련을 지닌다. 그러한 점에서 모더니즘의 변종으로서의 신비평은 이성적 사유 자체를 거부하면서 탈이성적 세계 인식을 주창하였던 유럽 계통의 아방가르드적 모더니즘과는 상당한 차이를 보인다. 유럽 계통의 아방가르드적 모더니즘과 결부되었던 비평들이 진보적인 것이었다면, 상대적으로 영미 계통의 이미지즘적 모더니즘의 변종으로서의 신비평은 보수적인 것이었다고 할 수 있다. 신비평이 지닌 보수주의로서의 성격은 그 출발에서도 드러난다. 신비평의 출발은 랜섬, 테이트, 워렌 등을 중심으로 발간된 『도망자(The Fugitive)』였는데, 『도망자』가 표방한 것은 다름 아닌 남부의 전통 수호라는 짙은 '귀족주의'였다. 구체적으로 랜섬 등은 흙에 밀착한 전통적 남부 지역사회가 개인의 행복과 사회질서 안정에 보다 바람직하다고 보면서, 북부의 물질주의·과학주의·상공업주의 등에 극명하게 대립하였다.[5] 그리고 그러한 그들의 사상은

---

4) 이명섭, 「신비평 시론」, 브룩스 외, 이경수 외 옮김, 『신비평과 형식주의』, 고려원, 1991, p.41.

5) 金允植, 「뉴크리티시즘에 대하여」, 『숙대논문집』 9집, 1969. 위의 책, pp.47~49.

기독교 사회의 이념이 흙에 밀착한 자족적 그룹에 의해 달성된다는 엘리어트의 견해와 그 내용을 같이하는 것이기도 하였다.[6] 신비평의 주요 원리들이 현실의 변화를 꾀하는 작품들보다는 현실과 무관한 듯이 보이는 작품들을 선호하는 방향으로 작용하고 있는 것도 바로 신비평의 그러한 성격과 관련이 깊다.

셋째로, 신비평은 유기체론에 입각한 脈絡主義의 성격 또한 지닌다. 본래 '유기체론'은 과학주의의 일반적 · 추상적 · 기계론적인 입장을 비판하면서 낭만주의자들이 '구체성'과 함께 내세웠던 것이다. 구체적으로 낭만주의자들은 '전체', '성장', '동화작용', '내재성', '부분과 전체 사이의 상호의존성' 등을 내세우면서 구체적인 현상들을 원인과 결과로 설명하는 과학주의에 대항하였다. 그런데 신비평가들은 낭만주의자들이 내세웠던 그러한 '유기체론'을 수용함으로써 문학 작품이 '유기적 통일체'임을 주장하였다. 물론 신비평이 낭만주의자들의 견해를 완전히 수용했던 것은 아니었다. 그들은 낭만주의자들의 견해 중에서도 유기체의 '성장론'은 거부하였는데, 그 주된 이유는 낭만주의에서의 '성장론'이 시인의 정신적 창작 과정과 관계되면서 시인의 '자기 보존'을 강조함으로써 새로운 인식을 방해한다는 데 있었다. 그러므로 신비평가들이 내세운 '유기체론'은 근본적으로 시인과는 유리된 것으로, 작품을 중심으로한 것이었다. 모든 신비평가들이 다 그러한 '유기적 통일체'를 내세웠던 것은 아니지만,[7] 신비평이 그러한 '유기적 통일체'를 강조하였다는 점은 그것이 '맥락'을 중시하였음을 명확히 보여주는 것이었다. 신비평의 그러한 성격은 신비평

---

6) 위의 글, p.49.

7) 신비평가들 중에서도 랜섬은 전체론을 반대하였다. 그는 통일성을 지닌 완전한 의미가 없는 '불확실한 결'과, 유희와 유기적 통일에 동화되지 않는 '잉여'를 주장하였다. 이에 대해서는 이명섭, 앞의 글, p.28.

이 '아이러니'와 '역설', '유기적 형식' 또는 '구조', '구체적 보편' 등을 원리로 하여 작품을 평가하려고 하였던 이유를 잘 보여준다. 즉 그들은 낭만주의자들의 '전체론'을 '유기적 통일체'로, 이질적인 요소들의 변화로서의 '동화작용론'을 상반되는 부분들의 상호제한과 변용을 의미하는 '아이러니'와 '역설'로, '내재성론'을 '유기적 형식' 또는 '구조'로, 부분과 전체 사이의 '상호의존성론'을 '구체적 보편'으로 받아들이면서 시가 내재적 가치만을 지니는 자족적인 것임을 천명할 수 있었다.

넷째로, 신비평은 창조적 언어의 시학이라는 성격을 지닌 것이었다. '성장론'에 대한 거부에서 보았듯이, 신비평은 시인의 창조성이 아니라 '언어의 창조성'을 인정하였다. 신비평이 시인의 창조성을 거부하고 언어의 창조성을 인정한 것은 '인공물로서의 예술'과 그러한 인공물로서의 예술을 가능하게 만드는 '기술'에 대한 신뢰 때문이었다. 즉 그들은 자연을 타락한 존재로 생각하면서 그 타락한 자연을 구원하는 것이 바로 인공물로서의 예술이며, 그러한 인공물로서의 예술을 가능하게 하는 것이 바로 '기술'이라고 여겼다. 신비평이 작품을 평가하면서 '기교'를 중시하는 것은 바로 그러한 이유 때문이다. 그들은 엘리어트가 '탈개성이론'에서 강조하였던 바대로 어떠한 방식으로든지 시인이 '자아'를 초월해야 한다고 여기면서, 시인의 자아 초월이 바로 '언어에의 몰입'에 의해 이루어질 수 있다고 보았던 것이다.

다섯째로, 신비평은 시 위주의 실제비평의 성격을 지닌 것이다. 신비평의 이러한 성격은 신비평가들이 시인 출신들이 많았다는 점에서도 찾을 수 있지만, 근본적으로는 그들이 내세웠던 비평의 관점이 소설이나 희곡보다는 시에 더 적절한 것이었다는 점에서 찾을 수 있다. 앞에서 살펴보았던 신비평의 성격들과 이론들은 전반적으로 시에 적절한 것이었다. 다채로운 세계를 양자긍정의 관점에서 새롭게 이해하고, 구체적인 현상들을 유기체론과 관련하여 보편적인 것으로 이해하며, 언어의 창조성을 통해서 타락하지 않은 새로운 세계를 창조하려 했던 만큼 신비평은 시를 중시하지 않을 수 없었다. 왜냐하면 그들에게 "시란 세계를 지시하지 않으면서도 지시하며, 세계에 대한 경험이 아니면서도 경험일 수 있는"[8], 그리하여 다채로운 '세계의 몸'을 모방하는 것이었기 때문이다. 이러한 사정은 신비평가들이 소설을 대할 때에도 주로 '주제', '거리', '시점', '아이러니' 등을 중심으로 논의를 펼쳤다는 점에서도 잘 볼 수 있다.

2) 전후 시론과 신비평 수용

한국의 비평사에서 1950년대 중반은 새로운 비평가들이 대거 등장하면서 비평가의 세대교체가 이루어졌던 시기로 평가된다. 특히 이 시기에 이루어진 비평가의 세대교체는 "구세대가 스스로의 시효만료를 선언하고 신세대 대망론을 펼쳤다는 점"[9]에서 특이한 세대교체로 평가되는데, 구세대 비평가와 신세대 비평가의 차이는 당시의 시대에 대한 인식의 차이에서 찾아볼 수 있다. 구체적으로, 구세대 비평가의 한 사람인 백철이 '전후'를 과도기로 바라보면서 "도래할 신기원의 현실을 준비할 시대"[10]라고 보았다면, 그와는 다르게 대다수 신세대에게 전후는 "전무후무한 완전히 새로운 시대로서의 '전후'이며, 그것은 불안과 위기와 절망을 주조로 하는 암담한 '현대'였던 것"[11]으로 보인다. 그럼에도 불구하고 구세대가 '신세대 대망론'을 주창하였던 것에서 짐작할 수 있듯이, 1950년대 중반은

---

8) 이명섭, 「뉴크리티시즘: 반실증주의적인 창조적 로고스」, 인문과학연구소 편, 『현대문학비평이론의 전망』, 성균관대출판부, 1994, p.91.
9) 한수영, 「1950년대 한국 문예비평론 연구―민족문학론·실존주의문학론·모더니즘론을 중심으로」, 연세대 박사학위논문, 1995, p.32.
10) 백철, 「전형기의 문학」, 《사상계》, 1955.10.
11) 한수영, 앞의 논문, p.35.

구세대나 신세대 모두 새로운 비평 방법을 기대했던 시기였다고 할 수 있다. 신비평이 그러한 비평 방법들 중의 하나였음은 물론이다.

신비평이 한국 문단에 본격적으로 소개되기 시작하였던 것도 바로 1950년대 중반이었다. 백철의 「뉴 크리티시즘에 대하여」(≪문학예술≫, 1956.11)를 필두로 하여 소개된 신비평은 1960년대 후반기에 이르면 다른 어떤 비평 방법보다도 강한 자장을 형성하였다. 특히 1960년대 이후부터 신비평은 한국문학을 대상으로 하는 실제비평에 집중적으로 적용되기 시작하였다. 그리하여 구조, 긴장, 역설, 아이러니, 애매성, 의도적 오류, 감정적 오류, 은유, 상징, 어조 등 신비평에서 내세우고 있는 주요 비평 용어들이 우리 문학의 연구와 관련되는 글들의 지면을 차지하게 되었고, 점차적으로는 이론 정립의 의도 속에서 집중적으로 조망되기 시작하였다. 그렇지만 신비평의 수용은 전반적으로 시문학을 중심으로 이루어져 왔다고 해도 과언이 아니다. 소설을 분석하고 검토하는 데에 신비평이 사용되지 않았던 것은 아니지만, 그 정도는 시문학에서의 그것에 비해 미미하였던 것이다. 이러한 현상은 아마도 신비평이 "시를 분석·검토하는 데 역점을 두고 형성, 전개되어 온 문학 연구 방법으로서의 성격이 강하기"12) 때문이었다는 점에서 찾을 수 있을 것이다.

그렇다면, 우리에게 소개되기 시작할 즈음에 이미 비판의 대상이 되었음에도 불구하고, 신비평이 전후의 한국 문단에 본격적으로 도입되어 강한 자장을 형성한 이유는 무엇인가? 여기에는 다음과 같은 몇 가지 요인이 작용했던 것으로 보인다. 첫째, 당시 문학연구의 기운이 아카데미즘에 대한 강한 지향을 보여주었다는 점이다. 주지하다시피 해방 이후 우리 문학 연구는 문단비평의 단계에서 학문연구의 단계로 상승하였음에도 불구

---

12) 김용직, 「분석비평연구의 흐름과 문제점」, 국어국문학회 편, 『국어국문학과 구미이론』, 지식산업사, 1989, p.36.

하고 그 뚜렷한 연구방법론을 지니지 못하였다. 이러한 상황 속에서 당시에 신비평은 문학연구의 아카데미즘을 확립할 수 있게 해주는 방법으로 인식되기 시작하였던 것이다.[13] 둘째, 문학연구에서의 사회·정치적 관심의 배제 지향이다. 해방 이후 당대까지 문학외적인 상황의 중압감에서 부담감을 느끼고 있던 많은 문학담당자들에게 문학의 自己目的性을 내세운 신비평의 문학관은 문학에 대한 인식 변화에의 획기적인 계기가 되기에 충분했던 것이다.[14] 셋째, 전후의 세대에게 미친 미국문화의 영향이다. 그리고 마지막으로, 당시 문학 연구 경향의 문제이다. 1960년대 당시 우리 문학 연구 경향 중 비교문학은 우리 문학의 독자성 내지 주체성에 대한 감각을 희생시키는 결과를 낳았다.[15] 특히 현대시의 경우 그 상당 부분이 해외시의 충격으로 설명되어 작품 자체의 독창성의 농도가 크게 감퇴해 버렸던 것이다. 이러한 상황에서 우선적으로 작품을 중심으로 하는 신비평이 우리 문학의 독자성을 파악하고자 하는 이들에게 크게 주목되었던 것으로 보인다.

물론, 당시 우리 문단의 일각에서는 신비평의 수용 열기 못지않게 그에 대한 비판적 목소리들 또한 강하게 울려 나왔던 것이 사실이다. 그 비판적 목소리는 대체로 신비평의 비역사주의적 관점에 주목하면서 그 비판적 수용을 주장하는 것으로 정리될 수 있다. "아무리 문학 작품에 내재하는 존재론적 아포리아 즉 작품 자체의 의미가 강하다 하더라도 역사가들이 말하는 작품이 창작될 당시의 의미를 완전히 초월할 수 없음이 명백하"[16]다는 점에서 보면, 그러한 비판의 목소리는 어떤 면에서는 매우 타

---

13) 백철, 「뉴크리티시즘의 행방」, ≪세대≫, 1966.2, p.91 참조.
14) 김동환, 「1950년대 문학의 방법적 대상으로서의 외국 문학 이론」, 『문학과논리』 제3호, 1992, pp.65~67 참조.
15) 김용직, 「한국 현대시 연구의 회고와 반성」, 『한국현대시사의 쟁점』, 시와시학, 1991, p.13 참조.

당한 것이기도 하였다. 특히 1960년대 이후 우리 주변에서 이루어진 분석 비평들이 대개가 실제 비평의 성격을 띠면서 작품들에 담긴 부분적 어귀나 실상을 새롭게 해석, 평가하는 데 치우치게 되었고, 그리하여 "올바른 의미의 분석비평이 행해지기 위해서는 역사적 정보가 무조건 배제될 게 아니라 그것이 차원을 달리해서 유효적절하게 고려, 적용되어야 했음에도 불구하고 우리 주변에서 이루어진 분석비평의 대부분은 이런 사실에 대해서도 전혀 무감각한 채 작성 발표되었다."[17]라는 비판에 직면하였다는 점에서 보더라도 신비평의 비역사주의적 성격에 대한 비판은 상당한 설득력을 지닌 것이었다고 말할 수 있다. 왜냐하면 그러한 1960년대 이후의 분석비평의 실상에 대한 비판은 겉으로는 분석비평을 대상으로 하고 있지만, 실제로는 신비평을 대상으로 하는 것이기 때문이다.

그 비판의 목소리가 들렸음에도 불구하고, 신비평이 전후의 시문학에 커다란 영향을 미쳤다는 점만은 결코 부인할 수 없다. 신비평의 영향은 특히 전후의 모더니즘 시문학에서 크게 나타난다. 이는 앞에서 살펴보았듯이 신비평의 성격과 비평 원리들이 지닌 매력과 관련된 것이었다. 앞에서도 살펴본 바와 같이, 신비평이 한국의 전후 문단에서 수용될 수 있었던 데에는 여러 가지 이유가 있지만, 그러한 이유들의 근본 바탕에는 신비평의 성격과 원리들이 지닌 매력이 자리하고 있음을 부정하기는 어렵다. 실제로 '인식을 중시한 인문학 옹호 운동', '보수주의에 뿌리박은 모더니즘의 변종', '유기체론에 입각한 맥락주의', '창조적 언어관의 시학', '시 중심의 실제 비평' 등과 같은 신비평의 주요한 성격과 그에 따른 구체적인 비평 원리들은 전쟁으로 인한 비참한 삶을 경험하고 난 후 폐허가 된 삶의 터전을 새롭게 재건하려는 의식을 직·간접적으로 지니고 있었던

---

16) 김윤식, 앞의 글, p.68.
17) 김용직, 「분석비평 연구의 흐름과 문제점」, p.37.

전후의 문인들이나 연구자들에게는 그야말로 하나의 중요한 기준이 되었다. 특히 한국의 전후 모더니즘 시인들과 이론가들에게 신비평은 중요한 버팀목이 되었다. 그러므로 전후 모더니즘 시문학에서 드러나는 신비평의 영향에 대한 검토는 한국 문단에서 신비평의 수용이 지니는 의의와 한계를 살피는 데 매우 중요한 시금석이 된다고 하지 않을 수 없다.

3. 전후 모더니즘 시론에서의 신비평의 영향

1) 난해성의 미적 범주화

전후의 모더니즘 시론에서 '난해성'에 대한 주목은 李箱의 시에 대한 주목으로부터 시작된다. 전후의 시문학은 이상의 시에 대해 상당한 집착을 보여주었는데, 심동수[18]에 따르자면 그 이유는 다음과 같이 크게 세 가지로 파악된다. 첫째, 이상 문학은 1950년대 비평이 습득한 모더니즘, 신비평 등으로 대표되는 과학적·분석적 비평 방법을 점검하는 대상, 즉 일종의 '리트머스 시험지' 역할을 지닌다. 둘째, 이상 문학이 지니는 근대성에 대한 집요한 탐구는 전후의 현실에서 시대인식에 대한 새로운 방향 설정을 요구받는 1950년대 비평에 있어 하나의 나침반 구실을 한다. 셋째, 1950년대 비평에 주어진 비평사적 과제, 즉 비평의 자기 근거에 대한 요구와 이상 문학이 맞물려 있기 때문이다. 전후 시문학에서의 신비평 수용과 관련하여 볼 때, 이 세 가지 이유 중에서도 가장 주목되는 것은 바로 첫째 이유이다. 왜냐하면 이상 문학이 지닌 '난해성'에 대한 논의에서 우리는

---

18) 심동수, 「한국 비평의 '독자성'에 대한 시론」, 『어문연구』 제31권 제2호, 2003 여름, p.309.

당시의 비평가들이 신비평의 방법을 토대로 이상 시의 '난해성'이 하나의 미적 범주에 해당된다는 점을 밝힐 수 있었기 때문이다. 李箱 문학의 '난해성'에 대한 논의는 1940년대 말 조연현의 비판으로 시작된다. 조연현은 「근대 정신의 해체－고 이상의 문학사적 의의」(≪문예≫ 4호, 1949.11)에서 "李箱이 그의 시를 정상적인 문법형태인 '통사적'인 방법이나 '현실원리' 우에서 출발시키지 않고 문법의 정상적인 형태를 버서난 '해사적'인 방법이나 '쾌락원리' 우에서 시험한 것은 그것이 그의 의식적인 노력이었다기보다도 자기의 통일된 전체적인 의미나 내용을 갖이 못한 이상의 생리적인 한 필연성에서 초래되여졌던 것"[19]이라고 하면서 "이상의 해체된 주체의 분신들은 서구적인 의미에 있어서의 우리의 근대정신이 이를 영도해 나아가는 민족적인 주체가 붕괴된 것을 말하는 것이며 이러한 붕괴는 우리의 근대정신의 최초의 해체를 상징하는 것이다."[20]라고 주장하였다. 이러한 조연현의 지적에서 주목되는 것은 그가 이상 시의 '해사적' 경향을 이상이라는 개인적 주체의 분열과, 근대정신에 바탕 한 민족적 주체의 붕괴에서 바라보고 있다는 점이다. 그러니까 한 마디로 말해서 조연현은 이상 시의 해체를 '근대정신의 해체'로 인식하는 것이다. 결국, 조연현의 관점에서 보자면, 이상 시의 난해성은 '근대정신의 해체'가 지닌 난해성이고, 그 난해성은 '생리적인 반응'의 산물일 뿐이다.

이상 시의 난해성에 대한 논의는 아니지만, 1950년에 '난해성'과 관련하여 현대시의 새로운 가능성을 찾아보려고 했던 이봉래의 견해는 조연현의 견해와 일맥상통하면서도 다른 면모를 보여주고 있다는 점에서 주목된다. 이봉래는 「현대시의 새로운 가능」(≪자유세계≫, 1952.4)에서 '난해성'이 현실 자체의 산물이라고 주장한다. 구체적으로 그는 "오늘날 시

---

19) 조연현, 「근대정신의 해체－고 이상의 문학사적 의의」, ≪문예≫ 4호, 1949.11, p.133.
20) 위의 글, p.136.

의 표현이 晦澁하고 난해하다는 것은 오로지 현실자체가 복잡하고 난해하다는 것을 의미하는 것"[21]이라고 말함으로써 '난해성'이 현실 자체의 난해성과 복잡성에서 기인하는 것임을 분명히 하였다. 그가 이렇게 말할 수 있었던 것이 당시가 전쟁의 와중이었고, 그로 인한 혼란이 가중된 시기였다는 점과 깊이 관련되어 있다. 그런데 이봉래의 글에서 특히 주목되는 점은 그가 '후반기' 동인들의 시와 김종문의 시를 비교하면서 현대시가 나아갈 방향을 "현대 사회 구조의 복잡성과 인간 심리의 갈등과 도덕의 혼란을 '혼란 그대로' 시작품에 粘着시키고자 하"는 것이나 "혼란을 현실에 발생한 어떠한 사건이나 자연 풍경에 비유하여 이것을 냉철한 사유의 호수 속에 침전시킨 다음 다시 정신의 요소에 환원시키는 '물리적 방법'"[22]과는 다르게 "현대의 불안과 공포와 모순과 위기를 극복하기 위해 시인이 가진 최후의 자체에서 목매여 절규하는 인간애를 보여주"[23]는 것에서 찾고 있다는 점이다. 이런 점에서 보자면, 이봉래는 현실의 산물인 '난해성'이 시인의 절규에서 드러나는 휴머니즘적인 태도로 극복될 수 있다고 생각했던 듯하다. 결국, 이봉래에게 '난해성'은 현대시가 어떻게 해서든지 극복해야 할 것이었다.

그렇지만 1950년대 중반에 이르면 '난해성'은 이전과는 다른 관점에서 다루어진다. 이 시기에는 이상의 문학에 대한 논의가 집중적으로 이루어지는데, 이어령의 「나르시스의 학살」(≪신세계≫, 1956.10)과 「속 나르시스의 학살—이상의 시와 그 난해성」(≪자유문학≫, 1957.7), 고석규의 「반어에 대하여」(≪현대문학≫, 1957. 4~7), 김우종의 「이상론」(≪현대문학≫, 1957.5) 등은 그 대표적인 글들이다. 이 중에서도 이어령의 「속 나르시스

---

21) 이봉래, 「현대시의 새로운 가능」, ≪자유세계≫, 1952.4, p.188.
22) 위의 글, p.188.
23) 위의 글, p.189.

의 학살―이상의 시와 그 난해성」은 전후 모더니즘 시문학이 1950년대 중반에 이르면서 신비평의 비평 원리들을 활용하여 이상의 '난해성'에 적극적으로 의미를 부여하기 시작했다는 점에서 특히 주목할 만한 글들이다.

이어령은 「나르시스의 학살」에서 "나르시스―자기존재의 의식의 생명의 무한한 심연을 응시하는 고독의 시인이다. 자성의 그림자 그것만이 그들 불우한 시인들에 유일한 독자가 된다."[24]라고 하면서, 이상을 '자기 존재의 의식'에 깃들인 '생명의 무한한 심연'을 응시하는 '고독의 시인'이자 '自省의 그림자'를 제외한 그 어떤 독자도 가지지 못한 '불우한 시인'이라고 하였다. 그러면서 그는 계속해서 "「그것은 난해하다」 이 한마디로 모든 시인들의 생명을 박탈하려 한다. 독자는 우매한 비평가는 그들을 학살할 것이다."[25]라고 하면서 이상 시의 난해성이 지닌 의미를 파악하지 못하는 독자나 우매한 비평가들을 탓하였다. 이러한 이어령의 태도는 앞에서 살펴보았던 조연현의 태도와는 사뭇 다르다. "여기서 나르시스는 이상이면서 새로운 세대로서의 그 자신이다. 구세대의 비평가로서 조연현이 나르시스를 학살하려고 한다면 그는 그것을 저지해야 한다."[26]라는 지적에서 볼 수 있듯이, 그의 태도는 신세대 비평가의 그것이자 자신의 것이며 이상 시의 난해성의 의미를 포착하는 자의 것이다.

이상 시의 난해성을 대하는 이어령의 태도는 「속 나르시스의 학살―이상의 시와 그 난해성」에서 좀 더 구체적으로 드러난다. 여기에서 그는 "이상의 시는 시대를 정말 체험하고 절망한 사람이 아니고서는 영원히 이해할 길 없는 난해시라는 것을 알았다. 그 난해성의 배후에는 기천년의 시의 역사가 비재해 있는 것을 알았다. 그리하여 시는 지금 기교와 절망의

---

24) 이어령, 「나르시스의 학살」, ≪신세계≫, 1956.10, p.239.
25) 위의 글, p.239.
26) 전기철, 『한국 전후 문예비평 연구』, 국학자료원, 1994, p.178.

반복하는 파도를 타고 여기에까지 진화해 온 것이다. 그러한 의미에서 우리가 정말 이 시대의 현대인이라면 이상의 시를 완전히 이해하고 도리어 그 기교에 절망을 느껴야 할 것이다. 그래서 새로운 우리의 기교를 낳아야 될 때라고 생각한다."[27]라고 말하고 있는데, 이러한 그의 지적은 신비평의 비평 원리들에 의거한 것이라고 할 수 있다. 구체적으로 여기에서 그는 '시대를 정말 체험하고 절망한 사람', '기천년 시의 역사', '기교와 절망의 반복', '새로운 기교에의 갈망' 등을 강조하면서 이상 시의 난해성을 대하고 있는데, 이는 그가 신비평이 내세웠던 '기교'를 타락한 현실에 대한 절망을 극복할 수 있는 것으로 보고 있음을 의미한다. 결국, 여기에서 이어령은 신비평에서의 '기교'와 '현실관'을 내세워 이상 시의 난해성을 하나의 미적 범주로 바라보고 있다고 할 수 있다.

그렇다고 해서 1957년경에 '난해성'이 모더니즘 시문학의 견지에서만 논의되었던 것은 아니다. 「난해시의 본질(상)」(≪현대문학≫ 33호, 1957.9)과 「난해시의 본질(하)」(≪현대문학≫ 34호, 1957.10)에서 김우종이 내세웠던 '난해성'은 모더니즘 시문학에 한정된 특성이 아니라 시문학의 일반적인 특성이었다. 그러한 점에서 '난해성'에 대한 김우종의 견해는 이상의 시를 '난해성'의 차원에서 해명하려고 했던 앞의 논의들과는 상당한 차이를 보이는 것이라고 할 수 있다. 「난해시의 본질(상)」에서 그는 시란 본질적으로 난해성을 지니고 있는 것이라고 주장한다. 즉 그는 "시의 난해성은 현대에만 비롯한 것이 아니고 시의 발생과 더불어 그것은 숙명적으로 지니지 않을 수 없는 것이었다."[28]라고 하면서 난해성을 특별히 현대시와 연관지어 바라보려는 태도를 비판하였다. 그는 특히 자타융합의 경지에서 시인이 언어로 표현한 것(은유)을, 즉 시인의 사유화된 신조어를

---

27) 이어령, 「속 나르시스의 학살―이상의 시와 그 난해성」, ≪자유문학≫, 1957.7, p.139.
28) 김우종, 「난해시의 본질(상)」, ≪현대문학≫ 33호, 1957.9.

이해하는 것은 애당초 있을 수 없다고 할 만큼 시는 본질적으로 난해한 것이라고 말한다. 난해성에 대한 이러한 김우종의 견해는 모더니즘 시의 한 특질로서의 난해성을 문제 삼는 자리에서는 매우 어색하게 보인다. 왜냐하면 그는 현대시, 특히 모더니즘 시의 난해성 문제를 시 일반의 태도에서 찾음으로써 그것이 지닌 특수한 문제의식을 희석시키고 있기 때문이다.

난해시에 대한 김우종의 주장은 「난해시의 본질」(하)에서 좀 더 본격적으로 드러난다. 여기에서 그는 현대시의 난해성을 "직관으로도 거의 이해 불가능한 것, 또 만일 이해된다 하더라도 시를 좋아하는 사람이 그것을 시로서 이해하는 것이 아니라 기계적인 분석으로 이해하게 되는 것"[29]으로 규정하면서, 난해성의 원인을 ① 기계적으로 지성적인 힘에 의하여 시를 구축하는 것과 ② 자의식의 과잉 두 가지 관점에서 찾았다. 그러면서 그는 "의식적으로 '만드는 시'는 인간이 아니라 분석도구만이 이해하는 난해한 시일 수밖에 없다."라고 하면서 현대시의 난해성을 비판하였다. 특히 그는 현대시 중에서도 '지성에 의해 만들어진 시'보다도 이상의 시와 같은 '자의식의 과잉을 보이는 시', 즉 "소위 현실을 떠나서 자아 속으로만 침잠해버린 초현실주의자들의 시"를 더욱 비판하였다. "시 정신은 근본적으로 레지스탕스이다. 시인 자신을 위한 詩作이라 하더라도 시는 자신을 구제하는 것이어야 한다는 의미에서 그런 詩作 생활은 하지 않는 것이 좋겠다."라는 그의 지적은 시가 자의식 과잉에서 벗어나야만 난해성을 극복할 수 있다고 생각했던 그의 견해를 잘 보여주는 것이다. 그렇지만, 그것이 비록 난해성을 시의 속성으로 인정한 것이었기는 했지만 난해성에 대한 김우종의 비판은 전반적으로 난해성이 지닌 미적인 특질에 대

29) 김우종, 「난해시의 본질(하)」, ≪현대문학≫ 34호, 1957.10.

한 천착이 부족한 것이었다고 말할 수 있다.

한편, 1960년대 이후로 '난해성'은 우리 시의 근본적 속성과 연관되어 파악되기도 하였다. 유종호의 「현대시의 50년」(≪사상계≫, 1962.5)은 그 대표적인 글이다. 이 글에서 유종호는 당시의 우리 시단이 '난해성'에 대한 '맹목적인 우상숭배'를 보여주고 있다고 말한다. "우리 시의 산문시적 성격이 빚어낸 또 하나의 기현상에는 난해성에 대한 맹목적인 우상숭배가 있다. 시와 산문의 모호한 경계성 때문에 산문과의 차이를 강조하기 위해서 시의 한 속성인 난해성을 무리하게 날조해 본 것이다"와 "한국시의 산문시적 성격은 이러한 내포적 다양성을 불허하기 때문에 시인들로 하여금 사이비 난해성의 날조라는 눈물겨운 허영을 저지르는 사태를 낳게 했다고도 볼 수가 있다."[30]에서 볼 수 있듯이, 그는 난해성에 대한 맹목적인 우상 숭배가 우리 시의 근본적 속성이 산문시적 성격에 있음을 잘못 파악한 결과라고 말한다. 그러한 그의 지적에서 특히 주목할 점은 그가 '난해성'을 '시의 한 속성으로서의 난해성'과 '사이비 난해성'으로 나누고, '시의 한 속성으로서의 난해성'을 '내포의 다양성'으로 바라보고 있다는 사실이다. 이는 그가 신비평에서의 시어관을 바탕으로 하여 '난해성'을 엄연한 미적 범주로 인식하고 있었음을 잘 보여준다. 그가 일찍이 「언어의 유곡」(≪문학예술≫, 1957.11)에서 '음악'과 관련지어 언어의 실재성을 말하고, 「비순수의 선언-'하여지향'론」(≪사상계≫, 1960.3)에서 "'산문적인 것'을 도입하면서 시를 저능한 산문으로 전락시키지 않고 시의 자율성과 특성을 사수하려고 하는 송욱의 실험이 돋보이는 것입니다."[31]라고 말할 수 있었던 것도 신비평이 낭만주의자들에게서 수용한 비평 원리인 '내재성'의 덕택이라고 할 수 있다.

---

30) 유종호, 「현대시의 50년」(≪사상계≫, 1962.5), 『비순수의 선언』, 민음사, 1995, p.28.
31) 유종호, 「비순수의 선언-'하여지향'론」, ≪사상계≫, 1960.3, p.62.

유종호가 우리 언어의 산문적 성격에 주목하면서 시의 난해성을 천착해갔던 것과는 다르게 김수영은 '난해성'을 일종의 현대성의 한 국면으로 이해했다. 그런 점에서 그는 '난해성'을 '시대성'과 연관지어 바라보았던 사람들과 자리를 같이한다. 그의 시는 자주 '난해한 것'으로 언급되곤 했는데, 전후에 그의 詩作 활동은 전반적으로 "'난해성'에서 '시적 현대성'으로 그리고 시의 '현실적 기능'으로"의 일련의 자리바꿈 현상을 보여주었다. 그러한 점에서 보자면 그의 시의 한 축은 바로 '난해성'이라고도 말할 수 있다. "의식의 전위성을 흔히 역사, 현실이라 부르는 구체적인 심상에 겹쳐 놓음으로써 특이한 모습을 보인다."[32]에서 볼 수 있듯이, 김수영 시의 '난해성'은 대체로 '의식의 전위'와 '현실'과의 긴밀한 관계에서 형성된다. 하지만 1960년대 후반에 김수영은 '난해성'에 대한 그의 태도를 어느 정도 바꾸기 시작한다. 그는 「반시론」(1968)에서 '난해성'과 '소피스트케이션'을 구별하면서 '소피스트케이션'을 바람직한 것으로, 그에 비해서 '난해성'을 바람직하지 못한 것이라고 말하였다. 여기에서 그가 말한 '소피스트케이션'은 "남의 시나 말을 인용하는"[33] 방식을 가리킨다. 그러한 점은 김수영이 자신의 시 「美人」의 일부분인 "담배연기만 내보내려는 것은/ 아니렷다."를 릴케의 「올페우스에 바치는 頌歌」의 제3장과 연관지어 말하는 데서 잘 드러난다.

　이처럼, '난해성의 미적 범주화'는 신비평이 전후 모더니즘 시문학에 미친 영향들 가운데 우선적으로 들 수 있는 것이다. 신비평에서 '난해성'은 의미의 확정불가능성, 또는 의미의 다양성과 연관되어 이해된다. 즉 신비평에서 그것은 의미를 해명하는 일이 처음부터 차단된 상태를 뜻하는

---

32) 조영복, 「김수영 시의 난해성 구조」, 『한국 현대시와 언어의 풍경』, 태학사, 1999, p.143.
33) 김수영, 「反詩論」, 1968. 『김수영전집2 - 산문』, 민음사, 1981, p.257.

것이 아니라 아이러니, 역설, 애매성 등 다양한 기법을 통해서 작품의 의미가 계속해서 다양화 될 때 나타나는 현상이다. 그리고 어떤 작품이 그렇게 다양한 의미들을 지닐 수밖에 없는 것은 바로 현대의 복잡다기한 타락과, 자아의 초월을 통해서 그러한 현대의 타락에서 벗어나려는 신비평의 근본적 성격과 관련되어 있다. 그러므로 신비평의 관점에서 보자면, '난해성'은 하나의 미적 범주가 된다고 하겠다. 그런데 신비평을 통해서 전후 모더니즘 시문학은 이전부터 줄곧 문제시 되어 왔던 '난해성'의 실체를 하나 둘 파악하기 포착해내면서 '난해성'이 미적 범주로 작용할 가능성을 보여주었던 것이다.

2) 구체적 보편의 언어적 형상화

헤겔이 그의 관념론 철학에서 사용했던 개념인 '구체적 보편(concrete universal)'을 신비평에서 본격적으로 사용한 사람은 윔셑이었다. 그는 이 용어가 유기체의 본질은 부분에 있는 것이 아니라 전체에서 찾아야 한다는 '전체론'을 중시하는 신비평의 성격을 가장 잘 나타낸다고 보았다. 신비평에서 '구체적 보편'이 지닌 의미는 '추상적 보편(abstract universal)'과 대비될 때 좀 더 분명하게 나타난다. '추상적 보편'들은 "어떤 종에 속하는 여러 개체들이 지니고 있는 외견상 무관한 특징들을 무시하고 종의 공통적인 속성만 추출하기 때문에 실제로 존재하는 어떠한 개체도 지시하지 않는 '마음의 이미지'에 불과하다."[34]고 할 수 있다. 그러니까 '추상적 보편'이란 일반적으로 우리가 '개념'이라고 하는 용어를 가리키는 것이다. 이에 비해서 '구체적 보편'은 "부분들의 다양성, 부분들 간의 상호 관련성, 통일성이 있는 유기체"[35]로 "구체적인 은유를 통해 간접적으로 형상화

---

34) 이명섭, 「뉴크리티시즘 : 반실증주의적인 창조적 로고스」, p.47.

된" 것이며, 그래서 "뜻풀이 할 수 없는 秘傳"36)이다. 그러니까 한 마디로 말해서, '구체적 보편'은 다양한 '구체적인 것'들이 상호 관련되고 통일됨으로써 얻어지는 '보편'을 뜻한다. 그래서 신비평에서 '구체적 보편'은 '결(texture)'과 '구조(structure)', '내연(intension)'과 '외연(extension)', 시어들과 시 작품 사이에서 다양한 방식으로 드러난다. 이렇게 보자면, 결국 신비평에서는 시 작품이 그 자체 하나의 구체적 보편이 된다.

신비평에서 '구체적 보편'은 다양한 방식으로 드러나지만, 그 방식들은 대체로 '은유', '감수성의 통합', '언어의 창조성' 등과 관련되어 있다. 이러한 특징은 전후의 모더니즘 시문학에서도 곧잘 드러난다. 즉 전후의 시문학에서 볼 수 있는 '은유', '이미지', '언어', '지성과 감성의 조화', '전통' 등에 대한 관심의 밑바탕에는 신비평의 영향이 놓여 있다. 그렇다고 해서 전후의 모더니즘 시문학이 이들에 대해서 동일하거나 한결같은 관심을 보여주었다고 말할 수는 없다. 전후의 모더니즘 시문학은 그것들 중에서도 '은유', '지성과 감성', '전통' 등에 관심을 더 많이 기울이기도 했으며, 또는 '이미지'와 '언어'에 더 많은 관심을 기울이기도 했다. 전자가 1950년대 모더니즘 시문학에서 자주 볼 수 있었던 현상이라면, 후자는 1960년대 자주 볼 수 있었던 현상이었다. 그럼에도 불구하고 양자는 모두 '현대시'와 '언어' 사이의 관계, 특히 '언어의 창조성'에 대한 관심을 바탕으로 하고 있어 주목된다. 따라서 전후 모더니즘 시문학에 미친 신비평의 영향을 검토하는 자리에서 모더니즘 시문학이 보여 준 '언어의 창조성'에 대한 관심과 은유, 이미지, 지성과 감성 등에 대한 관심을 신비평의 '구체적 보편'과 관련하여 살펴보는 일은 매우 중요하다.

전후 모더니즘 시문학에서 '언어'에 대한 관심은 '신시론' 동인들의 경

---

35) 위의 글, p.47.
36) 위의 글, p.46.

우에서 찾아 볼 수 있는데, 김경린과 김규동은 그 대표적인 동인들이었다. 일찍이 김경린은 「현대시와 언어」(≪경향신문≫, 1949.4.23)에서 '사고하기 위한 언어로서의 실험'을 강조하면서, "(시대의) 관찰에서 얻은 경험은 또다시 언어와 언어와의 화학적 결합으로 인하여 구축되는 이메이지의 세계로서 찬연히 빛날 수 있고 또한 그 배후에 숨은 시대 감각이야말로 우리의 시에 있어 중요한 포인트가 되는 것"[37]이라고 하면서 현대시에서 언어가 중요함을 힘주어 말한 바 있다. 언어에 대한 그의 관심은 「현대시의 '이메이지'와 '메타포어'」(≪자유문학≫, 1952.6)로 이어지면서 계속 펼쳐진다. 여기에서 그는 "이미지의 낱낱이 독립적으로 기능하는 것이 아니라 복수의 이미지들이 결합되고 통일되어 응화 작용을 일으킴으로써 형성되는 제2차원의 이미지의 세계가 현대시에서 주요시 된다"[38]고 말함으로써 예전에 그가 보여주었던 관심을 좀 더 구체화 한다. 그러한 언어에 대한 관심은 김규동의 경우에서도 볼 수 있다. "일상 회화의 대부분으로부터 과학 용어, 군사 용어(주로 전쟁에 관련된 것) 또는 유행어(지어진 말)가 얼마든지 사용되고 있는 것이며 이러한 의미에서 시는 오늘의 기상도에 얽힌 한 녹음의 상태에 근사한 감이 있다."[39]에서 알 수 있듯이, 그의 언어에 대한 관심은 당시의 시대 상황을 알 수 있는 언어들을 향해 있다.

모더니즘 시문학에서의 언어에 대한 관심은 1950년대 중반을 넘어서면서 이전과는 다른 양상을 보여준다. 1950년대 전반의 모더니즘 시문학이 시의 언어를 당시의 시대 현실을 포착하면서 현대성을 획득하는 수단으로 바라보았다면, 1950년대 중반 이후의 모더니즘 시문학은 그와는 다

---

37) 김경린, 「현대시와 언어」, ≪경향신문≫, 1949.4.23.
38) 김경린, 「현대시의 '이메이지'와 '메타포어'」, ≪자유문학≫, 1952, p.148.
39) 김규동, 『새로운 시론』, 산호장, 1955, p.9.

른 관점에서 시의 언어를 대하였다. 구체적으로 1950년대 중반을 넘어서면서부터 모더니즘 시문학은 점차적으로 언어가 지닌 창조성을 인정하려는 가운데 시의 언어에 대한 탐색을 진행시켜 나갔다. 그러한 변화의 단초는 우선적으로 유종호의 경우에서 찾아볼 수 있다. 「언어의 유곡」(≪문학예술≫, 1957.11), 「산문정신고」(≪현대문학≫, 1958.9), 「현대시의 표정」(≪사상계≫, 1959.10), 「토착어의 인간상」(≪현대문학≫, 1959.12), (「비순수의 선언－'하여지향론'」(≪사상계≫, 1960.3) 등 일련의 글을 통해서 유종호는 '지시적 언어'와 '존재론적 언어' 사이에서 갈등하거나 절망하였다. 아래에 제시된 인용문들은 유종호의 언어에 대한 의식을 잘 보여주는 것들이다.

①
언어에 의존하고 언어를 유일한 도구로 삼는 작가 시인들이 언어에 대한 자의식을 강렬하게 경험한다면 그것은 그 만큼 언어와 자기와의 심각한 괴리를 의식한다는 것이다. 언어에 絶望한다는 것이다. (중략) 그때 저들은 언어의 한계를 분명히 의식하고 저들의 디렘마를 痛切하게 자각한다.[40]

②
土着語가 우리에게 친밀한 말이라고 하는 것은 시인작가로 하여금 뜻하지 않은 陷穽으로 유도할 수가 있다. 손쉬운 토착어의 조직과 세련은 결국 토착어의 전근대적 인간상의 형상에만 안주하게 될 위험성이 많으며, 그렇게 함으로써 현대한국의 진면목을 損失하고 일면적인 한국만을 고집하는 보수에의 길로만 일편단심 걸어가게 될 위험성이 있는 것이다.[41]

①에서 그는 시인들이 언어에 대한 '자의식'을 느끼게 되면 '언어'와

---

40) 유종호, 「언어의 유곡」, ≪문학예술≫, 1957.11, pp.188~189.
41) 유종호, 「토착어의 인간상」, ≪현대문학≫, 1959.12, p.200.

'자기'와의 '심각한 괴리'를 의식할 수밖에 없으며, 그로 인해 '언어'에 대해서도 '절망'할 수밖에 없다고 말을 한다. 여기에서 유종호가 말하고 있는 '언어의 자의식'과 '언어에의 절망'은 일차적으로는 언어와 실재 사이의 괴리에 대한 자각 때문에 생기는 것이지만, 이차적으로는 '지시의 언어'로만 여겨졌던 언어가 어느 순간 '존재의 언어'로 다가오는 경우에 생기는 것이기도 하다. 그렇기 때문에 시인은 그 '절망'과 함께 '지시의 언어'를 추구할 것인가, 아니면 '존재의 언어'를 추구할 것인가를 고민하지 않을 수 없게 된다. ②에서 유종호가 '토착어'를 '전근대적 인간상의 형상'과 연관시켜 바라보는 것도 바로 그러한 고민의 산물이다. 즉 '토착어'가 '전근대적 인간상의 형상'과 연관될 수 있는 것은 그가 '토착어'를 '지시의 언어'로만 바라보지 않고 동시에 '인간상의 형상'을 떠올리게 하는 '존재의 언어'로 바라보고 있기에 가능한 일이다.

> 미와 예술은 결코 동의어가 아니다. 추나 공포를 나타내는 예술작품이 많이 있다. 「何如之鄉」이 양복쟁이의 속요라고 하더라도 그것이 결코 시의 부정은 아니다. 그리고 음악성이라는 부를 가지고 있는 이상 審美感의 완벽한 부재라는 얘기도 타당한 것은 아니다. 機智가 발산하는 것도 일종의 경쾌한 심미감이라고 할 수 있다. 과거의 시와 비교해보면 심미감의 퇴조를 지적할 수가 있다. 그 대신 얻은 것이 있기 때문에 새로운 시다. 비평적 시이다. 非純粹의 宣言이다.[42]

물론, 언어에 대한 글에서 유종호가 '존재의 언어'를 적극적으로 옹호하는 것은 아니다. 오히려 그는 '존재의 언어'보다는 '지시의 언어' 쪽으로 나아가려고 한다. 인용문에서 그가 송욱의 「하여지향」을 '새로운 시' 또는 '비평적 시'라고 칭하면서 '비순수의 선언'으로 인식하는 것은 그 구

---

42) 유종호, 「비순수의 선언―'하여지향'론」, p.72.

체적인 보기이다. 그렇다고 해서 그가 '존재의 언어' 또는 '언어의 실재성'을 배제하는 것이라고 말할 수는 없다. 그가 「하여지향」에서 드러나는 '음악성'을 통해서 '심미감'을 읽어내고, 그 가치를 인정하고 있음은 그 점을 잘 보여준다. 「하여지향」의 '음악성'에 대한 그의 태도는 이전에 「산문정신고」에서 그가 '음악'의 요소를 통해서 언어의 실재성을 읽어내었던 것과 깊이 관련되어 있다.

한편, 유종호와는 달리 김수영은 '산문어'를 '시어'로 끌어들이는 데 상당한 심혈을 기울였던 시인이다. 구체적으로 김수영은 일상적인 언어들을 시에 사용하고, 그 중요성을 강조함으로써 전후 모더니즘 시론이 또다른 차원에서 시와 언어 사이의 관계에 대한 문제를 고민할 수 있도록 해주었다. "시의 내용: 시의 어머니는 어디까지나 언어. 앞으로 남은 문제는 어떻게 하면 생활을 더 심화시키는가 하는 것. 시어: 일상어. 나의 시어는 어머니한테서 배운 말과 신문에서 배운 시사어의 범위 안에 제한되고 있다. 시: 행동에의 계시."[43)에서 볼 수 있듯이, 그는 시의 중심이 '언어'에 있음을 인정하면서, 거기에 '생활'을 담아내려고 하였다. 그런데 여기에서 특히 주목되는 사항은 그가 자신의 시어를 '일상어'로 규정지으면서, 그 '일상어'가 바로 '어머니한테서 배운 말'과 '신문에서 배운 時事語' 사이에서 얻어지는 것임을 밝히고 있다는 점이다. 이로 미루어 볼 때, 김수영은 '일상어들'의 연관 속에서 '생활'을 형상화하려고 했던 시인이라고 할 수 있다. 그리고 그러한 점에서 김수영의 시어관은 '구체적 보편'을 내세웠던 신비평의 원리들과는 어느 정도 거리를 지닌 것이었다고 할 수 있다.

이 점은 이어령의 「전후시에 대한 노오트 二장」(『한국전후문제시집』, 1961)에서의 지적을 통해서도 확인할 수 있다. 이 글에서 이어령은 전후시

---

43) 김수영, 「시작노오트」, 『한국전후문제시집』, 신구문화사, 1961, p.353.

를 '행동이 끝나는 데서 언어가 시작되는 시'와 '언어가 끝나는 데서 행동이 시작되는 시'로 구분하고, 김수영을 후자에 속하는 시인으로 보았다. 그러면서 그는 후자에 속하는 시인들의 시에 사용된 언어들은 "현실과 절연된 밀실의 언어가 아니기에 우리의 시선은 언어가 지시하는 저편 쪽 현실의 풍경과 맺어 있"고, 이 후자의 시파가 활기를 띠울 때 "비로소 우리의 詩史도 변할 수 있다."[44]라고 지적하였는데, 그의 그러한 지적은 김수영 시의 시어가 지닌 특성을 매우 정확하게 파악한 것이라고 할 수 있다.

전후 모더니즘 시론에서 '언어의 창조성'과 '구체적 보편'의 형상화는 김춘수의 시론에서 가장 분명하게 드러난다. 구체적으로 그는 1950년대 후반과 1960년대에 집중적으로 펼쳐졌던 '은유론'과 '이미지론'을 통해서 '언어의 창조성'을 바탕으로 어떻게 한 편의 시가 '구체적 보편'에 이를 수 있는가를 진지하게 문제 삼았다. 그것은 전반적으로 '초월'을 지향하는 것이었는데, 중요한 점은 그의 시론에서 '초월'이 다른 무엇보다도 '언어'의 테두리 내에서 이루어지는 것이라는 점이다.[45] 이 점은 그가 시에 대한 자신의 생각을 본격적으로 드러내었던 두 번째 시론집 『시론(작시법)』(문호사, 1961)에 잘 표명되어 있다. 여기에서 그는 "시가 언어를 떠나서는 있을 수 없다는 것"[46]을 전제로 관념, 정서, 욕망 등을 전달하는 방법으로 '일상적인 언어의 전달 방법'과 '시적인 언어의 전달 방법'을 구별하였다. 아래의 인용문은 당시 김춘수가 지녔던 생각을 잘 보여주는 것이다.

---

44) 이어령, 「전후시에 대한 노오트 二장」, 『한국전후문제시집』, 신구문화사, 1961, p.327.
45) 이에 대해서는 졸고, 「전후 모더니즘 시론에 나타난 '선적 초월' 연구—김춘수의 경우를 중심으로」, 『만해학보』 7, 2004, pp.181~185 참조.
46) 김춘수, 『시론—작시법을 겸한』, 『김춘수전집2』, 문장, 1986, p.135.

「現代란 詩의 메타포 속에 壓縮되며 存在가 메타몰포즈하는 戰場이며, 다시 精神의 메타피직한 超越의 時代라는 것을 어찌 否認할까.」

위의 글에서처럼 詩人이 한 개의 隱喩를 얻는 瞬間이란 그것을 高速撮影을 하면 그의 存在가 變身하는 瞬間이요, 그의 精神이 形而上學的으로 超越하는 瞬間임을 볼 수 있을 것이다. 그러니까 言語의 metaphor는 存在의 metamorphosis이고 동시에 또 精神의 metaphysics라고 할 것이다.

三者가 모두 'meta(超越)'로써 시작되고 있는 것은 偶然이 아니다. 現在를 뛰어 넘으려는 運動인 것이다. 究極으로는 詩가 그런 것일는지 모른다.[47]

여기에서 김춘수는 고석규가 『現代詩의 展開』에서 지적한 바 있는 "現代란 詩의 메타포 속에 壓縮되며 存在가 메타몰포즈하는 戰場이며, 다시 精神의 메타피직한 超越의 時代라는 것을 어찌 否認할까."를 언급하면서 '은유'를 시인의 존재의 변신과 정신의 형이상학적 초월과 연관시키고 있다. 한 마디로 말해서, 그에게 은유는 "현재를 뛰어 넘으려는 운동"으로서 시의 요체를 이루는 것으로 인식되었던 것이다. 물론, 언어의 전이에 의한 존재론적 초월은 비단 김춘수만 내세웠던 것은 아니었다. 김춘수가 고석규의 견해를 빌려와 자신의 주장을 펼쳤듯이, 전후 모더니즘 시론에서 '은유'에 대한 논의는 실존주의와 깊은 상관관계를 맺으면서 펼쳐졌기 때문이다.

이처럼, '구체적 보편의 언어적 형상화'는 신비평이 전후의 모더니즘 시문학에 미친 두 번째 영향이었다. 즉 신비평에서 중요한 성격들 중의 하나인 '맥락주의'와 관련하여 '아이러니'와 '역설', '유기적 형식'이나 '구조' 등과 함께 신비평의 주요 원리들 중의 하나로 등장한 '구체적 보편'은 전후의 모더니즘 시문학에 상당한 영향을 미쳤다. 구체적으로, 앞의

---

47) 위의 책, p.269.

‘아이러니’와 ‘역설’이 ‘애매성’과 연관되면서 전후 모더니즘 시문학에서 ‘난해성’을 미적 범주화 하는 데 기여하였다면, ‘구체적 보편’은 ‘구조’와 결합하면서 ‘구체적인 것’이 ‘보편적인 것’이 될 수 있는 방안을 모색하는 가운데 전후 모더니즘 시문학에서 ‘언어의 위상’과 ‘작품의 위상’, 나아가서는 ‘시의 위상’을 새롭게 부각시켜 내었다.

4. 신비평 영향의 의의와 한계

지금까지 본 연구자는 1920년대에서 1950년대 이르는 기간 동안 미국을 중심으로 성행하였던 문학비평의 흐름인 신비평의 주요 성격들과 원리들을 전반적으로 검토하였고, 그것들이 한국의 전후 모더니즘 시론에 어떤 영향을 미쳤던가를 살펴보았다. 전후의 모더니즘 시론에서 신비평의 영향은 전반적으로 이전의 모더니즘의 시와 시론이 지녔던 특징들, 특히 전후의 새로운 상황에서 문제점들을 노정할 수밖에 없었던 특징들에 대한 논의에서 잘 드러났다. 구체적으로 전후의 모더니즘 시론은 이전의 모더니즘의 시에서 볼 수 있었던 ‘난해성’을 이론적으로 해명하거나, 변화된 현실에 적절한 시어들과 관련하여 고심하는 가운데 신비평의 영향을 강하게 받았다. 따라서 전후 모더니즘 시론에 미친 신비평의 영향이 한국 현대문학사에서 지니고 있는 의의와 한계는 우선적으로 바로 그 두 가지 사항들을 중심으로 고찰되지 않으면 안 된다.

먼저, 전후 모더니즘 시론에 미친 신비평의 영향이 지닌 의의는 그로 인해 전후의 모더니즘 시론이 ‘난해성’을 하나의 미적 범주로 인식하게 되었다는 점에서 찾을 수 있다. 전후의 모더니즘 시론에서 ‘난해성’은 한편으로는 ‘李箱’의 시에 대한 전후 모더니즘 시론의 압박감과, 다른 한편으로는 전쟁이 초래한 혼란스런 현실을 현대적인 차원에서 바라보려는 전후 모더니즘 시론의 고민과 결부되면서 모더니즘 시론의 주요 관심사가 되었다. 앞에서 살펴보았듯이, 전후의 모더니즘 시론은 '난해성'을 하나의 미적 범주화 하였는데, 여기에는 신비평의 영향이 컸다. 신비평의 관점에서 보자면, '난해성'은 그 자체 부정될 것이 아니라 타락된 현실을 극복·초월하려는 시의 지난한 과정의 산물이자 현대시가 추구해야 할 하나의 미적 범주이다.

이상 문학의 '난해성'에 대한 논의는 1940년대 말 조연현의 비판으로 시작되었다. 「근대 정신의 해체-고 이상의 문학사적 의의」(≪문예≫ 4호, 1949.11)에서 볼 수 있듯이, 조연현은 이상 시의 '해사적' 경향을 이상이라는 개인적 주체의 분열과, 근대정신에 바탕 한 민족적 주체의 붕괴와 관련지으면서 이상 시의 해체를 '근대정신의 해체'로 인식하였다. 이러한 관점은 「현대시의 새로운 가능」(≪자유세계≫, 1952.4)에서 이봉래가 '난해성'이 현실 자체의 산물이라고 주장하였던 것과도 일맥상통한 것이었다. 그들은 '난해성'이 어떻게든지 극복되어야 할 것임을 분명히 하였다. 그렇지만 1950년대 중반에 이르면 '난해성'은 이전과는 다른 관점에서 다루어졌다. 이어령의 「속 나르시스의 학살-이상의 시와 그 난해성」(≪자유문학≫, 1957.7)에서 볼 수 있듯이, 그는 이상 시의 '난해성'을 타락한 현실을 극복하려는 기교와 그러한 극복의 좌절에서 오는 절망의 반복의 산물로 보았다. 그런 점에서 이어령은 신비평에서의 '기교'와 '현실관'을 내세워 이상 시의 난해성을 하나의 미적 범주로 바라보기 시작하였던 것이다. 이 점은 신비평이 전후의 모더니즘 시론에 미친 긍정적인 영향이었다. 물론 김우종이나 유종호 경우에서 볼 수 있는 것처럼, '난해성'에 대한 부정적 견해 또한 계속해서 제기되었다. 그렇지만, 그러한 부정적 견해에도 불구하고 전후 모더니즘 시론이 신비평의 영향으로 '난해성'을 미적 범주화 하였다는 점은 결코 부정될 수 없다.

정한모에 따르자면, '난해성'은 현대시가 필연적으로 지닐 수밖에 없는 것이다. 즉 현대시는 일상어에의 반역, 달리 말하자면 새로운 언어에 대한 시도를 강조하고, 시인의 새로운 경험의 표현과 관계되기 때문에 특이한 형식과 새로운 기법을 요구할 수밖에 없다.[48] 그런 점에서 '난해성'은 표현의 미숙성과는 다른 차원의 것이다. '난해성'에 대한 정한모의 이러한 생각은 전후 모더니즘 시론에서의 '난해성'에 대한 논의와 공유하는 바가 매우 크다. 그렇지만 그를 비롯하여 전후 모더니즘 시론의 이론가들은 '난해성'이 지닌 '역동성'과 '해석학적 면모'에 대해서는 크게 주목하지 못하고, 단지 '새로운 기법'만을 내세우면서 '난해성'을 단순히 기법의 차원에서만 파악하려고 하였다. 이러한 경향은 '기법'을 통해서 타락한 현실에서 벗어나려고 했던 신비평의 영향으로 전후 모더니즘 시론이 어쩔 수 없이 지니게 된 한계였다.

다음으로, 전후 모더니즘 시론에 미친 신비평의 영향이 지닌 의의는 그로 인해 전후의 모더니즘 시론이 '언어의 창조성'을 인식하고, '구체적 보편의 시학'을 문제 삼기 시작하였다는 점에서 찾을 수 있다. 신비평에서 '구체적 보편'은 다양한 '구체적인 것'들이 상호 관련되고 통일됨으로써 얻어지는 '보편'을 뜻하는 것으로 '추상적 보편'과 구별된다. 그리고 신비평에서 그러한 '구체적 보편'은 '결(texture)'과 '구조(structure)', '내연(intension)'과 '외연(extension)', 시어들과 시 작품 사이에서 다양한 방식으로 드러나고, 궁극적으로는 시 작품이 그 자체 하나의 구체적 보편이 된다. 그러므로 신비평이 작품 자체의 자족적 완결성을 주장하는 데 '구체적 보편'은 매우 중요한 기반이 되었다. 신비평이 '구체적 보편'을 통해

---

48) 정한모, 「현대시의 특질」, 『현대시론』, 민중서관, 1973, p.295.

시어의 함축적 의미를 포착할 수 있었던 것은 바로 '언어의 창조성'에 대한 믿음 때문이었다.

전후 모더니즘 시론에서 '언어'에 대한 관심은 '신시론' 동인들의 경우에서 찾아 볼 수 있는데, 김경린과 김규동은 그 대표적인 동인들이었다. 김경린과 김규동은 현대에 대한 인식을 강조하면서 시인은 그에 적절한 언어를 사용해야 한다고 주장하였다. 그렇지만 그들은 비롯하여 1950년대 전반의 모더니즘 시론들은 시의 언어를 주로 당시의 시대 현실을 포착하면서 현대성을 획득하는 수단의 차원에서 바라보았다. 이에 비해서 1950년대 중반 이후의 모더니즘 시론 점차적으로 언어가 지닌 창조성을 인정하려는 가운데 시의 언어에 대한 탐색을 진행시켜 나갔다. 구체적으로 유종호는 「언어의 유곡」(≪문학예술≫, 1957.11)과 「산문정신고」(≪현대문학≫, 1958.9) 등을 통해서 지시와는 다른 시어의 기능, 구체적으로는 시어의 존재성을 포착하기 시작하였다. 그리고 김수영은 '일상어들'의 연관 속에서 '생활'을 형상화하려고 했던 시인으로서 시어의 새로운 면모를 발견하려고 하였다. 현실과 밀접한 관계에 있었던 만큼 김수영이 내세웠던 시어관은 신비평의 시어관과는 차이가 있는 것이었다. 이에 비해서 '은유'와 '이미지'에 대한 견해를 제시했던 김춘수는 신비평이 내세웠던 '시어의 창조성'과 '구체적 보편의 형상화'에 상당히 가까이 접근하였다. 이렇게 보자면, 전후 모더니즘 시론이 '언어의 위상'과 '작품의 위상', 나아가서는 '시의 위상'을 새롭게 부각시켜 낼 수 있었던 것은 바로 신비평의 영향에 힘입은 바 크다고 할 수 있다.

그렇지만 전후의 모더니즘 시론이 내세웠던 '언어의 창조성'과 그에 따른 시 작품의 '자족성'은 그것이 주창하였던 '구체적 보편'과 어느 정도 괴리되는 양상을 보여주기도 하였다. 이러한 양상은 전후 모더니즘 시론뿐만이 아니라 신비평에서도 볼 수 있는 현상이었다. 구체적으로 양자는

'구체적 보편'에서의 '보편'을 지나치게 한정된 차원, 즉 비역사적이거나 비현실적인 차원에서 바라보려는 경향이 강하였다. 그리하여 전후 모더니즘의 시론에서 '언어의 창조성'은 외부 세계와 적절한 관계를 맺지 못하고 내재적인 차원에서만 그 빛을 발할 뿐이었다. 전후 모더니즘 시론은 1960년대 중반에 이르러 '언어의 창조성'을 스스로 제한하면서 '순수주의'를 주창할 수밖에 없었던 것도 바로 그러한 이유 때문이다. 전후 모더니즘 시론이 지닌 이러한 한계는 또한 신비평의 한계이기도 하다.

　이러한 점에서 보자면, 신비평의 의의와 한계를 동시에 겨냥하고 있는 제임슨의 다음과 같은 지적은 신비평의 영향을 받은 전후 모더니즘 시론의 의의와 한계를 지적하는 것으로도 받아들여질 수 있다. "뉴크리티시즘의 인문주의적 인식론은 부르주아 사회의 과학적 합리성에 과감하게 도전했다. 시적인 모호함을 복합적으로 감지해냄으로써 합리주의가 빼앗아간 감각적이며 구체적인 세계를 복원시키고 동시에 경험의 추상화와 상품화를 거부하는 것이 뉴크리티시즘의 임무였다. 그렇게 함으로써 물화된 사회적 질서에 의해 억압되었던 상징적이며 감각적 차원의 의미가 주체와 객체의 관계에 다시 부여되었지만, 이는 또 다른 의미에서의 물화현상이었다."[49] 결국, 전후 모더니즘 시론에 미친 신비평의 영향은 모더니즘 시론이 그 자신의 정체성을 명확히 도움을 주면서 동시에 그 한계까지 던져준 것이었다.

---

49) T.Eagleton 외, 유희석 옮김, 『비평의 기능』, 제3문학사, 1991, p.88.

5. 결론

지금까지 필자는 '난해성'과 '언어의 창조성'를 중심으로 하여 전후의 모더니즘 시론에 미친 신비평의 영향을 살펴보았다. '난해성'과 '언어의 창조성'를 통해서 볼 때, 전후의 모더니즘 시론은 신비평의 성격과 원리를 어느 정도 능동적으로 수용하였다고 할 수 있다. 구체적으로 전후의 모더니즘 시론은 신비평의 도움으로 '난해성'을 미적 범주화 하고, '언어의 창조성'을 '구체적 보편'으로서의 시와 연관지을 수 있었다. 이러한 점에서 전후의 모더니즘 시론은 모더니즘 시문학사에서 '언어'를 최고로 여겼던 경우였다.

그렇다고 해서, 전후의 모더니즘 시론에 미친 신비평의 영향이 전적으로 긍정적인 것이었다고 말할 수는 없다. 비록 김수영의 경우에서는 사정이 약간은 달랐지만, 전후의 모더니즘 시론은 대체로 '난해성'을 시대 현실과 유리되어 있는 '언어'에서 구함으로써 '난해성'이 보여줄 수 있는 전위성이나 해석학적 측면을 미리 차단해버리는 부정적인 면모를 드러내기도 하였다. 또한 전후의 모더니즘 시론은 '언어의 창조성'에 기반 한 '구체적 보편'으로서의 시를 비역사적·비현실적 차원에서 대함으로써 주체와 현실 사이의 긴밀한 관계를 바탕으로 하여 '자기 인식'과 '현실 인식'을 동시에 보여주려고 했던 모더니즘 시학의 역동성을 제대로 살려내지 못하였다. 1960년대에 모더니즘 시론이 '순수'와 '참여' 사이에서 '순수' 쪽으로 그 관심을 돌렸음은 그 구체적인 보기라고 할 수 있다.

결국, 전후 모더니즘 시론의 경우에 신비평의 영향은 전후 모더니즘 시론이 '언어'에 주목하면서 새로운 방향으로 나아갈 계기를 마련해 준 것이자 동시에 모더니즘 시론이 그 관심의 폭을 넓히는 것을 방해한 장애물이기도 하였다. 이것이 바로 전후 모더니즘 시론에 미친 신비평의 영향이 지닌 의의와 한계이다. 참고로, 신비평이 전후의 모더니즘 시론에 미친 영향의 의의와 한계는 모더니즘 시론 자체에서도 살펴질 수 있지만, 전후의 모더니즘 시에서도 찾아질 수 있다. 시론의 의의와 한계는 언제나 시 창작의 실제와 밀접하게 연관될 수밖에 없기 때문이다. 그러므로 신비평이 전후의 모더니즘 시론에 미친 영향의 의의와 한계를 좀 더 명확히 하려면 전후의 모더니즘 시 또한 그 대상으로 해야만 한다. 이런 점에서 이 글은 전후 모더니즘 시문학을 대상으로 하여 신비평의 영향을 폭넓게 고찰해야만 하는 또 다른 글로 이어지지 않으면 안 될 것이다.

제3장 김춘수 시론에서의 선적 초월

1. 서론

한국 현대시문학사에서 김춘수의 시와 시론은 그 '실험 의식'과 관련하여 많은 사람들의 주목을 받아 왔다. 특히 이른바 '무의미시론'이라고 불리어져 온 그의 시론은 지금까지 상당히 많은 논자들에 의해 연구된 바있다.[1] 그런데 그 성과들을 살펴보면, 기존의 연구들은 대부분 김춘수의 시론을 '무의미시론'에 이르는 과정에서 해명하고, 거기에서 그 의의를 찾으려고 했던 것으로 판단된다. 김춘수의 시론을 '무의미시론'에 이르는

---

[1] 중요한 논의들로는 다음과 같은 것들이 있다. 권영민, 「인식으로서의 시와 시에 대한 인식」, ≪세계의 문학≫, 1991.8 ; 김용직, 「아네모네와 실험의식」, ≪시문학≫ 9, 1972. 4 ; 김용태, 「무의미의 시와 시간성 – 김춘수의 무의미시」, 『어문학교육』 9, 1986.12 ; 김현, 「존재의 탐구로서의 언어」, ≪세대≫, 1964.7 ; 박윤우, 「김춘수의 시론과 현대적 서정시학의 형성」, 김용직박사화갑기념논총간행위원회, 『한국현대시론집』, 모음사, 1992 ; 이승훈, 「시적 인식의 문제」, ≪현대문학≫ 275, 1977.11 ; 문혜원, 「김춘수의 시와 시론에 나타나는 이미지 연구」, 『한국문학과 모더니즘』, 한양출판, 1994.

과정에서 접근하는 일은 분명 의미가 있는 일이다. 그리고 김춘수의 시론이 우리에게 그 실체를 어느 정도 드러낼 수 있었던 것도 따지고 보면 기존 연구들의 덕택이다. 그렇지만 김춘수의 시론에 대한 기존의 논의들에서는 '무의미시론'에 과도한 집착이 엿보이기도 한다.

그렇다면 우리는 '무의미시론'에 대한 과도한 집착으로 인해 김춘수 시론의 또 다른 면이 간과되어 왔을지도 모른다는 가능성을 항상 염두에 두어야만 한다. 그리고 그와 관련하여 김춘수의 시론을 좀 더 열린 방식으로 접근하고, 이해하려는 노력을 기울일 필요가 있다. 김춘수의 시론에서 드러나는 '초월 의식', 특히 '禪的 超越'에 대한 열망은 바로 그런 접근과 이해를 요하는 것들 중의 하나이다.

이런 점에서 필자는 이 글에서 시를 통해서 현재를 초월하려는 시인의 '초월의식'과 관련하여 김춘수의 시론을 고찰하려고 한다. 구체적으로, 『한국현대시형태론』(1959)에서부터 시작하여 『시론—작시법을 겸한』(문호사, 1961), 『시론—시의 이해』(송원문화사, 1971), 『의미와 무의미』(문학과지성사, 1976) 등으로 이어진 김춘수의 시론들을 '초월의식'과 관련지어 살펴보고, 거기에서 드러난 '초월'의 성격을 밝혀보려고 한다.

2. 초월의 바탕으로서의 심미 의식

김춘수의 시론에서 '초월'은 하나의 의미만을 지니지 않는다. 그것은 존재의 변화를 의미하기도 했으며, 기존의 관념에서 자유로운 하나의 사건으로 나타남을 가리키기도 했으며, 그리고 대상 이전의 상태로 나아가는 것 자체를 뜻하기도 하였다. 그리고 이러한 다양한 방식의 초월을 통해서 김춘수는 삶의 온전함을 쉽게 찾아볼 수 없었던 전후 사회에서 독특한 삶의 방식을 이끌어내려고 하였다. 존재에 대한 추구를 특징으로 했던 1950년대의 시적 경향이나, 다양한 방식의 실험을 통해서 삶에 대한 새로운 통찰을 이끌어내려고 했던 1960년대 이후의 시적 경향은 바로 시인의 그러한 노력이 창작의 차원에서 맺은 성과였다.[2] 그의 시론에서의 주장과 창작적 성과가 어느 정도로 일치하고 있는가 또한 중요한 문제일 수 있지만, 여기에서는 그보다는 그의 시론에서 주장되고 있는 '초월'이 어떤 바탕에서 진행된 것인가를 구체적으로 살펴보려고 한다.

일찍이 김춘수는 『한국현대시형태론』에서 素月의 시를 '永遠'과 결부시키면서 그 이유를 "詩도 인간과 함께 역사의 안〔時間〕과 밖〔永遠〕에서 살아야 하는 二面性을 가지고 있기 때문이다."[3]라고 밝힌 바 있다. 여기에서 짐작할 수 있듯이 그에게 '시'는 역사적인 것이자 동시에 탈역사적인 것이었으며, 시간적인 것이자 동시에 영원적인 것이었다. 그렇지만 시의 이중성에 대한 그러한 시인의 인식은 운문 발생의 심리 과정에 대한 설명에서는 다소 다른 면모를 드러낸다. 구체적으로 여기에서 그는 시를 '역사적·시간적인 것'과 '탈역사적·영원적인 것'이라는 이중적 면모를 지닌 존재로 보지 않고, '역사적·시간적인 것'보다는 '탈역사적·영원적인 것'에 가까운 것으로 바라본다. 그의 시론에서 드러나는 이러한 면모는 그가 운문 발생의 심리 과정을 설명하면서 '심미 의식'을 가장 높은 단계에 두었다는 점에서 그 이유를 찾을 수 있다.

형태발생의 과정에 있어 심리적 과정이 따른다는 것은 쉬이 짐작되는

---

2) 이에 대해서는 졸고, 「1950년대 김춘수 시에서의 '눈/눈짓'의 의미 고찰」,(『관악어문연구』 제24집, 1999)과 「1960년대 김춘수 시의 창작 방법 연구」,(『한국시학연구』 제3호, 2000)을 참조 바람.

3) 김춘수, 『한국현대시형태론』(해동문화사, 1959), 『김춘수전집2 – 시론』(중판), 도서출판 문장, 1984, p.44.

일이다. 산물이 가진 자연발생적 리듬은 이것이 형태화할 적에 있어 다스려지지 않은 소박한 형태를 낳으리라는 것은 하나의 심리적 현상이다. 한편 운문은 회귀적인 리듬을 가졌는데, 이때의 「회귀」는 다스려진 인위적인 것이다. 왜 그러면 자연발생적인 은폐된 리듬을 회귀적으로 다스려야 하였던가? 여기에 우리는 운문발생의 심리과정을 볼 수 있는 것이다.

산문이건 운문이건 리듬에 관심하는 이상 언어의 음악성을 노리고 있는 것일 것인데, 산문이 보다 자연음의 그것이라고 하면 운문은 자연음을 그 언어의 질에 따라 논리적으로 조직한 메커니즘의 그것일 것이다. 즉 산문보다는 운문은 보다 음악인 것이다. 이렇게 자연음을 보다 세련된 음악에까지 미화하여 그 효과를 즐긴다는 것은 몹시 인간적이다. 산문의 리듬이 자연의 질서라고 하면, 운문의 질서는 인간의 질서다.

운문은 산문에 비하여 리듬의 세련화 질서화 미화를 꾀한 정신의 소산이다. 이 중 미화라는 심미의식이 물론 압도적이고 근본적이기는 하나, 그것(심미의식) 이전에 시대의 문화양식을 낳은 인간의 체험에서 빚어진 인간에의 이념이 있다. 다시 말하면, 인간체험에서 빚어진 인간에의 이념이 한 시대의 문화 양식을 낳고, 그에서 다시 심미의식이 파생되어 운문을 낳은 것이다. 그러니까 운문의 정신인 산문의 리듬의 세련화 질서화란 산문의 리듬의 자연상태를 인간의 이념이 비인간적이라고 배척한 데서 생긴 현상이다.[4]

인용문은 현대시의 형태 발생의 심리적 과정에 대한 김춘수의 설명이다. 여기에서 그는 한국 현대시의 형태 발생 과정에 심리적 과정이 수반된다고 전제하면서 그 심리적 과정을 '인간 체험→인간 이념→시대의 문화 양식→심미 의식'의 단계로 설명하였다. 그에 따르자면, 인간의 체험은 인간의 이념을 빚고, 인간의 이념은 한 시대의 문화 양식을 낳고, 한 시대의 문화 양식에서 파생된 심미 의식이 운문을 낳는다. 특히 '한 시대의 문화 양식', '심미 의식', 그리고 '운문' 사이의 상호 관계에서 '심미 의식'은 매우 중요한 역할을 한다. 왜냐하면 그는 '심미 의식'이 '한 시대의

---

4) 위의 책, p.15.

문화 양식'에서 파생되는 것으로, '운문'을 창출하는 가장 중요한 원동력이라고 보았기 때문이다. 결국, 김춘수에 의하자면 '운문'이란 바로 '심미 의식'의 산물인 것이다.

그렇다면 '운문'을 낳는 그 '심미 의식'이란 구체적으로 무엇을 의미하는 것일까? 그것은 다름 아니라 '인간의 질서'와 관련된 의식이다. 이 점은 그가 '운문'과 '산문'을 견주어 보는 데서 매우 분명하게 드러난다. 위의 인용문에서 그는 "산문이 보다 자연음의 그것이라고 하면 운문은 자연음을 그 언어의 질에 따라 논리적으로 조직한 메커니즘의 그것일 것이다."라고 하면서 '운문'을 "산문에 비하여 리듬의 세련화 질서화 미화를 꾀한 정신의 소산"이라고 말하고 있다. 여기에서 그가 운문을 '언어의 질에 따라 논리적으로 조직한 메커니즘의 그것'으로 바라보고 있다는 점은 특별한 주목을 요한다. 왜냐하면 이 점은 그가 운문을 창출하는 것으로서의 '심미 의식'을 '언어의 질'과 '논리적 조직'의 차원에서 인지하고 있었다는 점을 명확히 알려주면서, 동시에 김춘수의 시론에서 '초월'이 어떻게 전개될 것인가를 시사해 주기 때문이다.

그의 시론에서 '초월'이 전개되어 나아갈 방향은, 달리 말하자면 운문의 발생 과정에서 '언어의 질'과 '논리적 조직'을 염두에 두면서 '심미 의식'을 강조하였던 그의 시론에서 '초월'의 방향성은 『한국현대시형태론』에서는 한국 현대시의 형태 변화에 대한 시인의 태도로 귀결되었다. 비록 전통적인 시 형태와 현대시의 시 형태 사이의 상호 교섭과 영향을 치밀하게 다루지 못해 현대시가 나아가야 할 방향을 분명하게 제시하지는 못하였지만, 여기에서 그는 한국의 현대시가 형태에서 서구 현대시의 이식으로서가 아니라 우리 시의 전통과 부단히 교섭하는 가운데 형태상의 모색과 실험을 도모되어야 한다는 귀결에 이르렀다. 이러한 귀결은 당시에 영문학에 대한 지식을 바탕으로 하여 "한국의 현대시가 당면한 시형태적 과제는 해체나 파괴, 또는 실험이 아니라, 하나의 정형시적 형태를 수립하는 것, 현대시다운 운율의 체계를 수립하는 일"5)이라고 「현대시의 반성」에서 송욱이 보여주었던 태도와 여러 가지 면에서 비견될만하다.

어찌되었던 간에, 『한국현대시형태론』에서 김춘수가 보여주었던 시에 대한 생각들, 특히 언어와 논리에 바탕 한 심미성을 강조하면서 한국 현대시의 형태론을 천착하려고 했던 그의 태도는 1960년대 이후의 시론에서는 그의 창작적 실천과 결부되어 전후 모더니즘 시론에서 더욱 커다란 영향을 미치게 되었다. 그러므로 전후 모더니즘 시론에서 '선적 초월'이 어떻게 드러났던가를 제대로 천착하기 위해서는 김춘수의 시론에서 심미 의식이 어떻게 선적 의식으로 전환되어 나타나는가를 면밀하게 살펴볼 필요가 있다.

3. 미학적 초월에서 선적 초월로의 전환

1) 언어 전이에 의한 존재론적 초월

김춘수의 시론에서 '초월'은 우선적으로 '언어'의 테두리 내에서 이루어진다. 그가 시에 대한 자신의 생각을 본격적으로 드러내었던 것은 그의 두 번째 시론집 『시론(작시법)』(문호사, 1961)에서부터였는데, 여기에서부터 그는 "시가 언어를 떠나서는 있을 수 없다는 것"6)을 보여주었다. 그는 우리가 관념, 정서, 욕망 등을 전달하는 방법으로 '일상적인 언어의 전달 방법'과 '시적인 언어의 전달 방법'이 있다고 전제하면서, 그 이유를 시

---

5) 송욱, 「현대시의 반성」, ≪문학예술≫, 1957.3 참고.
6) 김춘수, 『시론―작시법을 겸한』(文豪社, 1961), 『김춘수전집2』, p.135.

는 "우리의 「관념」 「정서」 「욕망」 등등을 전달하는 데 있어 보다 함축성이 있고, 보다 陰影이 짙어야 할 것이다. 왜냐하면 시는 단순한 「관념」 「정서」 「욕망」의 전달이 아니라, 절실한 「관념」 「정서」 「욕망」의 전달이 되어야 하겠기 때문이다."[7]라고 주장한 바 있다. 이렇게 보자면, 김춘수의 시론에서 '절실성'은 그의 첫 번째 시론집에서 강조되었던 '언어'와 논리에 바탕 한 '지성'과 함께 김춘수의 詩觀을 형성하는 중요한 요건임을 알 수 있다.

그렇다면 김춘수의 시론에서 '초월'은 구체적으로 어떻게 주창되고 있는가? 우선적으로 그것은 언어의 전이적 속성을 전제로 은유에 의거하여 존재의 초월을 추구하는 방식이다. 이 점은 은유, 즉 '메타포'에 대한 그의 언급들에서 잘 드러난다. "보조형용을 매개로 하지 않고 어떤 사물이나 관념이 다른 어떤 사물(심상)과 비교됨으로써 보다 구체적으로 어떤 상태를 알릴 때 이것을 은유라고 한다."[8]라는 지적에서도 보이듯이, 그는 전반적으로 은유를 사물이나 관념의 비교에 따른 어떤 상태의 告知로 보았다. 그리고 그러한 관점에서 보자면 직유와 은유는 그것들이 '보조 형용'을 지니고 있는가 아니면 그렇지 않은가에 따라서 구체성의 정도에서는 구별되기도 하지만, 그 역할에 있어서는 별다른 차이를 보이지 않는다고도 할 수 있다.

> 隱喩가 現代詩에서 하는 役割의 重要性을 다음과 같이 말하고 있다.
> 「現代란 詩의 메타포 속에 壓縮되며 存在가 메타몰포즈하는 戰場이며, 다시 精神의 메타피직한 超越의 時代라는 것을 어찌 否認할까.」
> 위의 글에서처럼 詩人이 한 개의 隱喩를 얻는 瞬間이란 그것을 高速撮影을 하면 그의 存在가 變身하는 瞬間이요, 그의 精神이 形而上學的으로

---

7) 위의 책, p.137.
8) 김춘수, 『시론—시의 이해』(송원문화사, 1971), 『김춘수전집2』, p.266.

超越하는 瞬間임을 볼 수 있을 것이다. 그러니까 言語의 metaphor는 存在의 metamorphosis이고 동시에 또 精神의 metaphysics라고 할 것이다.

三者가 모두 'meta(超越)'로써 시작되고 있는 것은 偶然이 아니다. 現在를 뛰어 넘으려는 運動인 것이다. 究極으로는 詩가 그런 것일는지 모른다.9)

그렇다면 김춘수가 은유를 통해서 알려주려고 했던 '어떤 상태'란 무엇인가? 이러한 질문은 김춘수가 은유를 통해서 꿈꾸었던 초월의 실체를 묻는 것과 같은 것인 바, 인용문은 그 실체가 무엇이었던가를 잘 보여준다. 여기에서 그는 『現代詩의 展開』에서 고석규가 지적한 바 있는 "現代란 詩의 메타포 속에 壓縮되며 存在가 메타몰포즈하는 戰場이며, 다시 精神의 메타피직한 超越의 時代라는 것을 어찌 否認할까"를 언급하면서 '은유'를 시인의 존재의 변신과 정신의 형이상학적 초월과 연관시키고 있다. 즉 은유는 곧 존재의 변신이요, 정신의 형이상학적 초월인 것이다. 그러므로 그에게 은유는 "현재를 뛰어 넘으려는 운동"으로서 시의 요체를 이루는 것으로 인식될 수 있다.

물론, 언어의 전이에 의한 존재론적 초월은 비단 김춘수만 내세웠던 것은 아니었다. 왜냐하면 전후 모더니즘 시론에서 '은유'는 실존주의와의 상관관계 아래에서 전반적으로 '존재론적 초월'과 관련되었기 때문이다. 그리고 그러한 존재론적 초월은 당시의 시대 상황에서는 '현재 뛰어넘기'의 의미도 지니면서, 전쟁으로 인해 그 온전함이 깨어져버렸던 시간 속에서 시인들이 삶의 의미를 포착할 수 있는 하나의 방식일 수 있었다.10) 그

---

9) 위의 책, p.269.
10) 그러나 여기에서 한 가지 주의할 점은 이때의 존재의 변모, 혹은 정신의 형이상학이 현재적 경험 혹은 현실세계적 경험에 바탕한 것이 아니라 후설의 현상학적 의미에서의 현재적 경험 내지 현실세계적 경험의 괄호침에 바탕한 것이라는 점이다. 그러기에 김춘수에게 있어서 존재의 변신과 형이상학적 초월은 현상학적 환원으로서의 성격을

렇다고 해서 그러한 존재론적 초월이 시대성의 충분한 표상이었다고 말하기는 어렵다. 왜냐하면 그러한 존재론적 초월은 "현실성이란 목전의 어떤 事象이 인간의 근본적인 '리알리티!'의 가장 정확한 표상일 때에만 가능한 것이며 정당한 시대성이란 시시각각으로 부동하는 그 뭇 事象이 역사의 정확한 시대적인 표상일 때에만 처음으로 성립되는 것이다"[11]에서 조연현이 강조한 바 있는 '현실성'과 '시대성'을 충분히 지니지는 못했기 때문이다.

이러한 점에서 볼 때, 그가 은유를 '비교론'의 관점에서 바라보았다는 사실은 좀 더 중요하게 다루어질 필요가 있다. 왜냐하면 비교론은 모든 유사성이 객관적이라는, 즉 그 유사성이 개체들(entities) 자체 안의 본유적 유사성이라는 객관주의적 철학의 바탕에 서 있으므로 해서 은유와 상관되는 유사성이 인간이 경험하는 것으로서의 유사성이라는 점을 간과할 위험을 다분히 지니고 있기 때문이다.[12] 그 유사성이 인간 경험의 유사성이 아니라 본유적 유사성에 기댈 때 은유가 결코 현실 또는 육체적인 운동이 될 수 없음은 분명한 사실이다. 비록 김춘수가 은유에 바탕 한 존재론적 초월을 꿈꾸었던 시기가 삶과 죽음 또는 존재와 부재가 서로 쉽게 바꾸어질 수 있었던 戰後였으며, 그 시기에는 자신의 현재를 넘어서려는 '초월'이 하나의 문화적 코드일 수 있는 가능성이 컸다고 해도 언어의 테두리 내에서 이루어지는 존재론적 초월은 결코 완전한 시대적 표상이 될 수는 없었다.

지니는 것이다. 따라서 김춘수는 점차적으로 대상과의 틈을 줄이고자 하는 지향성을 드러내면서 기존의 관념 혹은 개념 체계를 괄호치려고 하였다.

11) 조연현, 「현실성과 시대성」, ≪문학과예술≫ 창간호, 1954.4, p.88.
12) 이에 대해서는 G. 레이코프, M. 존슨, 노양진 외 역, 『삶으로서의 은유』, 서광사, 1995, p.202 참조.

2) 절대적 심상에 의한 심미적 초월

김춘수의 시론에서 나타나는 '초월'의 두 번째 양상은 대상의 이미지에 주체가 침잠하는 것으로서의 초월이다. 대상의 이미지에 주체가 침잠한 다는 것은 주체가 대상의 이미지를 자신의 관점에서 규정하지 않고 대상의 이미지 자체를 생생하면서도 새로운 것으로 제시하는 것을 의미한다. 김춘수는 『시론—시의 이해』(1971)에서 이러한 양상의 초월을 집중적으로 주창하는데, 그것은 주로 '서술성'에 대한 강조로 나타난 바 있다. 그가 이전의 시론에서 언어의 전이를 통한 존재론적 초월을 강조했었음을 고려하면, 이러한 변화는 그의 시론에서 '초월'이 언어의 테두리 내에서 이루어졌던 방식에서 그와는 다른 방식으로 옮겨가고 있음을 시사하는 것이라는 점에서 매우 중요하게 다루어질 필요가 있다.

우선적으로 김춘수는 이미지를 '서술적descriptive'인 것과 '비유적metaphorical'인 것으로 대별한다. 여기에서 그가 말하는 '서술적 이미지'란 "심상 그 자체를 위한 심상"[13]을 가리키고, '비유적 이미지'란 "관념을 말하기 위하여 도구로서 쓰여지는 심상"[14]을 가리킨다. 한편, 그는 이러한 심상들의 필요성 혹은 기능을 "이러한 심상들이 모여서 빚어내는 선명한 정경을 그려봄으로써 신선한 감각적 체험을 할 수만 있다면 그만"[15]이라고 말함으로써 '신선한 감각적 체험'에서 찾는다. 그리하여 그는 "더 이상 이러한 심상들의 배후에 있는 관념이나 사상을 탐색할 필요는 없다"라는 견해를 동시에 보여주게 된다. 왜냐하면 비유적 심상에서 심상은 관념을 말하기 위하여 도구로서 쓰여짐으로써 관념에 봉사하는 역할을 하고 있기 때문에 심상이 불순해진다는 논리 때문이다. 결국, 여기에서 김춘수는

---

13) 김춘수, 『시론—시의 이해』, 앞의 책, p.243.
14) 위의 책, p.243.
15) 위의 책, p.247.

언어에 의한 존재론적 초월에서 벗어나서 '신선한 감각적 체험'에로 나아
감으로써 주체에서 대상 자체로 초월하려고 한다.

　그러므로 이러한 초월은 한편으로는 대상 속에 자신을 침잠시킨다는
의미에서 '주체 자신의 초월'이며, 다른 한편으로는 대상에 대한 신선한
감각적 체험을 강조한다는 점에서 '심미적 초월'이라고 할 수 있다. 그가
이미지를 서술적 이미지와 비유적 이미지로 구분하면서 비유적 이미지보
다도 서술적 이미지를 강조할 수 있었던 것도 바로 서술적 이미지가 지닌
신선한 감각적 체험의 힘 때문이다. 그리고 그러한 관점에서 그는 서술적
이미지가 비유적 이미지보다 훨씬 더 창조적이라고 여긴다. 그가 '비유적'
이라고 불렀던 것은 '本義'와 '喩義' 두 부분으로 나누어진다. 이때 '본의'
는 사상을, '유의'는 서술적 심상을 가리킨다. 그는 "더 이상 이러한 심상
들의 배후에 있는 관념이나 사상을 탐색할 필요는 없다."[16]라고 말한 바
있는데, 그러한 그의 지적은 관념이나 사상이 서술적 심상을 불순하게 하
면서 대상에 대한 주체의 신선한 감각적 체험을 방해하는 장본인임을 명
확히 하였다는 점에서 이전의 '비교론'과는 커다란 차이를 보인다. 한 마
디로 말해서, 이 단계에서 김춘수는 관념이나 사상과 관계하지 않는 심상
이야말로 진정한 것임을 명확히 하였던 것이다.[17]

　그렇다면 관념에 봉사하지 않는 심상, 달리 말해서 관념과는 관계하지
않는 심상을 통해서 시인이 궁극적으로 초월하려고 하는 것은 무엇이었
던가를 따져보지 않을 수 없다. 이 경우에 그 초월의 실체는 우선적으로
김춘수가 대상에 대한 자신의 편견을 괄호침으로써 대상의 실체에 가까
이 가려고 했다는 점에서 찾아질 수 있다. 이 점은 그가 현상의 진정한 본
질을 탐구하기 위해 자신이 지니고 있는 관념이나 사상을 현상의 실체 탐

---

16) 위의 책, p.244.
17) 위의 책, p.247.

구를 방해하는 하나의 편견으로 여기고, 현상을 있는 그대로 바라보려고 했을 때 생각해 볼 수 있는 것이다. 그렇지만 김춘수에게 이러한 가능성은 그렇게 커 보이지는 않는다. 왜냐하면 그는 관념 또는 사상이 현상과 구분되는 것을 주체의 문제가 아니라 그러한 주체와는 다른 존재인 독자의 문제로 대체시키고 있기 때문이다. 이러한 문제점은 다음의 인용문에서 잘 드러난다.

> 「논개」에 있어서의 비유적 심상은 단순한 의미 강조나 수식에 그치고 있는데 비하여 「밀어」에 있어서의 비유적 심상은 단순한 의미 강조나 수식에 그치고 있는 것이 아니라, 보다 대상(관념)에 밀착돼 있다. …말하자면 ("강낭콩 꽃보다도 더 푸른 그 물결"은) 대상(관념)과 표현된 언어 사이에 어떤 틈을 느끼게 한다. 여기 비하여 "빰 부비며 열려 있는 꽃봉오리"라고 할 때는 다른 말로 대치할 도리가 없겠다는 느낌을 준다. 즉 대상(관념)과 표현된 언어 사이에 어떤 틈을 주지 않는다. 후자가 이리하여 시적 대상이 되고 있다. 그런데 시적 심상이 되고 있느냐 안되고 있느냐 하는 것을 식별하는 능력은 독자의 시를 감수하는 능력 여하에 달렸다고 밖에는 할 수 없다.[18]

위의 인용문에서 김춘수는 한 편의 시에서 시적 심상의 존재 여부는, 달리 말해서 절대적 이미지에 의한 심미적 초월의 가능성 여부는 독자의 시를 감수하는 능력 여하에 달렸다고 말하고 있다. 그러니까 여기에서 김춘수는 절대적 이미지에 의한 심미적 초월이란 주체 자체에 의해서 결정되는 문제가 아니라 그러한 현상을 인지하는 독자에 의해서 결정되는 문제임을 명확히 하고 있다. 이렇게 그가 절대적 이미지에 바탕 한 심미적 초월을 독자와 연관시켜서 말할 수 있게 된 데에는 무엇보다도 그가 '대상'과 '관념'을 동일한 것으로 바라보면서도 그것들과 그것을 표현하는 언어

---

18) 위의 책, p.250.

사이의 상호 관계에 대해서는 충분히 관심을 기울이지 못했기 때문이다. 특히 관념과 언어 사이의 상호 관계를 고려하지 않음으로써 김춘수는 이 단계에서 대상에 대한 주체의 상관성을 충분히 해명하지 못하고 있다.

물론, 대상과의 관계에서 주체는 자신의 개체성 및 의지를 망각하며 '순수한 주체'로 탄생할 수도 있다. 이는 『표상으로서의 세계』에서 쇼펜하우어가 내세운 '명상'과 관련된 것이라고 할 수 있다. 왜냐하면 의지가 없다는 것은 "어떤 의도적·목적론적인 혹은 심리학적·사적인 행위가 대상의 지각 속에 더 이상 섞이지 않는다는 것을 뜻한다"[19]고 할 수 있기 때문이다. 그렇지만 이 경우에는 역사적인 시간의 해체뿐만 아니라 주관적인 의식과 의도적인 자기보존행위 또한 지양될 수밖에 없다. 그런 점에서 이러한 방식은 앞에서 김춘수가 은유를 통해서 내세웠던 초월 행위를 전적으로 부정하는 것이기도 하다. 그렇지만 그러한 절대적 이미지에 의한 극단적인 심미적 초월 행위는 그것이 진정한 초월 행위가 되려면 언어의 자기준거를 객관적으로 제시해야만 한다. 결국, 이미지에 의한 극단적인 심미적 초월 행위는 언어의 자기준거를 객관적으로 제시하지 못할 경우에는 또 다시 언어의 테두리에서 벗어나지 못할 뿐이다.

3) 대상 파괴에 의한 선적 초월

김춘수의 시론에서 『의미와 무의미』(1976)는 여러 가지 면에서 중요한 저작이다. 먼저, 김춘수 자신과 관련해서 그것은 이전부터 그가 추구해 온 '초월의 가능성'을 더욱 더 극단적인 차원에서 논의한 것이라는 점에서 의미를 지닌다. 다음으로, 그것은 1960년대 중반 이후로 일련의 흐름을 형성하기 시작했던 '비대상시론'에 힘을 실어 주었다는 점에서 시문학사적

---

19) K. H. Bohrer, 최문규 역, 『절대적 현존』, 문학동네, 1998, p.267.

으로도 의의를 지닌다. 그렇지만 여기에서는 전자와 관련해서 그 의미를 따져보기로 한다.

> 대상이 없을 때 시는 의미를 잃게 된다. 독자가 의미를 따로 구성해 볼 수는 있지만, 그것은 시가 가진 의도와는 직접의 관계는 없다. 시의 실체가 언어와 이미지에 있는 이상 언어와 이미지는 더욱 순수한 것이 된다. (중략) 이미지가 대상을 가지고 있는 이상 대상을 위한 수단이 될 수밖에는 없다는 뜻으로는 그 이미지는 불순해진다. 그러나 대상을 잃은 언어와 이미지는 대상을 잃음으로써 대상을 무화시키는 결과가 되고, 언어와 이미지는 대상으로부터도 자유로운 것이 된다. 이러한 자유를 얻게 된 언어와 이미지는 시인의 바로 「실존」 그것이라고 할 수 있다. 언어가 시를 쓰고 이미지가 시를 쓴다는 일이 이렇게 하여 가능해진다. 일종의 방심상태인 것이다. 적어도 이러한 상태를 위장이라도 해야 한다. 시작의 진정한 방법과 단순한 기교의 차이는 이 방심상태(자유)와 그것의 위장 차이라고 할 수 있을 것이다.[20]

인용문에서 볼 수 있듯이, 『의미와 무의미』에 이르러서 김춘수는 언어와 이미지가 대상을 잃어버린 시, 달리 말해서 언어와 이미지가 대상으로부터 자유로운 시를 갈망하였다. 이러한 그의 갈망을 담고 있는 시론이 바로 김춘수의 '무의미시론'이라고 불리어지는 것이다. 그의 말에 따르자면, 무의미시론에 이르면 진정한 실재, 또는 진정한 초월은 결코 '시인-대상-언어'로 이어지는 축에 있지 않다. 그보다는 그것은 '독자-대상으로부터 자유로운 이미지-대상으로부터 자유로운 언어'로 이어지는 축에 있다. 그러므로 이러한 경우에서는 비록 시인이 시를 쓴다고 하더라도 그것은 결코 그의 것이 아니다. 시인은 일종의 방심상태에서 언어를 제시하는 것이요, 시를 쓰는 것은 오히려 독자이다. 결국, '무의미시론'의 단계에서 김

---

20) 김춘수, 『의미와 무의미』(문학과지성사, 1976), 『김춘수전집(2)』, p.372.

춘수는 시란 시인의 것이 아니라 독자의 것이요, 진정한 초월은 시인에 의한 것이 아니라 독자에 의한 것이라고 주장한다.

　① 한 이미지를 다른 한 이미지로 하여금 소멸해 가게 하는 동시에 그 스스로도 다음의 제3의 그것에 의하여 꺼져가야 한다. 그것의 되풀이는 리듬을 낳는다. 리듬까지를 지워 버릴 수는 없다. 그것은 무의 소용돌이다. 이리하여 시는 행동이고 논리다. 동양인의 숙명일지 모른다.[21]
　② 나는 여기에 이르러 이미지를 버리고 주문을 얻으려고 해보았다. 대상의 철저한 파괴는 이미지의 소멸 뒤에 오는 것으로 생각하게 되었다. 이미지는 리듬의 음영에 지나지 않는다.[22]

　그렇다면 그의 무의미시론에서 김춘수는 시인의 역할을 어떻게 규정하고 있는가? 이러한 물음은 김춘수가 시적 초월을 궁극적으로 어떻게 바라보려고 했던가를 묻는 것과 같다는 점에서 중요한 것이라고 하지 않을 수 없다. ①에 이르러 우리는 김춘수의 시론이 무엇을 지향하고 있는 지를 말할 수 있게 되었다. 이 단계에 이르기 전까지만 하더라도 우리가 그의 무의미시론이 지향하고 있는 그 '무엇'을 말한다는 것은 성급하거나 아니면 불필요한 일이었는지 모른다. 하지만 이 단계에 이르러서는 김춘수의 무의미시론이 지향하고 있는 바가 보다 분명하여졌다. 그것은 바로 '영원'이라는 것의 빛깔로 인식되는 '무'의 '소용돌이'로서의 '리듬'이며, 그 리듬이 만들어내는 '주문'이다. ②에서는 그 방법이 구체적으로 제시되어 있다. 그에 따르자면, 그것은 대상을 철저하게 파괴하고, 그리하여 이미지마저 소멸시켰을 때라야 달성할 수 있는 것이다. 그리고 여기에서 김춘수의 시적 초월은 은유에 바탕 하여 존재론적 초월을 기도하였던 시인이 대

---

21) 위의 책, p.395.
22) 위의 책, p.398.

상을 완전히 파괴시킴으로써 가능한 것으로 드러난다. 한 마디로 말해서 그것은 대상도 존재하지 않고, 그리하여 대상을 대하는 시인도 존재하지 않는 상태에서 이루어지는 것이다.

이러한 상태에서 이루어지는 초월이 더 이상 시적인 차원에 한정되지 않음은 두 말할 필요도 없다. 이제 그의 시론은 시인의 방심상태 속에서 시가 어떻게 '주문'이 될 수 있을 것인가에 그 초점이 맞추어져 있다. 만일 여기에서의 '주문'과 '방심상태'가 주체와 타자가 구분되지 않는 것을 지향하는 것이라고 한다면, 김춘수 시론에서의 그러한 변모는 그의 시론이 이제는 미적인 초월에서 선적인 초월로 전환되어 있음을 말해준다고 하겠다. 그가 ①에서 '동양인의 숙명'을 언급하였던 것도 바로 그러한 맥락에서 이해될 수 있다. 그렇지만 그러한 무의미시론에서의 초월이 선적인 초월과 어떤 관련을 맺고 있는가는 좀 더 진지하게 따져볼 문제이다.

4. 선적 초월의 가능성과 한계

동양철학의 주요 전통에서 '초월'이란 '죽음을 뛰어 넘어 인간의 경험과 언어 표현을 거부한다'는 의미가 아니라 '出世와 入世에 자유로운 도에 통하는 경지에 이른다'는 의미라고 말한다. 달리 말해서 '초월'이란 삶과 죽음이 교차하는 생사의 현실계를 초월하려는 것이 아니라, 생사를 초연히 받아들여 생사를 사는 것이라고 말할 수 있다.[23] 따라서 형이상학적 존재론보다는 완전한 인간됨의 길을 찾는 구도자적 입장의 인간학적 동양철학이 진정한 의미로 출세와 입세에 자유로운 이른바 초월적 인간상

---

23) 이에 대해서는 심재룡, 『동양의 지혜와 禪』, 세계사, 1992, p.426 참고.

을 정립하려 노력하는 것으로 받아들여지기도 한다.[24]

'초월'이 지닌 이러한 의미가 '禪'의 세계에서도 그대로 적용될 수 있음은 물론이다. 선의 세계에서 '무심'은 '초월'의 구체적인 방식이자 의미이다. 그러므로 '무심'의 의미를 어떻게 바라보느냐에 따라서 선의 세계에서 '초월'의 의미 또한 매우 선명하게 다가올 수 있다. 선의 세계에서 '無心'이란 주체와 객체를 뛰어넘는 '불이의 세계'로 주체와 객체를 분별하는 일상 세계의 바탕일 뿐이라고들 한다. 즉 선의 세계에서 '무심'은 일상 세계를 모른 체 하면서 무조건적으로 깨달음의 세계로 나아가는 것이 결코 아니라, '불이'의 관점에서 일상 세계의 분별을 포용하는 것이다.[25] 그러므로 일상 세계의 분별이 지닌 한계를 극복하고 새로운 차원에서 일상 세계를 포용하려면 시인들은 주체와 객체가 선명하게 분별되어 있는 차원에서 펼쳐지는 자기 체험이 지닌 문제점을 주체와 객체가 구분되지 않는 '불이'의 차원에서 포용하려는 노력을 무한히 기울여야만 한다.

이러한 관점에서 보자면, 김춘수의 시론에 나타나는 '초월'은 동양철학의 바탕을 이루는 것으로서의 '초월'의 면모를 상당할 정도로 지니고 있다. 특히 그의 시론이 '대상'의 차원에서 존재의 의미를 추구하려고 하였다가 점차적으로 대상 해체의 길로 나아갔던 것은 주체와 객체 또는 주체와 대상으로 분명하게 구별되는 세계에서 그것들이 서로 구별되지 않는 '불이의 세계'로 나아가려고 했던 것이라는 점에서 동양철학에서의 '초월'과 동일한 성격을 드러낸다. "나는 지금 허무를 앓고 있다. 이 말은 허무에 대하여 뭔가를 생각하고 있다는 뜻이 아니다. 아니 그런 태도를 배격하고 싶다. 나는 그대로 허무이고자 한다. 아니, 허무라는 글자를 의식하

---

24) 위의 책, p.426.
25) 위의 책, p.501.

지 않는 상태─敎外別傳의 상태에 들어가고 싶다. 그것이 내 꿈이다. 그 꿈이 바로 내 시라고 한다면 그런 뜻으로의 관념이 내 시의 밑바닥에는 깔려 있다."26)에서 보이는 그의 꿈은 바로 '초월'의 구체적 의미인 '無心'을 향한 꿈이라고도 할 수 있다.

그렇다고 해서 김춘수의 시론에서 보이는 '허무'에의 꿈이 그대로 '초월' 혹은 '무심'을 향한 꿈과 동일한 것이라고 말하려는 것은 아니다. 그가 '허무'에의 꿈을 꾸면서 주체와 객체가 구별되지 않는 세계로 나아가려고 했다고 할지라도 그의 꿈이 반드시 완전한 '초월' 또는 '무심'으로 나아갔다고 말할 수는 없다. 왜냐하면 선적인 세계에서 '초월' 또는 '무심'이란 일상 세계의 분별을 포용하는 가운데 이루어지는 것임에 비해, 그의 시론에서 김춘수는 일상 세계의 분별을 배제해버리려는 경향을 강하게 드러내고 있기 때문이다. 앞장에서 살펴보았듯이, 그는 대상과 현실을 동일한 맥락에서 이해하면서 대상을 해체함으로써 대상에서 자유로운 주체를 추구하고 있는 듯한 인상을 강하게 준다. 따라서 김춘수의 시론에서 나타나는 선적 초월은 가능성과 함께 한계 또한 어느 정도 분명하게 지니고 있다고 말할 수 있다.

대상 object, 즉 객체가 무너져 가고 있다는 것은 주객체 사이의 경계가 지워져 가고 있다는 것이 된다. 말하자면, 그것은 하나의 미분화상태의 출현이다. 그것은 또한 밝음을 거부하는 어둠의 양상이다. 개념적으로 말하면, 이념적 platonic인 것을 등지고 심리적이 되어 가고 있다는 것이 된다. 나아가서는 그것은 주객체라고 하는 상대적 관계가 해소된 심리적 절대의 세계가 된다. 시에 이러한 현상이 나타날 때 우리는 그것을 다음과 같이 비대상의 시라고 명명할 수가 있으리라.27)

---

26) 김춘수, 『의미와 무의미』, 앞의 책, p.84.
27) 김춘수, 『시의 표정』(문학과지성사, 1979), 『김춘수전집(2)』, p.540.

위의 인용문은 김춘수가 이른바 '비대상시'라고 불리어지는 일련의 시적 경향에 대해 평을 내린 것이다. 여기에서 그는 '객체가 무너져 가고 있다는 것', 즉 '대상의 해체'를 그대로 '주객체 사이의 경계가 지워져 가고 있다는 것'으로 받아들인다. 그리고 자신이 '주객체 사이의 경계가 지워진 세계' 또는 '미분화상태'라고 불렀던 세계가 바로 '심리적 절대의 세계'임을 밝히고 있다. 이렇듯, 김춘수는 대상이 해체되면 주체와 객체 사이의 구별이 사라질 것이라고 여겼던 것이다. 하지만 대상이 해체되었을 때의 세계를 과연 주체와 객체 사이의 구별이 사라진 세계라고 할 수 있을까? 그것은 그가 말한 바대로 '심리적 절대의 세계', 달리 말하자면 '주관적 절대적 세계'가 되는 것은 아닐까? 만일 그렇다면 그가 말하는 '비대상'은 주체와 객체가 구별을 포용하면서 '불이의 세계'로 나아가려는 선적인 초월과는 어느 정도 거리가 있는 것은 아닐까? 이러한 의문들은 곧 그의 시론이 선적인 초월과는 어느 정도 거리가 있는 것임을 반증한다.

흔히들 불교적 견지에서의 깨달음의 말이란 '무심'과 '주어진 체험'과의 상호 영향으로 마치 종과 공기의 조화 있는 울림처럼 울려 나올 적에 그 환경과 그 체험에 꼭 맞는 참된 말로 들린다고들 한다.[28] 즉 종소리가 종을 만든 금속의 틀이나 틀과 틀 사이에 존재하는 빈 공간에서만 나오는 것이 아니라 틀과 그 사이 빈곳에 있는 공기의 공명으로 나오는 것과 같이 깨달음의 말 또한 무심이나 체험만으로는 결코 그 의미가 체현되지 않는다는 것이다. 따라서, 시인들은 무심과 체험이 상호 작용할 때라야 비로소 우리의 가슴에 진정한 의미로 다가올 수 있음을 명심하지 않으면 안 된다.

그러한 점에서 보자면, 김춘수가 강조했던 이른바 '무의미시론'은 그것

---

28) 심재룡, 「선에서 본 사람됨의 뜻」, 『동양의 지혜와 禪』, p.503.

이 시적 언어의 새로운 가능성을 탐구한 것이라는 점에서 의의를 지닌다고 할 수 있다. 왜냐하면 무심과 체험의 상호 작용의 중요성을 염두에 둔다면, 시인은 마땅히 자신이 체험한 깨달음을 말로 나타내기 위해 무한한 노력을 기울이지 않으면 안 되는데 김춘수의 '무의미시론'은 그러한 언어의 발견을 위한 하나의 노력이라고 할 수 있기 때문이다. 분명히 그가 보여준 노력들은 '以心傳心'이나 '不立文字'만을 내세우는 경우와는 다르다.

흔히 깨달음을 체험하는 것보다도 그 깨달음을 그대로 말로 나타내는 쪽이 오히려 더 어렵다고들 한다. 그리고 진정한 禪은 '선은 언어·문자를 초월한 것이다'라고 내세우면서 그저 '以心傳心'이나 '不立文字'만을 부르짖어서는 안 된다고들 말을 한다.[29] 만일 시인이 언어를 넘어선 깨달음을 언어로 잡아내려는 노력이 없이 그저 '불립문자'의 세계로 나아가려고 한다면, 그는 결코 자기 체험의 절실함에 다가갈 수 없으며, 나아가서는 진정한 무심의 경지에도 이르지 못할 것이다. 이러한 관점에서 보자면, 김춘수의 '무의미시론'은 그 한계에도 불구하고 상당한 의의를 지닌 것이라고 할 수 있다.

5. 결론

지금까지 필자는 『한국현대시형태론』(1959)에서부터 시작하여 『시론―작시법을 겸한』(문호사, 1961), 『시론―시의 이해』(송원문화사, 1971), 『의미와 무의미』(문학과지성사, 1976) 등으로 이어진 김춘수의 시론들을 '초월의식'과 관련지어 살펴보았다. 김춘수의 시론에서 '초월'은 존재의 변

---

29) 이에 대해서는 入矢義高, 신규탁 옮김, 『禪과 문학』, 장경각, 1993, p.19 참고.

화를 의미하기도 했으며, 기존의 관념에서 자유로운 하나의 사건으로 나타남을 가리키기도 했으며, 그리고 대상 이전의 상태로 나아가는 것 자체를 뜻하기도 하였다. 그리고 이러한 다양한 방식의 초월을 통해서 김춘수는 전후 사회에서 독특한 삶의 방식을 이끌어내려고 하였다.

　김춘수는 그의 시론에서 우선적으로 언어의 전이적 속성을 전제로 한 존재론적 초월을 추구하였다. 그러한 존재론적 초월은 당시의 시대 상황에서는 '현재 뛰어넘기'의 의미를 지니면서 시대적 의미를 지니기도 하였으나 그 시대성을 충분히 표상하지는 못하였다. 다음으로 그는 대상의 이미지에 주체가 침잠하는 것에 의해 심미적 초월을 꿈꾸었다. 여기에서 그는　서술성에 대한 강조를 통해서 절대적 이미지에 의한 심미적 초월의 가능성 여부가 바로 독자의 시를 감수하는 능력 여하에 달렸다고 주장하였다. 그리하여 그는 심미적 초월이 주체 자체에 의해서 결정되는 문제가 아니라 그러한 현상을 인지하는 독자에 의해서 결정되는 문제임을 명확히 하였다. 마지막으로, 『의미와 무의미』에 이르러서 김춘수는 언어와 이미지가 대상을 잃어버린 시, 달리 말해서 언어와 이미지가 대상으로부터 자유로운 시를 갈망하였다. 그의 말에 따르자면, 무의미시론에 이르면 진정한 실재, 또는 진정한 초월은 '독자-대상으로부터 자유로운 이미지-대상으로부터 자유로운 언어'로 이어지는 축에 있다. 그러므로 이러한 경우에서 시인은 일종의 방심상태에서 언어를 제시하는 것이요, 시를 쓰는 것은 오히려 독자이다. 결국, '무의미시론'의 단계에서 김춘수는 시란 시인의 것이 아니라 독자의 것이요, 진정한 초월은 시인에 의한 것이 아니라 독자에 의한 것이라고 주장하였다.

　선의 세계에서 '무심'은 '초월'의 구체적인 방식이자 의미이다. 그러므로 '무심'의 의미를 어떻게 바라보느냐에 따라서 선의 세계에서 '초월'의 의미 또한 매우 선명하게 다가올 수 있다. 선의 세계에서 '無心'이란 주체와 객체를 뛰어넘는 '불이의 세계'로 주체와 객체를 분별하는 일상 세계의 바탕일 뿐이라고들 한다. 즉 선의 세계에서 '무심'은 일상 세계를 모른 체 하면서 무조건적으로 깨달음의 세계로 나아가는 것이 결코 아니라, '不二'의 관점에서 일상 세계의 분별을 포용하는 것이다. 이러한 관점에서 보자면, 김춘수의 시론에 나타나는 '초월'은 동양철학의 바탕을 이루는 것으로서의 '초월'의 면모를 상당할 정도로 지니고 있다. 특히 그의 시론이 '대상'의 차원에서 존재의 의미를 추구하려고 하였다가 점차적으로 대상 해체의 길로 나아갔던 것은 주체와 객체 또는 주체와 대상으로 분명하게 구별되는 세계에서 그것들이 서로 구별되지 않는 '불이의 세계'로 나아가려고 했던 것이라는 점에서 동양철학에서의 '초월'과 동일한 성격을 드러낸다. 그렇지만 그의 시론은 일상 세계의 분별을 배제해버리려는 경향 또한 강하게 드러내기도 하였다.

결론적으로, 김춘수의 시론에서 나타나는 선적 초월은 가능성과 함께 한계 또한 어느 정도 분명하게 지니고 있었다. 그럼에도 불구하고, '초월'과 관련된 그의 시론은 모더니즘 시론이 어떻게 해서 동양적 사유와 만날 수 있는가를 보여주는 하나의 지점이라는 점에서 시사적으로 상당한 의의를 지닌다고 할 수 있다.

■ 참고문헌

1. 기본 자료

권명옥 편, 『김종삼 전집』, 나남출판, 2005.
김기림, 『김기림전집1 · 2』, 심설당, 1988.
김수영, 『김수영전집1 · 2』, 민음사, 1981.
김춘수, 『김춘수전집1 · 2』, 문장, 1986.
김학동 · 이민호 편, 『김광균 전집』, 국학자료원, 2002.
이동순 편, 『백석시전집』(재판), 창작과비평사, 1989.
장석주 편, 『김종삼전집』, 청하, 1988.
정효구 편저, 『백석』, 문학세계사, 1996.
백낙청 · 김윤수 · 염무웅 편, 『한국문학의 현단계 I ~IV』, 창작과비평사, 1982~1985.
『한국전후문제시집』, 1960년대 동인지 『현대시』, 오세영 · 문덕수 · 송욱 등의 시집.

《소년》, 《청춘》, 《창조》, 《학지광》, 《조선지광》, 《조선문단》, 《대조》, 《문예공론》, 《문예》, 《자유세계》, 《신세계》, 《자유문학》, 《사상계》, 《현대문학》, 《문학예술》, 《세대》, 《동아일보》, 《조선일보》, 《중외일보》, 《조선중앙일보》, 《경향신문》 등.

2. 국내 단행본

강소연, 『1960년대 사회와 비평문학의 모더니티』, 역락, 2006.
고명수, 『한국 모더니즘 시인론』, 문학아카데미, 1995.
고 은, 『1950년대－그 폐허의 문학과 인간』, 향연, 2005.
고형진, 『현대시의 서사 지향성과 미적 구조』, 시와시학사, 2003.
구상 · 정한모 편, 『30년대의 모더니즘: 김광균 시 연구 논문집』, 범양출판부, 1987.

권영민, 『한국현대문학사 1945-1990』, 민음사, 1993.

권오만, 『개화기시가연구』, 새문사, 1989.

김규동, 『새로운 시론』, 산호장, 1955.

_____, 『어두운 시대의 마지막 언어』, 백미사, 1979.

김사인 · 강형철 편, 『민족민중문학론의 쟁점과 전망』, 푸른숲, 1989.

김영익, 『백석 시문학 연구』, 충남대출판부, 2000.

김영철, 『한국근대시론고』, 형설출판사, 1988.

김용직, 『한국근대시사(상)』, 학연사, 1986.

_____, 『한국근대시사(하)』, 학연사, 1986.

김유중, 『김광균』, 건국대학교출판부, 2000.

김윤식, 『한국근대문예비평사연구』, 일지사, 1976.

김자야, 『내사랑 백석』, 문학동네, 1995.

김준오, 『시론』(재판), 이우출판사, 1989.

김학동, 『현대시인연구(Ⅰ)』, 새문사, 1995.

김현화, 『20세기 미술사―추상미술의 창조와 발전』, 한길아트, 1999.

류순태, 『한국 전후시의 미적 모더니티 연구』, 월인, 2002.

맹문재, 『한국 민중시 문학사』, 박이정, 2001.

문덕수, 『한국모더니즘시연구』(재판), 시문학사, 1992.

문예미학회, 『민중문학』, 문예미학사, 2002.

박인기, 『한국현대시의 모더니즘 연구』, 단대출판부, 1988.

백낙청, 『민중문학과 세계문학』, 창작과비평사, 1985.

서경석, 『한국 근대 리얼리즘문학사 연구』, 태학사, 1998.

성민엽, 『민중문학론』, 문학과지성사, 1984.

송기한, 『1960년대 시인 연구』, 역락, 2007.

송 욱, 『시학평전』, 일조각, 1963.

신경림, 『삶의 진실과 시적 진실』, 전예원, 1983.

심재룡, 『동양의 지혜와 禪』, 세계사, 1992.

양왕용, 『한국근대시연구』, 삼영사, 1982.

염무웅, 『민중시대의 문학』, 창작과비평사, 1991.

오세영, 『20세기 한국시연구』, 새문사, 1989.

_____, 『상상력과 논리』, 민음사, 1991.

_____ 외, 『한국현대시사』, 민음사, 2007.

유종호, 『비순수의 선언』, 민음사, 1995.

_____ 외, 『현대문학 100년』, 민음사, 1999.

윤여탁, 『리얼리즘시의 이론과 실제』, 태학사, 1994.

_____ 편, 『나의 시, 나의 시학』, 공동체, 1992.

_____ 외, 『한국현대리얼리즘 시인론』, 태학사, 1990.

윤여탁·이은봉 편, 『시와 리얼리즘 논쟁』, 소명출판, 2001.

윤지관, 『리얼리즘의 옹호』, 실천문학사, 1996.

이명찬, 『1930년대 한국시의 근대성』, 소명출판, 2000.

이승훈, 『한국 모더니즘 시사』, 문예출판사, 2000.

이 일, 『현대미술에서의 환원과 확산』, 열화당, 1991.

이혜순, 『비교문학 I – 이론과 방법』, 과학정보사, 1986.

임진수, 『환상의 정신분석 – 프로이트·라캉에서의 욕망과 환상론』, 현대문학, 2005.

전기철, 『한국 전후 문예비평 연구』, 국학자료원, 1994.

전홍실, 『영미 모더니스트 시학』, 한신문화사, 1990.

정한모, 『현대시론』, 민중서관, 1973.

조영복, 『한국 현대시와 언어의 풍경』, 태학사, 1999.

조정환, 『노동해방문학의 논리』, 노동문학사, 1990.

진중권, 『현대미학강의 – 숭고와 시뮬라크르의 이중주』, 아트북스, 2004.

최두석, 『리얼리즘의 시정신』, 실천문학사, 1998.

최유찬, 『리얼리즘 이론과 실제 비평』, 두리, 1992.

한계전 외, 『한국현대시론사연구』, 문학과지성사, 1998.

향촌김용직박사화갑기념논문집간행위원회, 『한국현대시론사』, 모음사, 1992.

홍문표, 『문학비평론』(재판), 홍문각, 1995.

홍용희, 『김지하문학연구』, 시와시학사, 2000.

3. 국내 논문

강석경, 「문명의 배에서 침몰하는 토끼」, 장석주 편, 『김종삼전집』, 청하, 1988.

강연호, 「김종삼 시의 대립 공간 연구」, 『현대문학이론연구』 제31집, 현대문학이론연구학회, 2007.8.

강외석, 「백석시의 음식 담론고」, 『배달말』 30집, 배달말학회, 2002.6.

고명수, 「60년대 '현대시' 동인의 문학적 성격」, ≪문학과창작≫, 1998.4.

_____, 「우리시와 초현실주의」, ≪현대시사상≫ 25, 고려원, 1995.

고형진, 「김종삼의 시 연구」, 『상허학보』 제12집, 상허학회, 2004.2.

구모룡, 「민중시의 개념과 근원을 둘러싼 논의들 : 미완의 시학」, ≪문학사상≫, 1999.6.

구중서, 「1970년대와 80년대의 민중시학」, ≪현대시≫, 1994.5.

권명옥, 「추상성 시학 – 김종삼론」, 『한양어문』 제17집, 한양어문학회, 1999.

권영민, 「민족문학인가 민중문학인가」, ≪문학사상≫, 1988년 3월호.
_____, 「인식으로서의 시와 시에 대한 인식」, ≪세계의 문학≫, 1991.8.
_____, 「한국 현대비평과 서구 문학방법론의 수용」, ≪외국문학≫, 1992 봄.
권태일, 「들뢰즈의 '재현'과 '표현' 개념으로 본 현대예술의 다양성 문제」, 『동서철학연구』 제40호, 한국동서철학회, 2006.6.
금동철, 「1950~60년대 한국 모더니즘 시의 수사학적 연구」, 서울대 박사학위논문, 1999.
김동환, 「1950년대 문학의 방법적 대상으로서의 외국 문학 이론」, 『문학과논리』 3, 1992.
김명인, 「민족문학과 민중문학」, ≪창작과비평≫, 1988년 봄호.
김병익, 「우리문화: 가능성으로부터 실재화로」, 『열림과 일굼』, 문학과지성사, 1991.
김영철, 「현대시에 나타난 지방어의 시적 기능 연구」, 『우리말글』 25집, 우리말글학회, 2002.8.
김용락, 「70년대 민중시의 정론성 : 정희성의 시세계」, 『문예미학』 제9호, 2002.2.
김용직, 「1930년대 모더니즘 시의 형성과 전개」, ≪현대시사상≫ 24, 고려원, 1995.
_____, 「분석비평연구의 흐름과 문제점」, 국어국문학회, 『국어국문학과 구미이론』, 지식산업사, 1989.
_____, 「식물성 도시 감각의 세계 : 김광균론」, ≪현대시≫, 1992.5.
_____, 「아네모네와 실험의식」, ≪시문학≫ 9, 1972.4.
_____, 「의도의 오류와 의도비평」, 『한국문학의 비평적 성찰』, 민음사, 1974.
_____, 「한국 현대시 연구의 회고와 반성」, 『한국현대시사의 쟁점』, 시와시학, 1991.
김용태, 「무의미의 시와 시간성-김춘수의 무의미시」, 『어문학교육』 9, 1986.12.
김용희, 「이중어 글쓰기 세대의 한국어 시쓰기 문제-1950, 60년대 김종삼의 경우」, 『한국시학연구』 제18호, 한국시학회, 2007.4.
김우종, 「민중문학의 성격과 그 형성과정; 통일지향적 민족문학에 이르기까지」, ≪한국문학≫, 1988.
_____ 외, 「민중문학과 대중문학 <좌담>」, ≪현대문학≫, 1989.2.
김윤식, 「뉴크리티시즘에 대하여」, 『숙대논문집』 9, 1969.
김윤태, 「리얼리즘 시의 이론적 탐색과 역사적 규명」, ≪실천문학≫, 1992년 여름호.
김은영, 「'현대시' 동인의 시 의식과 미적 지향성」, 『한국문예비평연구』 제19호, 2006.4.
김재홍, 「김광균 : 방법적 진실과 서정적 진실」, 『한국 현대시인 연구』, 일지사, 1986.
_____, 「사랑과 존재의 형이상-『무명연시』 작품론」, ≪현대문학≫, 1985.10.
김정자, 「뉴크리티시즘과 한국적 수용 현상」, 구인환 외, 『한국전후문학연구』, 삼지원, 1995.
김종철, 「庸岳-민중시의 내면적 진실」, ≪창작과비평≫ 61, 1988.9.

김종회, 「민중문학의 논리와 현단계의 전망」, ≪광장≫ 195, 1989.11.

김준오, 「명상시와 존재론적 상상력-오세영 시집 『사랑의 저쪽』」, ≪현대시학≫, 1990.11.

_____, 「우리시와 아방가르드」, ≪현대시사상≫ 20, 고려원, 1994.

_____, 「현대시의 추상화와 절대은유」, ≪현대시사상≫ 24, 고려원, 1995.

김　철·백진기·복거일·홍정선(좌담), 「시의 정치성과 리얼리즘의 가능성」, ≪오늘의 시≫ 창간호, 1989.

김　현, 「김종삼을 찾아서」, 장석주 편, 『김종삼전집』, 청하, 1988.

_____, 「존재의 탐구로서의 언어」, ≪세대≫, 1964. 7.

김혜영, 「백석 시 연구」, 『국어국문학』 131집, 국어국문학회, 2002.9.

김흥규, 「뉴 크리티시즘의 향방」, ≪심상≫, 1975.4.

남기혁, 「신체시는 자유시의 효시인가?」, ≪시와시학≫ 32호, 시와시학사, 1998.

남진우, 「미적 근대성과 순간의 시학 연구-김수영·김종삼 시의 시간의식」, 중앙대 박사학위논문, 2000.

류순태, 「1950~60년대 김종삼 시의 미의식 연구」, 『현대문학연구』 제10집, 한국현대문학회, 2001.

_____, 「1950년대 김춘수 시에서의 '눈/눈짓'의 의미 고찰」, 『관악어문연구』 제24집, 1999.

_____, 「1950년대 한국 모더니즘 시의 표상 연구」, 서울대 박사학위논문, 1999.

_____, 「1960년대 김춘수 시의 창작 방법 연구」, 『한국시학연구』 제3호, 2000.

류철균, 「존재의 무명과 사랑의 지평」, 오세영, 『무명연시』, 현대문학, 1995.

문혜원, 「1920년대 시론 연구-경향시론을 중심으로」, 『관악어문연구』 제24집, 1999.

_____, 「김춘수의 시와 시론에 나타나는 이미지 연구」, 『한국문학과 모더니즘』, 한양출판, 1994.

박슬기, 「1960년대 동인지의 성격과 <현대시> 동인의 이념」, 『한국시학연구』 제18호, 2007.4.

박윤우, 「김춘수의 시론과 현대적 서정시학의 형성」, 김용직박사화갑기념논총간행위원회, 『한국현대시론집』, 모음사, 1992.

_____, 「백석 시에 있어서 고향 의식과 근대성의 관계 양상 연구」, 『국제어문』 20집, 국제어문학회, 1999.

박철석, 「한국 근대시의 일본시 영향 연구」, 『국어국문학논문집』 제6집, 1985.

박현수, 「김종삼 시와 포스트모더니즘의 수사학」, 『우리말글』 제31집, 우리말글학회, 2004.8.

백낙청, 「민중·민족문학의 새 단계」, ≪창작과비평≫ 제57호, 1985.

백승숙, 「한국의 신비평」, 최동호 편, 『새로운 비평 논리를 찾아서』, 나남출판, 1990.

서영채, 「최남선 시가의 근대성에 관한 연구」, 『민족문학사연구』 제13호, 민족문학사
　　　학회, 1998.

서종학, 「띄어쓰기의 역사와 규정」, 『인문연구』 18집, 영남대인문과학연구소, 1996.

서준섭, 「현대시와 민중―1970년대 민중시에 대하여」, 『1970년대 문학 연구』, 예하,
　　　1994.

서진영, 「1960년대 모더니즘 시의 공간의식 연구」, 서울대 박사학위논문, 2005.

손광은, 「한·일 '신체시'의 영향 관계」, 『용봉논총』 제6집, 1976.

신범순, 「백석의 공동체적 신화와 유랑의 의미」, 『한국현대시사의 매듭과 혼』, 민지사,
　　　1992.

_____, 「해방기 시의 리얼리즘 연구」, 서울대 박사학위논문, 1990.

신승엽, 「노동문학의 현단계」, 『전환기의 민족문학』, 풀빛, 1987.

심동수, 「한국 비평의 '독자성'에 대한 시론」, 『어문연구』 제31권 제2호, 2003년 여름호.

심선옥, 「서정시에서의 리얼리즘의 문제」, 『문예연구』 창간호, 1991.

양혜경, 「백석 시의 산문적 발화 장르 고찰」, 『비평문학』 제17호, 한국비평문학회,
　　　2003.7.

염무웅, 「'시와 리얼리즘'에 대하여」, ≪창작과비평≫, 1992년 봄호.

오선영, 「律의 번역과 번역의 律」, 『상허학보』 제1집, 2003.

오성호, 「시에 있어서 리얼리즘 문제에 관한 시론」, ≪실천문학≫, 1991년 봄호.

오세영, 「80년대 시동인운동의 특질」, ≪문예중앙≫, 1984년 봄호.

_____, 「80년대 한국의 민중시」, 『한국현대문학연구』 제9집, 월인, 1991.

_____, 「자유시 형성에 있어서 사설시조와 잡가」, 『한국문화』 14집, 서울대 한국문화
　　　연구소, 1993.

오양호, 「순수·참여론의 대립기」, 『한국현대문학사』(김윤식 외), 현대문학, 1989.

오채운, 「김종삼 시의 농아 이미지 연구」, 『한국언어문화』 제21집, 한국언어문화학회,
　　　2002.

원명수, 「한국 모더니즘 시에 나타난 소외 의식과 불안 의식 연구」, 중앙대 박사학위
　　　논문, 1985.

유병석, 「신체시의 율격 고찰―개화기에 있어서」, 『어문학』 제37집, 어문학회, 1979.

유성호, 「이미지즘 시학의 방법적 수용과 굴절」, 조정래 외, 『1930년대 한국 모더니즘
　　　작가 연구』, 평민사, 1999.

윤여탁, 「<불노리>는 최초의 자유시도 산문시도 아니다」, ≪시와시학≫ 1998년 여름호.

_____, 「1920-30년대 리얼리즘시의 현실인식과 형상화 방법에 대한 연구」, 서울대
　　　박사학위논문, 1990.

_____, 「리얼리즘 시와 시론의 창조적 수용」, 『한국시학연구』 제3호, 시와시학사,
　　　2000.

_____, 「한국 리얼리즘 시론의 역사적 전개와 지향」,『민족문학사연구』제2호, 1992.

윤의섭, 「초기 '현대시' 동인 모더니즘 시의 수사학적 인식」,『현대문학이론연구』제32집, 현대문학이론연구회, 2007.12.

윤지관, 「80년대 노동시와 리얼리즘」, 《현대시세계》, 1990년 봄호.

이동하, 「실존적 사상의 세계－오세영 시집『가장 어두운 날 저녁에』」, 《심상》, 1983.7.

이명섭, 「뉴크리티시즘 : 반실증주의적인 창조적 로고스」, 인문과학연구소 편,『현대 문학비평이론의 전망』, 성균관대학교출판부, 1994.

_____, 「신비평 시론」, 브룩스 외, 이경수 외 옮김,『신비평과 형식주의』, 고려원, 1991.

이병근, 「개화기의 어문정책과 표기법 문제」,『국어생활』4호, 1986.

이상록, 「1960~70년대 비판적 지식인들의 근대화 인식」,『역사문제연구』제18호, 2007.10.

이새봄, 「<현대시> 동인 시의 서정성 연구」,『한국현대문학연구』제22집, 한국현대문학연구회, 2007.8.

이숭원, 「모더니즘과 김광균 시의 위상」, 《현대시학》, 1994.1.

_____, 「모순의 인식과 존재의 탐색」, 《현대시학》, 1992.6.

이승훈, 「시적 인식의 문제」, 《현대문학》 275, 1977.11.

이재오, 「김광균 시의 주제 체계에 관한 연구」, 서울대 석사학위논문, 1982.

이진호, 「최남선의 2차 유학기에 관한 재고찰－연보 재정립을 위한 제언」,『새국어교육』제42집, 한국국어교육학회, 1986.

이창민, 「환상시론의 이론적 전제」,『돈암어문학』제16집, 돈암어문학회, 2003.12.

이창용, 「1960년대 '현대시' 동인 연구」, 한양대 석사학위논문, 1999.6.

임재서, 「백석 시의 감각 표현에 나타난 정신사적 의미 고찰－『사슴』을 중심으로」,『국어교육』108집, 한국국어교육연구학회, 2002.6.

장도준, 「육당 최남선의 신체시와 시사적 의의」,『배달말』26집, 배달말학회, 2000.

전봉관, 「1930년대 한국 도시적 서정시 연구」, 서울대 박사학위논문, 2003.

전승주, 「1950년대 비평에서의 '현대성' 인식」,『어문연구』115, 2003.

정남영, 「박노해의 시세계」, 《사상문예운동》, 1991년 여름호.

_____, 「시에 있어서 현실주의 문제에 대하여」, 《실천문학》, 1993년 여름호.

_____, 「전환기의 세계와 민중・민족문학의 진로」, 《한길문학》 11, 1991. 12.

정재찬, 「1920-30년대 한국경향시의 서사지향성 연구」, 서울대 석사학위논문, 1987.

_____, 「리얼리즘 시론을 위한 문학사적 반성」,『문예미학』제1집, 문예미학회, 1994.

정현기, 「문학비평의 충격적 휴지기」, 김윤식 외,『한국현대문학사』, 현대문학, 1989.

정효구, 「모순구조의 다양한 의미－오세영 시집『무명연시』」, 《문학정신》, 1986.12.

_____, 「한국 1960년대 동인지 '현대시' 연구」, 『개신어문연구』 제16집, 1999.12.

조남현, 「아이러니」, 오세영 외, 『시론』, 현대문학, 1989.

조창환, 「존재의 모순, 그 영원한 질문−오세영 시집 『불타는 물』」, ≪현대시학≫, 1989.3.

_____, 「『學之光』의 시문학사적 의의」, 『아주대학교 논문집』 제8집, 1986.

조현일, 「민족문학논쟁의 성과와 한계」, 『고대문화』 31, 1989. 11.

주근옥, 「신체시의 표층구조와 기원에 관한 일고」, 『한국언어문학』 제50집, 한국언어 문학회, 2003.

주은우, 「현대성의 시각 체제에 대한 연구」, 서울대 박사학위논문, 1998.

진순애, 「백석 시의 심미적 모더니티」, 『비교문학』 30집, 한국비교문학회, 2003.2.

최기숙, 「'신대한소년'과 '아이들보이'의 문화 생태학−『소년』과 『아이들보이』를 중심 으로」, 『상허학보』 16집, 상허학회, 2006.2.

최동호, 「욕망을 다스리는 영혼의 형식」, ≪소설문학≫, 1986.2.

최두석, 「백석의 시세계와 창작방법」, 정효구 편저, 『백석』, 문학세계사, 1996.

_____, 「한국 현대 리얼리즘시 연구」, 서울대 박사학위논문, 1995.

최라영, 『<내면>의 폭과 넓이와 깊이−현대시 동인지의 전개과정」, ≪현대시학≫, 2005.1.

최원식 외, 「민족문학과 민중문학 <좌담>」, ≪창작과비평≫, 1988년 여름호.

최현식, 「데포르마시옹의 시학과 현실 대응 방식」, 민족문학사연구소 현대문학분과, 『1960년대 문학연구』, 깊은샘, 1998.

하희정, 「영미 신비평의 기본 관점과 한국적 수용의 두 양상」, 한계전 외, 『한국 현대시 론사 연구』, 문학과지성사, 1998.

한긍희, 「1935−37년 日帝의 '心田開發' 정책과 성격」, 서울대 석사학위논문, 1995.

한기형, 「최남선의 잡지 발간과 초기 근대문학의 재편−『소년』, 『청춘』의 문학사적 역 할과 위상」, 『대동문화연구』 제45집, 성균관대 대동문화연구원, 2004.

한수영, 「1950년대 한국 문예비평론 연구 : 민족문학론·실존주의문학론·모더니즘론 을 중심으로」, 연세대 박사학위논문, 1995.

허우성, 「불교의 욕망론」, 이강수 외, 『욕망론−철학과 종교적 해석』, 경서원, 1995.

허혜정, 『60년대 '현대시' 동인들의 시운동과 시사적 위치」, ≪현대시학≫, 1996.6.

홍석률, 「1960년대 지성계의 동향−산업화와 근대화론의 대두와 지식인사회의 변동」, 한국정신문화연구원 편, 『1960년대 사회 변화 연구 : 1963~1970』, 백산서당, 1999.

홍정선, 「민중문학의 흐름과 발전적 전개」, 『예술과비평』 15, 1989.3.

황동규, 「잔상의 미학」, 장석주 편, 『김종삼전집』, 청하, 1988.

황정산, 「70년대의 민중시」, 민족문학사연구소 현대문학분과, 『1970년대 문학연구』,

소명출판, 2000.
황종연, 「1930년대 고전부흥운동의 발흥과 전개」, 『국어국문학』 99집, 국어국문학회, 1988.6.

4. 국외 논저

方立天, 유영희 옮김, 『불교철학개론』, 민족사, 1989.
入矢義高, 신규탁 옮김, 『禪과 문학』, 장경각, 1993.
A. Hewit, *Fascist Modernism-Aesthetics, Politics, and the Avant-Garde*, Standford Univ. Press, 1993.
Bohrer, K. H., 최문규 옮김, 『절대적 현존』, 문학동네, 1998.
Buydens, Mireille, 안구 · 조현진 옮김, 『사하라, 들뢰즈의 미학』, 산해, 2006.
Calinescu, M., 이영욱 외 옮김, 『모더니티의 다섯 얼굴』, 시각과언어, 1994.
Chevrel, Y., 박성창 옮김, 『비교문학, 어떻게 할 것인가』, 민음사, 2002.
Deleuze, Gilles, 김상환 옮김, 『차이와 반복』, 민음사, 2004.
_____, 이진경 · 권순모 옮김, 『스피노자와 표현의 문제』, 인간사랑, 2003.
_____, 이찬웅 옮김, 『주름, 라이프니츠와 바로크』, 문학과지성사, 2004.
Eagleton, T. 외, 유희석 옮김, 『비평의 기능』, 제3문학사, 1991.
Emig, Rainer, *Modernism in Poetry ; Motivations, Structures and Limits*, New York : Longman Publishing, 1995.
Fry, Roger, 「프랑스 후기인상주의」, Francis Frascina & Charles Harrison ed., 최기득 편역, 『현대회화의 원리』(중판), 미진사, 1995.
Read, H., 김윤수 옮김, 『현대미술의 원리－현대회화와 조각에 대한 이론서』, 열화당, 1981.
Harries, K., 오병남 · 최연회 옮김, 『현대미술－그 철학적 의미』, 서광사, 1988.
Hauser, A., 백낙청 · 염무웅 옮김, 『문학과 예술의 사회사－현대편』, 창작과비평사, 1974.
Heidegger, M., 최상욱 옮김, 『세계상의 시대』, 서광사, 1995.
흐루쇼브스키, B., 「현대시의 자유리듬－구조와 기능의 비판이론 서설」, 박인기 편역, 『현대시론의 전개』, 지식산업사, 2001.
Hutcheon, Linda, *Irony's edge ; The theory and politics of irony*, London and New York : Routledge, 1995.
Jackson, Rosemary, 서강여성문학연구회 옮김, 『환상성－전복의 미학』, 문학동네, 2001.

John, E., 임홍배 옮김, 『미학의 문제』, 다민, 1991.

Kagan, M., 진중권 옮김, 『미학강의』, 벼리, 1989.

Lacan, J., 권택영 역, 『욕망 이론』, 문예출판사, 1994.

_____, *Ecrits : A Selection*, trans.by A. Sheridan, New York : Norton, 1977.

_____, *The Four Fundamental Concepts of Psycho-Analysis*, trans. by A. Sheridan, New York : W. W. London & Company, 1981.

Lakoff, G., M, Johnson, 노양진 외 옮김, 『삶으로서의 은유』, 서광사, 1995.

Levin, D. M.(ed.), *Modernity and The Hegemony of Vision*, California : Univ. of California Press, 1993.

Lotman. Y. M., *Universe of the Mind*, trans. by A. Shukman, Bloomington & Indianapolis : Indiana Univ. Press, 1990.

Lynton, Notbert, 윤난지 옮김, 『20세기의 미술』, 예경, 1993.

Maffesoli, M., 박재환・이상훈 옮김, 『현대를 생각한다―이미지와 스타일의 시대』, 문예출판사, 1997.

Mirzoeff, Nicholas, *An Introduction to Visual Culture*, New York : Routledge, 1999.

Mitchell, W. J. T., *Iconology ; Image, Text, Ideology*, Chicago : The Univ. of Chicago Press, 1986.

Muecke, D. C., *The Compass of Irony,* London : Methuen & Co Ltd, 1969.

Nasio, J. D., 표원경 옮김, 『정신분석학의 7가지 개념』, 백의, 1999.

Poggioli, R., 박상진 옮김, 『아방가르드 예술론』, 문예출판사, 1996.

Rewald, John, 정진국 옮김, 『후기인상주의의 역사―반 고흐에서 고갱까지』, 까치, 2006.

Schober, Rita, 「예술방법의 몇 가지 문제를 위하여」, 『현실주의연구 I 』, 제3문학사, 1990.

Worringer, W., *Abstraction and Empathy*, trans. by Michael Bullock, New York : International Univ. Press, 1953.

Žižek, Slavoj, 김종주 옮김, 『환상의 돌림병』, 인간사랑, 2002.

_____, 이수련 옮김, 『이데올로기라는 숭고한 대상』, 인간사랑, 2002.

■ 찾아보기

■ 저자 류순태(柳順泰)

1965년 전남 무안 출생.

현재 서울시립대학교 인문대학 국어국문학과 교수.

서울대학교 국어국문학과 및 동 대학원 졸업(문학박사).

저서 『한국 전후시의 미적 모더니티 연구』가 있음.

한국 현대시의 방법과 이론

1판 1쇄 발행 2008년 7월 25일
1판 2쇄 발행 2009년 3월 25일

지은이 • 류 순 태
펴낸이 • 한 봉 숙
펴낸곳 • 푸른사상사

등록 제2-2876호
서울시 중구 을지로3가 296-10 장양B/D 701호
대표전화 02) 2268-8706(7) 팩시밀리 02) 2268-8708
메일 prun21c@hanmail.net / prun21c@yahoo.co.kr
홈페이지 //www.prun21c.com
ⓒ 2008, 류순태

ISBN 978-89-5640-634-3-93810
값 20,000원